Diogenes Taschenbuch 22443

Jeremias Gotthelf
*Meister-
erzählungen*
Mit einem Essay
von
Gottfried Keller

Diogenes

Editorische Notiz am Ende des Bandes
Umschlagillustration:
Albert Anker, ›Stilleben. Kaffee und Kartoffeln‹,
um 1896 (Ausschnitt)

Veröffentlicht als Diogenes Taschenbuch, 1991
Alle deutschen Rechte vorbehalten
Copyright © 1978, 1991
Diogenes Verlag AG Zürich
40/91/29/1
ISBN 3 257 22443 5

Inhalt

Die schwarze Spinne   7
Elsi, die seltsame Magd   107
Das Erdbeerimareili   138
Barthli der Korber   190

Anmerkungen   272

Jeremias Gotthelf   277
   von Gottfried Keller

Die schwarze Spinne

Über die Berge hob sich die Sonne, leuchtete in klarer Majestät in ein freundliches, aber enges Tal und weckte zu fröhlichem Leben die Geschöpfe, die geschaffen sind, an der Sonne ihres Lebens sich zu freuen. Aus vergoldetem Waldessaume schmetterte die Amsel ihr Morgenlied, zwischen funkelnden Blumen in perlendem Grase tönte der sehnsüchtigen Wachtel eintönend Minnelied, über dunkeln Tannen tanzten brünstige Krähen ihren Hochzeitreigen oder krächzten zärtliche Wiegenlieder über die dornichten Bettchen ihrer ungefiederten Jungen.

In der Mitte der sonnenreichen Halde hatte die Natur einen fruchtbaren, beschirmten Boden eingegraben; mittendrin stand stattlich und blank ein schönes Haus, eingefaßt von einem prächtigen Baumgarten, in welchem noch einige Hochäpfelbäume prangten in ihrem späten Blumenkleide; halb stund das vom Hausbrunnen bewässerte üppige Gras noch, halb war es bereits dem Futtergange zugewandert. Um das Haus lag ein sonntäglicher Glanz, den man mit einigen Besenstrichen, angebracht Samstagabends zwischen Tag und Nacht, nicht zu erzeugen vermag, der ein Zeugnis ist des köstlichen Erbgutes angestammter Reinlichkeit, die alle Tage gepflegt werden muß, der Familienehre gleich, welcher eine einzige unbewachte Stunde Flecken bringen kann, die Blutflecken gleich unauslöschlich bleiben von Geschlecht zu Geschlecht, jeder Tünche spottend.

Nicht umsonst glänzte die durch Gottes Hand erbaute Erde und das von Menschenhänden erbaute Haus im reinsten Schmucke; über beide erglänzte heute ein Stern am blauen Himmel, ein hoher Feiertag. Es war der Tag, an welchem der Sohn wieder zum Vater gegangen war zum Zeugnis, daß die Leiter noch am Himmel stehe, auf welcher Engel auf- und niedersteigen und die Seele des Menschen, wenn sie dem Leibe sich entwindet und ihr Heil und Augenmerk beim Vater droben war und nicht hier auf Erden; es war der Tag, an welchem die ganze Pflanzenwelt dem Himmel entgegenwächst und -blüht in voller Üppigkeit, dem Menschen ein alle Jahre neu werdendes Sinnbild seiner eigenen Bestimmung. Wunderbar klang es über die Hügel her, man wußte nicht, woher das Klingen kam, es tönte wie von allen Seiten; es kam von den Kirchen her draußen in den weiten Tälern; von dort her kündeten die Glocken, daß die Tempel Gottes sich öffnen allen, deren Herzen offen seien der Stimme ihres Gottes.

Ein reges Leben bewegte sich um das schöne Haus. In des Brunnens Nähe wurden mit besonderer Sorgfalt Pferde gestriegelt, stattliche Mütter, umgaukelt von lustigen Füllen; im breiten Brunnentroge stillten behaglich blickende Kühe ihren Durst, und zweimal mußte der Bube Besen und Schaufel nehmen, weil er die Spuren ihrer Behaglichkeit nicht sauber genug weggeräumt. Herzhaft wuschen am Brunnen mit einem handlichen Zwilchfetzen stämmige Mägde ihre rotbrächten Gesichter, die Haare in zwei Knäuel über den Ohren zusammengedreht, trugen mit eilfertiger Emsigkeit Wasser durch die geöffnete Türe, und in mächtigen Stößen hob sich gerade und hoch in die blaue Luft empor aus kurzem Schornsteine die dunkle Rauchsäule.

Langsam und gebeugt ging an einem Hakenstock der Großvater um das Haus, sah schweigend dem Treiben der Knechte und Mägde zu, streichelte hier ein Pferd, wehrte dort einer Kuh ihren schwerfälligen Mutwillen, zeigte mit dem Stecken dem unachtsamen Buben noch hier und dort vergessene Strohhalme und nahm dazu fleißig aus der langen Weste tiefer Tasche das Feuerzeug, um seine Pfeife, an der er des Morgens trotz ihres schweren Atems so wohl lebte, wieder anzuzünden.

Auf rein gefegter Bank vor dem Hause neben der Türe saß die Großmutter, schönes Brot schneidend in eine mächtige Kachel, dünn und in eben rechter Größe jeden Bissen, nicht so unachtsam wie Köchinnen oder Stubenmägde, die manchmal Stücke machen, an denen ein Walfisch ersticken müßte. Wohlgenährte, stolze Hühner und schöne Tauben stritten sich um die Brosamen zu ihren Füßen, und wenn ein schüchternes Täubchen zu kurz kam, so warf ihm die Großmutter ein Stücklein eigens zu, es tröstend mit freundlichen Worten über den Unverstand und den Ungestüm der Andern.

Drinnen in der weiten, reinen Küche knisterte ein mächtiges Feuer von Tannenholz, in weiter Pfanne knallten Kaffeebohnen, die eine stattliche Frau mit hölzerner Kelle durcheinanderrührte, nebenbei knarrte die Kaffeemühle zwischen den Knieen einer frischgewaschenen Magd; unter der offenen Stubentüre aber stund, den offenen Kaffeesack noch in der Hand, eine schöne, etwas blasse Frau und sagte: «Du, Hebamme, röste mir den Kaffee heute nicht so schwarz, sie könnten sonst meinen, ich hätte das Pulver sparen mögen. Des Göttis Frau ist gar grausam mißtreu und legt einem alles zu Ungunsten aus. Es kömmt heute auf ein halb Pfund mehr oder weniger nicht an. Vergiß auch ja nicht, das Weinwarm zu rechter Zeit bereit zu halten! Der Großvater würde meinen, es wäre nicht Kindstaufe, wenn man den Gevatterleuten nicht ein Weinwarm aufstellen würde, ehe sie zur Kirche gehen. Spare nichts daran, hörst du! Dort in der Schüssel auf der Kachelbank ist Safran und Zimmet, der Zucker ist hier auf dem Tische, und nimm Wein, daß es dich dünkt, es sei wenigstens halb zu viel; an einer Kindstaufe braucht man nie Kummer zu haben, daß sich die Sache nicht brauche.»

Man hört, es soll heute die Kindtaufe gehalten werden im Hause, und die Hebamme versieht das Amt der Köchin ebenso geschickt als früher das Amt der Wehmutter; aber sputen muß sie sich, wenn sie zu rechter Zeit fertig werden und am einfachen Herde alles kochen soll, was die Sitte fordert.

Aus dem Keller kam mit einem mächtigen Stück Käse in der Hand ein stämmiger Mann, nahm vom blanken Kachel‑ bank den ersten besten Teller, legte den Käse darauf und wollte ihn in die Stube auf den Tisch tragen von braunem Nußbaumholz. «Aber Benz, aber Benz», rief die schöne, blasse Frau, «wie würden sie lachen, wenn wir keinen bessern Teller hätten an der Kindstaufe!» Und zum glänzenden Schrank aus Kirschbaumholz, Buffert genannt, ging sie, wo hinter Glasfenstern des Hauses Zierden prangten. Dort nahm sie einen schönen Teller, blau gerändert, in der Mitte einen großen Blumenstrauß, der umgeben war von sinnigen Sprüchen, zum Beispiel:

> O Mensch, faß in Gedanken:
> Drei Batzen gilt ds Pfund Anken.
>
> Gott gibt dem Menschen Gnad,
> Ich aber wohn im Maad.
>
> In der Hölle, da ist es heiß,
> Und der Hafner schafft mit Fleiß.
>
> Die Kuh, die frißt das Gras;
> Der Mensch, der muß ins Grab.

Neben den Käse stellte sie die mächtige Züpfe, das eigen‑ tümliche Berner Backwerk, geflochten wie die Zöpfe der Weiber, schön braun und gelb aus dem feinsten Mehl, Eiern und Butter gebacken, groß wie ein Jähriges und fast ebenso schwer; und oben und unten pflanzte sie noch zwei Teller. Hoch aufgetürmt lagen auf denselben die appetitlichen Küchlein, Habküchlein auf dem einen, Eierküchlein auf dem andern. Heiße, dicke Nidel stund in schön geblümten Häfen zugedeckt auf dem Ofen, und in der dreibeinigen, glänzenden Kanne mit gelbem Deckel kochte der Kaffee. So harrte auf die erwarteten Gevatterleute ein Frühstück, wie es Fürsten selten haben und keine Bauren auf der Welt als die Berner. Tausende von Engländern rennen durch die Schweiz, aber weder einem der abgejagten Lords noch einer der steifbeinichten Ladies ist je ein solches Frühstück geworden.

«Wenn sie nur bald kämen, es wäre alles bereit», seufzte die Hebamme. «Es geht jedenfalls eine gute Zeit, bis alles fertig ist und ein jedes seine Sache gehabt hat, und der Pfarrer ist grausam pünktlich und gibt scharfe Verweise, wenn man nicht da ist zu rechter Zeit.» «Der Großvater erlaubt auch nie, das Wägeli zu nehmen», sagte die junge Frau. «Er hat den Glauben, daß ein Kind, welches man nicht zur Taufe trage, sondern führe, träge werde und sein Lebtag seine Beine nie recht brauchen lerne. Wenn nur die Gotte da wäre, die versäumt am längsten, die Göttene machen es kürzer und könnten immerhin nachlaufen.» Die Angst nach den Gevatterleuten verbreitete sich durchs ganze Haus. «Kommen sie noch nicht?» hörte man allenthalben; in allen Ecken des Hauses schauten Gesichter nach ihnen aus, und der Türk bellte aus Leibeskräften, als ob er sie herbeirufen wollte. Die Großmutter aber sagte: «Ehemals ist das doch nicht so gewesen, da wußte man, daß man an solchen Tagen zu rechter Zeit aufzustehen habe und der Herr niemanden warte.» Endlich stürzte der Bub in die Küche mit der Nachricht, die Gotte komme.

Sie kam, schweißbedeckt und beladen wie das Neujahrkindlein. In der einen Hand hatte sie die schwarzen Schnüre eines großen, blumenreichen Wartsäckleins, in welchem, in ein fein weißes Handtuch gewickelt, eine große Züpfe stach, ein Geschenk für die Kindbetterin. In der andern Hand trug sie ein zweites Säcklein, und in demselben war eine Kleidung für das Kind nebst etwelchen Stücken zu eigenem Gebrauch, namentlich schöne weiße Strümpfe, und unter dem einen Arme hatte sie noch eine Drucke mit dem Kränzchen und der Spitzenkappe mit den prächtigen schwarzseidenen Haarschnüren. Freudig tönten ihr die Gottwillchen entgegen von allen Seiten, und kaum hatte sie Zeit, von ihren Bürden eine abzustellen, um den entgegengestreckten Händen freundlich zu begegnen. Von allen Seiten streckten sich dienstbare Hände nach ihren Lasten, und unter der Türe stand die junge Frau, und da ging ein neues Grüßen an, bis die Hebamme in die Stube mahnte: Sie könnten ja drinnen einander sagen, was der Brauch sei.

Und mit handlichen Manieren setzte die Hebamme die Gotte hinter den Tisch, und die junge Frau kam mit dem Kaffee, wie sehr auch die Gotte sich weigerte und vorgab, sie hätte schon gehabt. Des Vaters Schwester täte es nicht, daß sie ungegessen aus dem Hause ginge, das schade jungen Mädchen gar übel, sage sie. Aber sie sei schon alt, und die Jungfrauen möchten auch nicht zu rechter Zeit auf, deswegen sei sie so spät; wenn es an ihr allein gelegen hätte, sie wäre längstens da. In den Kaffee wurde die dicke Nidel gegossen, und wie sehr die Gotte sich wehrte und sagte, sie liebe es gar nicht, warf ihr doch die Frau ein Stück Zucker in denselben. Lange wollte es die Gotte nicht zulassen, daß ihretwegen die Züpfe angehauen würde, indessen mußte sie sich ein tüchtiges Stück vorlegen lassen und essen. Käse wollte sie lange nicht, es hätte dessen gar nicht nötig, sagte sie. Sie werde meinen, es sei nur halbmagern, und deshalb schätze sie ihn nicht, sagte die Frau, und die Gotte mußte sich ergeben. Aber Küchli wollte sie durchaus nicht, die wüßte sie gar nicht wohin tun, sagte sie. Sie glaube nur, sie seien nicht sauber, und werde an bessere gewöhnt sein, erhielt sie endlich zur Antwort. Was sollte sie anders machen als Küchli essen! Während dem Nöten aller Art hatte sie abgemessen in kleinen Schlücken das erste Kacheli ausgetrunken, und nun erhob sich ein eigentlicher Streit. Die Gotte kehrte das Kacheli um, wollte gar keinen Platz mehr haben für fernere Guttaten und sagte: Man solle sie doch in Ruhe lassen, sonst müßte sie sich noch verschwören. Da sagte die Frau, es sei ihr doch so leid, daß sie ihn so schlecht finde, sie hätte doch der Hebamme dringlichst befohlen, ihn so gut als möglich zu machen; sie vermöchte sich dessen wahrhaftig nichts, daß er so schlecht sei, daß ihn niemand trinken möge, und an der Nidle sollte es doch auch nicht fehlen, sie hätte dieselbe abgenommen, wie sie es sonst nicht alle Tage im Brauch hätte. Was sollte die arme Gotte anders machen als noch ein Kacheli sich einschenken lassen!

Ungeduldig war schon lange die Hebamme herumgetrippelt, und endlich bändigte sie das Wort nicht länger, sondern sagte: «Wenn ich dir etwas helfen kann, so sage es nur, ich habe wohl Zeit dazu.» «He, pressiere doch nicht», sagte die Frau. Die arme Gotte aber, die rauchte wie ein Dampfkessel, verstand den Wink, versorgete den heißen Kaffee so schnell als möglich und sagte zwischen den Absätzen, zu denen der glühende Trank sie zwang: «Ich wäre schon lange zweg, wenn ich nicht mehr hätte nehmen müssen, als ich hinunterbringen kann, aber ich komme jetzt.»

Sie stund auf, packte die Säcklein aus, übergab Züpfe, Kleidung, Einbund – ein blanker Neutaler, eingewickelt in den schön gemalten Taufspruch – und machte manche Entschuldigung, daß alles nicht besser sei. Darein aber redete die Hausmutter mit manchem Ausruf, wie das keine Art und

Gattung hätte, sich so zu verköstigen, wie man es fast nicht nehmen dürfte, und wenn man das gewußt hätte, so hätte man sie gar nicht ansprechen dürfen. Nun ging auch das Mädchen an sein Werk, verbeiständet von der Hebamme und der Hausfrau, und wendete das Möglichste an, eine schöne Gotte zu sein von Schuh und Strümpfen an bis hinauf zum Kränzchen auf der kostbaren Spitzenkappe. Die Sache ging umständlich zu, trotz der Ungeduld der Hebamme, und immer war der Gotte die Sache nicht gut genug und bald dies, bald das nicht am rechten Ort. Da kam die Großmutter herein und sagte: «Ich muß doch auch kommen und sehen, wie schön unsere Gotte sei.» Nebenbei ließ sie fallen, daß es schon das zweite Zeichen geläutet habe und beide Götteni draußen in der äußern Stube seien.

Draußen saßen allerdings die zwei männlichen Paten, ein alter und ein junger, den neumodischen Kaffee, den sie alle Tage haben konnten, verschmähend, hinter dem dampfenden Weinwarm, dieser altertümlichen, aber guten Bernersuppe, bestehend aus Wein, geröstetem Brot, Eiern, Zucker, Zimmet und Safran, diesem ebenso altertümlichen Gewürze, das an einem Kindstaufeschmaus in der Suppe, im Voressen, im süßen Tee vorkommen muß. Sie ließen es sich wohlschmecken, und der alte Götti, den man Vetter nannte, hatte allerlei Späße mit dem Kindbettimann und sagte ihm, daß sie ihm heute nicht schonen wollten, und dem Weinwarm an gönne er es ihnen; daran sei nichts gespart, man merke, daß er seinen zwölfmäßigen Sack letzten Dienstag dem Boten mit nach Bern gegeben, um ihm Safran zu bringen. Als sie nicht wußten, was der Vetter damit meine, sagte er: Letzthin habe sein Nachbar Kindbetti haben müssen; da habe er dem Boten einen großen Sack mitgegeben und sechs Kreuzer mit dem Auftrage, er solle ihm doch in diesem Sacke für sechs Kreuzer von dem gelben Pulver bringen, ein Mäß oder anderthalbes, von dem man an den Kindstaufen in allem haben müsse, seine Weiber wollten es einmal so haben.

Da kam die Gotte hinein wie eine junge Morgensonne und wurde von den Mitgevattern Gottwillchen geheißen und zum Tisch gezogen und ein großer Teller voll Weinwarm vor sie gestellt, und den sollte sie essen, sie hätte wohl noch Zeit, während man das Kind zurecht mache. Das arme Kind wehrte sich mit Händen und Füßen, behauptete, es hätte gegessen für manchen Tag, es könne nicht mehr schnaufen. Aber da half alles nichts. Alt und Jung war mit Spott und Ernst hinter ihm, bis es zum Löffel griff, und seltsam, ein Löffel nach dem andern fand noch sein Plätzchen. Doch da kam schon wieder die Hebamme mit dem schön eingewickelten Kinde, zog ihm das gestickte Käppchen an mit dem rosenroten Seidenbande, legte dasselbe in das schöne Dackbettlein, steckte ihm das süße Lulli ins Mäulchen und sagte: Sie begehre niemand zu versäumen und hätte gedacht, sie wolle alles zurecht machen, man könne dann immer gehen, wann man wolle. Man umstand das Kind und rühmte es wie billig, und es war auch ein wunderappetitlich Bübchen. Die Mutter freute sich des Lobes und sagte: «Ich wäre auch so gerne mit zur Kirche gekommen und hätte es Gott empfehlen helfen; und wenn man selbst dabei ist, wenn das Kind getauft wird, so sinnet man um so besser daran, was man versprochen hat. Zudem ist es mir so unbequem, wenn ich noch eine ganze Woche lang nicht vor das Dachtrauf darf, jetzt, wo man alle Hände voll zu tun hat mit dem Anpflanzen.» Aber die Großmutter sagte, so weit sei es doch noch nicht, daß ihre Sohnsfrau wie eine arme Frau in den ersten acht Tagen ihren Kirchgang tun müsse, und die Hebamme setzte hinzu, sie hätte es gar nicht gerne, wenn junge Weiber mit den Kindern zur Kirche gingen. Sie hätten immer Angst, es gehe daheim etwas Krummes, hätten doch nicht die rechte Andacht in der Kirche, und auf dem Heimweg pressierten sie zu stark, damit ja nichts versäumt werde, erhitzten sich, und gar Manche sei übel krank geworden und gar gestorben.

Da nahm die Gotte das Kind im Dachbette auf die Arme, die Hebamme legte das schöne weiße Tauftuch mit den schwarzen Quasten in den Ecken über das Kind, sorgfältig den schönen Blumenstrauß an der Gotte Brust schonend, und sagte: «So geht jetzt in Gottes heiligen Namen!» Und die Großmutter legte die Hände ineinander und betete still einen inbrünstigen Segen. Die Mutter aber ging mit dem Zuge hinaus bis unter die Türe und sagte: «Mein Bübli, mein Bübli, jetzt sehe ich dich drei ganze Stunden nicht, wie halte ich das aus!» Und alsobald schoß es ihr in die Augen, rasch fuhr sie mit dem Fürtuch darüber und ging ins Haus.

Rasch schritt die Gotte die Halde ab den Kirchweg entlang, auf ihren starken Armen das muntere Kind, hintendrein die zwei Götteni, Vater und Großvater, deren Keinem in Sinn kam, die Gotte ihrer Last zu entledigen, obgleich der jüngere Götti in einem stattlichen Meyen auf dem Hute das Zeichen der Ledigkeit trug und in seinem Auge etwas wie großes Wohlgefallen an der Gotte, freilich alles hinter der Blende großer Gelassenheit verborgen. Der Großvater berichtete, welch schrecklich Wetter es gewesen sei, als man ihn zur Kirche getragen; vor Hagel und Blitz hätten die Kirchgänger kaum geglaubt, mit dem Leben davonzukommen. Hintenher hätten die Leute ihm allerlei geweissaget dieses Wetters wegen, die Einen einen schrecklichen Tod, die Anderen großes Glück im Kriege; nun sei es ihm gegangen in aller Stille wie den Andern auch, und im fünfundsiebenzigsten Jahre werde er weder frühe sterben noch großes Glück im Kriege machen.

Mehr als halben Weges waren sie gegangen, als ihnen die Jungfrau nachgesprungen kam, welche das Kind nach Hause zu tragen hatte, sobald es getauft war, während Eltern und Gevatterleute nach alter schöner Sitte noch der Predigt beiwohnten. Die Jungfrau hatte auch anwenden wollen nach Kräften, um auch schön zu sein. Ob dieser handlichen Arbeit hatte sie sich verspätet und wollte jetzt der Gotte das Kind abnehmen; aber diese ließ es nicht, wie man ihr auch zuredete. Das war eine gar zu gute Gelegenheit, dem schönen ledigen Götti zu zeigen, wie stark ihre Arme seien und wie viel sie erleiden möchten. Starke Arme an einer Frau sind einem rechten Bauer viel anständiger als zarte, als so liederliche Stäbchen, die jeder Bysluft, wenn er ernstlich will, auseinanderwehen kann; starke Arme an einer Mutter sind schon vielen Kindern zum Heil gewesen, wenn der Vater starb und die Mutter die Rute allein führen, alleine den Haushaltungswagen aus allen Löchern heben mußte, in die er geraten wollte.

Aber auf einmal ists, als ob jemand die starke Gotte an den Zupfen halte oder sie vor den Kopf schlage; sie prallt ordentlich zurück, gibt der Jungfrau das Kind, bleibt dann zurück und stellt sich, als ob sie mit dem Strumpfband zu tun hätte. Dann kömmt sie nach, gesellt sich den Männern bei, mischt sich in die Gespräche, will den Großvater unterbrechen, ihn bald mit diesem, bald mit jenem ablenken von dem Gegenstand, den er gefaßt hat. Der aber hält, wie alte Leute meist gewohnt sind, seinen Gegenstand fest und knüpft unverdrossen den abgerissenen Faden immer neu wieder an. Nun macht sie sich an des Kindes Vater und versucht diesen durch allerlei Fragen zu Privatgesprächen zu verführen; allein der ist einsilbig und läßt den angesponnenen Faden immer wieder fallen. Vielleicht hat er seine eigenen Gedanken, wie jeder Vater sie haben sollte, wenn man ihm ein Kind zur

Taufe trägt und namentlich das erste Bübchen. Je näher man der Kirche kam, desto mehr Leute schlossen dem Zuge sich an; die Einen warteten schon mit den Psalmenbüchern in der Hand am Wege, Andere sprangen eiliger die engen Fuß´ wege hinunter, und einer großen Prozession ähnlich rückten sie ins Dorf.

Zunächst der Kirche stand das Wirtshaus, die so oft in naher Beziehung stehen und Freud und Leid mit einander teilen, und zwar in allen Ehren. Dort stellte man ab, machte das Bübchen trocken, und der Kindbettimann bestellte eine Maß, wie sehr auch alle einredeten, er solle doch das nicht machen, sie hätten ja erst gehabt, was das Herz verlangt, und möchten weder Dickes noch Dünnes. Indessen, als der Wein einmal da war, tranken doch alle, vornehmlich die Jungfrau; die wird gedacht haben, sie müsse Wein trinken, wenn je´ mand ihr Wein geben wolle, und das geschehe durch ein langes Jahr durch nicht manchmal. Nur die Gotte war zu keinem Tropfen zu bewegen trotz allem Zureden, das kein Ende nehmen wollte, bis die Wirtin sagte: Man solle doch nachlassen mit Nötigen, das Mädchen werde ja zusehends blässer, und Hoffmannstropfen täten ihm nöter als Wein. Aber die Gotte wollte deren auch nicht, wollte kaum ein Glas bloßes Wasser, mußte sich endlich einige Tropfen aus einem Riechfläschchen aufs Nastuch schütten lassen, zog unschuldigerweise manchen verdächtigen Blick sich zu und konnte sich nicht rechtfertigen, konnte sich nicht helfen lassen. An gräßlicher Angst litt die Gotte und durfte sie nicht merken lassen. Es hatte ihr niemand gesagt, welchen Namen das Kind erhalten solle und den die Gotte nach alter Übung dem Pfarrer, wenn sie ihm das Kind übergibt, ein´ zuflüstern hat, da derselbe die eingeschriebenen Namen, wenn viele Kinder zu taufen sind, leicht verwechseln kann.

Im Hast ob den vielen zu besorgenden Dingen und der

Angst, zu spät zu kommen, hatte man die Mitteilung dieses Namens vergessen, und nach diesem Namen zu fragen, hatte ihr ihres Vaters Schwester, die Base, ein für allemal streng verboten, wenn sie ein Kind nicht unglücklich machen wolle; denn sobald eine Gotte nach des Kindes Namen frage, so werde dieses zeitlebens neugierig. Diesen Namen wußte sie also nicht, durfte nicht darnach fragen, und wenn ihn der Pfarrer auch vergessen hatte und laut und öffentlich darnach fragte oder im Verschuß den Buben Mädeli oder Bäbeli taufte, wie würden da die Leute lachen, und welche Schande wäre dies ihr Leben lang! Das kam ihr immer schrecklicher vor; dem starken Mädchen zitterten die Beine wie Bohnenstauden im Winde, und vom blassen Gesichte rann ihm der Schweiß bachweise.

Jetzt mahnte die Wirtin zum Aufbrechen, wenn sie vom Pfarrer nicht wollten angerebelt werden; aber zur Gotte sagte sie: «Du, Meitschi, stehst das nicht aus, du bist ja weiß wie ein frischgewaschenes Hemd.» Das sei vom Laufen, meinte diese, es werde ihr wieder bessern, wenn sie an die frische Luft komme. Aber es wollte ihr nicht bessern, ganz schwarz schienen ihr alle Leute in der Kirche, und nun fing noch das Kind zu schreien an, mörderlich und immer mörderlicher. Die arme Gotte begann es zu wiegen in ihren Armen, heftiger und immer heftiger, je lauter es schrie, daß Blätter stoben von ihrem Meyen an der Brust. Auf dieser Brust ward es ihr enger und schwerer, laut hörte man ihr Atemfassen. Je höher ihre Brust sich hob, um so höher flog das Kind in ihren Armen, und je höher es flog, um so lauter schrie es, und je lauter es schrie, um so gewaltiger las der Pfarrer die Gebete. Die Stimmen prasselten ordentlich an den Wänden, und die Gotte wußte nicht mehr, wo sie war; es sauste und brauste um sie wie Meereswogen, und die Kirche tanzte mit ihr in der Luft herum. Endlich sagte der

Pfarrer «Amen», und jetzt war der schreckliche Augenblick da, jetzt sollte es sich entscheiden, ob sie zum Spott werden sollte für Kind und Kindeskinder; jetzt mußte sie das Tuch abheben, das Kind dem Pfarrer geben, den Namen ihm ins rechte Ohr flüstern. Sie deckte ab, aber zitternd und bebend, reichte das Kind dar, und der Pfarrer nahm es, sah sie nicht an, frug sie nicht mit scharfem Auge, tauchte die Hand ins Wasser, netzte des plötzlich schweigenden Kindes Stirne und taufte kein Mädeli, kein Bäbeli, sondern einen Hans Uli, einen ehrlichen, wirklichen Hans Uli.

Da wars der Gotte, als ob nicht nur sämtliche Emmentaler Berge ihr ab dem Herzen fielen, sondern Sonne, Mond und Sterne, und aus einem feurigen Ofen sie jemand trage in ein kühles Bad; aber die ganze Predigt durch bebten ihr die Glieder und wollten nicht wieder stille werden. Der Pfarrer predigte recht schön und eindringlich, wie eigentlich das Leben der Menschen nichts anders sein solle als eine Himmelfahrt; aber zu rechter Andacht brachte es die Gotte nicht, und als man aus der Predigt kam, hatte sie schon den Text vergessen. Sie mochte gar nicht warten, bis sie ihre geheime Angst offenbaren konnte und den Grund ihres blassen Gesichtes. Viel Lachens gab es, und manchen Witz mußte sie hören über die Neugierde und wie sich die Weiber davor fürchten und sie doch allen ihren Mädchen anhängten, während sie den Buben nichts täte. Da hätte sie nur getrost fragen können.

Schöne Haberäcker, niedliche Flachsplätze, herrliches Gedeihen auf Wiese und Acker zogen aber bald die Aufmerksamkeit auf sich und fesselten die Gemüter. Sie fanden manchen Grund, langsam zu gehn, stille zu stehn; und doch hatte die schöne, steigende Maiensonne allen warm gemacht, als sie heimkamen, und ein Glas kühlen Weins tat jedermann wohl, wie sehr man sich auch dagegen sträubte. Dann setzte man sich vor das Haus, während in der Küche die Hände emsig sich rührten, das Feuer gewaltig prasselte. Die Hebamme glühte wie einer der Drei aus dem feurigen Ofen. Schon vor eilf rief man zum Essen, aber nur die Diensten, speiste die vorweg und zwar reichlich; aber man war doch froh, wenn sie, die Knechte namentlich, einem aus dem Wege kamen.

Etwas langsam floß den vor dem Hause Sitzenden das Gespräch, doch versiegte es nicht; vor dem Essen stören die Gedanken des Magens die Gedanken der Seele, indessen läßt man nicht gerne diesen innern Zustand inne werden, sondern bemäntelt ihn mit langsamen Worten über gleichgültige Gegenstände. Schon stand die Sonne überem Mittag, als die Hebamme mit flammendem Gesicht, aber immer noch blanker Schürze unter der Türe erschien und die allen willkommene Nachricht brachte, daß man essen könnte, wenn alle da wären. Aber die meisten der Geladenen fehlten noch, und die schon früher nach ihnen gesandten Boten brachten wie die Knechte im Evangelium allerlei Bescheid, mit dem Unterschied jedoch, daß eigentlich alle kommen wollten, nur jetzt noch nicht; der Eine hatte Werkleute, der Andere Leute bestellt, und der Dritte mußte noch wohin – aber warten solle man nicht auf sie, sondern nur fürfahren in der Sache. Rätig war man bald, dieser Mahnung zu folgen, denn wenn man allen warten müßte, sagte man, so könne das gehen, bis der Mond käme; nebenbei freilich brummte die Hebamme: Es sei doch nichts Dümmeres als ein solches Wartenlassen, im Herzen wäre doch jeder gerne da, und zwar je eher, je lieber, aber es solle es niemand merken. So müsse man die Mühe haben, alles wieder an die Wärme zu stellen, wisse nie, ob man genug habe, und werde nie fertig.

War aber schon der Rat wegen den Abwesenden schnell gefaßt, so war man doch mit den Anwesenden noch nicht fertig, hatte bedenkliche Mühe, sie in die Stube, sie zum Sitzen zu bringen, denn Keiner wollte der Erste sein, bei diesem nicht, bei jenem nicht. Als endlich alle saßen, kam die Suppe auf den Tisch, eine schöne Fleischsuppe, mit Safran gefärbt und gewürzt und mit dem schönen weißen Brot, das die Großmutter eingeschnitten, so dick gesättigt, daß von der Brühe wenig sichtbar war. Nun entblößten sich alle Häupter, die Hände falteten sich, und lange und feierlich betete jedes für sich zu dem Geber jeder guten Gabe. Dann erst griff man langsam zum blechernen Löffel, wischte denselben am schönen, feinen Tischtuch aus und ließ sich an die Suppe, und mancher Wunsch wurde laut: Wenn man alle Tage eine solche hätte, so begehrte man nichts anderes. Als man mit der Suppe fertig war, wischte man die Löffel am Tischtuch wieder aus, die Züpfe wurde herumgeboten, jeder schnitt sich sein Stück ab und sah zu, wie die Voressen an Safranbrühe aufgetragen wurden, Voressen von Hirn, von Schaffleisch, saure Leber. Als die erledigt waren in bedächtigem Zugreifen, kam, in Schüsseln hoch aufgeschichtet, das Rindfleisch, grünes und dürres, jedem nach Belieben, kamen dürre Bohnen und Kannenbirenschnitze, breiter Speck dazu und prächtige Rückenstücke von dreizentnerigen Schweinen, so schön rot und weiß und saftig. Das folgte sich langsam alles, und wenn ein neuer Gast kam, so wurde von der Suppe her alles wieder aufgetragen, und jeder mußte da anfangen wo die Andern auch, Keinem wurde ein einziges Gericht geschenkt. Zwischendurch schenkte Benz, der Kindbettimann, aus den schönen weißen Flaschen, welche eine Maß enthielten und mit Wappen und Sprüchen reich geziert waren, fleißig ein. Wohin seine Arme nicht reichen mochten, trug er Andern das Schenkamt auf, nötete ernstlich zum Trinken, mahnte sehr oft: «Machet doch aus, er ist dafür da, daß man ihn trinkt.» Und wenn die Hebamme eine

Schüssel hineintrug, so brachte er ihr sein Glas, und Andere brachten die ihren ihr auch, so daß wenn sie allemal gehörig hätte Bescheid tun wollen, es in der Küche wunderlich hätte gehen können.

Der jüngere Götti mußte manche Spottrede hören, daß er die Gotte nicht besser zum Trinken zu halten wisse; wenn er das Gesundheitmachen nicht besser verstehe, so kriege er keine Frau. Oh, Hans Uli werde keine begehren, sagte endlich die Gotte, die ledigen Bursche hätten heutzutage ganz andere Sachen im Kopf als das Heiraten, und die meisten vermöchten es nicht einmal mehr. He, sagte Hans Uli, das dünke ihn nichts anders. Solche Schlärpli, wie heutzutage die meisten Mädchen seien, geben gar teure Frauen; die Meisten meinten ja, um eine brave Frau zu werden, hätte man nichts nötig als ein blauseidenes Tüchlein um den Kopf, Händschli im Sommer und gestickte Pantöffeli im Winter. Wenn einem die Kühe fehlten im Stalle, so sei man freilich übel geschlagen, aber man könne doch ändern; wenn man aber eine Frau habe, die einen um Haus und Hof bringe, so sei es austubaket, die müsse man behalten. Es sei einem daher nützlicher, man sinne anderen Sachen nach als dem Heiraten und lasse Mädchen Mädchen sein.

«Ja, ja, du hast ganz recht», sagte der ältere Götti, ein kleines, unscheinbares Männchen in geringen Kleidern, den man aber sehr in Ehren hielt und ihm Vetter sagte, denn er hatte keine Kinder, wohl aber einen bezahlten Hof und hunderttausend Schweizerfranken am Zins; «ja, du hast recht», sagte der, «mit dem Weibervolk ist gar nichts mehr. Ich will nicht sagen, daß nicht hie und da noch eine ist, die einem Hause wohl ansteht, aber die sind dünn gesäet. Sie haben nur Narrenwerk und Hoffart im Kopf, ziehen sich an wie Pfauen, ziehen auf wie sturme Störche, und wenn eine einen halben Tag arbeiten soll, so hat sie drei Tage lang

Kopfweh und liegt vier Tage im Bett, ehe sie wieder bei ihr selber ist. Als ich um meine Alte buhlte, da war es noch anders, da mußte man noch nicht so im Kummer sein, man kriege statt einer braven Hausmutter nur einen Hausnarr oder gar einen Hausteufel.»

«He, he, Götti Uli», sagte die Gotte, die schon lange reden wollte, aber nicht dazu gekommen war, «es würde einen meinen, es seien nur zu deinen Zeiten rechte Baurentöchter gewesen. Du kennst sie nur nicht und achtest dich der Mädchen nicht mehr, wie es so einem alten Manne auch wohl ansteht; aber es gibt sie noch immer so gut als zur Zeit, wo deine Alte noch jung gewesen ist. Ich will mich nicht rühmen, aber mein Vater hat schon manchmal gesagt, wenn ich so fortfahre, so tue ich noch die Mutter selig durch, und die ist doch eine berühmte Frau gewesen. So schwere Schweine wie voriges Jahr hat mein Vater noch nie auf den Markt geführt. Der Metzger hat ihm manchmal gesagt: Er möchte das Meitschi sehen, welches die gemästet habe. Aber über die heutigen Buben hat man zu klagen; was um der lieben Welt willen ist dann mit diesen? Tubaken, im Wirtshaus sitzen, die weißen Hüte auf der Seite tragen und die Augen aufsperren wie Stadttore, allen Kegelten, allen Schießeten, allen schlechten Meitschene nachstreichen, das können sie; aber wenn einer eine Kuh melken oder einen Acker fahren soll, so ist er fertig, und wenn er ein Werkholz in die Finger nimmt, so tut er dumm wie ein Herr oder gar wie ein Schreiber. Ich habe mich schon manchmal hoch verredet, ich wolle keinen Mann, oder ich wisse dann für gewiß, wie ich mit ihm fahren könne, und wenn schon hie und da noch einer einen Bauer abgibt, so weiß man doch noch lange nicht, was er für ein Mann wird.» Da lachten die Andern gar sehr, trieben dem Mädchen das Blut ins Gesicht und das Gespött mit ihm: Wie lange es wohl meine, daß man einen auf die Probe nehmen müsse, bis man für gewiß wisse, was er für ein Mann werde.

So unter Lachen und Scherz nahm man viel Fleisch zu sich, vergaß auch die Kannenbirenschnitze nicht, bis endlich der ältere Götti sagte: Es dünke ihn, man sollte einstweilen genug haben und etwas vom Tische weg; die Beine würden unter dem Tische ganz steif, und eine Pfeife schmekke nie besser, als wenn man zuvor Fleisch gegessen hätte. Dieser Rat erhielt allgemeinen Beifall, wie auch die Kindbettileute einredeten, man solle doch nicht vom Tische weg; wenn man einmal davon sei, so bringe man die Menschen fast nicht mehr dazu. «Habe doch nicht Kummer, Base», sagte der Vetter, «wenn du etwas Gutes auf den Tisch stellst, so hast du mit geringer Mühe uns wieder dabei, und wenn wir uns ein wenig strecken, so geht es um so handlicher wieder mit dem Essen.»

Die Männer machten nun die Runde in den Ställen, taten einen Blick auf die Bühne, ob noch altes Heu vorhanden sei, rühmten das schöne Gras und schauten in die Bäume hinauf, wie groß der Segen wohl sein möge, der von ihnen zu hoffen sei. Unter einem der noch blühenden Bäume machte der Vetter Halt und sagte: Da schicke es sich wohl am besten, abzusitzen und ein Pfeifchen anzustecken; es sei gut kühl da, und wenn die Weiber wieder etwas Gutes angerichtet hätten, so sei man nahe bei der Hand. Bald gesellte sich die Gotte zu ihnen, die mit den andern Weibern den Garten und die Pflanzplätze besehen hatte. Der Gotte kamen die andern Weiber nach, und eine nach der Andern ließ sich nieder ins Gras, vorsichtig die schönen Kittel in Sicherheit bringend, dagegen ihre Unterröcke mit dem hellen roten Rande der Gefahr aussetzend, ein Andenken zu erhalten vom grünen Grase.

Der Baum, um den die ganze Gesellschaft sich lagerte, stand oberhalb des Hauses am sanften Anfang der Halde.

Zuerst ins Auge fiel das schöne, neue Haus; über dasselbe weg konnten die Blicke schweifen an den jenseitigen Talesrand, über manchen schönen, reichen Hof und weiterhin über grüne Hügel und dunkle Täler weg.

«Du hast da ein stattliches Haus, und alles ist gut angegeben dabei», sagte der Vetter, «jetzt könnt ihr auch sein darin und habt Platz für alles; ich konnte nie begreifen, wie man sich in einem so schlechten Hause so lange leiden kann, wenn man Geld und Holz genug zum Bauen hat, wie ihr zum Exempel.» «Vexier nicht, Vetter», sagte der Großvater, «es hat von beidem nichts zu rühmen; dann ist das Bauen eine wüste Sache, man weiß wohl, wie man anfängt, aber nie, wie man aufhört, und manchmal ist einem noch dies im Wege oder das, an jedem Orte etwas anders.»

«Mir gefällt das Haus ganz ausnehmend wohl», sagte eine der Frauen. «Wir sollten auch schon lange ein neues haben, aber wir scheuen immer die Kosten. Sobald mein Mann aber kommt, muß er dieses recht besehen; es dünkt mich, wenn wir so eins haben könnten, ich wäre im Himmel. Aber fragen möchte ich doch, nehmt es nicht für ungut, warum da gleich neben dem ersten Fenster der wüste schwarze Fensterposten ist, der steht dem ganzen Hause übel an.»

Der Großvater machte ein bedenkliches Gesicht, zog noch härter an seiner Pfeife und sagte endlich: Es hätte an Holz gefehlt beim Aufrichten, kein anderes sei gleich bei der Hand gewesen, da habe man in Not und Eile einiges vom alten Hause genommen. «Aber», sagte die Frau, «das schwarze Stück Holz war ja noch dazu zu kurz, oben und unten ist es angesetzt, und jeder Nachbar hätte euch von Herzen gerne ein ganz neues Stück gegeben.» «Ja, wir haben es halt nicht besser gsinnet und durften unsere Nachbaren nicht immer von neuem plagen, sie hatten uns schon genug geholfen mit Holz und Fahren», antwortete der Alte.

«Hör, Ätti», sagte der Vetter, «mache nicht Schneckentänze, sondern gib die Wahrheit an und aufrichtigen Bericht. Schon manches habe ich raunen hören, aber Punktum das Wahre nie vernehmen können. Jetzt schickte es sich so wohl, bis die Weiber den Braten zweg haben; du würdest uns damit so kurze Zeit machen, darum gib aufrichtigen Bericht.» Noch manchen Schneckentanz machte der Großvater, ehe er sich dazu verstund; aber der Vetter und die Weiber ließen nicht nach, bis er es endlich versprach, jedoch unter dem ausdrücklichen Vorbehalt, daß ihm dann lieber wäre, was er erzähle, bliebe unter ihnen und käme nicht weiter. So etwas scheuen gar viele Leute an einem Hause, und er möchte in seinen alten Tagen nicht gerne seinen Leuten böses Spiel machen.

«Allemal, wenn ich dieses Holz betrachte», begann der ehrwürdige Alte, «so muß ich mich verwundern, wie das wohl zuging, daß aus dem fernen Morgenlande, wo das Menschengeschlecht entstanden sein soll, Menschen bis hieher kamen und diesen Winkel in diesem engen Graben fanden, und muß denken, was die, welche bis hierher verschlagen oder gedrängt wurden, alles ausgestanden haben werden und wer sie wohl mögen gewesen sein. Ich habe viel darüber nachgefragt, aber nichts erfahren können, als daß diese Gegend schon sehr früh bewohnt gewesen, ja Sumiswald, noch ehe unser Heiland auf der Welt war, eine Stadt gewesen sein soll; aber aufgeschrieben steht das nirgends. Doch das weiß man, daß es schon mehr als sechshundert Jahre her ist, daß das Schloß steht, wo jetzt der Spital ist; und wahrscheinlich um dieselbe Zeit stund auch hier schon ein Haus und gehörte samt einem großen Teil der Umgegend zu dem Schlosse, mußte dorthin Zehnten und Bodenzinse geben, Frondienste leisten, ja die Menschen waren leibeigen und nicht eigenen Rechtens, wie jetzt jeder ist, sobald er zu Jahren kömmt. Gar ungleich hatten es damals die Menschen, und nahe bei einander wohnten Leibeigene, welche die besten Händel hatten, und solche, die schwer, fast unerträglich gedrückt wurden, ihres Lebens nicht sicher waren. Ihr Zustand hing jeweilen von ihren Herren ab; die waren gar ungleich und doch fast unumschränkt Meister über ihre Leute, und diese fanden Keinen, dem sie so leichtlich und wirksam klagen konnten. Die, welche zu diesem Schlosse gehörten, sollen es schlimmer gehabt haben zu Zeiten als die Meisten, welche zu andern Schlössern gehörten. Die meisten andern Schlösser gehörten einer Familie, kamen von dem Vater auf den Sohn, da kannten der Herr und seine Leute sich von Jugend auf, und gar Mancher war seinen Leuten wie ein Vater. Dieses Schloß kam nämlich frühe in die Hände von Rittern, die man die Teutschen nannte, und der, welcher hier zu befehlen hatte, den nannte man den Comthur. Diese Obern wechselten nun, und bald war einer da aus dem Sachsenland und bald einer aus dem Schwabenland; da kam keine Anhänglichkeit auf, und ein jeder brachte Brauch und Art mit aus seinem Lande.

Nun sollten sie eigentlich in Polen und im Preußenlande mit den Heiden streiten, und dort, obgleich sie eigentlich geistliche Ritter waren, gewöhnten sie sich fast an ein heidnisch Leben und gingen mit andern Menschen um, als ob kein Gott im Himmel wäre, und wenn sie dann heimkamen, so meinten sie noch immer, sie seien im Heidenlande, und trieben das gleiche Leben fort. Denn die, welche lieber im Schatten lustig lebten als im wüsten Lande blutig stritten, oder die, welche ihre Wunden heilen, ihren Leib stärken mußten, kamen auf die Güter, welche der Orden, so soll man die Gesellschaft der Ritter genannt haben, in Deutschland und in der Schweiz besaß, und taten jeder nach seiner Art und was ihm wohlgefiel. Einer der Wüstesten soll der

Hans von Stoffeln gewesen sein aus dem Schwabenlande, und unter ihm soll es sich zugetragen haben, was ihr von mir wissen wollt und was sich bei uns von Vater auf den Sohn vererbt hat.

Diesem Hans von Stoffeln fiel es bei, dort hinten auf dem Bärhegenhubel ein großes Schloß zu bauen; dort, wo man noch jetzt, wenn es wild Wetter geben will, die Schloß, geister ihre Schätze sonnen sieht, stand das Schloß. Sonst bauten die Ritter ihre Schlösser über den Straßen, wie man jetzt die Wirtshäuser an die Straßen baut, beides, um die Leute besser plündern zu können, auf verschiedene Weise freilich. Warum aber der Ritter dort auf dem wilden, wüsten Hubel in der Einöde ein Schloß haben wollte, wissen wir nicht; genug, er wollte es, und die Bauren, welche zum Schlosse gehörten, mußten es bauen. Der Ritter fragte nach keinem von der Jahreszeit gebotenen Werk, nicht nach dem Heuet, nicht nach der Ernte, nicht nach dem Säet. So und so viel Züge mußten fahren, so und so viel Hände mußten arbeiten, zu der und der Zeit sollte der letzte Ziegel gedeckt, der letzte Nagel geschlagen sein. Dazu schenkte er keine Zehntgarbe, kein Mäß Bodenzins, kein Fasnachthuhn, ja nicht einmal ein Fasnachtei; Barmherzigkeit kannte er keine, die Bedürfnisse armer Leute kannte er nicht. Er ermunterte sie auf heidnische Weise mit Schlägen und Schimpfen, und wenn einer müde wurde, langsamer sich rührte oder gar ruhen wollte, so war der Vogt hinter ihm mit der Peitsche, und weder Alter noch Schwachheit ward verschont. Wenn die wilden Ritter oben waren, so hatten sie ihre Freude dran, wenn die Peitsche recht knallte, und sonst trieben sie noch manchen Schabernack mit den Arbeitern; wenn sie ihre Arbeit mutwillig verdoppeln konnten, so sparten sie es nicht und hatten dann große Freude an ihrer Angst, an ihrem Schweiß.

Endlich war das Schloß fertig, fünf Ellen dick die Mauren; niemand wußte, warum es da oben stand, aber die Bauren waren froh, daß es einmal stand, wenn es doch stehen mußte, der letzte Nagel geschlagen, der letzte Ziegel oben war.

Sie wischten sich den Schweiß von den Stirnen, sahen mit betrübtem Herzen sich um in ihrem Besitztum, sahen seufzend, wie weit der unselige Bau sie zurück gebracht. Aber war doch ein langer Sommer vor ihnen und Gott über ihnen, darum faßten sie Mut und kräftig den Pflug und trösteten Weib und Kind, die schweren Hunger gelitten und denen Arbeit eine neue Pein schien.

Aber kaum hatten sie den Pflug ins Feld geführt, so kam Botschaft, daß alle Hofbauren eines Abends zur bestimmten Stunde im Schlosse zu Sumiswald sich einfinden sollten. Sie bangten und hofften. Freilich hatten sie von den gegenwärtigen Bewohnern des Schlosses noch nichts Gutes genossen, sondern lauter Mutwillen und Härte, aber es dünkte sie billig, daß die Herren ihnen etwas täten für den unerhörten Frondienst, und weil es sie so dünkte, so meinten Viele, es dünke die Herren auch so und sie werden an selbem Abend ihnen ein Geschenk machen oder einen Nachlaß verkünden wollen.

Sie fanden sich am bestimmten Abend zeitig und mit klopfendem Herzen ein, mußten aber lange warten im Schloßhofe, den Knechten zum Gespött. Die Knechte waren auch im Heidenlande gewesen. Zudem wird es gewesen sein wie jetzt, wo jedes halbbatzige Herrenknechtlein das Recht zu haben meint, gesessene Bauren verachten zu können und verhöhnen zu dürfen.

Endlich wurden sie in den Rittersaal entboten; vor ihnen öffnete sich die schwere Türe, drinnen saßen um den schweren Eichentisch die schwarzbraunen Ritter, wilde Hunde zu ihren Füßen, und obenan der von Stoffeln, ein wilder, mächtiger Mann, der einen Kopf hatte wie ein doppelt Bern∕mäß, Augen machte wie Pflugsräder und einen Bart hatte wie eine alte Löwenmähne. Keiner ging gerne zuerst hinein, einer stieß den Andern vor. Da lachten die Ritter, daß der Wein über die Humpen spritzte, und wütend stürzten die Hunde vor; denn wenn diese zitternde, zagende Glieder sehen, so meinen sie, dieselben gehören einem zu jagenden Wilde. Den Bauren aber ward nicht gut zumute, es dünkte sie, wenn sie nur wieder daheim wären, und einer drückte sich hinter den Andern. Als endlich Hunde und Ritter schwiegen, erhob der von Stoffeln seine Stimme, und sie tönte wie aus einer hundertjährigen Eiche. «Mein Schloß ist fertig, doch noch eines fehlt, der Sommer kömmt, und droben ist kein Schattengang. In Zeit eines Monates sollt ihr mir einen pflanzen, sollt hundert ausgewachsene Buchen nehmen aus dem Münneberg mit Ästen und Wurzeln und sollt sie mir pflanzen auf Bärhegen, und wenn eine einzige Buche fehlt, so büßt ihr mir es mit Gut und Blut. Drunten steht Trunk und Imbiß, aber morgen soll die erste Buche auf Bärhegen stehn.»

Als von Trunk und Imbiß einer hörte, meinte er, der Ritter sei gnädig und gut gelaunt, und begann zu reden von ihrer notwendigen Arbeit und dem Hunger von Weib und Kind und vom Winter, wo die Sache besser zu machen wäre. Da begann der Zorn des Ritters Kopf größer und grö∕ßer zu schwellen, und seine Stimme brach los wie der Don∕ner aus einer Fluh, und er sagte ihnen: Wenn er gnädig sei, so seien sie übermütig. Wenn im Polenlande einer das nackte Leben habe, so küsse er einem die Füße, hier hätten sie Kind und Rind, Dach und Fach und doch nicht satt. «Aber ge∕horsamer und genügsamer mache ich euch, so wahr ich Hans von Stoffeln bin, und wenn in Monatsfrist die hundert Buchen nicht oben stehen, so lasse ich euch peitschen, bis kein Fingerlang mehr ganz an euch ist, und Weiber und Kinder werfe ich den Hunden vor.»

Da wagte Keiner mehr eine Einrede, aber auch Keiner begehrte von dem Trunk und Imbiß; sie drängten sich, als der zornige Befehl gegeben war, zur Türe hinaus, und jeder wäre gerne der Erste gewesen, und weithin folgte ihnen des Ritters donnernde Stimme nach, der andern Ritter Gelächter, der Knechte Spott, der Rüden Geheul.

Als der Weg sich beugte, vom Schlosse sie nicht mehr konnten gesehen werden, setzten sie sich an des Weges Rand und weinten bitterlich; Keiner hatte einen Trost für den Andern, und Keiner hatte den Mut zu rechtem Zorn, denn Not und Plage hatten den Mut ihnen ausgelöscht, so daß sie keine Kraft mehr zum Zorne hatten, sondern nur noch zum Jammer. Über drei Stunden weit sollten sie durch wilde Wege die Buchen führen mit Ästen und Wurzeln den steilen Berg hinauf, und neben diesem Berge wuchsen viele und schöne Buchen, und die mußten sie stehen lassen! In Monatsfrist sollte das Werk geschehen sein, zwei Tage drei, den dritten vier Bäume sollten sie schleppen durchs lange Tal, den steilen Berg auf mit ihrem ermatteten Vieh. Und über alles dieses war es der Maimond, wo der Bauer sich rühren muß auf seinem Acker, fast Tag und Nacht ihn nicht verlassen darf, wenn er Brot will und Speise für den Winter.

Wie sie da so ratlos weinten, Keiner den Andern ansehen, in den Jammer des Andern sehen durfte, weil der seinige schon über ihm zusammenschlug, und Keiner heim durfte mit der Botschaft, Keiner den Jammer heimtragen mochte zu Weib und Kind, stund plötzlich vor ihnen, sie wußten nicht woher, lang und dürre ein grüner Jägersmann. Auf dem kecken Barett schwankte eine rote Feder, im schwarzen Gesichte flammte ein rotes Bärtchen, und zwischen der gebogenen Nase und dem zugespitzten Kinn, fast unsichtbar wie eine Höhle unter überhangendem Gestein, öffnete sich ein Mund und frug: «Was gibt es, ihr guten Leute, daß ihr dasitzet und heulet, daß es Steine aus dem Boden sprengt und Äste ab den Bäumen?» Zweimal frug er also, und zweimal erhielt er keine Antwort.

Da ward noch schwärzer des Grünen schwarz Gesicht, noch röter das rote Bärtchen, es schien darin zu knistern und zu spretzeln wie Feuer im Tannenholz; wie ein Pfeil spitzte sich der Mund, dann tat er sich auseinander und frug ganz holdselig und mild: «Aber ihr guten Leute, was hilft es euch, daß ihr dasitzet und heulet? Ihr könnt da heulen, bis es eine neue Sündflut gibt oder euer Geschrei die Sterne aus dem Himmel sprengt; aber damit wird euch wahrscheinlich wenig geholfen sein. Wenn euch aber Leute fragen, was ihr hättet, Leute, die es gut mit euch meinen, euch vielleicht helfen könnten, so solltet ihr, statt zu heulen, antworten und ein vernünftig Wort reden, das hülfe euch viel mehr.» Da schüttelte ein alter Mann das weiße Haupt und sprach: «Haltet es nicht für ungut, aber das, worüber wir weinen, nimmt kein Jägersmann uns ab, und wenn das Herz einmal im Jammer verschwollen ist, so kommen keine Worte mehr daraus.»

Da schüttelte sein spitziges Haupt der Grüne und sprach: «Vater, Ihr redet nicht dumm, aber so ist es doch nicht. Man mag schlagen, was man will, Stein oder Baum, so gibt es einen Ton von sich, es klaget. So soll auch der Mensch klagen, soll alles klagen, soll dem ersten Besten klagen, vielleicht hilft ihm der erste Beste. Ich bin nur ein Jägersmann, wer weiß, ob ich nicht daheim ein tüchtiges Gespann habe, Holz und Steine oder Buchen und Tannen zu führen!»

Als die armen Bauern das Wort Gespann hörten, fiel es ihnen allen ins Herz, ward da zu einem Hoffnungsfunken, und alle Augen sahen auf ihn, und dem Alten ging der

Mund noch weiter auf, er sprach: Es sei nicht immer richtig, dem Ersten dem Besten zu sagen, was man auf dem Herzen hätte; da man ihm es aber anhöre, daß er es gut meine, daß er vielleicht helfen könne, so wolle man kein Hehl vor ihm haben. Mehr als zwei Jahre hätten sie schwer gelitten unter dem neuen Schloßbau, kein Hauswesen sei in der ganzen Herrschaft, welches nicht bitterlich im Mangel sei. Jetzt hätten sie frisch aufgeatmet, in der Meinung, endlich freie Hände zu haben zur eigenen Arbeit, hätten mit neuem Mut den Pflug ins Feld geführt, und soeben hätte der Comthur ihnen befohlen, aus im Münneberg gewachsenen Buchen in Monatsfrist beim neuen Schloß einen neuen Schattengang zu pflanzen. Sie wüßten nicht, wie das vollbringen in dieser Frist mit ihrem abgekarrten Vieh, und wenn sie es vollbrächten, was hülfe es ihnen? Anpflanzen könnten sie nicht und müßten nachher Hungers sterben, im Fall die harte Arbeit sie nicht schon tötete. Diese Botschaft dürften sie nicht heimtragen, möchten nicht zum alten Elend noch den neuen Jammer schütten.

Da machte der Grüne ein gar mitleidiges Gesicht, hob drohend die lange, magere, schwarze Hand gegen das Schloß empor und vermaß sich zu schwerer Rache gegen solche Tyrannei. Ihnen aber wolle er helfen. Sein Gespann, wie keines sei im Lande, solle vom Kilchstalden weg, diesseits Sumiswald, ihnen alle Buchen, so viele sie dorthin zu bringen vermöchten, auf Bärhegen führen, ihnen zulieb, den Rittern zum Trotz und um geringen Lohn.

Da horchten hoch auf die armen Männer bei diesem unerwarteten Anerbieten. Konnten sie um den Lohn einig werden, so waren sie gerettet, denn bis an den Kilchstalden konnten sie die Buchen führen, ohne daß ihre Landarbeit darüber versäumt und sie zugrunde gingen. Darum sagte der Alte: «So sag an, was du verlangst, auf daß wir mit dir des

Handels einig werden mögen.» Da machte der Grüne ein pfiffig Gesicht; es knisterte in seinem Bärtchen, und wie Schlangenaugen funkelten sie seine Augen an, und ein greulich Lachen stand in beiden Mundwinkeln, als er ihn von einander tat und sagte: «Wie ich gesagt, ich begehre nicht viel, nicht mehr als ein ungetauftes Kind.»

Das Wort zuckte durch die Männer wie ein Blitz, eine Decke fiel es von ihren Augen, und wie Spreu im Wirbelwinde stoben sie aus einander.

Da lachte hell auf der Grüne, daß die Fische im Bache sich bargen, die Vögel das Dickicht suchten, und grausig schwankte die Feder am Hute, und auf und nieder ging das Bärtchen. «Besinnet euch oder suchet bei euren Weibern Rat, in der dritten Nacht findet ihr hier mich wieder!» so rief er den Fliehenden mit scharf tönender Stimme nach, daß die Worte in ihren Ohren hängen blieben, wie Pfeile mit Widerhaken hängen bleiben im Fleische.

Blaß und zitternd an der Seele und an allen Gliedern stäubten die Männer nach Hause; Keiner sah nach dem Andern sich um, Keiner hätte den Hals gedreht, nicht um alle Güter der Welt. Als so verstört die Männer dahergestoben kamen wie Tauben, vom Vogel gejagt, zum Taubenschlag, da drang mit ihnen der Schrecken in alle Häuser, und alle bebten vor der Kunde, welche den Männern die Glieder also durcheinanderwarf.

In zitternder Neugierde schlichen die Weiber den Männern nach, bis sie dieselben an den Orten hatten, wo man im Stillen ein vertraut Wort reden konnte. Da mußte jeder Mann seinem Weibe erzählen, was sie im Schloß vernommen, das hörten sie mit Wut und Fluch; sie mußten erzählen, wer ihnen begegnet, was er ihnen angetragen. Da ergriff namenlose Angst die Weiber, ein Wehgeschrei ertönte über Berg und Tal, einer jeden ward, als hätte ihr eigen Kind der

Ruchlose begehrt. Ein einziges Weib schrie nicht den Andern gleich. Das war ein grausam handlich Weib, eine Lindauerin soll es gewesen sein, und hier auf dem Hofe hat es gewohnt. Es hatte wilde, schwarze Augen und fürchtete sich nicht viel vor Gott und Menschen. Böse war es schon geworden, daß die Männer dem Ritter nicht rundweg das Begehren abgeschlagen; wenn es dabei gewesen, es hätte ihm es sagen wollen, sagte es. Als sie vom Grünen hörte und seinem Antrage und wie die Männer davongestoben, da ward sie erst recht böse und schalt die Männer über ihre Feigheit und daß sie dem Grünen nicht kecker ins Gesicht gesehen; vielleicht hätte er mit einem andern Lohne sich auch begnügt, und da die Arbeit für das Schloß sei, würde es ihren Seelen nichts schaden, wenn der Teufel sie mache. Sie ergrimmte in der Seele, daß sie nicht dabei gewesen, und wäre es nur, damit sie einmal den Teufel gesehen und auch wüßte, was er für ein Aussehen hätte. Darum weinte dieses Weib nicht, sondern redete in seinem Grimme harte Worte gegen den eigenen Mann und gegen alle andern Männer.

Des folgenden Tages, als in stilles Gewimmer das Wehgeschrei verglommen war, saßen die Männer zusammen, suchten Rat und fanden keinen. Anfangs war die Rede von neuem Bitten bei dem Ritter; aber niemand wollte bitten gehen, Keinem schien Leib und Leben feil. Einer wollte Weiber und Kinder schicken mit Geheul und Jammer, der aber verstummete schnell, als die Weiber zu reden begannen; denn schon damals waren die Weiber in der Nähe, wenn die Männer im Rate saßen. Sie wußten keinen Rat, als in Gottes Namen Gehorsam zu versuchen; sie wollten Messen lesen lassen, um Gottes Beistand zu gewinnen, wollten Nachbaren um nächtliche geheime Hülfe ansprechen, denn eine offenbare hätten ihnen ihre Herren nicht erlaubt, wollten sich teilen; die Hälfte sollte bei den Buchen schaffen, die andere Hälfte Haber säen und des Viehes warten. Sie hofften auf diese Weise und mit Gottes Hülfe täglich wenigstens drei Buchen auf Bärhegen hinauf zu schaffen; vom Grünen redete niemand, ob niemand an ihn dachte, ist nicht verzeichnet worden.

Sie teilten sich ein, rüsteten die Werkzeuge, und als der erste Maitag über seine Schwelle kam, sammelten die Männer sich am Münneberg und begannen mit gefaßtem Mute die Arbeit. In weitem Ringe mußten die Buchen umgraben, sorgfältig die Wurzeln geschont, sorgfältig die Bäume, damit sie sich nicht verletzten, zur Erde gelassen werden. Noch war der Morgen nicht hoch am Himmel, als drei zur Abfahrt bereit lagen, denn immer drei sollten zusammen geführt werden, damit man auf dem schweren Weg mit Hand und Vieh sich gegenseitig helfen könne. Aber schon stund die Sonne im Mittag, und noch waren sie mit den drei Buchen nicht zum Walde hinaus, schon stand sie hinter den Bergen, und noch waren die Züge nicht über Sumiswald hinaus; erst der neue Morgen fand sie am Fuße des Berges, auf dem das Schloß stand und die Buchen sollten gepflanzet werden. Es war, als ob ein eigener Unstern Macht hätte über sie. Ein Mißgeschick nach dem andern traf sie: die Geschirre zerrissen, die Wagen brachen, Pferde und Ochsen fielen oder weigerten den Gehorsam. Noch ärger ging es am zweiten Tage. Neue Not brachte immerfort neue Mühe, unter rastloser Arbeit keuchten die Armen, und keine Buche war noch oben, keine vierte Buche über Sumiswald hinaus geschafft.

Der von Stoffeln schalt und fluchte; je mehr er schalt und fluchte, um so größer ward der Unstern, um so stättiger das Vieh. Die andern Ritter lachten und höhnten und freuten sich gar sehr über das Zappeln der Bauren, den Zorn des von Stoffeln. Sie hatten gelacht über des von Stoffeln neues

Schloß auf dem nackten Gipfel. Da hatte der geschworen: In Monatsfrist müßte ein schöner Laubgang droben sein. Darum fluchte er, darum lachten die Ritter, und weinen taten die Bauren.

Eine fürchterliche Mutlosigkeit erfaßte diese, keinen Wagen hatten sie mehr ganz, keinen Zug unbeschädigt, in zwei Tagen nicht drei Buchen zur Stelle gebracht, und alle Kraft war erschöpft.

Nacht war es geworden, schwarze Wolken stiegen auf, es blitzte zum ersten Male in diesem Jahre. An den Weg hatten sich die Männer gesetzt; es war die gleiche Beugung des Weges, in welcher sie vor drei Tagen gesessen waren, sie wußten es aber nicht. Da saß der Hornbachbauer, der Lindauerin Mann, mit zwei Knechten, und Andere mehr saßen auch bei ihnen. Sie wollten da auf Buchen warten, die von Sumiswald kommen sollten, wollten ungestört sinnen über ihr Elend, wollten ruhen lassen ihre zerschlagenen Glieder.

Da kam rasch, daß es fast pfiff, wie der Wind pfeift, wenn er aus den Kammern entronnen ist, ein Weib daher, einen großen Korb auf dem Kopfe. Es war Christine, die Lindauerin, des Hornbachbauren Eheweib, zu dem derselbe gekommen war, als er einmal mit seinem Herrn zu Felde gezogen war. Sie war nicht von den Weibern, die froh sind, daheim zu sein, in der Stille ihre Geschäfte zu beschicken, und die sich um nichts kümmern als um Haus und Kind. Christine wollte wissen, was ging, und wo sie ihren Rat nicht dazu geben konnte, da ginge es schlecht, so meinte sie.

Mit der Speise hatte sie daher keine Magd gesandt, sondern den schweren Korb auf den eigenen Kopf genommen und die Männer lange gesucht umsonst; bittere Worte ließ sie fallen darüber, sobald sie dieselben gefunden. Unterdessen war sie aber nicht müßig, die konnte noch reden und schaffen zu gleicher Zeit. Sie stellte den Korb ab, deckte den

Kübel ab, in welchem das Hafermus war, legte das Brot und den Käse zurecht und steckte jedem gegenüber für Mann und Knecht die Löffel ins Mus und hieß auch die Andern zugreifen, die noch speislos waren. Dann frug sie nach der Männer Tagewerk und wieviel geschaffet worden in den zwei Tagen. Aber Hunger und Worte waren den Männern ausgegangen, und Keiner griff zum Löffel, und Keiner hatte eine Antwort. Nur ein leichtfertig Knechtlein, dem es gleichgültig war, regne oder sonnenscheine es in der Ernte, wenn nur das Jahr umging und der Lohn kam und zu jeder Essenszeit das Essen auf den Tisch, griff zum Löffel und berichtete Christine, daß noch keine Buche gepflanzet sei und alles gehe, als ob sie verhext wären.

Da schalt die Lindauerin, daß das eitel Einbildung wäre und die Männer nichts als Kindbetterinnen; mit Schaffen und Weinen, mit Hocken und Heulen werde man keine Buchen auf Bärhegen bringen. Ihnen würde nur ihr Recht widerfahren, wenn der Ritter seinen Mutwillen an ihnen ausließe; aber um Weib und Kinder willen müsse die Sache anders zur Hand genommen werden. Da kam plötzlich über die Achsel des Weibes eine lange schwarze Hand, und eine gellende Stimme rief: «Ja, die hat recht!» Und mitten unter ihnen stand mit grinsendem Gesicht der Grüne, und lustig schwankte die rote Feder auf seinem Hute. Da hob der Schreck die Männer von dannen, sie stoben die Halde auf wie Spreu im Wirbelwinde.

Nur Christine, die Lindauerin, konnte nicht fliehen; sie erfuhr es, wie man den Teufel leibhaftig kriegt, wenn man ihn an die Wand male. Sie blieb stehen wie gebannt, mußte schauen die rote Feder am Barett und wie das rote Bärtchen lustig auf- und niederging im schwarzen Gesichte. Gellend lachte der Grüne den Männern nach, aber gegen Christine machte er ein zärtlich Gesicht und faßte mit höflicher

Gebärde ihre Hand. Christine wollte sie wegziehen, aber sie entrann dem Grünen nicht mehr; es war ihr, als zische Fleisch zwischen glühenden Zangen. Und schöne Worte begann er zu reden, und zu den Worten zwitzerte lüstern sein rot Bärtchen auf und ab. So ein schön Weibchen habe er lange nicht gesehen, sagte er, das Herz lache ihm im Leibe; zudem habe er sie gerne mutig, und gerade die seien ihm die Liebsten, welche stehen bleiben dürften, wenn die Männer davonliefen.

Wie er so redete, kam Christinen der Grüne immer weniger schreckhaft vor. Mit dem sei doch noch zu reden, dachte sie, und sie wüßte nicht, warum davonlaufen, sie hätte schon viel Wüstere gesehen. Der Gedanke kam ihr immer mehr: mit dem ließe sich etwas machen, und wenn man recht mit ihm zu reden wüßte, so täte er einem wohl einen Gefallen, oder am Ende könnte man ihn übertölpeln wie die andern Männer auch. Er wüßte gar nicht, fuhr der Grüne fort, warum man sich so vor ihm scheue; er meine es doch so gut mit allen Menschen, und wenn man so grob gegen ihn sei, so müsse man sich nicht wundern, wenn er den Leuten nicht immer täte, was ihnen am liebsten wäre. Da faßte Christine ein Herz und antwortete: Er erschrecke aber die Leute auch, daß es schrecklich wäre. Warum habe er ein ungetauft Kind verlangt, er hätte doch von einem andern Lohn reden können, das komme den Leuten gar verdächtig vor; ein Kind sei immer ein Mensch, und ungetauft eins aus den Händen geben, das werde kein Christ tun. «Das ist mein Lohn, an den ich gewohnt bin, und um anderen fahre ich nicht, und was frägt man doch so einem Kinde nach, das noch niemand kennt! So jung gibt man sie am liebsten weg, hat man doch noch keine Freude an ihnen gehabt und keine Mühe mit ihnen. Ich aber habe sie je jünger, je lieber; je früher ich ein Kind erziehen kann auf meine Manier, um so weiter bringe ich es, dazu habe ich aber das Taufen gar nicht nötig und will es nicht.» Da sah Christine wohl, daß er mit keinem andern Lohn sich werde begnügen wollen; aber es wuchs in ihr immer mehr der Gedanke: das wäre doch der Einzige, der nicht zu betrügen wäre.

Darum sagte sie: Wenn aber einer etwas verdienen wolle, müßte er sich mit dem Lohne begnügen, den man ihm geben könne; sie aber hätten gegenwärtig in keinem Hause ein ungetauft Kind, und in Monatsfrist gebe es keins, und in dieser Zeit müßten die Buchen geliefert sein. Da schwänzelte gar höflich der Grüne und sagte: «Ich begehre das Kind ja nicht zum voraus. Sobald man mir verspricht, das erste zu liefern ungetauft, welches geboren wird, so bin ich schon zufrieden.» Das gefiel Christine gar wohl. Sie wußte, daß es in geraumer Zeit kein Kind geben werde in ihrer Herren Gebiet. Wenn nun einmal der Grüne sein Versprechen gehalten und die Buchen gepflanzt seien, so brauche man ihm gar nichts mehr zu geben, weder ein Kind noch was anderes; man lasse Messen lesen zu Schutz und Trutz und lache tapfer den Grünen aus, so dachte Christine. Sie dankte daher schon ganz herzhaft für das gute Anerbieten und sagte: Es sei zu bedenken, und sie wolle mit den Männern darüber reden. «Ja», sagte der Grüne, «da ist gar nichts mehr weder zu denken noch zu reden. Für heute habe ich euch bestellt, und jetzt will ich den Bescheid; ich habe noch an gar vielen Orten zu tun und bin nicht bloß wegen euch da. Du mußt mir zu‚ oder absagen, nachher will ich von dem ganzen Handel nichts mehr wissen.» Christine wollte die Sache verdrehen, denn sie nahm sie nicht gerne auf sich, sie wäre sogar gerne zärtlich geworden, um Stündigung zu erhalten; allein der Grüne war nicht aufgelegt, wankte nicht, «jetzt oder nie», sagte er. Sobald aber der Handel geschlossen sei um ein einzig Kind, so wolle er in jeder Nacht so viel Buchen auf Bärhegen

führen, als man ihm vor Mitternacht unten an den Kirch/
stalden liefere, dort wollte er sie in Empfang nehmen. «Nun,
schöne Frau, bedenke dich nicht», sagte der Grüne und
klopfte Christine holdselig auf die Wange. Da klopfte doch
ihr Herz, sie hätte lieber die Männer hineingestoßen, um
hintendrein sie schuld geben zu können. Aber die Zeit
drängte, kein Mann war da als Sündenbock, und der Glaube
verließ sie nicht, daß sie listiger als der Grüne sei und wohl
ein Einfall kommen werde, ihn mit langer Nase abzuspeisen.
Darum sagte Christine: Sie für ihre Person wolle zugesagt
haben; wenn aber dann später die Männer nicht wollten, so
vermöchte sie sich dessen nicht, und er solle es sie nicht ent/
gelten lassen. Mit dem Versprechen, zu tun, was sie könne,
sei er hinlänglich zufrieden, sagte der Grüne. Jetzt schauder/
te es Christine doch an Leib und Seele; jetzt, meinte sie,
komme der schreckliche Augenblick, wo sie mit Blut von
ihrem Blute dem Grünen den Akkord unterschreiben
müsse. Aber der Grüne machte es viel leichtlicher und sagte:
Von hübschen Weibern begehre er nie eine Unterschrift, mit
einem Kuß sei er zufrieden. Somit spitzte er seinen Mund
gegen Christines Gesicht, und Christine konnte nicht flie/
hen, war wiederum wie gebannt, steif und starr. Da berührte
der spitzige Mund Christines Gesicht, und ihr war, als ob
von spitzigem Eisen aus Feuer durch Mark und Bein fahre,
durch Leib und Seele; und ein gelber Blitz fuhr zwischen
ihnen durch und zeigte Christine freudig verzerrt des Grünen
teuflisch Gesicht, und ein Donner fuhr über sie, als ob der
Himmel zersprungen wäre.

Verschwunden war der Grüne, und Christine stund wie
versteinert, als ob tief in den Boden hinunter ihre Füße Wur/
zeln getrieben hätten in jenem schrecklichen Augenblick.
Endlich war sie ihrer Glieder wieder mächtig, aber im Ge/
müte brauste und sauste es ihr, als ob ein mächtiges Wasser

seine Fluten wälze über turmhohen Felsen hinunter in schwarzen Schlund. Wie man im Donner der Wasser die eigene Stimme nicht hört, so ward Christine der eigenen Gedanken sich nicht bewußt im Tosen, das donnerte in ihrem Gemüte. Unwillkürlich floh sie den Berg hinan, und immer glühender fühlte sie ein Brennen an ihrer Wange, da wo des Grünen Mund sie berührt; sie rieb, sie wusch, aber der Brand nahm nicht ab.

Es war eine wilde Nacht. In Lüften und Klüften heulte und toste es, als ob die Geister der Nacht Hochzeit hielten in den schwarzen Wolken, die Winde die wilden Reigen spielten zu ihrem grausen Tanze, die Blitze die Hochzeitfackeln wären und der Donner der Hochzeitsegen. In dieser Jahreszeit hatte man eine solche Nacht noch nie erlebt.

In finsterem Bergestale regte es sich um ein großes Haus, und Viele drängten sich um sein schirmend Obdach. Sonst treibt im Gewittersturm die Angst um den eigenen Herd den Landmann unter das eigene Dach, und sorgsam wachend, solange das Gewitter am Himmel steht, wahret und hütet er das eigene Haus. Aber jetzt war die gemeinsame Not größer als die Angst vor dem Gewitter. Diese trieb sie in diesem Hause zusammen, an welchem vorbeigehen mußten die, welche der Sturm aus dem Münneberg trieb, und die, welche von Bärhegen sich geflüchtet. Den Graus der Nacht ob dem eigenen Elend vergessend, hörte man sie klagen und grollen über ihr Mißgeschick. Zu allem Unglück war noch das Toben der Natur gekommen. Pferde und Ochsen waren scheu geworden, betäubt, hatten Wagen zertrümmert, sich über Felsen gestürzt, und schwer verwundet stöhnte Mancher in tiefem Schmerze, laut auf schrie Mancher, dem man zerrissene Glieder einzog und zusammenband.

In das Elend hinein flüchteten sich auch in schauerlicher Angst die, welche den Grünen gesehen, und erzählten bebend die wiederholte Erscheinung. Bebend hörte die Menge, was die Männer erzählten, drängte sich aus dem weiten, dunkeln Raume dem Feuer zu, um welches die Männer saßen; und wenn der Wind durch die Sparren fuhr oder Donner über dem Hause rollte, so schrie laut auf die Menge und meinte, es breche durchs Dach der Grüne, sich zu zeigen in ihrer Mitte. Als er aber nicht kam, als der Schreck vor ihm verging, als das alte Elend blieb und der Jammer der Leidenden lauter wurde, da stiegen allmählig die Gedanken auf, die den Menschen, der in der Not ist, so gerne um seine Seele bringen. Sie begannen zu rechnen, wie viel mehr wert sie alle seien als ein einzig ungetauft Kind; sie vergassen immer mehr, daß die Schuld an einer Seele tausendmal schwerer wiege als die Rettung von tausend und abermal tausend Menschenleben.

Diese Gedanken wurden allmählig laut und begannen sich zu mischen als verständliche Worte in das Schmerzensgestöhn der Leidenden. Man fragte näher nach dem Grünen, grollte, daß man ihm nicht besser Rede gestanden; genommen hätte er niemand, und je weniger man ihn fürchte, um so weniger tue er den Menschen. Dem ganzen Tale hätten sie vielleicht helfen können, wenn sie das Herz am rechten Orte gehabt hätten. Da begannen die Männer sich zu entschuldigen. Sie sagten nicht, daß es sich mit dem Teufel nicht spassen lasse, daß wer ihm ein Ohr leihe, bald den ganzen Kopf ihm geben müsse, sondern sie redeten von des Grünen schrecklicher Gestalt, seinem Flammenbarte, der feurigen Feder auf seinem Hute, einem Schloßturme gleich, und dem schrecklichen Schwefelgeruch, den sie nicht hätten ertragen mögen. Christines Mann aber, der gewöhnt worden war, daß sein Wort erst durch die Zustimmung seiner Frau Kraft erhielt, sagte, sie sollten nur seine Frau fragen, die könne ihnen sagen, ob es jemand hätte aushalten mögen; und daß die ein kuraschiertes Weib sei, wüßten alle. Da sahen alle nach Christine sich um, aber Keiner sah sie. Es hatte jeder nur an seine Rettung gedacht und an Andere nicht, und wie jetzt jeder am Trocknen saß, so meinte er, die Andern säßen ebenso. Jetzt erst fiel allen bei, daß sie Christine seit jenem schrecklichen Augenblick nicht mehr gesehen, und ins Haus war sie nicht gekommen. Da begann der Mann zu jammern und alle Andern mit ihm, denn es ward ihnen allen, als ob Christine allein zu helfen wüßte.

Plötzlich ging die Türe auf, und Christine stand mitten unter ihnen; die Haare trieften, rot waren ihre Wangen, und ihre Augen brannten noch dunkler als sonst in unheimlichem Feuer. Eine Teilnahme, deren Christine sonst nicht gewohnt war, empfing sie, und jeder wollte ihr erzählen, was man gedacht und gesagt und wie man Kummer um sie gehabt. Christine sah bald, was alles zu bedeuten hatte, und verbarg ihre innere Glut hinter spöttische Worte, warf den Männern ihre übereilte Flucht vor und wie Keiner um ein arm Weib sich bekümmert und Keiner sich umgesehen, was der Grüne mit ihr beginne. Da brach der Sturm der Neugierde aus, und jeder wollte zuerst wissen, was nun der Grüne mit ihr angefangen, und die Hintersten hoben sich hoch auf, um besser zu hören und die Frau näher zu sehen, die dem Grünen so nahe gestanden. Sie sollte nichts sagen, meinte Christine zuerst, man hätte es nicht um sie verdient, als Fremde sie übel geplaget im Tale, die Weiber ihr einen übeln Namen angehängt, die Männer sie allenthalben im Stiche gelassen, und wenn sie nicht besser gesinnet wäre als alle und wenn sie nicht mehr Mut als alle hätte, so wäre noch jetzt weder Trost noch Ausweg da. So redete Christine noch lange, warf harte Worte gegen die Weiber, die ihr nie hätten glauben wollen, daß der Bodensee größer sei als der Schloßteich, und je mehr man ihr anhielt, um so härter schien sie zu werden und stützte sich besonders darauf, daß, was sie zu sagen hätte, man ihr übel auslegen, und wenn die Sache gut käme, ihr keinen Dank haben werde; käme sie aber übel, so lüde man ihr alle Schuld auf und die ganze Verantwortung.

Als endlich die ganze Versammlung vor Christine wie auf den Knieen lag mit Bitten und Flehen und die Verwundeten laut aufschrieen und anhielten, da schien Christine zu erweichen und begann zu erzählen, wie sie standgehalten und mit dem Grünen Abrede getroffen; aber von dem Kusse sagte sie nichts, nichts davon, wie er sie auf der Wange gebrannt und wie es ihr getoset im Gemüte. Aber sie erzählte, was sie seither gesinnet im verschlagenen Gemüte. Das Wichtigste sei, daß die Buchen nach Bärhegen geschafft würden; seien die einmal oben, so könne man immer noch sehen, was man machen wolle, die Hauptsache sei, daß bis dahin, soviel ihr bekannt, unter ihnen kein Kind werde geboren werden.

Vielen lief es kalt den Rücken auf bei der Erzählung, aber daß man dann noch immer sehen könne, was man machen wolle, das gefiel allen wohl.

Nur ein junges Weibchen weinte gar bitterlich, daß man unter seinen Augen die Hände hätte waschen können, aber sagen tat es nichts. Ein alt, ehrwürdig Weib dagegen, hochgestaltet und mit einem Gesichte, vor dem man sonst sich beugen oder vor ihm fliehen mußte, trat in die Mitte und sprach: Gottvergessen wäre es gehandelt, auf das Ungewisse das Gewisse stellen und spielen mit dem ewigen Leben. Wer mit dem Bösen sich einlasse, komme vom Bösen nimmer los, und wer ihm den Finger gebe, den behalte er mit Leib und Seele. Aus diesem Elend könne niemand helfen als Gott; wer ihn aber verlasse in der Not, der versinke in der Not. Aber diesmal verachtete man der Alten Rede, und schweigen hieß man das junge Weibchen; mit Weinen und Heulen sei einem diesmal nicht geholfen, da bedürfe man Hülfe anderer Art, hieß es.

Rätig wurde man bald, die Sache zu versuchen. Bös könne das kaum gehen im bösesten Fall; aber nicht das erstemal sei es, daß Menschen die schlimmsten Geister betrogen, und wenn sie selbst nichts wüßten, so fände wohl ein Priester Rat und Ausweg. Aber in finsterm Gemüte soll Mancher gedacht haben, wie er später bekannte: gar viel Geld und Umtriebe wage er nicht eines ungetauften Kindes wegen.

Als der Rat nach Christines Sinn gefaßt wurde, da war es, als ob alle Wirbelwinde über dem Hause zusammenstießen, die Heere der wilden Jäger vorübersausten; die Posten des Hauses wankten, die Balken bogen sich, Bäume splitterten am Hause wie Speere auf einer Ritterbrust. Blaß wurden drinnen die Menschen, Grauen überfiel sie, aber den Rat lösten sie nicht; bei grauendem Morgen begannen sie seine Ausführung.

Schön und hell war der Morgen, Gewitter und Hexenwerke verschwunden; die Äxte hieben noch einmal so scharf als sonst, der Boden war locker, und jede Buche fiel gerade, wie man sie haben wollte, kein Wagen brach mehr, das Vieh war willig und stark und die Menschen geschützt vor jedem Unfall wie durch unsichtbare Hand.

Nur eines war sonderbar. Unterhalb Sumiswald führte damals noch kein Weg ins hintere Tal, dort war noch Sumpf, den die zügellose Grüne bewässerte; man mußte den Stalden auf durchs Dorf fahren an der Kirche vorbei. Sie fuhren wie an den frühern Tagen immer drei Züge auf einmal, um einander helfen zu können mit Rat, Kraft und Vieh, und hatten nun nur durch Sumiswald zu fahren, außerhalb des Dorfes den Kirchstalden ab, an dem eine kleine Kapelle stand; unterhalb desselben auf ebenem Wege hatten sie die Buchen abzulegen. Sobald sie den Stalden auf waren und auf ebenem Wege gegen die Kirche kamen, so ward das Gewicht der Wagen nicht leichter, sondern schwerer und schwerer; sie mußten Tiere vorspannen, so viele sie deren hatten, mußten unmenschlich auf sie schlagen, mußten selbst Hand an die Speichen legen, dazu scheuten die sanftesten Rosse, als ob etwas Unsichtbares vom Kirchhofe her ihnen im Wege stehe, und ein dumpfer Glockenton, fast wie der verirrte Schall einer fernen Totenglocke, kam von der Kirche her, daß ein eigentümlich Grauen die stärksten Männer ergriff und jedesmal Menschen und Tiere bebten, wenn man gegen die Kirche kam. War man einmal vorbei, so konnte man ruhig fahren, ruhig abladen, ruhig zu frischer Ladung wieder gehen.

Sechs Buchen lud man selbigen Tags neben einander ab an die abgeredete Stelle, sechs Buchen waren am folgenden Morgen zu Bärhegen oben gepflanzet, und durchs ganze Tal hin hatte niemand eine Achse gehört, die sich umgedreht um ihre Spule, niemand der Fuhrleute üblich Geschrei, der Pferde Wiehern, der Ochsen einförmig Gebrüll. Aber sechs Buchen standen oben, die konnte sehen, wer wollte, und es waren die sechs Buchen, die man unten an dem Stalden hingelegt hatte, und nicht andere.

Da war das Staunen groß im ganzen Tale, und die Neugierde regte sich bei männiglich. Absonderlich die Ritter nahm es wunder, welche Pacht die Bauren geschlossen und auf welche Weise die Buchen zur Stelle geschafft würden. Sie hätten gerne auf heidnische Weise den Bauren das Geheimnis ausgepreßt. Allein sie sahen bald, daß die Bauren auch nicht alles wüßten, da sie selbst halb erschrocken waren. Zudem wehrte der von Stoffeln. Dem war es nicht nur gleichgültig, wie die Buchen nach Bärhegen kamen, im Gegenteil, wenn nur die Buchen heraufkamen, so sah er gerne, daß die Bauren dabei geschont wurden. Er hatte wohl gesehen, daß der Spott der Ritter ihn zu einer Unbesonnenheit verleitet hatte, denn wenn die Bauern zugrunde gingen, die Felder unbestellt blieben, so hatte die Herrschaft den größten Schaden dabei; allein, was der von Stoffeln einmal gesagt hatte, dabei blieb es. Die Erleichterung, welche die Bauern sich verschafft, war ihm daher ganz recht und ganz gleichgültig, ob sie dafür ihre Seelen verschrieben; denn was gingen ihn der Bauern Seelen an, wenn einmal der Tod ihre Leiber genommen! Er lachte jetzt über seine Ritter und schützte die Bauern vor ihrem Mutwillen.

Diese wollten den Handel doch ergründen und sandten Knappen zur Wache; die fand man des Morgens halb tot in Gräben, wohin eine unsichtbare Hand sie geschleudert. Da zogen zwei Ritter hin auf Bärhegen. Es waren kühne Degen, und wo ein Wagnis zu bestehen gewesen im Heidenland, da hatten sie es bestanden. Am Morgen fand man sie erstarrt am Boden, und als sie der Rede wieder mächtig waren, sagten sie, ein roter Ritter mit feuriger Lanze hätte sie niedergerannt. Hie und da konnte eine neugierige Weibsseele sich nicht enthalten, wenn es Mitternacht war, durch eine Spalte oder Luke nach dem Wege im Tale zu sehen. Alsbald wehete ein giftiger Wind sie an; das Gesicht schwoll auf, wochenlang konnte man weder Nase noch Augen sehen, den Mund mit Mühe finden. Da verging den Leuten das Spähen, und kein Auge sah mehr zu Tale, wenn Mitternacht über demselben lag.

Einmal aber kam plötzlich einen Mann das Sterben an; er bedurfte des letzten Trostes, aber niemand durfte den Priester holen, denn Mitternacht war nahe, und der Weg führte am Kilchstalden vorbei. Da lief ein unschuldig Bübchen, Gott und Menschen lieb, aus Angst um den Vater ungeheißen Sumiswald zu. Als er gegen den Kilchstalden kam, sah er von dort die Buchen auffahren vom Boden, jede von zwei feurigen Eichhörnchen gezogen, und nebenbei sah er reiten auf schwarzem Bocke einen grünen Mann; eine feurige Geisel hatte er in der Hand, einen feurigen Bart im Gesichte, und auf dem Hute schwankte glutrot eine Feder. So sei der Zug gefahren hoch durch die Lüfte über alle Egg weg und schnell wie ein Augenblick. Solches sah der Knabe, und niemand tat ihm was.

Noch waren nicht drei Wochen vergangen, so stunden neunzig Buchen auf Bärhegen, machten einen schönen Schattengang, denn alle schlugen üppig aus, keine einzige verdorrte. Aber die Ritter und auch der von Stoffeln ergingen sich nicht oft darin, es wehte sie allemal ein heimlich Grauen an; sie hätten von der Sache lieber nichts mehr gewußt, aber Keiner machte ihr ein Ende, es tröstete ein jeder sich: Fehle es, so trage der Andere die Schuld.

Den Bauren aber wohlete es mit jeder Buche, welche oben war, denn mit jeder Buche wuchs die Hoffnung, dem Herrn zu genügen, den Grünen zu betrügen; er hatte ja kein Unterpfand, und war die hundertste einmal oben, was frugen sie dann dem Grünen nach! Indessen waren sie der Sache noch nicht sicher; alle Tage fürchteten sie, er spiele ihnen einen Schabernack und lasse sie im Stiche. Am Urbanustage brachten sie ihm die letzten Buchen an den Kilchstalden, und Alt und Jung schlief wenig in selber Nacht; man konnte fast nicht glauben, daß er ohne Umstände und ohne Kind oder Pfand die Arbeit vollende.

Am folgenden Morgen lange vor der Sonne waren Alt und Jung auf den Beinen, in allen regte sich die gleiche neugierige Angst, aber lange wagte sich Keiner auf den Platz, wo die Buchen lagen; man wußte nicht, lag dort eine Beize für die, welche den Grünen betrügen wollten.

Ein wilder Küherbub, der Zieger von der Alp gebracht, wagte es endlich, sprang voran und fand keine Buchen mehr, und keine Hinterlist tat auf dem Platze sich kund. Noch trauten sie dem Spiele nicht; ihnen vorauf mußte der Küherbub nach Bärhegen. Dort war alles in der Ordnung, hundert Buchen standen in Reih und Glied, keine war verdorret, Keinem aus ihnen lief das Gesicht auf, Keinem tat ein Glied weh. Da stieg der Jubel hoch in ihren Herzen, und viel Spott gegen den Grünen und gegen die Ritter floß. Zum drittenmal sandten sie aus den wilden Küherbub und ließen dem von Stoffeln sagen, es sei auf Bärhegen nun alles in der Ordnung, er möchte kommen und die Buchen zählen. Dem aber ward es graulicht, und er ließ ihnen sagen, sie sollten machen, daß sie heimkämen. Gerne hätte er ihnen sagen lassen, sie sollten den ganzen Schattengang wieder wegschaffen, aber er tat es nicht, seiner Ritter wegen; es sollte nicht heißen, er fürchte sich, aber er wußte nicht um der Bauren Pacht und wer sich in den Handel mischen könnte.

Als der Kühersbub den Bescheid brachte, da schwollen die Herzen noch trotziger auf; die wilde Jugend tanzte im Schattengange, wildes Jodeln hallte von Kluft zu Kluft, von Berg zu Berg, hallte an den Mauren des Schlosses Sumiswald wider. Bedächtige Alte warnten und baten, aber trotzige Herzen achten bedächtiger Alten Warnung nicht; wenn dann das Unglück da ist, so sollen es die Alten mit ihrem Zagen und Warnen herbeigezogen haben. Die Zeit ist noch nicht da, wo man es erkennt, daß der Trotz das Unglück aus dem Boden stampft. Der Jubel zog sich über Berg und Tal in alle Häuser, und wo noch eines Fingers lang Fleisch im Rauche hing, da ward es gekocht, und wo noch eine Handgroß Butter im Hafen war, da wurde geküchelt.

Das Fleisch ward gegessen, die Küchli schwanden, der Tag war verronnen, und ein anderer Tag stieg am Himmel auf. Immer näher kam der Tag, an welchem ein Weib ein Kind gebären sollte; und je näher der Tag kam, um so dringlicher kam die Angst wieder: der Grüne werde sich wieder künden, fordern, was ihm gehöre, oder ihnen eine Beize legen.

Den Jammer jenes jungen Weibes, welches das Kind gebären sollte, wer will ihn ermessen! Im ganzen Hause tönte er wider, ergriff nach und nach alle Glieder des Hauses, und Rat wußte niemand, wohl aber, daß dem, mit dem man sich eingelassen, nicht zu trauen sei. Je näher die verhängnisvolle Stunde kam, um so näher drängte das arme Weibchen sich zu Gott, umklammerte nicht mit den Armen allein, sondern mit dem Leibe und der Seele und aus ganzem Gemüte die heilige Mutter, bittend um Schutz um ihres gebenedeiten Sohnes willen. Und ihr ward immer klarer, daß im Leben und Sterben in jeder Not der größte Trost bei Gott sei, denn wo der sei, da dürfe der Böse nicht sein und hätte keine Macht.

Immer deutlicher trat der Glaube vor dessen Seele, daß wenn ein Priester des Herrn mit dem Allerheiligsten, dem heiligen Leibe des Erlösers, bei der Geburt zugegen wäre und bewaffnet mit kräftigen Bannsprüchen, so dürfte kein böser Geist sich nahen und alsobald könnte der Priester das neugeborne Kind mit dem Sakramente der Taufe versehen, was die damalige Sitte erlaubte; dann wäre das arme Kind der Gefahr für immer entrissen, welche die Vermessenheit der Väter über ihns gebracht. Dieser Glaube stieg auch bei den Andern auf, und der Jammer des jungen Weibes ging ihnen zu Herzen; aber sie scheuten sich, dem Priester ihre Pacht mit dem Satan zu bekennen, und niemand war seither zur Beichte gegangen, und niemand hatte ihm Rede gestanden. Es war ein gar frommer Mann, selbst die Ritter des Schlosses trieben keine Kurzweil mit ihm, er aber sagte ihnen die Wahrheit. Wenn einmal die Sache getan sei, so könne er sie nicht mehr hindern, hatten die Bauren gedacht; aber jetzt war doch niemand gerne der Erste, der es ihm sagte, das Gewissen sagte ihnen wohl warum.

Endlich drang einem Weibe der Jammer zu Herzen; es lief hin und offenbarte dem Priester den Handel und des armen Weibes Wunsch. Gewaltig entsetzte sich der fromme Mann, aber mit leeren Worten verlor er die Zeit nicht; kühn trat er für eine arme Seele in den Kampf mit dem gewaltigen Widersacher. Er war einer von denen, die den härtesten Kampf nicht scheuen, weil sie gekrönt werden wollen mit der Krone des ewigen Lebens und weil sie wohl wissen, es werde Keiner gekrönt, er kämpfe dann recht.

Ums Haus, in welchem das Weib ihrer Stunde harrte, zog er den heiligen Bann mit geweihtem Wasser, den böse Geister nicht überschreiten dürfen, segnete die Schwelle ein, die ganze Stube, und ruhig gebar das Weib, und ungestört taufte der Priester das Kind. Ruhig blieb es auch draußen, am klaren Himmel flimmerten die hellen Sterne, leise Lüfte spielten in den Bäumen. Ein wiehernd Gelächter wollten die Einen gehört haben von ferne her; die Andern aber meinten, es seien nur die Käuzlein gewesen an des Waldes Saum.

Alle, die dawaren, aber freuten sich höchlich, und alle Angst war verschwunden, auf immer, wie sie meinten; hatten sie den Grünen einmal angeführt, so konnten sie es immer tun mit dem gleichen Mittel.

Ein großes Mahl ward zugerichtet, weither wurden die Gäste entboten. Umsonst mahnte der Priester des Herrn von Schmaus und Jubel ab, mahnte, zu zagen und zu beten, denn noch sei der Feind nicht besiegt, Gott nicht gesühnt. Es sei ihm im Geiste, als dürfe er ihnen keine Buße zur Sühnung auferlegen, als nahe sich eine Buße gewaltig und schwer aus Gottes selbsteigener Hand. Aber sie hörten ihn nicht, wollten ihn befriedigen mit Speise und Trank. Er aber ging betrübt weg, bat für die, welche nicht wüßten, was sie täten, und rüstete sich, mit Beten und Fasten zu kämpfen als ein getreuer Hirt für die anvertraute Herde.

Mitten unter den Jubilierenden ist auch Christine gesessen, aber sonderbar stille mit glühenden Wangen, düstern Augen; seltsam sah man es zucken in ihrem Gesichte. Christine war bei der Geburt zugegen gewesen als erfahrne Wehmutter, war bei der plötzlichen Taufe zu Gevatter gestanden mit frechem Herzen ohne Furcht; aber wie der Priester das Wasser sprengte über das Kind und es taufte in den drei höchsten Namen, da war es ihr, als drücke man ihr plötzlich ein feurig Eisen auf die Stelle, wo sie des Grünen Kuß empfangen. In jähem Schrecken war sie zusammengezuckt, das Kind fast zur Erde gefallen, und seither hatte der Schmerz nicht abgenommen, sondern ward glühender von Stunde zu Stunde. Anfangs war sie stille gesessen, hatte den Schmerz erdrückt und heimlich die schweren Gedanken gewälzet in ihrer erwachten Seele; aber immer häufiger fuhr sie mit der Hand nach dem brennenden Fleck, auf dem ihr eine giftige Wespe zu sitzen schien, die ihr einen glühenden Stachel bohre bis ins Mark hinein. Als keine Wespe zu verjagen war, die Stiche immer heißer wurden, die Gedanken immer schrecklicher, da begann Christine ihre Wange zu zeigen, zu fragen, was darauf zu sehen sei, und immer von neuem frug Christine; aber niemand sah etwas, und bald mochte niemand mehr mit dem Spähen auf den Wangen die Lust sich verkürzen. Endlich konnte sie noch ein alt Weib erbitten; eben krähte der Hahn, der Morgen graute, da sah die Alte auf Christines Wange einen fast unsichtbaren Fleck. Es sei nichts, sagte die, das werde schon vergehn, und ging weiter.

Und Christine wollte sich trösten, es sei nichts und werde bald vergehn; aber die Pein nahm nicht ab, und unmerklich wuchs der kleine Punkt, und alle sahen ihn und frugen sie, was es da Schwarzes gebe in ihrem Gesichte. Sie dachten nichts Besonders, aber die Reden fuhren ihr wie Stiche ins

Herz, weckten die schweren Gedanken wieder auf, und immer und immer mußte sie denken, daß auf den gleichen Fleck der Grüne sie geküßt und daß die gleiche Glut, die damals wie ein Blitz durch ihr Gebein gefahren, jetzt bleibend in demselben brenne und zehre. So wich der Schlaf von ihr, das Essen schmeckte ihr wie Feuerbrand, unstet lief sie hiehin, dorthin, suchte Trost und fand keinen; denn der Schmerz wuchs immer noch, und der schwarze Punkt ward größer und schwärzer, einzelne dunkle Streifen liefen von ihm aus, und nach dem Munde hin schien sich auf dem runden Flecke ein Höcker zu pflanzen.

So litt und lief Christine manchen langen Tag und manche lange Nacht und hatte keinem Menschen die Angst ihres Herzens geoffenbaret und was sie vom Grünen auf diese Stelle erhalten; aber wenn sie gewußt hätte, auf welche Weise sie dieser Pein los werden könnte, sie hätte alles im Himmel und auf Erden geopfert. Sie war von Natur ein vermessen Weib, jetzt aber erwildet in wütendem Schmerze.

Da geschah es, daß wiederum ein Weib ein Kind erwartete. Diesmal war die Angst nicht groß, die Leute wohlgemut; sobald sie zu rechter Zeit für den Priester sorgten, meinten sie des Grünen spotten zu können. Nur Christine war es nicht so. Je näher der Tag der Geburt kam, desto schrecklicher ward der Brand auf ihrer Wange, desto mächtiger dehnte der schwarze Punkt sich aus; deutliche Beine streckte er von sich aus, kurze Haare trieb er empor, glänzende Punkte und Streifen erschienen auf seinem Rücken, und zum Kopfe ward der Höcker, und glänzend und giftig blitzte es aus demselben wie aus zwei Augen hervor. Laut auf schrien alle, wenn sie die giftige Kreuzspinne sahen auf Christines Gesicht, und voll Angst und Grauen flohen sie, wenn sie sahen, wie sie fest saß im Gesichte und aus demselben herausgewachsen. Allerlei redeten die Leute, der Eine riet dies, der Andere ein anderes; aber alle mochten Christine gönnen, was es auch sein mochte, und alle wichen ihr aus und flohen sie, wo es nur möglich war. Je mehr die Leute flohen, desto mehr trieb es Christine ihnen nach, sie fuhr von Haus zu Haus; sie fühlte wohl, der Teufel mahne sie an das verheißene Kind, und um das Opfer den Leuten einzureden mit unumwundenen Worten, fuhr sie ihnen nach in Höllenangst. Aber das kümmerte die Andern wenig; was Christine peinigte, tat ihnen nicht weh, was sie litt, hatte nach ihrer Meinung sie verschuldet, und wenn sie ihr nicht mehr entrinnen konnten, so sagten sie zu ihr: «Da siehe du zu. Keiner hat ein Kind verheißen, darum gibt auch Keiner eins.» Mit wütender Rede setzte sie dem eigenen Manne zu. Dieser floh wie die Andern, und wenn er nicht mehr fliehen konnte, so sprach er Christine kaltblütig zu, das werde schon bessern, das sei ein Malzeichen, wie gar viele Menschen deren hätten; wenn es einmal ausgewachsen sei, so höre der Schmerz auf, und leicht sei es dann abzubinden.

Unterdessen aber hörte der Schmerz nicht auf, jedes Bein war ein Höllenbrand, der Spinne Leib die Hölle selbst, und als des Weibes erwartete Stunde kam, da war es Christine, als umwalle sie ein Feuermeer, als wühlten feurige Messer in ihrem Mark, als führen feurige Wirbelwinde durch ihr Gehirn. Die Spinne aber schwoll an, bäumte sich auf, und zwischen den kurzen Borsten hervor quollen giftig ihre Augen. Als Christine in ihrer glühenden Pein nirgends Teilnahme, die Kreißende wohl bewacht fand, da stürzte sie einer Wirbelsinnigen gleich den Weg entlang, den der Priester kommen mußte.

Raschen Schrittes kam derselbe der Halde entlang, begleitet vom handfesten Sigrist; die heiße Sonne und der steile Weg hemmten die Schritte nicht, denn es galt, eine Seele zu retten, ein unendlich Unglück zu wenden, und von entfern-

tem Kranken kommend, bangte dem Priester vor schreck,
licher Säumnis. Verzweifelnd warf Christine sich ihm in
den Weg, umfaßte seine Knie, bat um Lösung aus ihrer
Hölle, um das Opfer des Kindes, das noch kein Leben kenne,
und die Spinne schwoll noch höher auf, funkelte schrecklich
schwarz in Christines rot angelaufenem Gesichte, und mit
gräßlichen Blicken glotzte sie nach des Priesters heiligen
Geräten und Zeichen. Dieser aber schob Christine rasch zur
Seite und schlug das heilige Zeichen; er sah da den Feind
wohl, aber er ließ den Kampf, um eine Seele zu retten.
Christine aber fuhr auf, stürmte ihm nach und versuchte
das Äußerste; doch des Sigristen starke Hand hielt das
wütende Weib vom Priester ab, und zur Zeit noch konnte
er das Haus schützen, in geweihte Hände das Kind empfangen
und in die Hände dessen legen, den die Hölle nie überwältigt.

Draußen hatte unterdessen Christine einen schrecklichen
Kampf gekämpfet. Sie wollte das Kind ungetauft in ihre
Hände, wollte hinein ins Haus, aber starke Männer wehrten
es. Windstöße stießen an das Haus, der fahle Blitz umzün,
gelte es, aber die Hand des Herrn war über ihm; es wurde das
Kind getauft, und Christine umkreiste vergeblich und macht,
los das Haus. Von immer wilderer Höllenqual ergriffen, stieß
sie Töne aus, die nicht Tönen glichen aus einer Menschen,
brust; das Vieh schlotterte in den Ställen und riß sich von den
Stricken, die Eichen im Walde rauschten auf, sich entsetzend.

Im Hause begann der Jubel über den neuen Sieg, des
Grünen Ohnmacht, seiner Helfershelferin vergeblich Rin,
gen; draußen aber lag Christine von entsetzlicher Pein zu
Boden geworfen, und in ihrem Gesichte begannen Wehen
zu kreißen, wie sie noch keine Wöchnerin erfahren auf
Erden, und die Spinne im Gesichte schwoll immer höher
auf und brannte immer glühender durch ihr Gebein.

Da war es Christine, als ob plötzlich das Gesicht ihr

platze, als ob glühende Kohlen geboren würden in demselben, lebendig würden, ihr gramselten über das Gesicht weg, über alle Glieder weg, als ob alles an ihm lebendig würde und glühend gramsle über den ganzen Leib weg. Da sah sie in des Blitzes fahlem Scheine langbeinig, giftig, unzählbar schwarze Spinnchen laufen über ihre Glieder, hinaus in die Nacht, und den entschwundenen liefen langbeinig, giftig, unzählbar andere nach. Endlich sah sie keine mehr den frühern folgen, der Brand im Gesichte legte sich, die Spinne ließ sich nieder, ward zum fast unsichtbaren Punkte wieder, schaute mit erlöschenden Augen ihrer Höllenbrut nach, die sie geboren hatte und ausgesandt zum Zeichen, wie der Grüne mit sich spaßen lasse.

Matt, einer Wöchnerin gleich, schlich Christine nach Hause; wenn schon die Glut so heiß nicht mehr brannte auf dem Gesichte, die Glut im Herzen hatte nicht abgenommen, wenn schon die matten Glieder nach Ruhe sich sehnten, der Grüne ließ ihr keine Ruhe mehr; wen er einmal hat, dem macht er es so.

Drinnen im Hause aber, da jubelten sie und freuten sich und hörten lange nicht, wie das Vieh brüllte und tobte im Stalle. Endlich fuhren sie doch auf, man ging, nachzusehen; schreckensblaß kamen die wieder, die gegangen waren, und brachten die Kunde, die schönste Kuh liege tot, die übrigen tobten und wüteten, wie sie es nie gesehen. Da sei es nicht richtig, etwas Absonderliches walte da. Da verstummte der Jubel, alles lief nach dem Vieh, dessen Gebrüll erscholl über Berg und Tal, aber Keiner hatte Rat. Gegen den Zauber versuchte man weltliche und geistliche Künste, aber alle umsonst; ehe noch der Tag graute, hatte der Tod das sämtliche Vieh im Stalle gestreckt. Wie es aber hier stumm wurde, so begann es hier zu brüllen und dort zu brüllen; die dawaren, hörten, wie in ihre Ställe die Not gebrochen, wehlich das

Vieh seine Meister zu Hülfe rief in seiner grausen Angst. Als ob die Flamme aus ihrem Dache schlüge, eilten sie heim, aber Hülfe brachten sie keine; hier wie dort streckte der Tod das Vieh, Wehgeschrei von Menschen und Tieren erfüllte Berge und Täler, und die Sonne, welche das Tal so fröhlich verlassen, sah in entsetzlichen Jammer hinein.

Als die Sonne schien, sahen endlich die Menschen, wie es in den Ställen, in denen das Vieh gefallen war, wimmle von zahllosen schwarzen Spinnen. Diese krochen über das Vieh, das Futter, und was sie berührten, war vergiftet, und was lebendig war, begann zu toben, ward bald vom Tode gestreckt. Von diesen Spinnen konnte man keinen Stall, in dem sie waren, säubern, es war, als wüchsen sie aus dem Boden herauf, konnte keinen Stall, in dem sie noch nicht waren, vor ihnen behüten, unversehens krochen sie aus allen Wänden, fielen haufenweise von der Diele. Man trieb das Vieh auf die Weiden, man trieb es nur dem Tode in den Rachen. Denn wie eine Kuh auf eine Weide den Fuß setzte, so begann es lebendig zu werden am Boden; schwarze, langbeinige Spinnen sproßten auf, schreckliche Alpenblumen, krochen auf am Vieh, und ein fürchterlich wehlich Geschrei erscholl von den Bergen nieder zu Tale. Und alle diese Spinnen sahen der Spinne auf Christines Gesicht ähnlich wie Kinder der Mutter, und solche hatte man noch keine gesehen.

Das Geschrei der armen Tiere war auch zum Schlosse gedrungen, und bald kamen ihm auch Hirten nach, verkündend, daß ihr Vieh gefallen von den giftigen Tieren, und in immer höherem Zorne vernahm der von Stoffeln, wie Herde um Herde verloren gegangen, vernahm, welchen Pacht man mit dem Grünen gehabt, wie man ihn zum zweiten Male betrogen und wie die Spinnen ähnlich seien, wie Kinder der Mutter, der Spinne in der Lindauerin Gesicht, die mit dem Grünen den Bund gemacht alleine und nie rechten Bericht darüber gegeben. Da ritt der von Stoffeln in grimmem Zorn den Berg hinauf und donnerte die Armen an, daß er nicht um ihretwillen Herde um Herde verlieren wolle; was er geschädigt worden, müßten sie ersetzen, und was sie versprochen, das müßten sie halten, was sie freiwillig getan, das müßten sie tragen. Schaden leiden ihretwegen wolle er nicht, oder leide er, so müßten sie ihn büßen tausendfältig. Sie könnten sich vorsehen. So redete er zu ihnen, unbekümmert um das, was er ihnen zumutete; und daß er sie dazu getrieben, fiel ihm nicht bei, nur was sie getan, rechnete er ihnen zu.

Den Meisten schon war es aufgedämmert, daß die Spinnen eine Plage des Bösen seien, eine Mahnung, den Pacht zu halten, und daß Christine Näheres darum wissen müßte, ihnen nicht alles gesagt hätte, was sie mit dem Grünen verhandelt. Nun zitterten sie wieder vor dem Grünen, lachten seiner nicht mehr, zitterten vor ihrem weltlichen Herrn; wenn sie diese befriedigten, was sagte der geistliche Herr dazu, erlaubte er es, und hätte dann der keine Buße für sie? So in der Angst versammelten sich die Angesehensten in einsamer Scheuer, und Christine mußte kommen und klaren Bescheid geben, was sie eigentlich verhandelt.

Christine kam, verwildert, rachedurstig, aufs neue von der wachsenden Spinne gefoltert.

Als sie das Zagen der Männer sah und keine Weiber, da erzählte sie Punktum, was ihr begegnet: wie der Grüne sie schnell beim Worte genommen und ihr zum Pfande einen Kuß gegeben, den sie nicht mehr geachtet als andere; wie ihr jetzt auf selbigem Fleck die Spinne gewachsen sei unter Höllenpein vom Augenblick an, als man das erste Kind getauft; wie die Spinne, eben als man das zweite Kind getauft und den Grünen genarrt, unter Höllenwehen die

Spinnen geboren in ungemeßner Zahl; denn narren lasse er sich nicht ungestraft, wie sie es fühle in tausendfachen Todesschmerzen. Jetzt wachse die Spinne wieder, die Pein mehre sich, und wenn das nächste Kind nicht des Grünen werde, so wisse niemand, wie gräßlich die einbrechende Plage sei, wie gräßlich des Ritters Rache.

So erzählte Christine, und die Herzen der Männer bebten, und lange wollte Keiner reden. Nach und nach kamen aus den angstgepreßten Kehlen abgebrochene Laute hervor, und wenn man sie zusammensetzte, so meinten sie gerade, was Christine meinte, aber kein Einzelner hatte seine Einwilligung gegeben in ihren Rat. Nur einer stund auf und redete kurz und deutlich: Das Beste schiene ihm, Christine totzuschlagen; sei einmal die tot, so könnte der Grüne an der Toten sich halten, hätte keine Handhabe mehr an den Lebendigen. Da lachte Christine wild auf, trat ihm unter das Gesicht und sagte: Er solle zuschlagen, ihr sei es recht, aber der Grüne wolle nicht sie, sondern ein ungetauft Kind, und wie er sie gezeichnet, ebenso gut könne er die Hand zeichnen, die an ihr sich vergreife. Da zuckte es in des Mannes Hand, der allein geredet, er setzte sich und hörte schweigend dem Rate der Andern. Und abgebrochen, wo Keiner alles sagte, sondern jeder nur etwas, das wenig bedeuten sollte, kam man überein, das nächste Kind zu opfern; aber Keiner wollte seine Hand bieten dazu, niemand das Kind an den Kilchstalden tragen, wo man die Buchen hingelegt hatte. Zum allgemeinen Besten, wie sie meinten, den Teufel zu brauchen, hatte Keiner sich gescheut, aber persönliche Bekanntschaft mit ihm zu machen, begehrte Keiner. Da erbot sich Christine willig dazu, denn hatte man einmal mit dem Teufel zu tun gehabt, so konnte es das zweitemal wenig mehr schaden. Man wußte wohl, wer das nächste Kind gebären sollte, aber man redete nichts davon, und der Vater desselben war nicht zugegen. Verständigt mit und ohne Worte ging man auseinander.

Das junge Weib, welches in jener grauenvollen Nacht, wo Christine Bericht vom Grünen brachte, gezaget und geweinet hatte, es wußte damals nicht warum, erwartete nun das nächste Kind. Die frühern Vorgänge machten es nicht getrost und zuversichtlich, eine unnennbare Angst lag auf seinem Herzen, es konnte sie weder mit Beten noch Beichten wegbringen. Ein verdächtiges Schweigen schien ihm ihns zu umringen, niemand sprach von der Spinne mehr, verdächtig schienen ihm alle Augen, die auf ihm ruhten, schienen ihm zu berechnen die Stunde, in welcher sie seines Kindes habhaft werden, den Teufel versöhnen könnten.

So einsam und verlassen fühlte es sich gegen die unheimliche Macht um sich; keinen Beistand hatte es als seine Schwiegermutter, eine fromme Frau, die zu ihm stund, aber was vermag eine alte Frau gegen eine wilde Menge! Es hatte seinen Mann, der hatte alles Gute wohl versprochen; aber wie jammerte der um sein Vieh und gedachte so wenig des armen Weibes Angst! Es hatte der Priester verheißen, zu kommen, so schnell und so früh zu kommen, als man ihn verlange, aber was konnte begegnen vom Augenblicke an, da man gesandt, bis daß er kam; und das arme Weib hatte keinen zuverlässigen Boten als den eigenen Mann, der ihm Schutz und Wache sein sollte, und das arme Weibchen wohnte dazu noch mit Christine in einem Hause, und ihre Männer waren Brüder, und keine eigenen Verwandte hatte es, als Waise war es ins Haus gekommen! Man kann sich des armen Weibes Herzensangst denken; nur im Beten mit der frommen Mutter fand es einiges Vertrauen, das alsobald wieder schwand, sobald es in die bösen Augen sah.

Unterdessen war die Krankheit noch immer da, sie unterhielt den Schrecken. Freilich, nur hie und da fiel ein Stück, zeigten die Spinnen sich. Aber sobald bei jemand der Schreck nachließ, sobald irgend einer dachte oder sagte: Das Übel lasse von selbsten nach, und man sollte sich wohl bedenken, ehe man an einem Kinde sich versündige, so flammte auf Christines Höllenpein, die Spinne blähte sich hoch auf, und dem, der so gedacht oder geredet, kehrte mit neuer Wut der Tod in seine Herde ein. Ja, je näher die erwartete Stunde kam, um so mehr schien die Not wieder zuzunehmen, und sie erkannten, daß sie bestimmte Abrede treffen müßten, wie sie des Kindes sicher und sonder Fehl sich bemächtigen könnten. Den Mann fürchteten sie am meisten, und Gewalt gegen ihn zu brauchen, war ihnen zuwider. Da übernahm Christine, ihn zu gewinnen, und sie gewann ihn. Er wollte um die Sache nicht wissen, wollte seinem Weibe zu Willen sein, den Priester holen, aber nicht eilen, und was in seiner Abwesenheit vorgehe, darnach wolle er nicht fragen; so fand er sich mit seinem Gewissen ab, mit Gott wollte er sich durch Messen abfinden, und für des armen Kindes Seele sei vielleicht auch noch etwas zu tun, dachte er, vielleicht gewinne der fromme Priester es dem Teufel wieder ab, dann seien sie aus dem Handel, hätten das Ihre getan und den Bösen doch geprellt. So dachte der Mann, und jedenfalls, es möge nun gehen, wie es wolle, so hätte er an der ganzen Sache keine Schuld, sobald er nicht mit selbsteigenen Händen dabei tätig sei.

So war das arme Weibchen verkauft und wußte es nicht, hoffte mit Bangen nach Rettung, und beschlossen im Rate der Menschen war der Stoß in sein Herz; aber was der droben beschlossen hatte, das deckten noch die Wolken, die vor der Zukunft liegen.

Es war ein gewitterhaftes Jahr und die Ernte gekommen; alle Kräfte wurden angespannt, um in den heitern Stunden das Korn unter das sichere Dach zu bringen. Es war ein heißer Nachmittag gekommen, schwarze Häupter streckten die Wolken über die dunklen Berge empor, ängstlich ums Dach flatterten die Schwalben, und dem armen Weibchen ward es so eng und bang allein im Hause, denn selbst die Großmutter war draußen auf dem Acker, zu helfen mit dem Willen mehr als mit der Tat. Da zuckte zweischneidend der Schmerz ihm durch Mark und Bein, es dunkelte vor seinen Augen, es fühlte das Nahen seiner Stunde und war allein. Die Angst trieb es aus dem Hause, schwerfällig schritt es dem Acker zu, aber bald mußte es sich niedersetzen; es wollte in die Ferne die Stimme schicken, aber diese wollte nicht aus der beklemmten Brust. Bei ihm war ein klein Büb-chen, das erst seine Beinchen brauchen lernte, das nie noch auf eigenen Beinen auf dem Acker gewesen war, sondern nur auf der Mutter Arm. Dieses Bübchen mußte das arme Weib als seinen Boten brauchen, wußte nicht, ob es den Acker finden, ob seine Beinchen dahin ihns tragen würden. Aber das treue Bübchen sah, in welcher Angst die Mutter war, und lief und fiel und stand wieder auf, und die Katze jagte sein Kaninchen, Tauben und Hühner liefen ihm um die Füße, stoßend und spielend sprang sein Lamm ihm nach, aber das Bübchen sah alles nicht, ließ sich nicht säu-men und richtete treulich seine Botschaft aus.

Atemlos erschien die Großmutter, aber der Mann säumte; nur das Fuder solle er noch ausladen, hieß es. Eine Ewigkeit verstrich, endlich kam er, und wiederum verstrich eine Ewig-keit, endlich ging er langsam auf den langen Weg, und in Todesangst fühlte das arme Weib, wie seine Stunde schneller und schneller nahte.

Frohlockend hatte Christine draußen auf dem Acker allem zugesehen. Heiß brannte wohl die Sonne zu der schweren Arbeit, aber die Spinne brannte fast gar nicht mehr, und leicht schien ihr der Gang in den nächsten Stunden. Sie trieb fröhlich die Arbeit und eilte mit dem Heimgehn nicht, wußte sie doch, wie langsam der Bote war. Erst als die letzte Garbe geladen war und Windstöße das nahende Gewitter verkündeten, eilte Christine ihrer Beute zu, die ihr gesichert war; so meinte sie. Und als sie heimging, da winkte sie bedeutungsvoll manchem Begegnenden, sie nickten ihr zu, trugen rasch die Botschaft heim; da schlotterte manches Knie, und manche Seele wollte beten in unwillkürlicher Angst, aber sie konnte nicht.

Drinnen im Stübchen wimmerte das arme Weib, und zu Ewigkeiten wurden die Minuten, und die Großmutter vermochte den Jammer nicht zu stillen mit Beten und Trösten. Sie hatte das Stübchen wohl verschlossen und schweres Geräte vor die Türe gestellt. Solange sie alleine im Hause waren, war es noch dabei zu sein, aber als sie Christine heimkommen sahen, als sie ihren schleichenden Tritt an der Türe hörten, als sie draußen noch manch andern Tritt hörten und heimliches Flüstern, kein Priester sich zeigte, kein anderer treuer Mensch und näher und näher der sonst so ersehnte Augenblick trat, da kann man sich denken, in welcher Angst die armen Weiber schwammen wie in siedendem Öle, ohne Hülfe und ohne Hoffnung. Sie hörten, wie Christine nicht von der Türe wich; es fühlte das arme Weib seiner wilden Schwägerin feurige Augen durch die Türe hindurch, und sie brannten es durch Leib und Seele. Da wimmerte das erste Lebenszeichen eines Kindes durch die Türe, unterdrückt so schnell als möglich, aber zu spät. Die Türe flog auf von wütendem, vorbereitetem Stoße, und wie auf seinen Raub der Tiger stürzt, stürzt Christine auf die arme Wöchnerin. Die alte Frau, die dem Sturm sich entgegenwirft, fällt nieder, in heiliger Mutterangst rafft die Wöchnerin sich auf, aber der schwache Leib bricht zusammen, in Christines Händen ist das Kind; ein gräßlicher Schrei bricht aus dem

Herzen der Mutter, dann hüllt sie in schwarzen Schatten die Ohnmacht.

Zagen und Grauen ergriff die Männer, als Christine mit dem geraubten Kinde herauskam. Das Ahnen einer grausen Zukunft ging ihnen auf, aber Keiner hatte Mut, die Tat zu hemmen, und die Furcht vor des Teufels Plagen war stärker als die Furcht vor Gott. Nur Christine zagte nicht, glühend leuchtete ihr Gesicht, wie es dem Sieger leuchtet nach überstandenem Kampfe, es war ihr, als ob die Spinne in sanftem Jucken ihr liebkose; die Blitze, die auf ihrem Wege zum Kilchstalden sie umzüngelten, schienen ihr fröhliche Lichter, der Donner ein zärtlich Grollen, ein lieblich Säuseln der racheschnaubende Sturm.

Hans, des armen Weibes Mann, hatte sein Versprechen nur zu gut gehalten. Langsam war er seines Weges gegangen, hatte bedächtig jeden Acker beschauet, jedem Vogel nachgesehen, den Fischen im Bache abgewartet, wie sie sprangen und Mücken fingen vor dem einbrechenden Gewitter. Dann juckte er vorwärts, rasche Schritte tat er, einen Ansatz zum Springen nahm er; es war etwas in ihm, das ihn trieb, das ihm die Haare auf dem Kopfe emportrieb: es war das Gewissen, das ihm sagte, was ein Vater verdiene, der Weib und Kind verrate, es war die Liebe, die er doch noch hatte zu seinem Weibe und seiner Leibesfrucht. Aber dann hielt ihn wieder ein Anderes, und das war stärker als das Erste, es war die Furcht vor den Menschen, die Furcht vor dem Teufel und die Liebe zu dem, was dieser ihm nehmen konnte. Dann ging er wieder langsamer, langsam wie ein Mensch, der seinen letzten Gang tut, der zu seiner Richtstätte geht. Vielleicht war es auch so, weiß doch gar mancher Mensch nicht, daß er den letzten Gang tut; wenn er es wüßte, er täte ihn nicht oder anders.

So war es spät geworden, ehe er auf Sumiswald kam.

Schwarze Wolken jagten über den Münneberg her, schwere Tropfen fielen, versengten im Staube, und dumpf begann das Glöcklein im Turme die Menschen zu mahnen, daß sie denken möchten an Gott und ihn bitten, daß er sein Gewitter nicht zum Gerichte werden lasse über sie. Vor seinem Hause stand der Priester, zu jeglichem Gange gerüstet, damit er bereit sei, wenn sein Herr, der über seinem Haupte daherfuhr, zu einem Sterbenden oder einem brennenden Hause oder sonstwohin ihn rufe. Als er Hans kommen sah, erkannte er den Ruf zum schweren Gange, schürzte sein Gewand und sandte Botschaft seinem läutenden Sigrist, daß er sich ablösen lasse am Glockenstrang und sich einfinde zu seinem Begleit. Unterdessen stellte er Hans einen Labetrunk vor, so wohltätig nach raschem Laufe in schwüler Luft, dessen Hans nicht bedürftig war; aber der Priester ahnte die Tücke des Menschen nicht. Bedächtig labte sich Hans. Zögernd fand der Sigrist sich ein und nahm gerne teil an dem Tranke, den Hans ihm bot. Gerüstet stand vor ihnen der Priester, verschmähend jeden Trank, den er zu solchem Gang und Kampf nicht bedurfte. Er hieß ungerne von der Kanne weggehen, die er aufgestellt, ungerne verletzte er die Rechte des Gastes; aber er kannte ein Recht, das höher war als das Gastrecht, das säumige Trinken fuhr ihm zornig durch die Glieder.

Er sei fertig, sagte er endlich, ein bekümmert Weib harre, und über ihm sei eine grauenvolle Untat, und zwischen das Weib und die Untat müßte er stehn mit heiligen Waffen, darum sollten sie nicht säumen, sondern kommen; droben werde wohl noch etwas sein für den, der den Durst hier unten nicht gelöscht. Da sprach Hans, des harrenden Weibes Mann, es eile nicht so sehr, bei seinem Weibe gehe jede Sache schwer. Und alsobald flammte ein Blitz in die Stube, daß alle geblendet waren, und ein Donner brach los überm

Hause, daß jeder Posten am Haus, jedes Glied im Hause bebte. Da sprach der Sigrist, als er seinen Segensspruch vollendet: «Hört, wie es macht draußen, und der Himmel hat selbst bestätigt, was Hans gesagt, daß wir warten sollen, und was nützte es, wenn wir gingen; lebendig kämen wir doch nimmer hinauf, und er selbst hat ja gesagt, daß es bei seinem Weibe nicht solche Eile habe.»

Und allerdings stürmte ein Gewitter daher, wie man in Menschengedenken nicht oft erlebt. Aus allen Schlünden und Gründen stürmte es heran, stürmte von allen Seiten, von allen Winden getrieben über Sumiswald zusammen, und jede Wolke ward zum Kriegesheer, und eine Wolke stürmte an die andere, eine Wolke wollte der andern Leben, und eine Wolkenschlacht begann, und das Gewitter stund, und Blitz auf Blitz ward entbunden, und Blitz auf Blitz schlug zur Erde nieder, als ob sie sich einen Durchgang bahnen wollten durch der Erde Mitte auf der Erde andere Seite. Ohne Unterlaß brüllte der Donner, zornesvoll heulte der Sturm, geborsten war der Wolken Schoß, Fluten stürzten nieder. Als so plötzlich und gewaltig die Wolkenschlacht losbrach, da hatte der Priester dem Sigristen nicht geantwortet, aber sich nicht niedergesetzt, und ein immer steigendes Bangen ergriff ihn; ein Drang kam ihn an, sich hinauszustürzen in der Elemente Toben, aber seiner Gefährten wegen zauderte er. Da war ihm, als höre er durch des Donners schreckliche Stimme eines Weibes markdurchschneidenden Weheruf. Da ward ihm plötzlich der Donner zu Gottes schrecklichem Scheltwort seiner Säumnis, er machte sich auf, was auch die beiden Andern sagen mochten. Er schritt, gefaßt auf alles, hinaus in die feurigen Wetter, in des Sturmes Wut, der Wolken Fluten; langsam, unwillig kamen die Beiden ihm nach.

Es sauste und brauste und tosete, als sollten diese Töne

zusammenschmelzen zur letzten Posaune, die der Welten Untergang verkündet, und feurige Garben fielen über das Dorf, als sollte jede Hütte aufflammen; aber der Diener dessen, der dem Donner seine Stimme gibt und den Blitz zu seinem Knechte hat, hat sich vor diesem Mitknecht des gleichen Herrn nicht zu fürchten, und wer auf Gottes Wegen geht, kann getrost Gottes Wettern das Seine überlassen. Darum schritt der Priester unerschrocken durch die Wetter dem Kilchstalden zu, die geweihten heiligen Waffen trug er bei sich, und bei Gott war sein Herz. Aber nicht in gleichem Mute folgten ihm die Andern, denn nicht am gleichen Orte war ihr Herz; sie wollten nicht den Kilchstalden ab, nicht in solchem Wetter, nicht in später Nacht, und Hans hatte noch einen besondern Grund, warum er nicht wollte. Sie baten den Priester, umzukehren, auf andern Wegen zu gehen; Hans wußte nähere, der Sigrist bessere; Beide warnten vor den Wassern im Tale, der aufgeschwollenen Grüne. Aber der Priester hörte nicht, achtete ihre Rede nicht; von einem wunderbaren Drange getrieben, eilte er auf den Flügeln des Gebetes dem Kilchstalden zu, sein Fuß stieß an keinen Stein, sein Auge ward durch keinen Blitz geblendet; bebend und weit hinter ihm, gedeckt, wie sie meinten, durch das Heiligste, das der Priester selbsten trug, folgten Hans und der Sigrist ihm nach.

Als sie aber hinauskamen vor das Dorf, wo ins Tal hinunter der Stalden sich senkt, da steht der Priester plötzlich still und schirmt mit der Hand die Augen. Unterhalb der Kapelle schimmert in des Blitzes Schein eine rote Feder, und des Priesters scharfes Auge sieht aus grünem Hage hervorragen ein schwarzes Haupt, und auf diesem schwankt die rote Feder. Und wie er noch länger schaut, sieht er am jenseitigen Abhange in schnellstem Laufe, wie gejagt von des Windes wildestem Stoße, daherfliegen eine wilde Gestalt dem dunkeln Haupte zu, auf dem einer Fahne gleich die rote Feder schwankte.

Da loderte im Priester auf der heilige Kampfesdrang, der, sobald sie den Bösen ahnen, über die kömmt, die gottgeweihten Herzens sind, wie der Trieb über das Samenkorn kömmt, wenn das Leben in ihns dringt, wie er in die Blume dringt, wenn sie sich entfalten soll, wie er über den Helden kömmt, wenn sein Feind das Schwert erhebt. Und wie der Lechzende in des Stromes kühle Flut, wie der Held zur Schlacht stürzte der Priester den Stalden nieder, stürzte zum kühnsten Kampf, drang zwischen den Grünen und Christine, die eben das Kindlein in des Andern Arme legen wollte, mitten hinein, schmetterte zwischen sie die drei höchsten heiligen Namen, hält das Heiligste dem Grünen ans Gesicht, sprengt heiliges Wasser über das Kind und trifft Christine zugleich. Da fährt mit fürchterlichem Wehegeheul der Grüne von dannen, wie ein glutroter Streifen zuckt er dahin, bis die Erde ihn verschlingt; vom geweihten Wasser berührt, schrumpft mit entsetzlichem Zischen Christine zusammen wie Wolle im Feuer, wie Kalch im Wasser, schrumpft zischend, flammensprühend zusammen bis auf die schwarze, hochaufgeschwollene, grauenvolle Spinne in ihrem Gesichte, schrumpft mit dieser zusammen, zischt in diese hinein, und diese sitzt nun giftstrotzend, trotzig mitten auf dem Kinde und sprüht aus ihren Augen zornige Blitze dem Priester entgegen. Dieser sprengt ihr Weihwasser entgegen, es zischt wie auf heißem Steine gewöhnliches Wasser; immer größer wird die Spinne, streckt immer weiter ihre schwarzen Beine aus über das Kind, glotzt immer giftiger den Priester an; da faßt dieser in feurigem Glaubensmut nach ihr mit kühner Hand. Es ist, als wenn er griffe in glühende Stacheln hinein, aber unerschüttert greift er fest, schleudert das Ungeziefer weg, faßt das Kind und eilt mit ihm sonder

Weile der Mutter zu. Und wie sein Kampf zu Ende war, stillte sich auch der Kampf der Wolken, sie eilten wieder in ihre dunkeln Kammern; bald flimmerte in stillem Sternenlicht das Tal, in dem kurz zuvor die wildeste Schlacht getobet, und fast atemlos ereilte der Priester das Haus, in welchem an Mutter und Kind die Freveltat begangen worden.

Dort war die Mutter noch ohnmächtig, mit dem gellenden Schrei hatte sie ihr Leben fortgesendet; neben ihr saß betend die Alte, sie traute noch auf Gott, daß er mächtiger sei als der Teufel böse. Mit dem Kinde brachte der Priester der Mutter auch das Leben zurück. Als sie erwachend das Kindlein wieder sah, durchfloß sie eine Wonne, wie sie nur die Engel im Himmel kennen, und auf der Mutter Armen taufte der Priester das Kind im Namen Gottes des Vaters, des Sohnes und des Heiligen Geistes; und jetzt war es entrissen des Teufels Gewalt auf immer, bis es sich ihm freiwillig übergeben wollte. Aber vor dem hütete es Gott, in dessen Gewalt jetzt seine Seele übergeben worden, während der Leib von der Spinne vergiftet blieb.

Bald schied seine Seele wieder, und wie mit Brandflecken war das Leibchen gezeichnet. Die arme Mutter weinte wohl, aber wo jeder Teil wieder dahin gehet, wo er hingehöret, zu Gott die Seele, zur Erde der Leib, da findet sich der Trost ein, früher dem, später jenem.

Sobald der Priester sein heilig Amt verrichtet hatte, begann er ein seltsam Jucken zu fühlen in Hand und Arm, womit er die Spinne weggeschleudert. Kleine schwarze Flecken sah er auf der Hand, sichtbarlich wurden sie größer und schwollen auf, Todesschauer rieselte ihm durchs Herz. Er segnete die Weiber und eilte heim; die heiligen Waffen wollte er als getreuer Streiter wieder dahin bringen, wo sie hingehörten, damit sie einem Andern nach ihm zur Hand seien. Hochauf schwoll der Arm, schwarze Beulen quollen immer höher auf; er kämpfte mit des Todes Mattigkeit, aber er erlag ihr nicht.

Als er an den Kilchstalden kam, da sah er Hans, den gottvergessenen Vater, von dem man nicht wußte, wo er geblieben, mitten im Wege auf dem Rücken liegen. Hochgeschwollen und brandschwarz war sein Gesicht, und mitten auf demselben saß groß und schwarz und grausig die Spinne. Als der Pfarrer kam, blähte sie sich auf, giftig bäumten sich die Haare auf ihrem Rücken, giftig und sprühend glotzten ihre Augen ihn an; sie tat wie die Katze, wenn sie sich rüstet zu einem Sprung in ihres Todfeindes Gesicht. Da begann der Priester einen guten Spruch und hob die heiligen Waffen, und sie Spinne schrak zusammen, kroch langbeinig vom schwarzen Gesichte, verlor sich in zischendem Grase. Darauf ging der Pfarrer vollends heim, stellte das Allerheiligste an seinen Ort, und während wilde Schmerzen den Leib zum Tode rissen, harrte in süßem Frieden seine Seele ihres Gottes, für den sie recht gestritten in kühnem Gotteskampfe, und lange ließ Gott sie nicht harren.

Aber solch süßer Friede, der still des Herren harrt, war hinten im Tale, war oben auf den Bergen nicht. Von dem Augenblicke an, als Christine mit dem geraubten Kinde den Berg hinunter gefahren war dem Teufel zu, war heilloser Schreck in alle Herzen gefahren. Während dem fürchterlichen Ungewitter bebten die Menschen in den Schrecken des Todes, denn ihre Herzen wußten wohl, wenn Gottes Hand vernichtend über sie komme, so sei es mehr als wohlverdient. Als das Gewitter vorüber war, lief die Kunde von Haus zu Haus, wie der Pfarrer das Kindlein zurückgebracht und getauft, aber kein Hans, keine Christine gesehen worden.

Der grauende Morgen fand lauter bleiche Gesichter, und die schöne Sonne färbte sie nicht, denn alle wußten wohl, daß nun erst das Schrecklichste kommen werde. Da hörte man, daß mit schwarzen Beulen der Pfarrer gestorben, man fand Hans mit schrecklichem Gesichte, und von der gräß‑ lichen Spinne, in die Christine verwandelt worden, hörte man seltsam verwirrte Worte.

Es war ein schöner Erntetag, aber keine Hand rührte sich zur Arbeit; die Leute liefen zusammen, wie man es pflegt am Tage nach dem Tage, an welchem ein großes Unglück begegnet ist. Sie fühlten erst jetzt in ihren bebenden Seelen so recht, was es heiße, von irdischer Not und Plage mit einer unsterblichen Seele sich loskaufen zu wollen, fühlten, daß ein Gott im Himmel sei, der alles Unrecht, das armen Kin‑ dern, die sich nicht wehren können, angetan wird, fürchter‑ lich räche. So stunden sie bebend zusammen und jammerten, und wer bei den Andern war, der durfte nicht mehr heim; und doch war Zank und Streit unter ihnen, und einer gab den Andern schuld, und jeder wollte abgemahnet und ge‑ warnet haben, und jeder hatte nichts darwider, daß Strafe die Schuldigen treffe, sich und sein Haus wollte aber jeder ohne Strafe. Und wenn sie in diesem schrecklichen Harren und Streiten ein neu unschuldig Opfer gewußt hätten, es wäre Keiner gewesen, der nicht an demselben gefrevelt, in der Hoffnung, sich selbst zu retten.

Da schrie mitten im Haufen einer entsetzlich auf; es war ihm, als sei er in einen glühenden Dorn getreten, als nagle man mit glühendem Nagel den Fuß an den Boden, als ströme Feuer durch das Mark seiner Gebeine. Der Haufe fuhr auseinander, und alle Augen sahen nach dem Fuße, gegen den die Hand des Schreienden fuhr. Auf dem Fuße aber saß schwarz und groß die Spinne und glotzte giftig und schadenfroh in die Runde. Da starrte allen zuerst das Blut in den Adern, der Atem in der Brust, der Blick im Auge, und ruhig und schadenfroh glotzte die Spinne umher, und der Fuß ward schwarz, und im Leibe wars, als kämpfe zischend und wütend Feuer mit Wasser; die Angst sprengte die Fesseln des Schreckens, der Haufe stob aus einander. Aber in wunderbarer Schnelle hatte die Spinne ihren ersten Sitz verlassen und kroch diesem über den Fuß und jenem an die Ferse, und Glut fuhr durch ihren Leib, und ihr gräßlich Geschrei jagte die Fliehenden noch heftiger. In Windeseile, in Todesschrecken, wie das gespenstige Wild vor der wilden Jagd, stoben sie ihren Hütten zu, und jeder meinte hinter sich die Spinne, verrammelte die Türe und hörte doch nicht auf zu beben in unsäglicher Angst.

Und einen Tag war die Spinne verschwunden, kein neues Todesgeschrei hörte man; die Leute mußten die verrammelten Häuser verlassen, mußten Speise suchen fürs Vieh und sich, sie taten es mit Todesangst. Denn wo war jetzt die Spinne, und konnte sie nicht hier sein und unversehens auf den Fuß sich setzen? Und wer am vorsichtigsten niedertrat und mit den Augen am schärfsten spähte, der sah die Spinne plötzlich sitzen auf Hand oder Fuß, sie lief ihm übers Gesicht, saß schwarz und groß ihm auf der Nase und glotzte ihm in die Augen; feurige Stacheln wühlten sich in sein Gebein, der Brand der Hölle schlug über ihm zusammen, bis der Tod ihn streckte.

So war die Spinne bald nirgends, bald hier, bald dort, bald im Tale unten, bald auf den Bergen oben; sie zischte durchs Gras, sie fiel von der Decke, sie tauchte aus dem Boden auf. An hellem Mittage, wenn die Leute um ihr Habermus saßen, erschien sie glotzend unten am Tisch, und ehe die Menschen vom Schrecken auseinandergesprengt, war sie allen über die Hände gelaufen, saß oben am Tisch auf des Hausvaters Haupte und glotzte über den Tisch, die schwarz werdenden Hände weg. Sie fiel des Nachts den Leuten ins Gesicht, begegnete ihnen im Walde, suchte sie heim im Stalle. Die Menschen konnten sie nicht meiden, sie war nirgends und allenthalben, konnten im Wachen vor ihr sich nicht schützen, waren schlafend vor ihr nicht sicher. Wenn sie am sichersten sich wähnten unterem freien Himmel, auf eines Baumes Gipfel, so kroch Feuer ihnen den Rücken auf, der Spinne feurige Füße fühlten sie im Nacken, sie glotzte ihnen über die Achsel. Das Kind in der Wiege, den Greis auf dem Sterbebette schonte sie nicht; es war ein Sterbet, wie man noch von keinem wußte, und das Sterben daran war schrecklicher, als man es je erfahren, und schrecklicher noch als das Sterben war die namenlose Angst vor der Spinne, die allenthalben war und nirgends, die, wenn man am sichersten sich wähnte, einem todbringend plötzlich in die Augen glotzte.

Die Kunde von diesem Schrecken war natürlich alsobald ins Schloß gedrungen und hatte auch dorthin Schreck und Streit gebracht, soweit er bei den Regeln des Ordens stattfinden konnte. Dem von Stoffeln machte es bange, daß auch sie ebenso heimgesucht werden möchten wie früher ihr Vieh, und der verstorbene Priester hatte manches geäußert, welches ihm jetzt die Seele aufrührte. Er hatte ihm manchmal gesagt, daß alles Leid, welches er den Bauren antue, auf ihn zurückfahre; aber er hatte es nie geglaubt, weil er meinte, Gott werde einen Unterschied zu machen wissen zwischen einem Ritter und einem Bauer, hätte er sie doch sonst nicht so verschieden erschaffen. Aber jetzt ward ihm doch angst, es gehe nach des Priesters Wort, gab harte Worte seinen Rittern und meinte, es käme jetzt schwere Strafe ihrer leichtfertigen Worte wegen. Die Ritter aber wollten auch nicht schuld sein, und einer schob es dem Andern zu, und wenns auch Keiner sagte, so meintens doch alle, das gehe eigentlich nur den von Stoffeln an, denn wenn man es recht nehme, so sei der an allem schuld. Und neben diesem sahen sie einen jungen Polenritter an, der hatte eigentlich die meisten leichtfertigen

Worte über das Schloß gesprochen und den von Stoffeln am meisten gereizt zum neuen Bau und vermessenen Schattengange. Der war noch sehr jung, aber der Wildeste von allen, und wenns eine vermessene Tat galt, so war er voran; er war wie ein Heide und fürchtete weder Gott noch Teufel.

Der merkte wohl, was die Andern meinten, aber ihm nicht sagen durften, merkte auch ihre heimliche Angst. Darum höhnte er sie und sagte, wenn sie vor einer Spinne sich fürchteten, was sie dann gegen Drachen machen wollten! Dann wappnete er sich gut und ritt ins Tal hinauf, sich vermessend, nicht zurückkehren zu wollen, bis sein Roß die Spinne zertreten, seine Faust sie zerdrückt. Wilde Hunde sprangen um ihn her, der Falke saß ihm auf der Faust, am Sattel hing die Lanze, lustig bäumte sich das Pferd; halb schadenfroh, halb ängstlich sah man ihn aus dem Schlosse reiten und gedachte der nächtlichen Wache auf Bärhegen, wo die Kraft der weltlichen Waffen gegen diesen Feind so schlecht sich bewährt hatte.

Er ritt am Saume eines Tannenwaldes dem nächsten Gehöfte zu, scharfen Auges spähend um und über sich. Als er das Haus erblickte, Leute darum, rief er den Hunden, machte das Haupt des Falken frei, lose klirrte in der Scheide der Dolch. Wie der Falke die geblendeten Augen zum Ritter kehrte, seines Winkes gewärtig, prallte er ab der Faust und schoß in die Luft, die hergesprungenen Hunde heulten auf und suchten mit dem Schweife zwischen den Beinen das Weite. Vergebens ritt und rief der Ritter, seine Tiere sah er nicht wieder. Da ritt er den Menschen zu, wollte Kunde einziehen; sie stunden ihm, bis er nahe kam. Da schrien sie gräßlich auf und flohen in Wald und Schlucht, denn auf des Ritters Helm saß schwarz, in übernatürlicher Größe die Spinne und glotzte giftig und schadenfroh ins Land. Was er suchte, das trug der Ritter und wußte es nicht; in glühendem Zorne rief und ritt er den Menschen nach, rief immer wütender, ritt immer toller, brüllte immer entsetzlicher, bis er und sein Roß über eine Fluh hinab zu Tale stürzten. Dort fand man Helm und Leib, und durch den Helm hindurch hatten die Füße der Spinne sich gebrannt dem Ritter bis ins Gehirn hinein, den schrecklichsten Brand ihm dort entzündet, bis er den Tod gefunden.

Da kehrte der Schreck erst recht ein ins Schloß; sie schlossen sich ein und fühlten sich doch nicht sicher, sie suchten nach geistigen Waffen, fanden aber lange niemand, der sie zu führen wußte und zu führen wagte. Endlich ließ sich ein ferner Pfaffe locken mit Geld und Wort; er kam und wollte ausziehen mit heiligem Wasser und heiligen Sprüchen gegen den bösen Feind. Dazu aber stärkte er sich nicht mit Gebet und Fasten, sondern er tafelte des Morgens früh mit den Rittern und zählte die Becher nicht und lebte wohl an Hirsch und Bär. Dazwischen redete er viel von seinen geistigen Heldentaten und die Ritter von ihren weltlichen, und die Becher zählte man sich nicht nach, und die Spinne vergaß man. Da löschte auf einmal alles Leben aus, die Hände hielten erstarrt Becher oder Gabel, der Mund blieb offen, stier waren alle Augen auf einen Punkt gerichtet, nur der von Stoffeln trank den Becher leer und erzählte an einer Heldentat im Heidenlande. Aber auf seinem Kopfe saß groß die Spinne und glotzte um den Rittertisch, aber der Ritter fühlte sie nicht. Da begann die Glut zu strömen durch Gehirn und Blut, gräßlich schrie er auf, fuhr mit der Hand nach dem Kopfe, aber die Spinne war nicht mehr dort, war in ihrer schrecklichen Schnelle den Rittern allen über ihre Gesichter gelaufen, Keiner konnte es wehren; einer nach dem Andern schrie auf, von Glut verzehrt, und von des Pfaffen Glatze nieder glotzte sie in den Greuel hinein, und mit dem Becher, der nicht aus seiner Hand wollte, wollte der Pfaffe den Brand löschen, der loderte vom Kopfe herab durch Mark und Bein. Aber der Waffe trotzte die Spinne und glotzte von ihrem Throne herab in den Greuel, bis der letzte Ritter den letzten Schrei ausgestoßen, am letzten Atemzuge geendet.

Im Schlosse blieben nur wenige Diener verschont, die nie Hohn mit den Bauren getrieben; sie erzählten, wie schrecklich es gegangen. Das Gefühl, daß den Rittern ihr Recht geschehen, tröstete aber die Bauren nicht; der Schreck ward immer größer, gräßlicher. Mancher suchte zu fliehen. Die Einen wollten das Tal verlassen, aber gerade die fielen der Spinne zu. Auf dem Wege fand man ihre Leichname. Andere flohen auf die hohen Berge, aber droben vor ihnen war die Spinne, und wenn sie sich gerettet glaubten, so saß ihnen die Spinne im Nacken oder im Gesicht. Das Untier ward immer boshafter, immer teuflischer. Es überraschte nicht mehr unerwartet, brannte nicht mehr unversehens den Tod ein; es saß vor dem Menschen im Grase, hing über ihm am Baume, glotzte giftig ihn an. Dann floh der Mensch, so weit seine Füße ihn trugen, und stund er atemlos stille, so saß die Spinne vor ihm und glotzte giftig ihn an. Floh er abermal und mußte er abermals die Schritte hemmen, so saß sie wieder vor ihm, und konnte er nicht mehr fliehen, dann erst kroch sie langsam an ihn heran und gab ihm den Tod.

Da versuchte wohl Mancher in der Verzweiflung Widerstand und ob die Spinne nicht zu töten sei, warf zentnerige Steine auf sie, wenn sie vor ihm im Grase saß, schlug mit Keulen, mit Beilen nach ihr, aber alles umsonst; der schwerste Stein erdrückte sie nicht, das schärfste Beil verletzte sie nicht, unversehens saß sie dem Menschen im Gesicht, unversehrt kroch sie an ihn heran. Flucht, Widerstand, alles war eitel. Da ging alles Hoffen aus, und Verzweiflung füllte das Tal, saß auf den Bergen.

Ein einziges Haus hatte das Untier bis dahin verschont und war nie in demselben erschienen; es war das Haus, in welchem Christine gewohnt, aus welchem sie das Kindlein geraubet. Ihren eigenen Mann hatte sie auf einsamer Weide angefallen, dort fand man seinen Leichnam gräßlich zugerichtet wie keinen andern, seine Züge zerrissen in unaussprechlichem Schmerze; an ihm hatte sie ihren gräßlichsten Zorn ausgelassen, das gräßlichste Wiedersehn dem Ehemanne bereitet. Aber wie es zuging, hat niemand gesehen. Zum Hause war sie noch nicht gekommen; ob sie es bis zuletzt sparen wollte, oder ob sie sich scheute davor, das erriet man nicht. Aber nicht weniger als an andern Orten war die Angst eingekehrt.

Das fromme Weibchen war genesen, und es zagte nicht für sich, aber fast sehr um sein treues Bübchen und dessen Schwesterchen und wachte über sie Tag und Nacht, und die treue Großmutter teilte seine Sorgen und Wachen. Und gemeinsam beteten sie zu Gott, daß er ihnen ihre Augen offen halten möchte zur Wache, daß er sie erleuchten und stärken möchte zur Rettung der unschuldigen Kindlein.

Oft war es ihnen, wenn sie so wachten lange Nächte durch, als sehen sie die Spinne glimmen und glitzern in dunkelm Winkel, als glotze sie zum Fenster herein; dann ward ihre Angst groß, denn sie wußten keinen Rat, wie vor der Spinne die Kindlein schützen, und um so brünstiger baten sie Gott um seinen Rat und Beistand. Sie hatten allerlei Waffen zur Hand gelegt, aber wie sie hörten, daß der Stein seine Schwere, das Beil seine Schärfe verliere, sie wieder beiseite gelegt. Da kam es der Mutter immer deutlicher vor, immer lebendiger in den Sinn: wenn jemand es wagen würde, die Spinne mit der Hand zu fassen, so vermöchte man sie zu überwältigen. Sie hörte auch von Leuten, die, als der Stein nichts half, mit der Hand sie zu erdrücken versuchten, allein vergeblich. Ein gräßlicher Glutstrom, der durch Hand und Arm zuckte, tilgte jede Kraft und brachte den Tod ins Herz. Es kam ihr auch vor, zu erdrücken vermöchte sie die Spinne nicht, aber sie erfassen dürfte sie wohl, und so viel Kraft würde ihr Gott verleihen, dieselbe irgendwohin zu tun, sie unschädlich zu machen. Sie hatte schon oft gehört, wie kundige Männer Geister eingesperrt hätten in ein Loch in Felsen oder Holz, welches sie mit einem Nagel zugeschlagen, und solange den Nagel niemand ausziehe, müsse der Geist gebannt im Loche sein.

Gleiches zu versuchen, drängte der Geist sie immer mehr. Sie bohrte ein Loch in das Bystal, das ihr am nächsten lag zur rechten Hand, wenn sie bei der Wiege saß, rüstete einen Zapfen, der scharf ins Loch paßte, weihte ihn mit geheiligtem Wasser, legte einen Hammer zurecht und betete nun Tag und Nacht zu Gott um Kraft zur Tat. Aber manchmal war das Fleisch stärker als der Geist, und schwerer Schlaf drückte ihr die Augen zu; dann sah sie im Traume die Spinne, glotzend auf ihres Bübchens goldenen Locken, dann fuhr sie aus dem Traume, fuhr nach des Bübchens Locken. Dort war aber keine Spinne, ein Lächeln saß auf seinem Gesichtchen, wie Kindlein lächeln, wenn sie ihren Engel im Traume sehen; der Mutter aber glitzerten in allen Ecken der Spinne giftige Augen, und auf lange wich der Schlaf von ihr.

So hatte sie auch einmal nach strengem Wachen der Schlaf überwältigt, und dicht umnachtete er sie. Da war es ihr, als stürze der fromme Priester, der in der Rettung ihres Kindleins gestorben, herbei aus weiten Räumen und rufe aus der Ferne her: «Weib, wache auf, der Feind ist da!» Dreimal rief er so, und erst beim drittenmal rang sie sich los aus des Schlafes engen Banden; aber wie sie die schweren Augenlider mühsam hob, sah sie langsam, giftgeschwollen die Spinne schreiten übers Bettlein hinauf dem Gesichte ihres Bübchens zu. Da dachte sie an Gott und griff mit rascher Hand die Spinne. Da fuhren Feuerströme von derselben aus, der treuen Mutter durch Hand und Arm bis ins Herz hinein; aber Muttertreue und Mutterliebe drückten die Hand ihr zu, und zum Aushalten gab Gott die Kraft. Unter tausendfachen Todesschmerzen drückte sie mit der einen Hand die Spinne ins bereitete Loch, mit der andern den Zapfen davor und schlug mit dem Hammer ihn fest.

Drinnen sauste und brauste es, wie wenn mit dem Meere die Wirbelwinde streiten; das Haus wankte in seinen Grundfesten, aber fest saß der Zapfen, gefangen blieb die Spinne. Die treue Mutter aber freute sich noch, daß sie ihre Kindlein gerettet, dankte Gott für seine Gnade, dann starb sie auch den gleichen Tod wie alle; aber ihre Muttertreue löschte die Schmerzen aus, und die Engel geleiteten ihre Seele zu Gottes Thron, wo alle Helden sind, die ihr Leben eingesetzt für Andere, die für Gott und die Ihren alles gewagt.

Nun war der schwarze Tod zu Ende. Ruhe und Leben kehrten ins Tal zurück. Die schwarze Spinne ward nicht mehr gesehen zur selben Zeit, denn sie saß in jenem Loche gefangen, wo sie jetzt noch sitzt.»

«Was, dort im schwarzen Holz?» schrie die Gotte und fuhr eines Satzes vom Boden auf, als ob sie in einem Ameisenhaufen gesessen wäre. An jenem Holze war sie gesessen in der Stube. Und jetzt brannte sie ihr Rücken, sie drehte sich, sie schaute hinter sich, fuhr mit der Hand auf und ab und kam nicht aus der Angst, die schwarze Spinne sitze ihr im Nacken.

Auch den Andern waren die Herzen zugeklemmt, als der Großvater schwieg. Es war ein großes Schweigen über sie gekommen. Spott mochte niemand wagen, der Sache beistimmen auch nicht gerne; es hörte jeder lieber auf das erste Wort des Andern, um darnach die eigene Rede richten zu können, so verfehlt man sich am wenigsten. Da kam die Hebamme, die schon mehrere Male gerufen hatte, ohne Antwort zu bekommen, hergelaufen; ihr Gesicht brannte hochrot, es war, als ob die Spinne auf demselben herumgekrochen wäre. Sie begann zu schmälen, daß niemand kommen wolle, wie laut sie auch rufe. Das sei ihr doch auch eine wunderliche Sache; wenn man gekochet habe, so wolle niemand zum Tisch, und wenn dann alles nicht mehr gut sei, so solle sie schuld sein an allem, sie wisse wohl, wie es gehe. So fettes Fleisch, wie drinnen stehe, könne niemand mehr essen, wenn es kalt geworden; dazu sei es noch gar ungesund.

Nun kamen die Leute wohl, aber gar langsam, und Keines wollte das Erste bei der Türe sein, der Großvater mußte der Erste sein. Es war diesmal nicht sowohl die übliche Sitte, nicht den Schein haben zu wollen, als möge man nicht warten, bis man zum Essen komme; es war das Zögern, das alle befällt, wenn sie am Eingang stehen eines schauerlichen Ortes, und doch war drinnen nichts Schauerliches. Hell glänzten auf dem Tische, frisch gefüllt, die schönen Weinflaschen, zwei glänzende Schinken prangten, gewaltige Kalbs- und Schafbraten dampften, frische Züpfen lagen dazwischen, Teller mit Tateren, Teller mit dreierlei Küchlene waren dazwischengezwängt, und auch die Kännchen mit dem süßen Tee fehlten nicht. So wars ein schönes Schauen, und doch achteten sich alle desselben wenig; aber alle sahen sich um mit ängstlichen Augen, ob nicht die Spinne aus irgend einer Ecke glitzere oder gar vom prangenden Schinken herab sie anglotze mit ihren giftigen Augen. Man sah sie nirgends, und doch machte niemand die üblichen Komplimente: Was man doch sinne, noch so viel aufzustellen, wer das doch essen solle, man habe bereits mehr als zu viel; sondern alle drängten sich an die untern Ecken des Tisches, niemand wollte hinauf.

Umsonst mahnte man die Gäste nach oben und zeigte auf die leeren Plätze, sie stunden unten wie angenagelt; vergebens schenkte der Kindbettimann ein und rief, sie sollten doch kommen und Gesundheit machen, es sei eingeschenkt. Da nahm derselbe die Gotte beim Arme und sagte: «Sei du das Witzigeste und gib das Exempel.» Aber mit aller Kraft, und die war nicht klein, sperrte sich die Gotte und rief: «Nicht um tausend Pfund sitze ich mehr da oben! Es gramselt mir den Rücken auf und nieder, als führe man mir mit Nesseln daran herum. Und säße ich dort vor dem Bystal, so fühlte ich die schreckliche Spinne sonder Unterlaß im Nacken.» «Daran bist du schuld, Großvater», sagte die Großmutter, «warum bringst du solche Dinge aufs Tapet. So etwas trägt heutzutag nichts mehr ab und kann dem ganzen Hause schaden. Und wenn einst die Kinder aus der Schule kommen und weinen und klagen, die andern Kinder hielten ihnen vor, ihre Großmutter sei eine Hexe gewesen und ins Bystal gebannt, so hast du es dann.»

«Sei ruhig, Großmutter», sagte der Großvater, «man hat heutzutag alles bald wieder vergessen und behält nichts mehr lange im Gedächtnis wie ehedem. Man hat die Sache von mir haben wollen, und es ist besser, die Leute vernehmen Punktum die Wahrheit, als daß sie selbst etwas ersinnen; die Wahrheit bringt unserem Hause keine Unehre. Aber kommt und sitzet; seht, vor den Zapfen will ich selbsten sitzen. Bin ich doch schon viel tausend Tage da gesessen ohne Furcht und ohne Zagen und darum auch ohne Gefährde. Nur wenn böse Gedanken in mir aufstiegen, die dem Teufel zur Handhabe werden konnten, so war es mir, als schnurre es hinter mir, wie eine Katze schnurrt, wenn man sich mit ihr anläßt, ihr den Balg streicht, ihr behaglich wird, und mir fuhr es den Rücken auf seltsam und absonderlich. Sonst aber hält sie sich mäusestill da innen, und solange man hier außen Gott nicht vergißt, muß sie warten da innen.»

Da faßten die Gäste Mut und setzten sich, aber ganz nahe zum Großvater rückte niemand. Jetzt endlich konnte der Kindbettimann vorlegen, legte ein mächtiges Stück Braten seiner Nachbarin auf den Teller; diese schnitt ein Stückchen ab und legte den Rest auf des Nachbars Teller, ihn mit dem Daumen von der Gabel streifend. So ging das Stück um, bis einer sagte, er denke, er behalte es, es sei noch mehr, wo das gewesen sei; ein neues Stück begann die Runde. Während der Kindbettimann einschenkte und vorlegte und die Gäste ihm sagten, er hätte heute einen strengen Tag, ging die Hebamme herum mit dem süßen Tee, stark gewürzt mit Safran und Zimmet, bot allen an und fragte: Wer ihn liebe, solle es nur sagen, er sei für alle da. Und wer sagte, er sei Liebhaber, dem schenkte sie Tee in den Wein und sagte: Sie liebe ihn auch, man möge den Wein viel besser ertragen, er mache einem nicht Kopfweh. Man aß und trank. Aber kaum war der Lärm vorbei, der allemal entsteht, wenn man hinter neue Gerichte geht, so ward man wieder stille, und ernst wurden die Gesichter; man merkte wohl, alle Gedanken waren bei der Spinne. Scheu und verstohlen blickten die Augen nach dem Zapfen hinter des Großvaters Rücken, und doch scheute jeder sich, wieder davon anzufangen.

Da schrie laut auf die Gotte und wäre fast vom Stuhle gefallen. Eine Fliege war über den Zapfen gelaufen; sie hatte geglaubt, der Spinne schwarze Beine gramselten zum Loche heraus, und zitterte vor Schreck am ganzen Leibe. Kaum ward sie ausgelacht, ihr Schreck war willkommener Anlaß, von neuem von der Spinne anzufangen; denn wenn einmal eine Sache unsere Seele recht berührt hat, so kommt dieselbe nicht so schnell davon los.

«Aber hör mal, Vetter», sagte der ältere Götti, «ist die

Spinne seither nie aus dem Loche gekommen, sondern immer darin geblieben seit so vielen hundert Jahren?» E, sagte die Großmutter, es wäre besser, man schwiege von der ganzen Sache, man hätte ja den ganzen Nachmittag davon geredet. «E, Mutter», sagte der Vetter, «laß deinen Alten reden, er hat uns recht kurze Zeit gemacht, und vorhalten wird euch das Ding niemand, stammet ihr ja nicht von Christine ab. Und du bringst unsere Gedanken doch nicht von der Sache ab, und wenn wir nicht von ihr reden dürfen, so reden wir auch von nichts anderem, dann gibts keine kurze Zeit mehr. Nun, Großvater, rede, deine Alte wird es uns nicht vergönnen.» «He, wenn ihr es zwingen wollet, so zwinget es meinethalben, aber gescheuter wäre es gewesen, man hätte jetzt von etwas anderm angefangen und besonders jetzt auf die Nacht hin», sagte die Großmutter.

Da begann der Großvater, und alle Gesichter spannten sich wieder: «Was ich weiß, ist nicht mehr viel, aber was ich weiß, will ich sagen; es kann sich vielleicht in der heutigen Zeit jemand ein Exempel daran nehmen, schaden würde es wahrhaftig Vielen nichts.

Als die Leute die Spinne eingesperrt wußten, sie ihres Lebens wieder sicher waren, da soll es ihnen gewesen sein, als seien sie im Himmel und der liebe Gott mit seiner Seligkeit mitten unter ihnen, und lange ging es gut. Sie hielten sich zu Gott und flohen den Teufel, und auch die Ritter, die frisch eingezogen waren ins Schloß, hatten Respekt vor Gottes Hand und hielten milde die Menschen und halfen ihnen auf.

Dieses Haus aber betrachteten alle mit Ehrfurcht, fast wie eine Kirche. Anfangs schauderte es sie freilich, wenn sie es ansahen, den Kerker der schrecklichen Spinne sahen und dachten, wie leicht sie da losbrechen und das Elend von vornen anfangen könnte mit des Teufels Gewalt. Aber sie sahen bald, daß da Gottes Gewalt stärker sei als die des

Teufels, und aus Dank gegen die Mutter, die für alle gestorben, halfen sie den Kindern und bauten ihnen unentgeltlich den Hof, bis sie ihn selbsten arbeiten konnten. Die Ritter wollten ihnen bewilligen, ein neues Haus zu bauen, damit sie vor der Spinne sich nicht zu fürchten hätten oder diese durch Zufall im bewohnten Hause loskomme, und viele Nachbaren wollten ihnen helfen, die der Scheu vor dem Untier, vor dem sie so schrecklich gezittert, nicht los werden konnten. Aber die alte Großmutter wollte es nicht tun. Sie lehrte ihre Enkel: Hier sei die Spinne gebannt durch Gott Vater, Sohn und Heiligen Geist; solange diese drei heiligen Namen gelten in diesem Hause, solange in diesen drei heiligen Namen an diesem Tische gegessen und getrunken werde, so lange seien sie vor der Spinne sicher und diese fest im Loche, und kein Zufall mache etwas an der Sache. Hier an diesem Tische, hinter ihnen die Spinne, werden sie nie vergessen, wie nötig ihnen Gott und wie mächtig er sei; so mahne sie die Spinne an Gott und müsse dem Teufel zum Trotz ihnen zum Heil werden. Ließen sie aber von Gott, und wäre es hundert Stunden von da, so könnte die Spinne sie finden oder der Teufel selbst. Das faßten die Kinder, blieben im Hause, wuchsen gottesfürchtig auf, und über dem Hause war der Segen Gottes.

Das Bübchen, welches so treu an der Mutter gewesen, so treu die Mutter an ihm, wuchs auf zu einem stattlichen Manne, der lieb war Gott und Menschen und Gnade bei den Rittern fand. Darum ward er auch gesegnet mit zeitlichem Gut und vergaß Gott nie darob, ward nie geizig damit; er half Andern in ihren Nöten, wie er wünschte, daß ihm geholfen werde in der letzten Not, und wo er zu schwach zu eigener Hülfe war, da ward er ein um so kräftigerer Fürsprecher bei Gott und Menschen. Er ward gesegnet mit einem weisen Weibe, und zwischen ihnen war ein unergründlicher

Friede; darum blühten fromm ihre Kinder auf, und Beide fanden spät einen sanften Tod. Seine Familie blühte fort in Gottesfurcht und Rechttun.

Ja, über dem ganzen Tale lag der Segen Gottes, und Glück war in Feld und Stall und Friede unter den Menschen. Die schreckliche Lehre war den Menschen zu Herzen gegangen, sie hielten fest an Gott; was sie taten, taten sie in seinem Namen, und wo einer dem Andern helfen konnte, da säumte er nicht. Vom Schlosse her ward ihnen kein Übel, aber viel Gutes. Immer weniger Ritter wohnten dort, denn immer härter ward der Streit im Heidenlande und immer nöter jede Hand, die fechten konnte; die aber, welche im Schlosse waren, mahnte täglich die große Totenhalle, in der die Spinne an Rittern wie an den Bauren ihre Macht geübt, daß Gott mit gleicher Kraft über jedem sei, der von ihm abfalle, sei er Bauer oder Ritter.

So schwanden viele Jahre in Glück und Segen, und das Tal ward berühmt vor allen andern. Stattlich waren ihre Häuser, groß ihre Vorräte, manch Geldstück ruhte im Kasten, ihr Vieh war das schönste zu Berg und Tal, und ihre Töchter waren berühmt landauf, landab und ihre Söhne gerne gesehen überall. Und dieser Ruhm welkte nicht über Nacht wie dem Jonas seine Schattenstaude, sondern er dauerte von Geschlecht zu Geschlecht; denn in der gleichen Gottesfurcht und Ehrbarkeit wie die Väter lebten auch die Söhne von Geschlecht zu Geschlecht. Aber wie gerade in den Birnbaum, der am flüssigsten genähret wird, am stärksten treibt, der Wurm sich bohrt, ihn umfrißt, welken läßt und tötet, so geschieht es, daß wo Gottes Segensstrom am reichsten über die Menschen fließt, der Wurm in den Segen kömmt, die Menschen bläht und blind macht, daß sie ob dem Segen Gott vergessen, ob dem Reichtum den, der ihn gegeben hat, daß sie werden wie die Israeliten, die, wenn

Gott ihnen geholfen, ob goldenen Kälbern ihn vergaßen.

So wurden, nachdem viele Geschlechter dahingegangen, Hochmut und Hoffart heimisch im Tale, fremde Weiber brachten und mehrten beides. Die Kleider wurden hoffärtiger, Kleinode sah man glänzen, ja selbst an die heiligen Zeichen wagte die Hoffart sich, und statt daß ihre Herzen während dem Beten inbrünstig bei Gott gewesen wären, hingen ihre Augen hoffärtig an den goldenen Kugeln ihres Rosenkranzes. So ward ihr Gottesdienst Pracht und Hoffart, ihre Herzen aber hart gegen Gott und Menschen. Um Gottes Gebote bekümmerte man sich nicht, seines Dienstes, seiner Diener spottete man; denn wo viel Hoffart ist oder viel Geld, da kömmt gerne der Wahn, daß man seine Gelüsten für Weisheit hält und diese Weisheit höher als Gottes Weisheit. Wie sie früher von den Rittern geplagt worden waren, so wurden sie jetzt hart gegen das Gesinde und plagten dieses, und je weniger sie selbst arbeiteten, um so mehr muteten sie diesem zu, und je mehr sie Arbeit von Knechten und Mägden forderten, um so mehr behandelten sie dieselben wie unvernünftiges Vieh, und daß diese auch Seelen hätten, die zu wahren seien, dachten sie nicht. Wo viel Geld oder viel Hoffart ist, da fängt das Bauen an, einer schöner als der Andere, und wie früher die Ritter bauten, so bauten jetzt sie, und wie früher die Ritter sie plagten, so schonten sie jetzt weder Gesinde noch Vieh, wenn der Bauteufel über sie kam. Dieser Wandel war auch über dieses Haus gekommen, während der alte Reichtum geblieben war.

Fast zweihundert Jahre waren verflossen, seit die Spinne im Loche gefangen saß, da war ein schlau und kräftig Weib hier Meister; sie war keine Lindauerin, aber doch glich sie Christine in vielen Stücken. Sie war auch aus der Fremde, der Hoffart, dem Hochmute ergeben, und hatte einen einzigen Sohn; der Mann war unter ihrer Meisterschaft gestorben.

Dieser Sohn war ein schöner Bube, hatte ein gutes Gemüt und war freundlich mit Mensch und Vieh; sie hatte ihn auch gar lieb, aber sie ließ es ihn nicht merken. Sie meisterte ihn jeden Schritt und Tritt, und keiner war ihr recht, den sie ihm nicht erlaubt, und längst war er erwachsen und durfte nicht zur Kameradschaft und an keine Kilbi ohne der Mutter Begleit. Als sie ihn endlich alt genug glaubte, gab sie ihm ein Weib aus ihrer Verwandtschaft, eins nach ihrem Sinn. Jetzt hatte er zwei Meister statt nur einen, und beide waren gleich hoffärtig und hochmütig, und weil sie es waren, so sollte auch Christen es sein, und wenn er freundlich war und demütig, wie es ihm so wohl anstund, so erfuhr er, wer Meister war.

Schon lange war das alte Haus ihnen ein Dorn im Auge, und sie schämten sich seiner, da die Nachbaren neue Häuser hatten und doch kaum so reich als sie waren. Die Sage von der Spinne und was die Großmutter gesagt, war damals noch in jedermanns Gedächtnis, sonst wäre das alte Haus längst schon eingerissen worden, aber alle wehrten es ihnen. Sie nahmen aber dieses Wehren immer mehr für Neid, der ihnen kein neues Haus gönne. Zudem ward es ihnen immer unheimeliger im alten Hause. Wenn sie hier am Tische saßen, so war es ihnen, entweder als schnurre hinter ihnen behaglich die Katze, oder als ginge leise das Loch auf und die Spinne ziele nach ihrem Nacken. Ihnen fehlte der Sinn, der das Loch vermachte, darum fürchteten sie sich immer mehr, das Loch möchte sich öffnen. Darum fanden sie einen guten Grund, ein neues Haus zu bauen, in dem sie die Spinne nicht zu fürchten hätten, wie sie meinten. Das alte wollten sie dem Gesinde überlassen, das ihrer Hoffart oft im Wege war; so wurden sie rätig.

Christen tat es sehr ungerne, er wußte, was die alte Großmutter gesagt, und glaubte, daß der Familiensegen an das

Familienhaus geknüpfet sei, und vor der Spinne fürchtete er sich nicht, und wenn er hier oben am Tische saß, so schien es ihm, er könne am andächtigsten beten. Er sagte, wie er es meinte, aber seine Weiber hießen ihn schweigen, und weil er ihr Knecht war, so schwieg er auch, weinte aber oft bitterlich, wenn sie es nicht sahen.

Dort, oberhalb des Baumes, unter welchem wir gesessen, sollte ein Haus gebaut werden, wie Keiner eins hätte in der ganzen Gegend. In hoffärtiger Ungeduld, weil sie keinen Verstand vom Bauen hatten und nicht warten mochten, bis sie mit dem neuen Hause hochmütig tun konnten, plagten sie beim Bauen Gesinde und Vieh übel, schonten selbst die heiligen Feiertage nicht und gönnten ihnen auch des Nachts nicht Ruhe, und kein Nachbar war, der ihnen helfen konnte, daß sie zufrieden waren, dem sie nicht Böses nachgewünscht, wenn er nach unentgeltlicher Hülfe, wie man sie schon damals einander leistete, wieder heimging, um auch zu seiner Sache zu sehen.

Als man aufrichtete und den ersten Zapfen in die Schwelle schlug, so rauchte es aus dem Loche herauf wie nasses Stroh, wenn man es anbrennen will; da schüttelten die Werkleute bedenklich die Köpfe und sagten es heimlich und laut, daß der neue Bau nicht alt werden werde, aber die Weiber lachten darüber und achteten des Zeichens sich nicht. Als endlich das Haus erbauet war, zogen sie hinüber, richteten sich ein mit unerhörter Pracht und gaben als sogenannte Hausräuki eine Kilbi, die drei Tage lang dauerte und Kind und Kindeskinder noch davon erzählten im ganzen Emmental.

Aber während allen dreien Tagen soll man im ganzen Hause ein seltsam Surren gehört haben wie das einer Katze, welcher es behaglich wird, weil man ihr den Balg streicht. Doch die Katze, von welcher es kam, konnte man trotz alles Suchens nicht finden; da ward Manchem unheimlich, und trotz aller Herrlichkeit lief er mitten aus dem Feste. Nur die Weiber hörten nichts oder achteten sich dessen nicht, mit dem neuen Hause meinten sie alles gewonnen.

Ja, wer blind ist, sieht auch die Sonne nicht, und wer taub ist, hört auch den Donner nicht. Darum freuten die Weiber des neuen Hauses sich, wurden alle Tage hoffärtiger, dachten an die Spinne nicht, sondern führten im neuen Hause ein üppiges, arbeitsloses Leben mit Putzen und Essen; kein Mensch konnte es ihnen treffen, und an Gott dachten sie nicht.

Im alten Hause blieb das Gesinde alleine, lebte, wie es wollte, und wenn Christen dasselbe auch unter seiner Aufsicht haben wollte, so duldeten die Weiber es nicht und schalten ihn, die Mutter aus Hochmut hauptsächlich, das Weib aus Eifersucht zumeist. Daher war drunten keine Ordnung und bald auch keine Gottesfurcht, und wo kein Meister ist, geht es so durchweg. Wenn kein Meister oben am Tische sitzt, kein Meister im Hause die Ohren spitzt, kein Meister draußen und drinnen die Zügel hält, so meint sich bald der der Größte, welcher am wüstesten tut, und der der Beste, welcher die ruchlosesten Reden führt.

So ging es zu im Hause drunten, und das sämtliche Gesinde glich bald einem Rudel Katzen, wenn sie am wüstesten tun. Von Beten wußte man nichts mehr, hatte darum weder vor Gottes Willen noch vor seinen Gaben Respekt. Wie die Hoffart der Meisterweiber keine Grenzen mehr kannte, so hatte der tierische Übermut des Gesindes keine Schranken mehr. Man schändete ungescheut das Brot, trieb das Habermus über den Tisch weg mit den Löffeln sich an die Köpfe, ja verunreinigte viehisch die Speise, um boshaft den Andern die Lust am Essen zu vertreiben. Sie neckten die Nachbaren, quälten das Vieh, höhnten jeden Gottesdienst, leugneten alle höhere Gewalt und plagten auf alle

Weise den Priester, der strafend zu ihnen geredet hatte; kurz sie hatten keine Furcht mehr vor Gott und Menschen und taten alle Tage wüster. Das wüsteste Leben führten Knechte und Mägde, und doch plagten sie einander wie nur möglich, und als die Knechte nicht mehr wußten, wie sie auf neue Art die Mägde quälen konnten, da fiel es einem ein, mit der Spinne im Loche die Mägde zu schrecken oder zahm zu machen. Er schmiß Löffel voll Habermus oder Milch an den Zapfen und schrie, die drinnen werde wohl hungrig sein, weil sie so viel hundert Jahre nichts gehabt. Da schrien die Mägde gräßlich auf und versprachen alles, was sie konnten, und selbst den andern Knechten graute es.

Da das Spiel sich ungestraft wiederholte, so wirkte es nicht mehr; die Mägde schrien nicht mehr, versprachen nichts mehr, und die andern Knechte begannen es auch zu treiben. Nun fing der an, mit dem Messer gegen das Loch zu fahren, mit den gräßlichsten Flüchen sich zu vermessen, er mache den Zapfen los und wolle sehen, was drinnen sei, und sie müßten einmal auch was Neues sehn. Das weckte neues Entsetzen, und der Bursche, der das tat, ward allen Meister und konnte zwingen, was er wollte, besonders bei den Mägden.

Das soll aber auch ein seltsamer Mensch gewesen sein, man wußte nicht, woher er kam. Er konnte sanft tun wie ein Lamm und reißend wie ein Wolf; war er alleine bei einem Weibsbilde, so war er ein sanftes Lamm, vor der Gesellschaft aber war er wie ein reißender Wolf und tat, als ob er alle haßte, als ob er über alles aus wolle mit wüsten Taten und Worten; Solche sollen den Weibsbildern aber gerade die Liebsten sein. Darum entsetzten sich die Mägde öffentlich vor ihm, sollen ihn aber doch, wenn sie alleine waren, am liebsten von allen gehabt haben. Er hatte ungleiche Augen, aber man wußte nicht, von welcher Farbe, und beide haßten einander, sahen nie den gleichen Weg; aber unter langem

Augenhaar und demütigem Niedersehn wußte er es zu verbergen. Sein Haar war schön gelockt, aber man wußte nicht, war es rot oder falb; im Schatten war es das schönste Flachshaar, schien aber die Sonne darauf, so hatte kein Eichhörnchen einen rötern Pelz. Er quälte wie Keiner das Vieh. Dasselbe haßte ihn auch darnach. Von den Knechten meinte ein jeder, er sei sein Freund, und gegen jeden wies er die Andern auf. Den Meisterweibern war er unter allen alleine recht, er alleine war oft im obern Hause, dann taten unten die Mägde wüst; sobald er es merkte, steckte er sein Messer an den Zapfen und begann sein Drohen, bis die Mägde zum Kreuze krochen. Doch behielt dieses Spiel auch nicht lange seine Wirkung. Die Mägde wurden dessen gewohnt und sagten endlich: «Tue es doch, wenn du darfst, aber du darfst nicht.»

Es nahte Weihnacht, die heilige Nacht. An das, was dieselbe uns weihet, dachten sie nicht, ein lustiges Leben hatten sie abgeraten in derselben. Im Schlosse drunten hauste ein alter Ritter nur, und der bekümmerte sich wenig mehr ums Zeitliche; ein schelmischer Vogt verwaltete alles zu seinem Vorteil. Um ein Schelmenstück hatten sie diesem edlen Ungarwein abgehandelt, neben welchem Lande die Ritter in großem Streite lagen; des edlen Weines Kraft und Feuer kannten sie nicht. Ein fürchterliches Unwetter kam herauf mit Blitz und Sturm wie selten sonst um diese Zeit, keinen Hund hätte man unter dem Ofen hervorgejagt. Zur Kirche zu gehen, hielt es sie nicht ab, sie wären bei schönem Wetter auch nicht gegangen, hätten den Meister alleine gehen lassen; aber es hielt Andere ab, sie zu besuchen; sie blieben allein im alten Hause beim edlen Weine.

Sie begannen den heiligen Abend mit Fluchen und Tanzen, mit wüstern und ärgern Dingen; dann setzten sie sich zum Mahle, wozu die Mägde Fleisch gekocht hatten, weißen Brei und was sie sonst Gutes stehlen konnten. Da ward die Roheit immer gräßlicher, sie schändeten alle Speisen, lästerten alles Heilige; der genannte Knecht spottete des Priesters, teilte Brot aus und trank seinen Wein, als ob er die Messe verwaltete, taufte den Hund unterem Ofen, trieb es, bis es angst und bange den Andern wurde, wie ruchlos sie sonst auch waren. Da stach er mit dem Messer ins Loch und fluchte, er wolle ihnen noch ganz andere Dinge zeigen. Als sie darob nicht erschrecken wollten, weil er das Gleiche schon manchmal getrieben, und mit dem Messer gegen den Zapfen kaum viel abzubringen war, so griff er in halber Raserei nach einem Bohrer, vermaß sich aufs Schrecklichste, sie sollten es erfahren, was er könne, büßen ihr Lachen, daß ihnen die Haare zu Berge ständen, und drehte mit wildem Stoße den Bohrer in den Zapfen hinein. Laut aufschreiend stürzten alle auf ihn zu, aber ehe jemand es hindern konnte, lachte er wie der Teufel selbst, tat einen kräftigen Ruck am Bohrer.

Da bebte von ungeheurem Donnerschlag das ganze Haus, der Missetäter stürzte rücklings nieder; ein roter Glutstrom brach aus dem Loche hervor, und mittendrin saß groß und schwarz, aufgeschwollen im Gifte von Jahrhunderten, die Spinne und glotzte in giftiger Lust über die Frevler hin, die versteinert in tödlicher Angst kein Glied bewegen konnten, dem schrecklichen Untiere zu entrinnen, das langsam und schadenfroh ihnen über die Gesichter kroch, ihnen einimpfte den feurigen Tod.

Da erbebte das Haus von schrecklichem Wehgeheul, wie hundert Wölfe es nicht auszustoßen vermögen, wenn der Hunger sie peinigt. Und bald erscholl ein ähnliches Wehgeschrei aus dem neuen Hause, und Christen, der eben den Berg auf kam von der heiligen Messe, meinte, es seien Räuber eingebrochen, und seinem starken Arme trauend, stürzte er den Seinen zu Hülfe. Er fand keine Räuber, aber den Tod;

mit diesem rangen Weib und Mutter und hatten schon keine Stimme mehr in den hoch aufgelaufenen schwarzen Gesichtern; ruhig schlummerten seine Kinder, und gesund und rot waren ihre munteren Gesichter. Es stieg in Christen die schreckliche Ahnung dessen auf, was geschehen war; er stürzte ins untere Haus, dort sah er die Diensten alle verendet, die Stube zur Totenkammer geworden, geöffnet das schauerliche Loch im Bystal, in des scheußlich entstellten Knechtes Hand den Bohrer und auf des Bohrers Spitze den schrecklichen Zapfen. Jetzt wußte er, was da geschehen war, schlug die Hände über dem Kopfe zusammen, und wenn die Erde ihn verschlungen hätte, so wäre es ihm recht gewesen. Da kroch etwas hinterem Ofen hervor, schmiegte sich ihm an; entsetzt fuhr er zusammen, aber es war nicht die Spinne, es war ein armes Bübchen, das er um Gottes willen ins Haus genommen und unter dem ruchlosen Gesinde gelassen hatte, wie es ja auch jetzt viel geschieht, daß man Kinder um Gottes willen nimmt und sie dem Teufel in die Hände spielt. Das hatte keinen Teil genommen an den Greueln des Gesindes, war erschreckt hinter den Ofen geflohn; ihns allein hatte die Spinne verschont, es konnte nun den Hergang erzählen.

Aber noch während das Bübchen erzählte, scholl durch Wind und Wetter Angstgeschrei von andern Häusern her. Wie in hundertjähriger, aufgeschwellter Lust flog die Spinne durch die Talschaft, las zuerst die üppigsten Häuser sich aus, wo man am wenigsten an Gott dachte, aber am meisten an die Welt, daher von dem Tod am wenigsten wissen mochte.

Noch war es nicht Tag geworden, so war die Kunde in jeglichem Hause: die alte Spinne sei losgebrochen, gehe aufs neue todbringend um in der Gemeinde; schon lägen Viele tot, und hinten im Tale fahre Schrei um Schrei zum Himmel auf von den Gezeichneten, die sterben müßten. Da kann man sich denken, welch Jammer im Lande war, welche

Angst in allen Herzen, was das für eine Weihnacht war in Sumiswald. An die Freude, die sie sonst bringt, konnte keine Seele denken, und solcher Jammer kam vom Frevel der Menschen. Der Jammer aber ward alle Tage größer, denn schneller, giftiger als das frühere Mal war die Spinne jetzt. Bald war sie zuvorderst, bald zuhinderst in der Gemeinde; auf den Bergen, im Tale erschien sie zu gleicher Zeit. Wie sie früher meist hier einen, dort einen gezeichnet hatte zum Tode, so verließ sie jetzt selten ein Haus, ehe sie alle vergiftet; erst wenn alle im Tode sich wanden, setzte sie sich auf die Schwelle und glotzte schadenfroh in die Vergiftung, als ob sie sagen wollte: sie sei es und sei doch wieder da, wie lange man sie auch eingesperrt.

Es schien, als ob sie wüßte, ihr sei wenig Zeit vergönnt, oder als ob sie sich viele Mühe sparen wollte; sie tat, wo sie konnte, Viele auf einmal ab. Darum lauerte sie am liebsten auf die Züge, welche die Toten zur Kirche geleiten wollten. Bald hier, bald dort, am liebsten unten am Kilchstalden tauchte sie mitten in den Haufen auf oder glotzte plötzlich vom Sarge herab auf die Begleitenden. Da fuhr dann ein schreckliches Wehgeschrei aus dem begleitenden Zuge zum Himmel auf; Mann um Mann fiel nieder, bis der ganze Zug der Begleitenden am Wege lag, und rang mit dem Tode, bis kein Leben mehr unter ihnen war und um den Sarg ein Haufen Tote lag, wie tapfere Krieger um ihre Fahne liegen, von der Übermacht erfaßt. Da wurden keine Toten mehr zur Kirche gebracht, niemand wollte sie tragen, niemand geleiten; wo der Tod sie streckte, da ließ man sie liegen.

Verzweiflung lag überem ganzen Tale. Wut kochte in allen Herzen, strömte in schrecklichen Verwünschungen gegen den armen Christen aus; an allem sollte jetzt er schuld sein. Jetzt auf einmal wußten alle, daß Christen das alte Haus nicht hätte verlassen, das Gesinde nicht sich selbst überlassen sollen. Auf einmal wußten alle, daß der Meister für sein Gesinde mehr oder minder verantwortlich sei, daß er wachen solle über Beten und Essen, wehren solle gottlosem Leben, gottlosen Reden und gottlosem Schänden der Gaben Gottes. Jetzt war allen auf einmal Hoffart und Hochmut vergangen, sie taten diese Laster in die unterste Hölle hinunter und hätten es kaum Gott geglaubt, daß sie dieselben noch vor wenig Tagen so schmählich an sich getragen; sie waren alle wieder fromm, hatten die schlechtesten Kleider an und die alten verachteten Rosenkränze wieder in den Händen und überredeten sich selbst, sie seien immer gleich fromm gewesen, und an ihnen fehlte es nicht, daß sie Gott nicht das Gleiche überredeten. Christen allein unter ihnen allen sollte gottlos sein, und Flüche wie Berge kamen von allen Seiten auf ihn her. Und war er doch vielleicht unter allen der Beste, aber sein Wille lag gebunden in seiner Weiber Willen, und dieses Gebundensein ist allerdings eine schwere Schuld für jeden Mann, und schwerer Verantwortung entrinnt er nicht, weil er anders ist, als Gott ihn will. Das sah Christen auch ein, darum war er nicht trotzig, pochte nicht, gab sich schuldiger dar, als er war; aber damit versöhnte er die Leute nicht, erst jetzt schrien sie einander zu, wie groß seine Schuld sein müsse, da er so viel auf sich nehme, so weit sich unterziehe, es ja selbst bekenne, er sei nichts wert.

Er aber betete Tag und Nacht zu Gott, daß er das Übel wende; aber es ward schrecklicher von Tag zu Tag. Er ward es inne, daß er gutmachen müsse, was er gefehlt, daß er sich selbst zum Opfer geben müsse, daß an ihm liege die Tat, die seine Ahnfrau getan. Er betete zu Gott, bis ihm so recht feurig im Herzen der Entschluß emporwuchs, die Talschaft zu retten, das Übel zu sühnen, und zum Entschluß kam der standhafte Mut, der nicht wankt, immer bereit ist zur gleichen Tat, am Morgen wie am Abend.

Da zog er herab mit seinen Kindern aus dem neuen Haus ins alte Haus, schnitt zum Loch einen neuen Zapfen, ließ ihn weihen mit heiligem Wasser und heiligen Sprüchen, legte zum Zapfen den Hammer, setzte zu den Betten der Kinder sich und harrte der Spinne. Da saß er, betete und wachte und rang mit dem schweren Schlaf festen Mutes und wankte nicht; aber die Spinne kam nicht, ob sie sonst allenthalben war; denn immer größer ward der Sterbet, immer wilder die Wut der Überlebenden.

Mitten in diesen Schrecken sollte ein wildes Weib ein Kind gebären. Da kam den Leuten die alte Angst, ungetauft möchte die Spinne das Kindlein holen, das Pfand ihrer alten Pacht. Das Weib gebärdete sich wie unsinnig, hatte kein Gottvertrauen, desto mehr Haß und Rache im Herzen.

Man wußte, wie die Alten gegen den Grünen sich geschützt vor Zeiten, wenn ein Kind geboren werden sollte, wie der Priester der Schild war, den sie zwischen sich und den ewigen Feind gestellt. Man wollte auch nach dem Priester senden, aber wer sollte der Bote sein? Die unbegrabenen Toten, welche die Spinne bei den Leichenzügen erfaßt, sperrten die Wege, und würde wohl ein Bote über die wilden Höhen der Spinne, die alles zu wissen schien, entgehen können, wenn er den Priester holen wollte? Es zagten alle. Da dachte endlich der Mann des Weibes: wenn die Spinne ihn haben wolle, so könne sie ihn daheim fassen wie auf dem Wege; wenn ihm der Tod bestimmt sei, so entrinne er ihm hier nicht und dort nicht.

Er machte sich auf den Weg; aber Stunde um Stunde rann vorüber, kein Bote kam wieder. Wut und Jammer wurde immer entsetzlicher, die Geburt rückte immer näher. Da riß das Weib in der Wut der Verzweiflung vom Lager sich auf, stürzte hin nach Christes Haus, dem tausendfach Verwünschten, der betend bei seinen Kindern saß, des Kampfes mit der

Spinne gewärtig. Weither schon tönte ihr Geschrei, ihre Verwünschungen donnerten an Christes Türe, lange ehe sie dieselbe aufriß und den Donner in die Stube ihm brachte. Als sie hereinstürzte so schrecklichen Angesichtes, da fuhr er auf; er wußte erst nicht, war es Christine in ihrer ursprünglichen Gestalt. Aber unter der Türe hemmte der Schmerz ihren Lauf, an den Türpfosten wand sie sich, die Flut ihrer Verwünschungen ausgießend über den armen Christen. Er sollte der Bote sein, wenn er nicht verflucht sein wolle mit Kind und Kindeskindern in Zeit und Ewigkeit. Da überwallete der Schmerz ihr Fluchen, und ein Söhnlein ward geboren vom wilden Weibe auf Christes Schwelle, und alle, die ihr gefolgt waren, stoben ins Weite, des Schrecklichsten gewärtig. Das unschuldige Kindlein hielt Christen in den Armen; stechend und wild, giftig starrten aus des Weibes verzerrten Zügen dessen Augen ihn an, und es ward ihm immer mehr, als trete die Spinne aus ihnen heraus, als sei sie es selbst. Da kam eine Kraft Gottes in ihn, und ein übermenschlicher Wille ward in ihm mächtig; einen innigen Blick warf er auf seine Kinder, hüllte das neugeborne Kind in sein warm Gewand, sprang über das glotzende Weib den Berg hinunter das Tal entlang, Sumiswald zu. Zur heiligen Weihe wollte er das Kindlein selbsten tragen zur Sühne der Schuld, die auf ihm lag, dem Haupte seines Hauses; das Übrige überließ er Gott. Tote hemmten seinen Lauf, vorsichtig mußte er seine Tritte setzen. Da ereilte ihn ein leichter Fuß, es war das arme Bübchen, dem es graute bei dem wilden Weibe, das ein kindlicher Trieb dem Meister nachgetrieben. Wie Stacheln fuhr es durch Christes Herz, daß seine Kinder alleine bei dem wütenden Weibe seien. Aber sein Fuß stund nicht stille, strebte dem heiligen Ziele zu.

Schon war er unten am Kilchstalden, hatte die Kapelle im Auge, da glühte es plötzlich vor ihm mitten im Wege, es regte sich im Busche; im Wege saß die Spinne, im Busche wankte rot ein Federbusch, und hoch hob sich die Spinne als wie zum Sprunge. Da rief Christen mit lauter Stimme zum dreieinigen Gott, und aus dem Busche tönte ein wilder Schrei, es schwand die rote Feder; in des Bübchens Arme legte er das Kind und griff, dem Herren seinen Geist empfehlend, mit starker Hand die Spinne, die, wie gebannt durch die heiligen Worte, am gleichen Flecke sitzen blieb. Glut strömte durch sein Gebein, aber er hielt fest; der Weg war frei, und das Bübchen, verständigen Sinnes, eilte dem Priester zu mit dem Kinde. Christen aber, Feuer in der starken Hand, eilte geflügelten Laufes seinem Hause zu. Schrecklich war der Brand in seiner Hand, der Spinne Gift drang durch alle Glieder. Zu Glut ward sein Blut. Die Kraft wollte erstarren, der Atem stocken; aber er betete fort und fort, hielt Gott fest vor Augen, hielt aus in der Hölle Glut. Schon sah er sein Haus, mit dem Schmerz wuchs sein Hoffen, unter der Türe war das Weib. Als dasselbe ihn kommen sah ohne Kind, stürzte es sich ihm entgegen einer Tigerin gleich, der man die Jungen geraubt, es glaubte an den schändlichsten Verrat. Es achtete sich seines Winkens nicht, hörte nicht die Worte aus seiner keuchenden Brust, stürzte in seine vorgestreckten Hände, klammerte an sie sich an; in Todesangst mußte er die Wütende schleppen zum Hause herein, muß frei die Arme kämpfen, ehe es ihm gelingt, ins alte Loch die Spinne zu drängen, mit sterbenden Händen den Zapfen vorzuschlagen. Er vermags mit Gottes Hülfe. Den sterbenden Blick wirft er auf die Kinder, hold lächeln sie im Schlafe. Da wird es ihm leicht, eine höhere Hand scheint seine Glut zu löschen, und laut betend schließt er zum Tode seine Augen, und Frieden und Freude fanden die auf seinem Gesichte, die vorsichtig und angstvoll kamen, zu schauen, wo das Weib geblieben. Erstaunt sahen sie das Loch verschlagen, aber das

Weib fanden sie versengt und verzerrt im Tode liegen; an Christes Hand hatte sie den feurigen Tod geholt. Noch standen sie und wußten nicht, was geschehen war, als mit dem Kinde das Bübchen wiederkehrte, vom Priester begleitet, der das Kind schnell getauft nach damaliger Sitte und wohlgerüstet und mutvoll dem gleichen Kampfe entgegengehen wollte, in dem sein Vorgänger siegreich das Leben gelassen. Aber ein solch Opfer forderte Gott nicht von ihm, den Kampf hatte schon ein Anderer bestanden.

Lange faßten die Leute nicht, welch große Tat Christen vollbracht. Als ihnen endlich Glaube und Erkenntnis kam, da beteten sie freudig mit dem Priester, dankten Gott für das neu geschenkte Leben und für die Kraft, die er Christen gegeben. Diesem aber baten sie im Tode noch ihr Unrecht ab und beschlossen, mit hohen Ehren ihn zu begraben, und sein Andenken stellte sich glorreich wie das eines Heiligen in aller Seelen.

Sie wußten nicht, wie ihnen war, als der so schreckliche Schreck, der fort und fort durch ihre Glieder zitterte, auf einmal geschwunden war und sie mit Freuden wieder in den blauen Himmel hinauf sehen konnten ohne Angst, die Spinne krieche unterdessen auf ihre Füße. Sie beschlossen viele Messen und einen allgemeinen Kilchgang; vor allem wollten sie die beiden Leichen bestatten, Christen und seine Drängerin, dann sollten auch die Andern eine Stätte finden, soweit es möglich war.

Es war ein feierlicher Tag, als das ganze Tal zur Kirche wanderte, und auch in manchem Herzen war es feierlich; manche Sünde ward erkannt, manch Gelübde ward getan, und von dem Tage an wurde viel übertriebenes Wesen auf den Gesichtern und in den Kleidern nicht mehr gesehen.

Als in der Kirche und auf dem Kirchhofe viele Tränen geflossen, viele Gebete geschehen waren, gingen alle aus der ganzen Talschaft, welche zur Begräbnis gekommen waren – und gekommen waren alle, die ihrer Glieder mächtig waren –, zum üblichen Imbiß ins Wirtshaus. Da geschah es nun, daß wie üblich Weiber und Kinder an einem eigenen Tische saßen, die sämtliche erwachsene Mannschaft aber Platz hatte an dem berühmten Scheibentische, der jetzt noch im «Bären» zu Sumiswald zu sehen ist. Er ward aufbewahrt zum Andenken, daß einst nur noch zwei Dutzend Männer waren, wo jetzt an zwei Tausende wohnen, zum Andenken, daß auch das Leben der Zweitausende in der Hand dessen stehe, der die zwei Dutzend gerettet. Damals säumte man sich nicht lange an der Gräbt; es waren die Herzen zu voll, als daß viel Speise und Trank Platz gehabt hätte. Als sie aus dem Dorfe hervor auf die freie Höhe kamen, sahen sie eine Röte am Himmel, und als sie heimkamen, fanden sie das neue Haus niedergebrannt bis auf den Boden; wie es zugegangen, erfuhr man nie.

Aber was Christen an ihnen getan, vergaßen die Leute nicht, an seinen Kindern vergalten sie es. Fromm und wacker erzogen sie dieselben in den frömmsten Häusern; an ihrem Gute vergriff sich keine Hand, obgleich keine Rechnung zu sehen war. Es wurde gemehret und wohl besorgt, und als die Kinder auferwachsen waren, so waren sie nicht nur nicht um ihr Gut betrogen, sondern noch viel weniger um ihre Seelen. Es wurden rechtschaffene, gottesfürchtige Menschen, die Gnade bei Gott hatten und Wohlgefallen bei den Menschen, die Segen im Leben fanden und im Himmel noch mehr. Und so blieb es in der Familie, und man fürchtete die Spinne nicht, denn man fürchtete Gott; und wie es gewesen war, so soll es, so Gott will, auch bleiben, solange hier ein Haus steht, solange Kinder den Eltern folgen in Wegen und Gedanken.»

Hier schwieg der Großvater, und lange schwiegen alle,

und die Einen sannen dem Gehörten nach, und die Andern meinten, er schöpfe Atem und fahre dann weiters fort.

Endlich sagte der ältere Götti: «An dem Scheibentisch bin ich manchmal gesessen und habe von dem Sterbet gehört und daß nach demselben sämtliche Mannschaft in der Gemeinde daran Platz gehabt. Aber wie Punktum alles zugegangen, das konnte mir niemand sagen. Die Einen stürmten dies und Andere anders. Aber sage mir, wo hast du denn alles das vernommen?»

«He», sagte der Großvater, «das erbte sich bei uns vom Vater auf den Sohn, und als das Andenken davon bei den andern Leuten im Tale sich verlor, hielt man es in der Familie sehr heimlich und scheuete sich, etwas davon unter die Menschen zu lassen. Nur in der Familie redete man davon, damit kein Glied derselben vergesse, was ein Haus bauet und ein Haus zerstört, was Segen bringt und Segen vertreibt. Du hörst es meiner Alten wohl noch an, wie ungern sie es hat, wenn man so öffentlich davon redet. Aber mich dünkt, es täte je länger je nöter, davon zu reden, wie weit man es mit Hochmut und Hoffart bringen kann. Darum tue ich auch nicht mehr so geheim mit der Sache, und es ist nicht das erstemal, daß ich unter guten Freunden sie erzählet. Ich denke immer, was unsere Familie so viele Jahre im Glücke erhalten, das werde Andern auch nicht schaden, und recht sei es nicht, ein Geheimnis mit dem zu machen, was Glück und Gottes Segen bringt.»

«Du hast recht, Vettermann», antwortete der Götti, «aber fragen muß ich dich doch noch: war denn das Haus, welches du vor sieben Jahren einrissest, das uralte? Ich kann das fast nicht glauben.»

«Nein», sagte der Großvater. «Das uralte Haus war gar baufällig geworden schon vor fast dreihundert Jahren, und der Segen Gottes in Feldern und Matten hatte schon lange nicht mehr Platz darin. Und doch wollte es die Familie nicht verlassen, und ein neues bauen durfte sie nicht; sie hatte nicht vergessen, wie es dem früheren ergangen. So kam sie in große Verlegenheit und fragte endlich einen weisen Mann, der zu Haslebach gewohnt haben soll, um Rat. Der soll geantwortet haben: Ein neues Haus könnten sie wohl bauen an die Stelle des alten und nicht anderswo; aber zwei Dinge müßten sie wohl bewahren, das alte Holz, worin die Spinne sei, den alten Sinn, der ins alte Holz die Spinne geschlossen, dann werde der alte Segen auch im neuen Hause sein.

Sie bauten das neue Haus und fügten ihm ein mit Gebet und Sorgfalt das alte Holz, und die Spinne rührte sich nicht, Sinn und Segen änderten sich nicht.

Aber auch das neue Haus ward wiederum alt und klein, wurmstichig und faul sein Holz; nur der Posten hier blieb fest und eisenhart. Mein Vater hätte schon bauen sollen, er konnte es erwehren, es kam an mich. Nach langem Zögern wagte ich es. Ich tat wie die Frühern, fügte das alte Holz dem neuen Hause bei, und die Spinne regte sich nicht. Aber gestehen will ich es: mein Lebtag betete ich nie so inbrünstig wie damals, als ich das verhängnisvolle Holz in Händen hatte; die Hand, der ganze Leib brannte mich, unwillkürlich mußte ich sehen, ob mir nicht schwarze Flecken wüchsen an Hand und Leib, und ein Berg fiel mir von der Seele, als endlich alles an seinem Orte stund. Da ward meine Überzeugung noch fester, daß weder ich noch meine Kinder und Kindeskinder etwas von der Spinne zu fürchten hätten, solange wir uns fürchten vor Gott.»

Da schwieg der Großvater, und noch war der Schauer nicht verflogen, der ihnen den Rücken herauf gekrochen, als sie hörten, der Großvater hätte das Holz in Händen gehabt, und sie dachten, wie es ihnen wäre, wenn sie es auch darein nehmen müßten.

Endlich sagte der Vetter: «Es ist nur schade, daß man nicht weiß, was an solchen Dingen wahr ist. Alles kann man kaum glauben, und etwas muß doch an der Sache sein, sonst wäre das alte Holz nicht da.» Sei jetzt daran wahr, was da wolle, so könne man viel daraus lernen, sagte der jüngere Götti, und dazu hätten sie noch kurze Zeit gehabt; es dünke ihn, er sei erst aus der Kirche gekommen.

Sie sollten nicht zu viel sagen, sagte die Großmutter, sonst fange ihr Alter ihnen eine neue Geschichte an; sie sollten jetzt auch einmal essen und trinken, es sei ja eine Schande, wie niemand esse und trinke. Es sollte doch nicht alles schlecht sein, sie hätten angewendet, so gut sie es verstanden.

Nun ward viel gegessen, viel getrunken und zwischendurch gewechselt manche verständige Rede, bis groß und golden am Himmel der Mond stund, die Sterne aus ihren Kammern traten, zu mahnen die Menschen, daß es Zeit sei, schlafen zu gehn in ihre Kämmerlein. Die Menschen sahen die geheimnisvollen Mahner wohl, aber sie saßen da so heimelig, und jedem klopfte es unheimlich unterem Brusttuch, wenn er ans Heimgehn dachte; und wenn es schon Keiner sagte, so wollte doch Keiner der Erste sein.

Endlich stund die Gotte auf und schickte mit zitterndem Herzen zum Weggehn sich an; doch es fehlte ihr an sicheren Begleitern nicht, und mit einander verließ die ganze Gesellschaft das gastliche Haus mit vielem Dank und guten Wünschen, allen Bitten an Einzelne, an die Gesamtheit, doch noch länger zu bleiben, es werde ja nicht finster, zum Trotz.

Bald war es still ums Haus, bald auch still in demselben. Friedlich lag es da, rein und schön glänzte es in des Mondes Schein das Tal entlang; sorglich und freundlich barg es brave Leute in süßem Schlummer, wie die schlummern, welche Gottesfurcht und gute Gewissen im Busen tragen, welche nie die schwarze Spinne, sondern nur die freundliche

Sonne aus dem Schlummer wecken wird. Denn wo solcher Sinn wohnt, darf sich die Spinne nicht regen, weder bei Tage noch bei Nacht. Was ihr aber für eine Macht wird, wenn der Sinn ändert, das weiß der, der alles weiß und jedem seine Kräfte zuteilt, den Spinnen wie den Menschen.

Elsi, die seltsame Magd

Reich an schönen Tälern ist die Schweiz, wer zählte sie wohl auf? In keinem Lehrbuch stehn sie alle verzeichnet. Wenn auch nicht eins der schönsten, so doch eines der reichsten ist das Tal, in welchem Heimiswyl liegt und das oberhalb Burgdorf ans rechte Ufer der Berner Emme sich mündet. Großartig sind die Berge nicht, welche es einfassen, in absonderlichen Gestalten bieten sie dem Auge sich nicht dar; es sind mächtige Emmentaler Hügel, die unten heitergrün und oben schwarzgrün sind, unten mit Wiesen und Äckern eingefaßt, oben mit hohen Tannen bewachsen. Weit ist im Tale die Fernsicht nicht, da es ein Quertal ist, welches in nordwestlicher Richtung ans Haupttal stößt; die Alpen sieht man daher nur auf beiden Eggen, welche das Tal umfassen, da aber auch in heller Pracht und gewaltigem Bogen am südlichen Himmel. Herrlich ist das Wasser, das allenthalben aus Felsen bricht, einzig sind die reichbewässerten Wiesen und trefflich der Boden zu jeglichem Anbau, reich ist das Tal und schön und zierlich die Häuser, welche das Tal schmücken. Wer an den berühmten Emmentaler Häusern sich erbauen will, der findet sie zahlreich und ausgezeichnet in genanntem Tale.

Auf einem der schönen Höfe lebte im Jahr 1796 als Magd Elsi Schindler (dies soll aber nicht der rechte Name gewesen sein); sie war ein seltsam Mädchen, und niemand wußte, wer sie war und woher sie kam. Im Frühjahr hatte es einmal noch spät an die Türe geklopft, und als der Bauer zum Läuferli hinausguckte, sah er ein großes Mädchen draußen stehen mit einem Bündel unter dem Arme, das über Nacht fragte, nach altherkömmlicher Sitte, nach welcher jeder geldlose Wanderer, oder wer sonst gerne das Wirtshaus meidet, um Herberge frägt in den Bauernhäusern und nicht nur umsonst ein Nachtlager erhält, bald im warmen Stall, bald im warmen Bette, sondern auch abends und morgens sein Essen und manchmal noch einen Zehrpfennig auf den Weg. Es gibt deren Häuser im Bernbiet, welche die Gastfreundschaft täglich üben den Morgenländern zum Trotz und deren Haus selten eine Nacht ohne Übernächtler ist. Der Bauer hieß das Mädchen hereinkommen, und da sie eben am Essen waren, hieß er es gleich zuechehocke. Auf der Bäurin Geheiß mußte das Weibervolk auf dem Vorstuhl sich zusammenziehen, und zu unterst auf selbigen setzte sie die Übernächtlerin.

Man aß fort, aber einige Augenblicke hörte man des Redens nicht viel, alle mußten auf das Mädchen sehen. Dasselbe war nämlich nicht nur groß, sondern auch stark gebaut und schön von Angesicht. Gebräunt war dasselbe wohl, aber wohl geformt, länglich war das Gesicht, klein der Mund, weiß die Zähne darin; ernst und groß waren die Augen, und ein seltsam Wesen, das an einer Übernächtlerin besonders auffiel, machte, daß die Essenden nicht fertig wurden mit Ansehen. Es war eine gewisse adeliche Art an dem Mädchen, die sich weder verleugnen noch annehmen läßt, und es kam allen vor, als säße sie da unten als des Meisters Tochter oder als eine, die an einem Tische zu befehlen oder zu regieren gewohnt sei. Es verwunderten sich daher alle, als das Mädchen auf die endlich erfolgte Frage des Bauern: «Wo chunst und wo wottsch?» antwortete: Es sei ein arm Meitli, die Eltern seien ihm gestorben, und es wolle Platz suchen als Jungfere da in den Dörfern unten. Das Mädchen mußte noch manche Frage ausstehen, so ungläubig waren alle am Tisch. Und als endlich der Bauer mehr zur

Probe als im Ernste sagte: «Wenn es dir ernst ist, so kannst hier bleiben, ich mangelte eben eine Jungfere», und das Mädchen antwortete, das wäre ihm gerade das Rechte, so brauchte es nicht länger herumzulaufen, so verwunderten sich alle noch mehr und konnten es fast nicht glauben, daß das eine Jungfere werde sein wollen.

Und doch war es so und dem Mädchen bitterer Ernst, aber freilich dazu war es nicht geboren. Es war eine reiche Müllerstochter aus vornehmem Hause, aus einem der Häuser, von denen ehedem, als man das Geld nicht zu nutzen pflegte, die Sage ging, bei Erbschaften und Teilungen sei das Geld nicht gezählt, sondern mit dem Mäß gemessen worden. Aber in der letzten Hälfte des vergangenen Jahrhunderts war ein grenzenloser Übermut eingebrochen, und Viele taten so übermütig wie der verlorne Sohn, ehe er zu den Trebern kam. Damals war es, daß reiche Bauernsöhne mit Neutalern in die Wette über die Emme warfen und machten «Welcher weiter?». Damals war es, als ein reicher Bauer, der zwölf Füllimähren auf der Weide hatte, an einem starkbesuchten Jahrmarkt austrommeln ließ: Wer mit dem Rifershäuserbauer zu Mittag essen und sein Gast sein wolle, der solle um zwölf Uhr im Gasthause zum Hirschen sein. So einer war auch des Mädchens Vater gewesen. Bald hielt er eine ganze Stube voll Leute zu Gast, bald prügelte er alle, die in einem Wirtshause waren, und leerte es; am folgenden Morgen konnte er dann ausmachen um schwer Geld dutzendweise. Er war imstande, als Dragoner an einer einzigen Musterung hundert bis zweihundert Taler zu brauchen und ebenso viel an einem Markt zu verkegeln. Wenn er zuweilen recht einsaß in einem Wirtshause, so saß er dort acht Tage lang, und wer ins Haus kam, mußte mit dem reichen Müller trinken, oder er kriegte Schläge von ihm. Auf diese Weise erschöpft man eine Goldgrube, und der Müller ward nach und nach arm, wie sehr auch seine arme Frau dagegen sich wehrte und nach Vermögen zur Sache sah.

Sie sah das Ende lange voraus, aber aus falscher Scham deckte sie ihre Lage vor den Leuten zu. Ihre Verwandten hatten es ungern gesehen, daß sie den Müller geheiratet, denn sie war von braven Leuten her, welchen das frevendiche Betragen des Müllers zuwider war; sie hatte es erzwungen und auf Besserung gehofft, aber diese Hoffnung hatte sie betrogen – wie noch manche arme Braut – und statt besser war es immer schlimmer gekommen. Sie durfte dann nicht klagen gehen, und darum merkten auch die Leute, gäb wie sie sich wunderten, wie lange der Müller es mache könnte, den eigentlichen Zustand der Dinge nicht, bis die arme Frau, das Herz vom Geier des Grams zerfressen, ihr Haupt neigte und starb. Da war nun niemand mehr, der sorgte und zudeckte; Geldmangel riß ein, und wo der sichtbar wird, da kommen wie Raben, wenn ein Aas gefallen, die Gläubiger gezogen und immer mehrere, denn einer zieht den andern nach, und keiner will der letzte sein. Eine ungeheure Schuldenlast kam an Tag, der Geltstag brach aus, verzehrte alles, und der reiche Müller ward ein alter, armer Hudel, der in der Kehr gehen mußte von Haus zu Haus gar manches Jahr, denn Gott gab ihm ein langes Leben. So aus einem reichen Mann ein armer Hudel zu werden und als solcher so manches Jahr umgehen zu müssen von Haus zu Haus, ist eine gerechte Strafe für den, der in Schimpf und Schande seine Familie stürzt und sie so oft noch um mehr bringt als um das leibliche Gut. So einer ist aber auch eine lebendige Predigt für die übermütige Jugend, ob welcher sie lernen mag das Ende, welches zumeist dem Übermute gesetzet ist.

Zwei Söhne hatte der Müller, diese waren schon früher der väterlichen Roheit entronnen, hatten vor ihr im fremden Kriegsdienst Schutz gesucht. Eine Tochter war geblieben im

Hause, die schönste, aber auch die stolzeste Müllerstochter das Land auf und ab. Sie hatte wenig teilgenommen an den Freuden der Jugend; sie gefielen ihr nicht, man hielt sie zu stolz dazu. Freier hatten sie umlagert haufenweise, aber einer gefiel ihr so schlecht als der andere, ein jeder erhielt so wenig ein freundlich Wort als der andere. Ein jeder derselben ward ihr Feind und verschrie ihren Übermut. Zu einem aber ward sie nie zu stolz erfunden, zur Arbeit nämlich und zu jeglicher Dienstleistung, wo Menschen oder Vieh derselben bedurften. Von Jugend an war sie früh auf, griff alles an, und alles stund ihr wohl, und gar oft waren es die Eltern, die ihren Willen hemmten, ihr dies und jenes verboten, weil sie meinten, einer reichen Müllerstochter zieme solche Arbeit nicht. Dann schaffte sie gar manches heimlich, und oft, wenn ihre kranke Mutter des Nachts erwachte, sah sie ihre Tochter am Bette sitzen, während sie doch einer Magd zu wachen befohlen, ihre Tochter aber mit allem Ernst zu Bette gehen geheißen hatte.

Als nun die Mutter gestorben war und das Unglück ausbrach, da wars, als wenn ein Blitz sie getroffen. Sie jammerte nicht, aber sie schien stumm geworden, und die Leute hatten fast ein Grausen ob ihr, denn man sah sie oft stehen auf hohem Vorsprung oder an tiefem Wasser und ob den Mühlrädern am Bache, und alle sagten, es gebe sicher ein Unglück, aber niemand reichte die Hand, selbigem auf irgend eine Weise vorzubeugen. Alle dachten, und Viele sagten es, es geschehe Elsi recht, Hochmut komme vor dem Falle, und so sollte es allen gehen, die so stolz wie Elsi täten; und als dasselbe am Morgen, als alles aufgeschrieben werden sollte, verschwunden war, sagten alle: Da hätte mans, und sie hätten es längst gesagt, daß es diesen Ausweg nehmen würde. Man suchte es in allen Bächen, an jungen Tannen, und als man es nirgends fand, da deuteten Einige darauf hin, daß einer sei, der schon Viele geholt und absonderlich Stolze und

Übermütige, und noch nach manchem Jahre ward stolzen Mädchen darauf hingedeutet, wie einer sei, der gerade Stolze am liebsten nehme; sie sollen nur denken an die reiche Müllerstochter, die so ungesinnet verschwunden sei, daß man weder Haut noch Haar je wieder von ihr gesehen.

So übel war es indes Elsi nicht ergangen, aber Böses hatte es allerdings in den ersten Tagen im Sinne gehabt. Es war ihm gewesen, als klemme jemand ihm das Herz entzwei, als türmten sich Mühlsteine an seiner Seele auf; es war ein Zorn, eine Scham in ihm, und die brannten ihns, als ob es mitten in der Hölle wäre. Allen Leuten sah es an, wie sie sein Unglück ihm gönnten, und wenn man ihm alle Schätze der Welt geboten hätte, es wäre nicht imstande gewesen, einem einzigen Menschen ein freundlich Wort zu geben.

Indessen wachte über dem armen Kinde eine höhere Hand und ließ aus dessen Stolze eine Kraft emporwachsen, welche demselben zu einem höhern Entschlusse half; denn so tut es Gott oft, eben aus dem Kerne, den die Menschen verworfen, läßt er emporwachsen die edelste Frucht. Der Stolz des Mädchens war ein angeborner Ekel gegen alles Niedere, geistig Hemmende, und wer es einmal beten gesehen hätte, hätte auch gesehen, wie es sich demütigen konnte vor dem, in dem nichts Niederes, nichts Gemeines ist. Aber sein Inneres verstund es nicht, sein Äußeres beherrschte es nicht, und darum gebärdete es sich wie eine reiche Müllerstochter, welcher die ganze Welt nicht vornehm genug ist. Da weg wollte es, aber vor der Untat schauderte es; die Schande wollte es seiner Familie nicht antun, wollte nicht die Seele mit dem Leibe verderben, aber wie sich helfen, wußte es lange nicht. Da, in stiller Nacht, als eben seine Angst um einen Ausweg am größten war, öffnete ihm Gott denselben. Weit weg wollte es ziehen, Dienst suchen als niedere Magd an einsamem Orte, dort in Stille und Treue unbekannt sein

Leben verbringen, solange es Gott gefalle. Wie in starken Gemütern kein langes Werweisen ist, wenn einmal ein Weg offen steht, so hatte es noch in selber Nacht sich aufgemacht, alle Hoffart dahinten gelassen, nur mitgenommen, was für eine Magd schicklich war, keinem Menschen ein Wort gesagt und war durch einsame Steige fortgegangen aus dem heimischen Tale. Manchen Tag war es gegangen in die Kreuz und Quere, bald gefiel es ihm nicht, bald gedachte es an bekannte Namen, die hier oder dort wohnten, und so war es gekommen bis ins Heimiswyltal. Dort hinten im heimeligen Tale gefiel es ihm, es suchte Dienst und fand ihn.

Die rasche Aufnahme desselben war anfangs der Bäurin nicht recht; sie kapitelte den Mann ab, daß er ihr da eine aufgebunden habe, die so zimpfer aussehe und zu hochmütig, um sich etwas befehlen zu lassen. Des tröstete sie der Bauer, indem das Mädchen ja nicht für eine bestimmte Zeit gedungen sei, man also dasselbe schicken könne, sobald es sich nicht als anständig erweise. Auch dem übrigen Gesinde war die Aufnahme des Mädchens nicht recht, und lang ging dasselbe um ihns herum wie Hühner um einen fremden Vogel, der in ihrem Hof absitzt.

Aber bald erkannte die Bäurin, daß sie in Elsi ein Kleinod besitze, wie sie keines noch gehabt, wie es mit Geld nicht zu bezahlen ist. Elsi verrichtete, was es zu tun hatte, nicht nur meisterhaft, sondern es sinnete auch selbst, sah, was zu tun war, und tat es ungeheißen rasch und still, und wenn die Bäurin sich umsah, so war alles schon abgetan als wie von unsichtbaren Händen, als ob die Bergmännlein dagewesen wären. Das nun ist einer Meisterfrau unbeschreiblich anständig, wenn sie nicht an alles sinnen, allenthalben nachsehen muß, wenn sie nicht nur das Schaffen, sondern auch das Sinnen übertragen kann; aber sie findet selten einen Dienst, bei welchem sie dieses kann. Viele Menschen scheinen nicht zum Sinnen geboren, und Viele wiederum haben ihre Gedanken nie da, wo es nötig wäre, und Wenige sind, die wache Sinne haben, geleitet und gehütet von klarem Verstande, und aus diesen Wenigen sind wiederum Wenige, die zum Dienen kommen, oder dienen selten lange, denn das sind geborene Meisterleute. Daneben hatte Elsi nichts auf Reden, mit niemand Umgang, und was es sah im Hause oder hörte, das blieb bei ihm; keine Nachbarsfrau vernahm davon das Mindeste, sie mochte es anstellen, wie sie wollte. Mit dem Gesinde machte es sich nicht gemein. Die rohen Spässe der Knechte wies es auf eine Weise zurück, daß sie dieselben nicht wiederholten, denn Elsi besaß eine Kraft, wie sie selten ist beim weiblichen Geschlechte, und dennoch ward es von demselben nicht gehaßt. Niemanden verklagte es, und wenn es Knecht oder Magd einen Dienst tun konnte, so sparte Elsi es nicht, und manches tat es ab in der Stille, was die Andern vergaßen und deshalb hart gescholten worden wären, wenn die Meisterleute es gesehen hätten.

So ward Elsi bald der rechte Arm der Meisterfrau, und wenn sie etwas auf dem Herzen hatte, so war es Elsi, bei dem sie es erleichterte. Aber eben deswegen ärgerte es sie an Elsi, daß es nicht Vertrauen mit Vertrauen vergalt. Natürlich nahm es sie wunder, wer Elsi war und woher es kam, denn daß es nicht sein Lebtag gedient hatte, sondern eher befohlen, das merkte sie an gar vielem, besonders eben daran, daß es selbst dachte und alles ungeheißen tat. Sie schlug daher oft auf die Stauden und frug endlich geradeaus. Elsi seufzte wohl, aber sagte nichts und blieb fest dabei, wie auch die Meisterfrau ansetzte auf Weiberweise, bald mit Zärtlichkeit und bald mit Giftigkeit. Heutzutage hätte man es kürzer gemacht und nach den Schriften gefragt, absonderlich nach dem Heimatschein, den man hinterlegen müsse, wenn man nicht in der Buße sein wollte; damals dachte man an solche

Dinge nicht, und im Bernbiet konnte man sein Lebtag inkognito verweilen, wenn man nicht auf irgend eine absonderliche Weise der Polizei sich bemerkbar machte.

Wie sehr dies auch die Frau verdroß, so lähmte es doch ihr Vertrauen nicht, und wenn sie Donnstags nicht nach Burgdorf auf den Markt konnte, wohin schon damals die Heimiswyler Weiber alle Donnstage gingen, so sandte sie Elsi mit dem, was Verkäufliches bei der Hand war, und Aufträgen, wie des Hauses Bedarf sie forderte. Und Elsi richtete aufs Treulichste alles aus und war heim, ehe man daran dachte, denn nie ging es in ein Wirtshaus, weder an Markttagen noch an Sonntagen, wie ihm auch zugeredet ward von Alt und Jung. Anfangs meinte man, sein Weigern sei nichts als die übliche Ziererei, und fing an, nach Landessitte zu schreißen und zu zerren; aber es half nichts, Elsi blieb standhaft. Man sah es mit Erstaunen; denn ein solch Mädchen, das sich nicht zum Weine schreißen ließ, war noch Keinem vorgekommen. Am Ende setzte man ab mit Versuchen und kriegte Respekt vor ihm.

Wenn aber einmal die jungen Leute vor einem schönen Mädchen Respekt kriegen, da mag es wohl nach und nach sicher werden vor denen, welche Mädchen wie Blumen betrachten, mit denen man umgehen kann nach Gelüsten. Aber nun erst kommen die herbei, welche Ernst machen wollen, welche eine schöne Frau möchten und eine gute. Deren waren nun damals im Heimiswylergraben Viele, und sie waren einstimmig der Meinung, daß nicht für jeden eine im Graben selbst zu finden sei. Freilich wollten die Meisten zu guten und schönen noch reiche Weiber. Aber man weiß, wie das beim jungen Volke geht, welches alle Tage eine andere Rechnung macht und immer das am höchsten in Rechnung stellt, was ihm gerade am besten gefällt. Darum war Elsi vor diesen alle Tage weniger sicher; sie sprachen es an auf dem Kirchweg und auf dem Märitweg, und des Nachts hoscheten sie an sein Fenster, sagten ihm Sprüche her, und wenn sie hintenaus waren, fingen sie sie wieder von vornen an, aber alles umsonst. Elsi gab auf dem Wege wohl freundlichen Bescheid, aber aus dem Gaden denen vor den Fenstern nie Gehör. Und wenn, wie es im Bernbiet oft geschieht, die Fenster eingeschlagen, die Gadentüre zertrümmert wurde, so half das seinen Liebhabern durchaus nichts. Entweder schaffte es sich selbsten Schutz und räumte das Gaden wieder, oder es stieg durchs Ofenloch in die untere Stube hinab; dorthin folgt kein Kiltbub einem Mädchen.

Unter denen, welche gerne eine schöne und gute Frau gehabt hätten, war ein Bauer, nicht mehr ganz jung. Aber noch nie war eine ihm schön und gut genug gewesen, und wenn er auch eine gefunden zu haben glaubte, so brauchte die nur mit einem andern Burschen ein freundlich Wort zu wechseln, so war er fertig mit ihr und sah sie nie mehr an. Christen hieß der Bursche, der von seiner Mutter her einen schönen Hof besaß, während sein Vater mit einer zweiten Frau und vielen Kindern einen andern Hof bewirtschaftete. Christen war hübsch und stolz, keinen schönern Kanonier sah man an den Musterungen, keinen tüchtigern Bauer in der Arbeit und keinen kuraschierteren Menschen im Streit. Aber allgemach hatte er sich aus den Welthändeln zurückgezogen. Die Mädchen, welche am Weltstreit vordem die Hauptursache waren – jetzt ist es das Geld –, waren ihm erleidet; er hielt keines für treu, und um ihn konnte der Streit toben, konnten Gläser splittern neben ihm und Stuhlbeine krachen, er bewegte sich nicht von seinem Schoppen. Nur zuweilen an einem Burgdorfmarkt, wenn die Heimiswyler mit ihren Erbfeinden, den Krauchthalern, nicht fahren mochten und Bott um Bott kam, ihn zu entbieten und zuletzt dr tusig Gottswillen, stund er auf und half mit wackeren

Streichen seinen bedrängten Kameraden wieder auf die Beine.

Mit Mägden hatte er sich, wie es einem jungen Bauer ziemt, natürlich nie abgegeben; aber Elsi hatte so etwas Apartes in seinem Wesen, daß man es nicht zu den Mägden zählte und daß alle darüber einig waren, von der Gasse sei es nicht. Um so begieriger forschte man, woher denn eigentlich, aber man erforschte es nicht. Dies war zum Teil Zufall, zum Teil war der Verkehr damals noch gar sparsam, und was zehn Stunden auseinander lag, das war sich fremder, als was jetzt fünfmal weiter auseinander ist. Wie allenthalben, wo ein Geheimnis ist, Dichtungen entstehen, und wie, wo Weiber sind, Gerüchte umgehen, so ward gar mancherlei erzählt von Elsis Herkommen und Schicksalen. Die Einen machten eine entronnene Verbrecherin aus ihm, Andere eine entlaufene Ehefrau, Andere eine Bauerntochter, welche einer widerwärtigen Heirat entflohen, noch Andere eine unehliche Schwester der Bäurin oder eine unehliche Tochter des Bauern, welche auf diese Weise ins Haus geschmuggelt worden. Aber weil Elsi unwandelbar seinen stillen Weg ging, fast wie ein Sternlein am Himmel, so verloren all diese Gerüchte ihre Kraft, und eben das Geheimnisvolle, Besondere in seiner Erscheinung zog die junge Mannschaft an und absonderlich Christen. Sein Hof war nicht entfernt von Elsis Dienstort, das Land stieß fast aneinander, und wenn Christen ins Tal hinunter wollte, so mußte er an ihrem Hause vorbei. Anfangs tat er sehr kaltblütig. Wenn er Elsi zufällig antraf, so sprach er mit ihm, stellte sich wohl auch bei ihm, wenn es am Brunnen unterm breiten Dache Erdäpfel wusch oder was anderes. Elsi gab ihm freundlichen Bescheid, und ein Wort zog das andere Wort nach sich, daß sie oft gar nicht fertig werden konnten mit Reden, was andern Leuten aber eher auffiel als ihnen selbst. Auch Christen wollte Elsi Wein zahlen, wenn er es in Burgdorf traf oder mit ihm heimging am Heimiswyler Wirtshause vorbei. Aber ihm so wenig als Andern wollte Elsi in ein Wirtshaus folgen, ein Glas Wein ihm abtrinken. Das machte Christen erst bitter und bös; er war der Meinung, daß wenn ein junger Bauer einer Magd eine Halbe zahlen wolle, so sei das eine Ehre für sie, und übel an stünde es ihr, diese auszuschlagen. Da er aber sah, daß sie es allen so machte, hörte, daß sie nie noch ein Wirtshaus betreten, seit sie hier sei, so gefiel ihm das und zwar immer mehr. Das wäre eine Treue, dachte er, die nicht liebäugelte mit jedem Türlistock, nicht um einen halben Birenstiel mit jedem hinginge, wo er hin wollte; wer so eine hätte, könnte sie zur Kirche und auf den Markt schicken oder allein daheim lassen, ohne zu fürchten, daß jemand anders ihm ins Gehege käme. Und doch konnte er die Versuche nicht lassen, so oft er Elsi auf einem Wege traf, dasselbe zum Weine zu laden oder ihm zu sagen, am nächsten Sonntag gehe er dorthin, es solle auch kommen, und allemal ward er böse, daß er einen Abschlag erhielt.

Es ist kurios mit dem Weibervolke und dem Männervolk. Solange sie ledig sind, bloß werben oder Brautleute sind, da ist das Weibervolk liebenswürdig aus dem ff und das Männervolk freigebig, daß einem fast übel wird, und zwar gleich zu Stadt und Land. So ein Bursche zum Beispiel läßt Braten aufstellen oder wenigstens einen Kuchen, und sollte er ihn unter den Nägeln hervorpressen, versteigt sich zu rotem Weine, gegenwärtig sogar zu Champagner aus dem Welschland, und nicht oft genug kann er sein Mädchen zum Wein bestellen; er tut, als ob er ein Krösus wäre und sein Vater daheim nicht mehr Platz hätte zum Absitzen vor lauter Zäpfen und Päcklein. Ist derselbe aber einmal verheiratet, dann hat die Herrlichkeit ein Ende, und je freigebiger er gewesen, desto karger wird er, und allemal wenn sein Weib mit ihm ins Wirtshaus will, so setzt es Streit ab, und wenn das Weib es einmal im Jahr erzwängt, so hält der Mann es ihr sieben Jahre lang vor. Ähnlich haben es die Mädchen mit der Liebenswürdigkeit, wenn sie Weiber werden. Eins zahlt immer das Andere, heißt es, aber schwer ists, zu entscheiden, ob der Mann zuerst von der Freigebigkeit läßt oder das Weib von der Liebenswürdigkeit. Es wird halt auch so sein wie mit dem Speck, mit welchem man die Mäuse fängt; ist die Maus gefangen und der Speck gefressen, so wächst auch nicht neuer Speck nach und der alte ist und bleibt gefressen.

Aus diesem Grunde wahrscheinlich kömmt es, daß die meisten städtischen Väter ihren Töchtern ein Sackgeld vorbehalten, welches aber sehr oft nicht ausgerichtet wird; auf dem Lande ist man noch nicht so weit und namentlich im Heimiswylgraben nicht.

Trotz dem Bösewerden ward Elsi dem Christen doch immer lieber, immer mehr drang sich ihm die Überzeugung auf: die oder keine. Ihm zu Lieb und Ehr tat er manchen Gang, war oft zu Abendsitz in des Bauern Haus und immer öfters vor des Mädchens Fenster, doch immer vergeblich, und allemal nahm er sich vor, nie mehr zu gehen, und nie konnte er seinen Vorsatz halten. Elsi kam, wenn es seine Stimme hörte, wohl unters Fenster und redete mit ihm, aber weiter brachte Christen es nicht. Je zärtlicher er redete, desto mehr verstummte das Mädchen; wenn er von Heiraten redete, so brach es ab, und wenn er traulich wurde, die eigenen Verhältnisse auseinandersetzte und nach denen von Elsi forschte, so machte dasselbe das Fenster zu. Dann ward Christen sehr böse; er ahnete nicht, welchen Kampf Elsi im Herzen bestand.

Anfänglich war es Elsi wohl in der Fremde, so alleine und ohne alles Kreuz vom Vater her, aber allgemach ward eben dieses Alleinestehen ihm zur Pein, denn ohne Bürde auf der Welt soll der Mensch nicht sein. So niemand zu haben auf der Welt, zu dem man sich flüchten, auf den man in jeder Not bauen kann, das ist ein Weh, an dem manches Herz verblutet. Als Christen der stattlichen Maid sich nahte, tat es Elsi unendlich wohl; Christen war ja eine Brücke in seine alten Verhältnisse, von der Magd zur Meisterfrau. Aber um zu heiraten, mußte es sagen, wer es war, mußte seine Verhältnisse offenbaren, mußte in der Heimat sagen, wohin es gekommen; das wars, was es nicht konnte. Es war überzeugt, daß Christen, sobald er wußte, wer es war, ihns sitzen ließe, und das wollte es nicht ertragen. Es wußte zu gut, wie übel berüchtigt sein Vater war Land auf, Land ab und daß man in diesem Tale hundertmal lieber ein arm Söhniswyb wollte als eines von übel berüchtigter Familie her. Wie manches arme Kind sich eines reichen Mannes freut seiner Eltern wegen, weil es hofft, Sonnenschein bringen zu können in ihre trüben alten Tage, so kann ein Kind schlechter Eltern sich nicht freuen. Es bringt nichts als die Schande mit in die neue Familie; den schlechten Eltern kann es nicht helfen, nicht helfen von ihrer Schande, nicht helfen von ihren Lastern. So wußte auch Elsi, daß seinem Vater nicht zu helfen war, auf keine Weise. Geld war nur Öl ins Feuer, und ihn bei sich ertragen, das hätte es nicht vermocht und hätte es viel weniger einem Manne zugemutet, was die leibliche Tochter nicht ertrug. Das ist eben der Fluch, der auf schlechten Eltern liegt, daß sie das Gift werden in ihrer Kinder Leben; ihr schlechter Name ist das Gespenst, das umgeht, wenn sie selbst schon lange in ihren Gräbern modern, das sich an die Fersen der Kinder hängt und unheilbringend ihnen erscheinet, wenn Glück sich ihnen nahen, bessere Tage ihnen aufgehen wollen.

Es kämpfte hart in dem armen Mädchen, aber sein Geheimnis konnte es nicht offenbaren. Wenn Christen je gesehen hätte, wie der Kampf Elsi Tränen auspreßte, wie es seufzte und betete, er wäre nicht so böse geworden, er hätte vielleicht in verdoppelter Liebe das Geheimnis entdeckt; aber was da innen in uns sich reget, das hat Gott nicht umsonst dem Auge Anderer verborgen. Es kam Elsi oft an, wegzuziehen in dunkler Nacht, wieder zu verschwinden, wie es in seiner Heimat verschwunden war, und doch vermochte es dasselbe nicht. Es redete sich ein, die Leute würden ihm Böses nachreden, es sei mit dem Schelmen davongegangen oder noch Schlimmeres; aber es war etwas anderes, welches ihns hielt, was es sich aber selbst nicht gestand. So litt das arme Mädchen sehr, das höchste Glück ihm so nahe und doch ein Gespenst zwischen ihm und seinem Glück, das ihns ewig von selbigem schied. Und dieses Gespenst sahen andere Augen nicht; es durfte nicht schreien, es mußte die bittersten Vorwürfe ertragen, als ob es schnöde und übermütig das Glück von sich stieße.

Diese Vorwürfe machten ihm nicht nur Christen, sondern auch die Bäurin, welche Christens Liebe sah und ihrer Magd, welche ihr lieb wie eine Schwester war, dieses Glück wohl gönnte, was nicht alle Meisterfrauen getan hätten, aufsätzig. Bei diesen Anlässen konnte sie recht bitter werden in den Klagen über Mangel an Zutrauen, ja manchmal sich des Deutens nicht enthalten, daß Elsi wohl etwas Böses zu bewahren hätte, weil es dasselbe nicht einmal ihr, welche es doch so gut meine, anvertrauen wolle.

Das fühlte Elsi mit Bitterkeit, es sah recht elend aus, und doch konnte es nicht fort, konnte noch viel weniger das Gespenst bannen, das zwischen ihm und seinem Glücke stand. Da geschah es am alten Neujahr, das heißt an dem Tage, auf welchen nach dem alten Dato, nach russischem Kalender, das Neujahr gefallen wäre und welches, so wie die alte Weihnacht, ehedem noch allgemein gefeiert wurde auf dem Lande, jetzt nur noch in einigen Berggegenden, daß

Elsi mit der Bäurin nach Burgdorf mußte. Der Tag war auf einen Markttag gefallen, es war viel Volk da, und lustig ging es her unterm jungen Volk, während unter den Alten viel verkehrt wurde von den Franzosen, von welchen die Rede war, wie sie Lust hätten an das Land hin, wie man sie aber bürsten wollte, bis sie genug hätten. Nur vorsichtig ließen hier und da Einige verblümte Worte fallen von Freiheit und Gleichheit und den gestrengen Herren zu Bern, und sie taten wohl mit der Vorsicht, denn Teufel und Franzos war denen aus den Bergen ungefähr gleichbedeutend.

Als die Bäurin ihre Geschäfte verrichtet hatte, steuerte sie ihrem üblichen Stübli zu, denn z'leerem ging sie von Burgdorf nicht heim und namentlich am alten Neujahr nicht. Sie wollte Elsi mitnehmen, welches aber nicht wollte, sondern sich entschuldigte, es hätte nichts nötig, und wenn sie Beide hineingingen, so müßten sie pressieren, weil niemand daheim die Sache mache; gehe es aber voran, so könne die Bäurin bleiben, solange es ihr anständig sei, bis sie Kameradschaft fände für heim oder gar eine Gelegenheit zum Reiten.

Wie sie da so märteten mit einander, kam Christen dazu, stund auf Seite der Meisterfrau und sagte Elsi, jetzt müsse es hinein; das wäre ihm doch seltsam, wenn ein Meitschi wie es in kein Wirtshaus wollte, es wäre das erste. Elsi blieb fest und lehnte manierlich ab: Es möge den Wein nicht erleiden, sagte es, und daheim mache niemand die Haushaltung. Es müsse kommen, sagte Christen; trinken könne es, so wenig es wolle, und gehen, wenn es wolle, aber einmal wolle er wissen, ob es sich seiner verschäme oder nicht.

Das sei einfältig von ihm, sagte Elsi, er solle doch denken, wie eine arme Magd eines Bauern sich verschämen sollte, und zürnen solle er nicht, aber es sei sein Lebtag sein Brauch gewesen, sich nicht eigelich zu machen, sondern erst zu sinnen, dann zu reden, dann bei dem zu bleiben, was geredet worden. Die gute Bäurin, welche wenig von andern Gründen wußte als von Mögen und nicht Mögen, half drängen und sagte, das sei doch wunderlich getan, und wenn zu ihrer Zeit sie ein ehrlicher, braver Bursche zum Weine habe führen wollen, so hätte sie sich geschämt, es ihm abzusagen und ihm diese Schande anzutun.

Es ist nun nichts, welches den Zorn des Menschen eher entzündet, sein Begehren stählt als ein solcher Beistand; darum ward Christen immer ungestümer und wollte mit Gewalt Elsi zwingen. Aber Elsi widerstand. Da sagte Christen im Zorn: «He nun so denn, du wirst am besten wissen, warum du in kein Wirtshaus darfst; aber wenn du nicht willst, so gibt es Andere.» Somit ließ er Elsi fahren und griff rasch nach einem andern Heimiswyler Mädchen, welches eben vorüberging und willig ihm folgte. Die Bäurin warf Elsi einen bösen Blick zu und sagte: «Gell, jetzt hasts», und ging nach. Da stund nun Elsi, und fast das Herz wollte es ihm zerreißen, und der Zorn über Christes verdächtige Worte und die Eifersucht gegen das willige Mädchen hätten fast vollbracht, was die Liebe nicht vermochte, und es Christen nachgetrieben. Indessen hielt es sich, denn vor den Wirtshäusern, in welchen ihre Familienehre, ihr Familienglück zugrunde gegangen, hatte es einen Abscheu, und zugleich floh es sie, weil es in denselben am meisten Gefahr lief, erkannt zu werden oder etwas von seinem Vater vernehmen zu müssen. In den Wirtshäusern ists, wo die Menschen zusammenströmen und sich Zeit nehmen, zu betrachten und heimzuweisen, was beim flüchtigen Begegnen auf der Straße unbeachtet vorübergeht.

Es ging heim; aber so finster war es in seinem Herzen nie gewesen seit den Tagen, an welchen das Unglück über sie eingebrochen war. Anfangs konnte es sich des Weinens fast nicht enthalten, aber es unterdrückte dasselbe mit aller

Gewalt, der Leute wegen. Da nahm ein bitterer, finsterer Groll immer mehr Platz in demselben. So ging es ihm also; so sollte es nicht nur nie glücklich sein, sondern noch eigens geplagt und verdächtigt werden, mußte das sich gefallen lassen, konnte sich nicht rechtfertigen; so gingen die Leute mit ihm um, um welche es das am wenigsten verdient hatte, welche es am besten kennen sollten! Wie ehedem in gewaltigen Revolutionen die Berge aus der Erde gewachsen sein sollen, so wuchs aus den Wehen seines Herzens der Entschluß empor, von allen Menschen mehr und mehr sich abzuschließen, mit niemand mehr etwas zu haben, nicht mehr zu reden, als es mußte, und so bald möglich da wegzugehen, wo man so gegen ihns sein könne.

Als die Meisterfrau heimkam, stärkte sie diesen Entschluß; sie beabsichtigte freilich das Gegenteil, aber es ist nicht allen Menschen gegeben, richtig zu rechnen, nicht einmal in Beziehung auf die Zahlen, geschweige denn in Bezug auf die Worte. Sie erzählte, wie Christen sich lustig mache in Burgdorf, und sicher gehe er mit dem Mädchen heim, und was es dann gebe, könne niemand wissen, das Mädchen sei hübsch und reich und pfiffig genug, einen Vogel im Lätsch zu fangen. Das würde Elsi recht geschehen, und sie möchte es ihm gönnen, denn das sei keine Manier für eine Magd, mit einem Bauer so umzugehen. Aber sie fange auch an zu glauben, da müsse was dahinter sein, das nicht gut sei; anders könne sie es sich nicht erklären, oder sei es anders, so solle es es sagen. Diesem setzte Elsi nichts als trotziges Schweigen entgegen.

In trotzigem Schweigen ging es zu Bette und wachte in ihm auf, als es an sein Fenster klopfte und Christes Stimme laut ward vor demselben. Derselbe hatte es doch nicht übers Herz bringen können, einen neuen Tag aufgehen zu lassen über seinem Zwist mit Elsi. Er trank, wie man sagt, guten Wein, und je mehr er trank, desto besser ward er. Je mehr der Wein auf dem Heimweg über ihn kam, desto mehr zog es ihn zu Elsi, mit ihm Frieden zu machen. Im Wirtshaus zu Heimiswyl kehrte er mit seinem Meitschi ein, aber nur um desselben loszuwerden mit Manier, ließ eine Halbe bringen, bestellte Essen, ging unter einem Vorwand hinaus, bezahlte und erschien nicht wieder. Das Mädchen war, wie gesagt, nicht von den Dummen eines, es merkte bald, woran es war, jammerte und schimpfte nicht, hielt nun mit dem, was Christen bezahlt hatte, einen Andern zu Gast, und so fehlte es ihm an einem Begleiter nach Hause nicht. Dem armen Christen ging es nicht so gut. Elsi, durch die Bäurin neu aufgeregt, hielt an seinem Entschluß fest und antwortete nichts, gäb wie Christen bat und sich unterzog; es mußte den Kopf ins Kissen bergen, damit er sein Weinen nicht höre, aber es blieb fest und antwortete nicht einen Laut. Christen tat endlich wild, aber Elsi bewegte sich nicht; zuletzt entfernte sich derselbe halb zornig und halb im Glauben, Elsi habe zu hart geschlafen und ihn nicht gehört. Er ward aber bald inne, wie Elsi es meine. Die frühere Freundlichkeit war dahin; Elsi tat durchaus fremd gegen ihn, antwortete ihm nur das Notwendigste, dankte, wenn er ihm die Zeit wünschte, in allem Übrigen aber war es unbeweglich. Christen ward fuchswild darob und konnte Elsi doch nicht lassen. Hundertmal nahm er sich vor, an dasselbe nicht mehr zu sinnen, sich ganz von ihm loszumachen, und doch stund es beständig vor seinen Augen; seine weißen Hemdeärmel am Brunnen sah er durch sieben Zäune schimmern, und an allen Haaren zog es ihn, bis er unter dessen Fenster stand. Hundertmal nahm er sich vor, rasch eine Andere zu freien und so dem Ding ein Ende zu machen; aber er konnte mit keinem Mädchen freundlich sein, und wenn eines gegen ihn freundlich war, so ward er böse, es war ihm, als trügen alle andern Mädchen die Schuld, daß Elsi sich so gegen ihn verhärte.

Während Christen sein Weh im Herzen wuchs als wie ein bös Gewächs, wuchs auch der Lärm mit den Franzosen von Tag zu Tag. Schon lange waren Soldaten auf den Beinen, viele Bataillone standen gesammelt den Franzosen bereits gegenüber, welche an den Grenzen lagen und im Waadtlande. Immer mehr bildete sich beim Volk der Glaube aus, der Franzos fürchte sich, dürfe nicht angreifen, und unterdessen schlichen Viele herum, die das Gerücht zu verbreiten suchten: die Herren wollten das Volk verraten; wäre dieses nicht, der Franzos wäre längstens abgezogen, aber er passe auf die Gelegenheit und bis er mit den Herren einig sei. Das echte Landvolk haßte den Franzos wie den Antichrist, ärger als einen menschenfressenden Kannibalen, daher ärgerte es sich schwer an dem Werweisen der Herren auf dem Rathause; das Schwanken und Zögern dort war eben nicht geeignet, jene Verleumdungen Lügen zu strafen. Eine schauerliche Nachricht jagte die andere. Da kam plötzlich die Botschaft, losgebrochen sei der Krieg, und die Postboten flogen durch die Täler, alle noch übrige eingeteilte Mannschaft auf die Sammelplätze zu entbieten. Es war den ersten März spät abends, als Christen den Befehl erhielt. Alsobald rüstete er sich und bestellte sein Haus, und Nachbar um Nachbar kam, bot seine Dienste an, und keiner vergaß die Mahnung: «Schont sie nicht, die Ketzere, laßt Keinen entrinnen, schießt ihnen Köpfe und Beine ab, verbrennt sie dann noch lebendig! Sie wissen es dann in Zukunft, daß sie uns ruhig lassen sollen, die Mordiotüfle.»

Christen mochte nicht warten, bis der Letzte fort war und er die abgeschüsselet hatte, welche ihn begleiten wollten, denn ohne Abschied von Elsi wollte er nicht fort. Als er an dessen Fenster kam, ging es ihm wie früher; er erhielt auf Reden und Klopfen keine Antwort. Da sprach er: «Hör, Elsi, ich bin da eben in der Montur und auf dem Weg in den Krieg, und wer weiß, ob du mich lebendig wieder siehst, einmal wenn du so tust, gewiß nicht. Komm hervor, sonst könntest du dich reuig werden, so lang du lebst.» Die Worte drangen Elsi ins Herz, es mußte aufstehen und zum Fenster gehen. Da sagte Christen: «So kommst du doch noch, aber jetzt gib mir die Hand und sag mir, du zürnest mir nicht mehr, und wenn mich Gott gesund spart, so wollest du mein Weib werden, versprich mirs.» Elsi gab seine Hand, aber schwieg. «Versprichst mirs?» fragte Christen. Es wollte Elsi das Herz abdrücken, und lange fand es keinen Laut, und erst als Christen noch einmal sagte: «So red doch! Sag mir, du wollest mich, daß ich auch weiß, woran ich bin», antwortete es: «Ich kann nicht.» «Aber Elsi, besinn dich», sagte Christen; «mach nichts Lätzes, denk, du könntest reuig werden, sage Ja.» «Ich kann nicht», wiederholte Elsi. «Elsi, besinn dich!» bat Christen drungelich, «sag mir das nicht zum drittenmal; wer weiß, ob du mir dein Lebtag noch etwas sagen kannst. Sag Ja, dr tusig Gottswille bitt ich dich.» Ein Krampf faßte Elsis Brust, endlich hauchte es: «Ich kann nicht.» «So sieh, was machst», antwortete Christen, «und verantworte es dann vor Gott!» Mit diesen Worten stürzte er fort; Elsi sank bewußtlos zusammen.

Still ging der zweite Tag März über dem Tale auf. Die meisten Bewohner waren am Abend vorher lange auf gewesen, hatten Abziehenden das Geleit gegeben, und so begann erst spät des Tages Geräusch. Elsi war betäubt und ging herum wie ein Schatten an der Wand. Die Meisterfrau hatte wohl gemerkt, daß Christen oben am Fenster Abschied genommen, aber nichts verstanden. Sie hoffte, daß sie sich verständigt, und fühlte Mitleid mit Elsis Aussehen, welches sie der Angst um Christens Leben zuschrieb. Sie tröstete, so gut sie konnte, und sagte, es sei noch nicht gewiß, daß es Krieg gäbe, vielleicht sei es wieder nur blinder Lärm. Und wenn schon, so hätte sie gehört, unter hundert Kugeln treffe nicht eine einzige, und Christen sei alt genug, um aufzupassen, daß ihn keine treffe, und nicht so wie ein Sturm dreinzurennen, ohne sich zu achten wohin. Elsi solle nur nicht Kummer haben, es werde noch alles gut gehen, und ehe Pfingsten da sei, könne es ein schön Hochzeit geben.

Dieser Trost wirkte aber wiederum umgekehrt, und Elsi begann, ganz gegen seine bisherige Gewohnheit, laut aufzujammern. «Er kommt nicht wieder, ich weiß es, und ich bin schuld daran!» rief es verzweiflungsvoll. «Aber, mein Gott», sagte die Frau, «hast du es denn nicht mit ihm ausgemacht und ihm das Wort gegeben? Er wird doch expreß deswegen gekommen sein und vielleicht dir den Hof noch lassen verschreiben, ehe er von Burgdorf ausrückt.» «Nein habe ich gesagt», versetzte Elsi, «und er hat gesagt, lebendig werde ich ihn nicht wiedersehen.» Da schlug die Bäurin die Hände über dem Kopfe zusammen und sagte: «Aber, mein Gott, mein Gott, bist du verrückt oder eine Kindsmörderin oder eine Schinderstochter? Eins von diesen dreien muß sein, sonst hättest du es nicht übers Herz gebracht, einen solchen Burschen von der Hand zu weisen, der dir noch so anständig ist, wie ich es wohl gesehen. Bist eine Schinderstochter oder eine Kindesmörderin? Seh, red, ich will es jetzt wissen!» «Keins von beiden bin ich», sagte Elsi, tief verletzt über solchen Verdacht; «von vornehmen Leuten bin ich her, wie hier in der ganzen Kirchhöre keine wohnen, und was mein Vater getan hat, dessen vermag ich mich nichts.» «So, was hat der gemacht?» fragte die Frau, «er wird jemand gemordet haben oder falsches Geld gemacht und ins Schallenwerk gekommen oder gar gerichtet worden sein.» «Nein, Frau», sagte Elsi, «ich weiß nicht, warum Ihr mir das Wüsteste alles ansinnet.» «Aber etwas muß es doch sein, das dir im Weg ist wegen einer Heirat; so wegen nichts schlägt man einen solchen Mann nicht aus. Vielleicht hat er falsche Schriften gemacht, oder er wird sich selber gemordet haben und nicht im Kirchhof begraben worden sein.» «Nein, Frau», sagte Elsi, «selb ist nicht wahr; aber geltstaget hat er und muß jetzt in der Kehre gehen. Ich will es gleich heraussagen, sonst meint man, wie schlecht ich sei, und es wird ohnehin bald alles aus sein, und da möchte ich nicht, daß man mir Schlechtes ins Grab redete.» «Was, geltstaget hat er, und deswegen willst du nicht heiraten, du Tropf du? Und das darfst du nicht sagen? Je weniger du hast, desto einen reichern Mann bedarfst du. Wenn ja Keins heiraten wollte, wenn jemand in der Familie geltstaget hat, denk nur, wie viel doch ledig bleiben müßten, denen das Heiraten so wohl ansteht.» «O Frau», sagte Elsi, «Ihr wißt darum nicht, wer wir gewesen sind und was unser Unglück für mich war.» «Oh, doch öppe nicht unserem Herrgott seine Geschwister.»

«O Herr, o Herr, o Mutter, o Mutter, sie kommen, sie kommen!» schrie draußen ein Kind. «Wer?» schrie die Frau. «Die Franzosen, sie sind schon im Lochbach oder doch in Burgdorf; hör, wie sie schießen!» «O Christen, o Christen!» schrie Elsi; alle liefen hinaus. Draußen stand alles vor den Häusern, so weit man sehen konnte, und «Pung, Pung!» tönte es Schuß um Schuß dumpf über den Berg her. Ernst horchten die Männer, bebend standen die Weiber, und womöglich stund jedes neben oder hinter dem Mann, rührte ihn an oder legte die Hand in seine, und gar manches Weib, das lange dem Mann kein gut Wort gegeben, ward zärtlich und bat: «Verlaß mich nicht, dr tusig Gottswille, verlaß mich nicht, mein Lebtag will ich dir kein böses Wort mehr geben.» Endlich sagte ein alter Mann am Stecken: «Gefährlich ist das nicht, es ist weit noch, jenseits der Aare, wahrscheinlich am Berg. Wenn sie in Grenchen mustern, hört man das Schießen akkurat gleich. In Lengnau stehen die

Berner, und oben auf dem Berg sollen auch deren sein; da werden die Franzosen probieren wollen, aber warten die nur, die sind gerade am rechten Ort, in Solothurn wird man es ihnen schön machen; das sind die Rechten, die Solothurner, an den Schießeten immer die Lustigsten.» Das machte den Weibern wieder Mut, aber manchem Knaben, der Gabel oder Hellbarde in der Hand schon auf dem Sprunge zum Ablauf stand, war der Ausspruch nicht recht. «Wir gehen gleich», sagte einer, «und sollte es bis Solothurn gehen. Wenn wir gleich ablaufen, so kommen wir vielleicht noch zur rechten Gauzeten.» «Ihr wartet!» befahl der Alte. «Wenn einer hier läuft, der Andere dort, so richtet man nichts aus, mit einzelnen Tropfen treibt man kein Mühlerad. Wenn in Solothurn die Franzosen durchbrechen, dann ergeht der Sturm, die Glocken gehen, auf den Hochwachten wird geschossen, und die Feuer brennen auf; dann läuft alles mit einander in Gottes Namen drauf, was Hand und Füße hat, dann gehts los, und der Franzos wird erfahren, was es heißt, ins Bernbiet kommen. Bis dahin aber wartet!» Das war manchem wilden Buben nicht recht, er drückte sich auf die Seite, verschwand, und mehr als einer kam nie wieder. «Du glaubst also nicht, daß unsere Leute schon im Krieg seien?» frug bebend Elsi an des Alten Seite. «O nein», sagte der Alte, «die werden wohl erst jetzt von Burgdorf ausrücken gegen Fraubrunnen oder Bätterkinden zu; was für Befehl sie bekommen, weiß ich nicht. Aber schaden würde es nicht, wenn jemand auf Burgdorf ginge, um da zu hören, was geht.»

Aber in Burgdorf war es nicht viel besser als hinten im Heimiswylgraben; ein Gerücht jagte das andere, eines war abenteuerlicher als das andere. Die Franzosenfeinde wußten zu erzählen, wie die Feinde geschlagen worden, und die, wo nicht tot seien, seien doch schon mehr als halb tot; die Franzosenfreunde wußten das Umgekehrte: das ganze

Bernerheer geschlagen, gefangen oder verraten, und predigten laut, man solle sich doch nicht wehren, man gewinne nichts damit als eine zerschossene oder zerstochene Haut. So wogten die Gerüchte hin und her, wie vor einem Gewitter die Wolken durcheinandergehen.

Gegen Abend hatte das Schießen aufgehört, es war ruhig geworden auf der Landschaft; man hoffte, die Franzosen seien in Solothurn gefangen genommen worden gleich wie in einer Falle von denen vom Berge her und von Büren. Elsi war auch ruhiger geworden auf diese Hoffnung hin. Es hatte der Bäurin sagen müssen, wer es eigentlich sei, und da hatte diese wiederum die Hände ob dem Kopf zusammengeschlagen. Von dem Müller hatte sie gehört, von seinem Tun und Reichtum, und da ihr nur dieser recht in die Augen schien, so betrachtete sie Elsi mit rechtem Respekt. Keinem Menschen hätte sie geglaubt, sagte sie, daß so eine reiche Müllerstochter sich so stellen könne, aber daß es nicht seiner Lebtag Magd gewesen, das hätte sie ihm doch gleich anfangs angesehen. «Und das, du Tröpflein, hast du ihm nicht sagen dürfen? Du vermagst dich ja der ganzen Sache nichts, und wenn dein Vater schon ein Hudel ist, so ist deine Familie doch reich und vornehm und sonst nichts Unsauberes darin, und da muß einer eins gegen das andere rechnen. Oh, wenn ich Christen doch das nur gleich sagen könnte; du würdest sehen, das machte Christen nicht nur nichts, er nähme noch den Vater zu sich, nur daß er ab der Gemeinde käme.» «Das begehre ich nicht», sagte Elsi, «ich begehre nicht mehr mit dem Vater zusammenzukommen, und Christen kann ich doch nicht heiraten; ich will gar nicht heiraten, nie und nimmermehr. Ich müßte mir doch meinen Vater vorhalten lassen, oder daß ich arm sei. Ich weiss wohl, wie das Mannevolk ist, und das möchte ich nicht ertragen, ich hintersinnete mich; wie nahe ich dem schon war, weiß niemand besser als ich. Aber wenn Christen nur nicht im Zorne tut, was unrecht ist, und den Tod sucht, ich überlebte es nicht.» «Du bist ein Tröpflein», sagte die Bäurin, «so etwas ihm nicht zu sagen; das war nur der Hochmut, der dich plagte. Aber wart, wir wollen ihm morgen Bescheid machen, es wird wohl der eine oder der andere Alte seinen Söhnen, die bei den Soldaten sind, etwas schicken wollen, Käs oder Hamme oder Kirschenwasser; ich will mich eine Hamme für Christen nicht reuen lassen, und da kann man ihm ja Bescheid machen dazu, es sei daheim ander Wetter und er solle machen, daß er so bald als möglich heimkäme, aber gesund und gerecht. Er wird schon merken, was gemeint ist.»

Elsi wollte davon lange nichts hören, klagte, wie reuig es sei, daß es ein Wort gesagt, drohte, es laufe fort, jammerte, daß es nicht schon lange gestorben, und wenn Christen nur lebendig heimkomme, so wolle es gerne auf der Stelle sterben, aber heiraten wolle und könne es nicht. Die Bäurin ließ sich aber nicht irre machen; sie hatte die Heirat im Kopf, und wenn eine Frau eine Heirat auf dem Korn hat, so ists schwer, sie davon abzubringen. Ein Hammli mußte herunter, und sie ruhte nicht, bis sie einen aufgefunden, der mit Proviant den Soldaten nachgeschickt wurde von einer sorgsamen Mutter, und scharf schärfte sie dem es ein, wem er das Hammli zu geben und was er dazu zu sagen hätte. Was die Bäurin getan, goß Balsam in Elsis Herz, aber es gestund es nicht ein. Es zankte mit der Bäurin, daß sie ihns verraten hätte, es zankte mit sich, daß es sein Geheimnis vor den Mund gelassen, es wußte nicht, sollte es bleiben oder gehen; es mochte ihm fast sein wie einem Festungskommandanten, der erst von Verteidigung bis in den Tod, von in die Luft Sprengen gesprochen und dem allgemach die Überzeugung kömmt, das trüge nichts ab, und leben bleiben sei doch besser.

Der dritte März lief ab ohne Kanonendonner, aber Gerüchte kamen, Freiburg sei über und Solothurn, die Stadt, Büren sei verbrannt, die Herren wollten das Land übergeben ohne Krieg. Dieses Gerücht entzündete furchtbaren Zorn, so weit es kam. Da wollten sie doch auch noch dabei sein, sagten die Bauern, aber erst müßten die Schelme an den Tanz, die Dinge verkauften, welche ihnen nicht gehörten. Gegen Abend wollte man Soldaten gesehen haben, die, von Wynigen kommend, quer durchs Tal gegangen seien. Die sollten gesagt haben, sie kämen vom Weißenstein und alles sei aus; die Einen hätten kapituliert, die Andern seien sonst auseinandergegangen, und die Franzosen würden dasein, ehe man daran denke.

Dieser Bericht ging mit Blitzesschnelle durchs ganze Tal, regte alles auf, aber wie ein Blitz verschwand er auch; am Ende wußte man nicht, wer die Soldaten gesehen hatte, man wußte nicht mehr, waren es eigentliche Soldaten gewesen oder Spione, welche das Land auskundschaften sollten; denn es seien viele Deutsche bei den Franzosen, hieß es, die akkurat gleich redeten, wie man hier rede, und überhaupt beschaffen seien wie andere Menschen. Diese Nachricht hinterließ nichts als vermehrte Unschlüssigkeit; man wußte nicht, sollte man die ausgerückten Leute zurück erwarten oder sollte man nachrücken. Man stund umher, packte auf, packte ab; es war akkurat, als ob es eigens dazu angelegt wäre, den Volksmut wirkungslos verpuffen und verrauchen zu lassen.

Der Bursche, der ausgesandt worden war, kam erst am zweiten Tag, am vierten März, zurück, ohne Hammli, aber mit bösem Bescheid. Christen hätte er nicht finden können, sagte er aus. Es hätte geheißen, er sei gegen Bätterkinden zu gerückt mit seiner Batterie, dahin habe er ihm nicht nach wollen; es heiße, ungesinnet trappe man in die Franzosen hinein wie in ein Hornissennest, und ihre Dragoner kämen daher wie in den Lüften; wenn man meine, sie seien noch eine Stunde weit, so hätte man sie schon auf dem Hals. Er habe daher das Hammli in Fraubrunnen abgegeben mit dem Befehle, es dem Christen zuzustellen, wenn man ihn sehe. Zurück kämen die Leute aber nicht; sie wollten den Franzosen warten, heiße es, und Andere meinten, man warte nur auf Zuzug und wolle dann auf die Franzosen zDorf, welche sich nicht aus Solothurn hervorlassen dürften. Bald werde es losgehen, darauf könne man zählen.

Dieser Bescheid regte Elsi fürchterlich auf. Also Krieg gabs, und zvorderist war Christen und sicher expreß, von Elsis Nein gejagt, und niemand besänftigte ihn, und die gute Botschaft hatte er nicht vernommen; lebendig säh es ihn also nicht wieder! Es drängte ihns, ihm die Botschaft selbst zu bringen, aber es wußte keinen Weg und fürchtete, so alleine in die Franzosen zu laufen, und die Bäurin tröstete es, der Landsturm werde allweg bald ergehen, da gehe alles, da könne es mit; sie wolle für ihns daheim bleiben, denn von wegen dem Vieh könne doch nicht alles fort. So werde es früh genug kommen, denn man werde dSach doch nicht lassen angehen, bis alles bei einander sei.

Alles rüstete sich, jeder suchte seine Waffe sich aus; eine tüchtige zweizinkichte Schoßgabel an langem Stiele, mit welcher man in der Ernte die Garben ladet, stellte Elsi sich zur Hand und wartete mit brennender Ungeduld des Aufbruchs.

Am fünften März wars, als der Franzos ins Land drang, im Lande der Sturm erging, die Glocken hallten, die Feuer brannten auf den Hochwachten, die Böller krachten und der Landsturm aus allen Tälern brach, der Landsturm, der nicht wußte, was er sollte, während niemand daran dachte, was er mit ihm machen sollte. Aus den nächsten Tälern strömte er Burgdorf zu; dort hieß es, man solle auf Fraubrunnen, die Nachricht sei gekommen, daß die Franzosen von Solothurn aufgebrochen; auf dem Fraubrunner Felde sollte geschlagen werden, dort warteten die Berner und namentlich Füsiliere und Kanoniere aus dieser Gegend. Der Strom wälzte sich das Land ab, Kinder, Greise, Weiber bunt durcheinander; an eine Ordnung ward auch nicht von ferne gedacht, dachte doch selten jemand daran, was er eigentlich machen sollte vor dem Feinde. Von einem wunderbaren, fast unerklärlichen Gefühle getrieben, lief jeder dem Feinde zu, so stark er mochte, als ob es gälte, eine Herde Schafe aus einem Acker zu treiben. Das beginnende Schießen minderte die Eile nicht, es schien jedem angst zu sein, er käme zu spät.

Unter den Vordersten war immer Elsi, und jeder Schuß traf sein Herz, und es mußte denken: Hat der Christen getroffen? So wie sie aus dem Walde bei Kernenried kamen, erblickten sie den beginnenden Kampf am äußersten Ende des Fraubrunner Feldes gegen Solothurn zu. Kanonen donnerten, Bataillonsfeuer krachten, jagende Reiter wurden sichtbar, Rauchmassen wälzten sich über das Moos hin. Erstaunt standen die Landstürmer, sie hatten nie ein Gefecht gesehen, wenigstens unter Hunderten nicht einer. Wie das so fürchterlich zuging hin und her, und von weitem wußte man nicht einmal, wer Feind, wer Freund war! Je länger sie zusahen, desto mehr erstaunten sie, es begann ihnen zu grusen vor dem wilden Feuer mit Flinten und Kanonen, und alles scharf geladen; sie fanden, man müsse warten und zusehen, welchen Weg es gehe, wenn man da so aufs Geratewohl zumarschiere, so könne man unter die Lätzen kommen. Kein Mensch war da, sie zu ordnen, zu begeistern, rasch in den Feind sie zu führen. Es waren in jenen Tagen die Berner mit heilloser Blindheit geschlagen. Das Feuer der Soldaten ließ man auf die gräßlichste Weise erkalten, und wenns erkaltet war ob dem langen, nutzlosen Stehen, manchmal lange Zeit ohne Führer, liefen sie halt auseinander. Das einzige Mal, wo die Soldaten vorwärts geführt wurden statt zurück, erfuhren die Franzosen, was Schweizerkraft und -mut noch dato kann, bei Neuenegg erfuhren sie es.

Elsi ward es himmelangst, als man so müßig und werweisend dastand, als gar hier und da eine Stimme laut wurde: «Ihr guten Leute, am besten wärs, wir gingen heim, wir richten da doch nichts aus.» Und wenn niemand da zu Hülfe wolle, so gehe es; wofür man dann bis hierher gekommen, sagte es. Wenn es nur den kürzesten Weg übers Moos wüßte. Sie kämen mit, riefen einige junge Bursche, und die Masse verlassend, eilten sie auf dem nächsten Weg Fraubrunnen zu. Als sie dort auf die Landstraße kamen, war ein hart Gedränge, eine Verwirrung ohnegleichen. Mit Gewalt fast mußte es sich drängen durch Berner Soldaten, die auf der Straße standen und müßig zusahen, wie vorwärts ein ander Bataillon mit dem Feinde sich schlug. Auf die wunderlichste Weise stund man da vereinzelt, schlug sich vereinzelt mit dem Feind oder wartete geduldig, bis es ihm gefiel, anzugreifen. Keiner unterstützte den Andern, höchstens wenn ein Bataillon vernichtet war, gab ein anderes zu verstehen, es sei auch noch da und harre des gleichen Schicksals.

Das alles sah Elsi im Flug, und wenn die Soldaten, die es mit Püffen nicht schonte, schimpften und ihm zuriefen, es solle heimgehen und Kuder spinnen, so sagte es, wenn sie dastünden wie die Tröpfe, so müßte das Weibervolk voran, um das Vaterland zu retten, und wenn sie was nutz wären, so gingen sie vorwärts und hülfen den Andern. Elsi hatte vom Moos weg eine große Linde auf dem Felde gesehen, und bei derselben sah es den Rauch von Kanonen; dort mußte sein Christen sein, dorthin eilte es mit aller Hast. Als es auf die Höhe kam, hinter welcher von Fraubrunnen her die berühmte Linde liegt, donnerten die Kanonen noch; aber Elsi sah, wie rechts zwischen Straße und Moos, vom Rande des Raines bedeckt, Reiter dahergesprengt kamen wie der Byswind, fremdländisch anzusehen. «Franzosen! Franzosen!» rief es, so laut es konnte, aber seine Stimme verhallte im Kanonendonner. Die Reiter wußten, was sie wollten, sie wollten die Batterie, welche ihnen lästig geworden war. Ebenfalls die Linde im Auge, lenkten sie, sobald sie unter ihr waren, auf die Straße herauf und stürzten sich auf die Kanoniere. Diese, ohne nähere Bedeckung, suchten zwischen ihren Kanonen sich zu verteidigen, aber einer nach dem andern fiel. Einen einzigen sah Elsi noch, der mit seinem kurzen Säbel ritterlich sich wehrte; es war sein Christen. «Christen! Christen! Wehre dich, ich komme!» schrie Elsi mit lauter Stimme. Den Schrei hörte Christen, sah sein Elsi, sank aber im gleichen Augenblick zum Tode getroffen zwischen den Kanonen nieder. Elsi stürzte mit der Wut einer gereizten Löwin auf die Franzosen ein, diese riefen ihm Pardon zu, aber Elsi hörte nichts, rannte mit seiner Gabel den Ersten vom Pferde, rannte an, was zwischen ihm und Christen war, verwundete Pferde und Menschen; da fuhren zischende Klingen auf das Mädchen nieder, aber es rang sich durch, und erst zwischen den Kanonen fiel es zusammen. Vor ihm lag Christen. «O Christen, lebst du noch?» rief es mit dem Tode auf den Lippen. Christen wollte sich erheben, aber er vermochte es nicht; die blutige Hand reichte er ihm, und Hand in Hand gingen sie hinüber in das Land, wo nichts mehr zwischen den Seelen steht, die sich hier gefunden.

Die Franzosen sahen gerührt diesen Tod, die wilden Husaren waren nicht unempfänglich für die Treue der Liebe. Sie erzählten der Liebenden Schicksal, und so oft sie dasselbe erzählten, wurden sie wehmütig und sagten, wenn sie gewußt hätten, was Beide einander wären, Beide lebten noch; aber im wilden Gefecht habe man nicht Zeit zu langen Fragen.

Das Erdbeerimareili

Peter Hasebohne, Hase-Peter genannt, war noch nicht lange in der Gemeinde Holderberg und schon Gerichtsäß geworden. Er hielt sehr viel darauf, und eher hätte der Sonntag gefehlt als Peter Hasebohne in der Kirche. Damals hielt man dafür, und jetzt noch täte man wohl daran, der, dem seine Nachbarn ein Ehrenamt anvertrauten, der sei vor aller Welt als Ehrenmann gestempelt und besiegelt. Je höher man das Geld schätzt, desto geringer schätzt man die Ehre, vide Exempel an Völkern und Menschen! Je gieriger man nach bezahlten Ämtern jagt, desto geringer schätzt man und desto mehr verlacht man Ehrenämter, und wer einen wohlbezahlten Posten kriegt, wird siebenmal hochmütiger als früher ein Ehrenmann bei seinem Ehrenamt. Ein Gerichtsäß mußte in seinem Bezirke versiegeln, wo nämlich etwas zu versiegeln war.

Eines Morgens ward Peter Hasebohne in den Tschaggeneigraben gerufen. Das Erdbeerimareili sei gestorben, er müsse versiegeln, so lautete die Botschaft. Im Tschaggeneigraben war er noch nie gewesen; vom Erdbeerimareili hatte er wohl so im Vorbeigehen gehört, kannte aber weder dessen Umstände noch dessen Person. Die Versäumnis kam ihm ungelegen, er brummte, was es sich nötig hätte, bei solchen Personen zu versiegeln. Indessen, Peter Hasebohne ging, denn er war ein Mann, der sein Amt zu hoch hielt, um dessen Pflichten zu versäumen. Er machte zwar keine Gesetze, alle Tage andere nach Laune und Vorteil, und hielt keine; er bürdete nicht unerträgliche Lasten auf, die er selbst mit keinem Finger berührte; aber die Gesetze, welche für ihn gemacht waren und auf die er beeidigt war, hielt er, denn er war ein Ehrenmann und ein Christ. Peter Hasebohne wußte nichts von «Gesetze hin, Gesetze her, Reglemente hin, Reglemente her», er trieb nicht Schindluder mit Eid und Gewissen.

Das Erdbeerimareili wohnte an einem wüsten Orte im Tschaggeneigraben zhinterst, wo Füchse und Hasen einander gute Nacht sagen, lauter Weid und Wald, kaum ein eben Plätzchen einer Hand groß ist. Als der wohlachtbare Gerichtsäß hinkam, fand er zu seiner großen Verwunderung keine strube, verwahrloste Hütte, sondern eine wohlerhaltene mit ganzen Fenstern, ganzem Dach, und sauber wars darum herum. Das Stübchen glich auch keinem Stall, manche Bäurin hätte ein Exempel daran nehmen können von wegen der Reinlichkeit. Nachbarsleute waren da wie üblich, ein schlankes Mädchen weinte sehr. Zwei wohlgepflegte Katzen strichen demselben knurrend und tröstend um die Beine, und im Bette lag das tote Erdbeerimareili bereits eingenäht. Es schien, als schliefe es nur, so friedlich lag es im saubern Bette. Im ganzen Stübchen sah es nicht armütig aus. In einer Kommode und einem großen Schranke, welche zu versiegeln waren, fanden sich schöne Kleider, reichliches Leinzeug, Schmucksachen, Schriften und Geld in allen Ecken, in alten Strümpfen unter schmutziger Wäsche usw. Der Gerichtsäß schüttelte bedenklich das Haupt über den Reichtum in diesem abgelegenen Häuschen. Da werde Versiegeln nicht viel helfen, wenn niemand da sei als das Meitschi und jemand stehlen wolle. «Häb nit Kummer, Gerichtsäß», sagte eine alte Frau. «Öppe alleine wird man das Meitschi nicht lassen, daneben wäre es das erstemal, daß hier gestohlen würde; das ist hie nicht wie in den Dörfern draußen, wo kein Nachbar dem andern seine Sache ruhig lassen kann und ein Strolch am andern hanget. Hieher kommen diese nicht, hier gibts für sie nichts zu schnausen. Aber wenn du den

Todesfall beim Pfarrer angeben und das Grab bestellen wolltest, so wäre das uns anständig; es hat niemand Zeit, das zu verrichten, und dir geht es im gleichen Gang zu. Sag dem Pfarrer nur, es sei das Erdbeerimareili; er kennt es gut und weiß dann das andere schon.»

Der Gerichtsäß übernahm den Auftrag, und als er ihn ausrichtete, betrübte er den Pfarrer sehr. «Tot, das Erdbeerimareili», sagte er, «und ich wußte nicht einmal, daß es krank war. Wieder ein Mensch weniger auf der Welt, der mir lieb war wegen seinem Gemüte.» Der Gerichtsäß berichtete, daß Mareili nicht eigentlich krank gewesen, sondern ausgeloschen sei wie ein Licht, und ganz friedlich, als ob es schlafe, in seinem Bette liege. Es müsse eine seltsame Person gewesen sein; er sage aufrichtig, wenn er schon Gerichtsäß sei und just nicht der Dümmst, so hätte er doch nicht gesucht, was er gefunden an Kleidern und Kleinodien und sonst alles so gut zweg. Dahinten sei es allweg zu solchen Sachen nicht gekommen; aber daß es mit solchen Sachen zuhinterst im Tschaggeneigraben, wo man selbst eine halbe Geiß sein müsse, um da wohlzuleben, habe wohnen mögen, das dünke ihn kurios. «Daneben hat mancher Mensch einen guten Grund, daß er sich nicht gerne vor den Leuten zeigt und lieber da ist, wo er niemand vor die Augen kommt und vielleicht gar meint, er sei auch unserm Herrgott aus dem Gesicht.»

«Nit, nit, Grichtsäß», sagte der Pfarrer, «nicht immer das Böste geglaubt und der Nächste gerichtet! Wer vom Erdbeerimareili was Böses sagt, versündigt sich, Mareili war besser als Ihr und ich. Ja, Grichtsäß, so ists, und macht nur Augen wie zweizentnerig Käse, es bleibt doch so. Ein schöneres, reineres Gemüt wüßte ich in der ganzen Gemeinde nicht, Euere und meine Frau nicht ausgenommen.»

Wegem Pfarrer, daß Erdbeerimareili besser sein sollte, da

gegen hätte Peter Hasenbohne nichts gehabt, aber daß es besser sein sollte als ein Grichtsäß, selb war starker Tubak. Der Pfarrer werde wohl wissen, was er rede; daneben wundere es ihn doch, was so Bsunderbares an der Person gewesen sei, daß es keine solche mehr geben solle wie die, sagte Peter Hasebohne. «Ja, mein lieber Gerichtsäß», sagte der Pfarrer, «das war nicht so eins von denen, wie die Welt sie bald rühmt, bald richtet. Sein Leben war kein äußeres, welches in die Augen fiel, es prangte nicht mit Hoffart, verrichtete keine Heldentaten, weder mit dem Spieß noch mit der Zunge; sein Leben war ein inneres, sein Wesen war gering vor der Welt, und auf solche Wesen versteht die Welt sich nicht.»

Das werde sein, sagte Grichtsäß Hasebohne. Er habe schon mehr als sieben Jahre in der Gemeinde gewohnt und vom Erdbeerimareili nichts Apartes gehört. Daneben achte er sich des Geschwätzes der Leute nicht viel, er habe Besseres zu tun, als allem abzulosen. «Und hättet Ihr Euch auch dessen geachtet, Ihr hättet nicht viel gehört. Mareili war seit Langem nicht mehr in den Mäulern der Menschen, und doch, wenns nicht mehr ist, werden Viele es vermissen, Viele nach ihm fragen.»

Es nehme ihn doch jetzt dann bald wunder, was Merkwürdiges an der Person gewesen, sagte Peter. Den Kleidern an hätte er wohl gesehen, daß die einmal gute Zeiten müsse gehabt haben. Es wäre ihm anständig, wenn der Pfarrer Zeit nehmen wollte und es ihm verzählen. «Warum nicht», sagte der Pfarrer; «es hat es wohl verdient, daß man ihm zu Ehren eine Stunde verbraucht, man braucht hundert unnützer. Da, Grichtsäß, ist Tabak, stopft eine Pfeife, von wegen, so was muß mit Verstand erzählt und angehört werden. Frau, bring eine Flasche vom Bessern, Merliger Siebenundvierziger!»

Als alles eingerichtet war, um mit Behagen zu erzählen und zu hören, und die Frau Pfarrerin die Erlaubnis erhalten hatte, dazubleiben, weil keine geheime Verhandlungen ob schwebten, und ihre Lismete in Gang gesetzt war, erzählte der Pfarrer, was folgt.

«Vor vielen Jahren, ehe Ihr und ich von Holderberg etwas wußten, kam Mareilis Mutter hieher in den Tschaggenei graben. Sie hatte mit ihrem Mann in Bern gelebt, wo der selbe einen schönen Verdienst hatte; Beide ließen sich wohl sein dabei. Da starb der Mann, eben weil er, wie man sagt, sich zu wohl sein ließ. Der Verdienst blieb dahinten, für die Zukunft war nicht nur nicht gesorgt, sondern auf die Zu kunft hin verzehrt, was einen beträchtlichen Unterschied ausmacht. Was da war, nahmen die Gläubiger, bis an die Kinder. Mit diesen wußte die Mutter in der Stadt nichts anzufangen und kam mit ihnen der Gemeinde zu. Sie war eine gute Frau, gönnte Andern, was sie hatten, arbeitete, was man ihr in die Hand gab; aber unternehmend, angreiflich war sie nicht, hatte nicht besondere Einfälle, und hätte sie deren auch gehabt, so hätte sie doch nicht gewußt, wie die selben ins Werk setzen. So hatte sie, als der Mann in Bern vollauf verdiente, in Bern eben nur gelebt und nicht ge schafft. Sie hatte daher keinen Verdienst, der ihr blieb, stund mit niemand in Arbeitsverkehr, hatte daher keine Leute, welche Vertrauen in sie setzten, Erbarmen mit ihr hatten; sie konnte nicht mehr in der Stadt leben, sie mußte heim aufs Land. So geht es noch vielen Leuten, welche an einem Orte eben nur leben, durch keine bestimmte Tätigkeit einwurzeln; kommt ein Windstoß, bläst er sie fort.

«Als die arme Witwe mit ihren Armseligkeiten in den Tschaggeneigraben kam, war es Frühling. Die Gemeinde hatte ihr für das erste Jahr den Hauszins versprochen und erklärt: Dernebe mueßt du luege, wie du dKing und dih dürebringst, das ist dy Sach. Das waren harte Worte, gaben der Frau zu denken, machten ihr das Herz schwer; sie hatte guten Willen, nur wußte sie nicht recht, was mit machen. Sie begriff, daß sie im Tschaggeneigraben nicht bloß leben konnte, daß sie, um zu leben, erst etwas vornehmen müßte. Was, das ist eine strenge Frage, wenn davon das Dasein abhängt, und besonders, wenn sie zum erstenmal jemand gestellt wird. Und hat man auch endlich das Was ersonnen, kommt erst noch das Wie und am Ende noch die Hauptsache, die Energie und das standhafte Ausharren, was so Wenigen gegeben ist. Die gute Frau sann manch lieben, langen Tag und ersann nicht viel. Sie pflanzte, wie auf dem Lande es üblich ist. Sie konnte dieses noch von ihrer Jugend her, doch gings mühsam. Das Land zum Pflanzen gaben gute Leute unentgeltlich, aber begreiflich nicht besser, als mans im Tschaggeneigraben hat. Aber Verdienst und Geld fürs Übrige hatte sie damit doch nicht.

«Zufällig kamen die Nachbarn darüber, daß die Frau recht gut lismen, nähen, ja sogar selbst zuschneiden konnte, und zwar manches nach einem unerhört guten Schnitt. Damals war dies ein Fund. Damals hatte man freilich viel weniger zu lismen und zu nähen als jetzt, damals liefen sogar Grichtsäße noch barfuß; damals ließ man noch nicht ändern, wenn man eine Sache zweimal angehabt, und hatten die Töchter und Mägde nicht Zeug an den Kleidern, welches weder Sonne noch Mond noch Sterne ertragen mochte. Aber damals waren Näherinnen und Lismerinnen rar, man mußte sie aus dem Solothurner- oder Länderbiet kommen lassen. Damals waren die Näherinnen noch nicht so hageldick wie Nesseln in den Hägen und Steine auf dem Emmengrund. Damals war noch kein Drang darnach, am Schatten bleich zu werden und in Schnürleibern zu ermagern, um schön und vornehm zu scheinen; damals stund ein rotbackig Mensch noch höher im Kurs als eine bleiche Gränne. Damals war die Freiheit, ohne Zucht von Meister und Meisterfrau in einem eigenen Stübchen zu wohnen, wo man aus- und eingehen und ein- und auslassen konnte, wann und wen man wollte, noch nicht so geschätzt wie jetzt.

«Sie verdiente damit Geld, wenig zwar, denn die Leute schätzten das Geld höher als die Arbeit, dafür gaben sie dann aber auch ihre Produkte wohlfeil ab. Sie verdiente aber nicht bloß Geld mit der Arbeit, sondern auch die Teilnahme der Menschen, sie ward ein lebendig Glied in der Kette der Bewohner; sie lebte nicht bloß im Tschaggeneigraben, sondern sie gehörte dazu und tat was darin.

«Sie führte indessen doch ein kümmerlich Leben, so recht abteilen konnte sie nicht, wußte daher oft von einem Tag zum andern nicht, was essen. Die Nachbarn, welche ihr die verdienten Kreuzer nachrechneten und sie durch ein Vergrößerungsglas ansahen, konnten das nicht begreifen, meinten, sie sollte ein Herrenleben führen können. Die guten Leute haben in der Regel für sich und Andere eine ganz andere Rechnungsweise, sie legen ein Maß an Andere, über welches sie gen Himmel schreien würden, wenn Andere es an sie legen wollten. Wenn sie einmal klagte, so sagte man ihr: Ei mein Gott, was, so viel Geld verdienen und es nicht machen können! Es gibt Leute, welche es mit dem Zehnten machen müssen und doch meinen, wie gut sie es hätten. Die gute Frau führte ein schwermütig Leben, seufzte oft, weinte viel, aber erzeigte es daher vor den Leuten so wenig als möglich.

«Einmal, an einem schönen Sonntag nach Johanni wars, baten und schmeichelten die Kinder nach dem Mittagessen, bis sie mit ihnen in die Wildnis wanderte, hinauf in Wald und Weid. Erdbeeren hatten sie bei andern Kindern gesehen, nach solchen verlangten ihre Herzchen, die Mutter sollte ihnen welche suchen helfen. Sie gingen lange, lange durch den Wald, Schattseite dem Graben entlang, und auch nicht ein Erdbeeri fanden sie, und traurig wandten sie sich um, auf der andern Seite heimzugehen, Sonnseite. Kaum hatten sie einige Schritte getan, so zupfte das kleine Mareili, das jüngste ihrer drei Kinder, welches der Mutter an der Schürze hing, dieselbe heftig und rief: Mutter, Mutter, lue, warum ists dort so rot? Und siehe, es war ein großer Fleck voll reifer Erdbeeren an der sonnigen Halde. Sie hatten in der Stadt gelebt und nicht daran gedacht, daß man die ersten Sonnseite, die letzten im Herbst Schattseite suchen muß. Da war ein Jubel! Sie fanden mehr, als sie aßen, großen Vorrat nahmen sie noch heim.

«Als die Frau die schönen Erdbeeren betrachtete, dachte sie, wenn die jetzt in der Stadt wären, aus denen löste man viel Geld, so schöne sind dort selten. Aber die Stadt war weit; doch, dachte sie, liebt man vielleicht in den vielen Herrenhäusern da herum Erdbeeren auch mit Zucker als Erdbeerisalat oder auf andere Weise. Wenn man ihnen brächte, wären sie froh darüber. Wie sie merken mochte, tat dies niemand. Die Leute sammelten wohl auch Erdbeeren, aber für sich zu einem Erdbeeristurm, nicht zum Verkauf. Sie gedachte es zu probieren. Geldnot nötete sie, sich nicht lange zu bedenken. Schon am folgenden Tage ging sie ans Werk. Gesammelt waren bald viele, besonders da die Kinder mit Freude und Gschick ihr an die Hand gingen. Desto schwerer ward ihr das Vertragen.

«Es kam ihr vor, als sie mit dem Körbchen auswanderte, als wolle sie betteln gehn, und als sie beim ersten Hause, an das sie klopfte, abgewiesen wurde, entfiel ihr aller Mut; sie wäre alsbald heimgelaufen, wenn ihr nicht zufällig, wie man zu sagen pflegt, eine Herrenfrau begegnet wäre, welcher die angetroffenen Erdbeeren äußerst willkommen waren, sie bewunderte und alsbald nach Hause tragen ließ. Bringt mir noch mehr, sagte die Herrenfrau, aber nicht weniger schöne; ich nehme sie gerne. Die Leute hier herum bringen nichts dergleichen zum Hause, ich glaubte, es gebe sie hier nicht. Es sind sicher noch andere Leute froh, wenn man ihnen Erdbeeren bringt.

«Das war der Anfang eines recht guten Verdienstes. Von da an hieß die Witwe die Erdbeerifrau und war gewissermaßen angesehen und gern gesehen im Lande. Der Tschaggeneigraben, und was dazu gehörte, war eine rechte Schatzkammer voll Erdbeeren, und schöner Erdbeeren. Die Erdbeerigwinner machten einander nicht Plätzen ab, die Erdbeerifrau hatte keine Konkurrenten, man gönnte ihr den neuen Verdienst und ließ sie machen. Sie konnte den Beeren vollständig Zeit lassen, auszureifen, brauchte nicht sie halb hart und halb weiß zu nehmen, wenn sie dieselben haben wollte. Ja, Grichtsäß, es ist ein beträchtlicher Unterschied nicht bloß zwischen halb und ganz reifen Erdbeeren, sondern überhaupt zwischen halb und ganz reifen Menschen und Früchten. Ja, und wie es Jahrgänge gibt, wo keine Frucht recht reift, alle sauer und bitter bleiben, so gibt es Zeiten, wo die Menschen nicht reifen, wo man sie nicht reifen läßt, wo sie bloß unreif Mode sind wie in Deutschland die Stachelbeeren.

«Mareili, welches die Erdbeeren entdeckt hatte, war ein eigentlich Erdbeerihexli. Die Entdeckung, die Freude der Mutter darüber, die schönen Batzen, welche sie heimbrachte, taten in dem sinnigen Kind einen eigenen Sinn auf, weckten in ihm ein besonder Leben. Es behielt die Gabe der Entdeckung, es war, als ob es die reichen Erdbeeriflecken in der Luft merke; es hatte ein eigenes Auge, die bescheidene Erdbeere, von denen die schönsten am sittsamsten sich bergen unterm dunkelgrünen Laubdach, zu sehen, eigene Händchen, die saftige Beere zu pflücken, daß auch nicht der Schatten eines Druckes an ihr sichtbar war. Das Erdbeerigwinnen war sein Leben, füllte des Tags seine Gedanken, des Nachts seine Träume, daß es davon redete, die Mutter acht haben mußte, daß das Kind nicht aufstund und schlafend Erdbeeren suchen ging. Wie traurig senkte es sein Köpflein, wenn es regnete; trauriger senkte es kein Erdbeeristüdeli. Ein Bauer, der tausend Garben am Wetter hat, kann nicht so sehnsüchtig harren auf Sonnenwetter, als Mareili harrte. Wie von selbst gab es sich, daß Mareili der Souverän wurde in diesem Gebiete, die kleine Erdbeerikönigin. Die ältern Geschwister erkannten es unbedingt an, achteten auf seine Winke und führten sie aus als dienstbare Geister des Meisters der Geister.

«Aber wie der Frühling vergeht, wo die Elfen tanzen, verging auch der Sommer, der Herbst, wo die Erdbeerikönigin regierte in ihrem Gebiete. Traurig senkte sie ihr Köpflein, als sie eines Tages nur noch ein Erdbeeri fand und das letzte. Es weinte ihm lange nach, mußte sich endlich doch ergeben äußerlich. Aber inwendig blieb es Meister, schuf sich in seinem Inwendigen einen großen Erdbeeriweg mit Sonn- und Schattseite, mit tiefem Graben, hohen Tannen, ließ da die Sonne scheinen, Erdbeeri blühen, reifen und wandelte darin des Tags in Gedanken, des Nachts im Traume und pflückte Erdbeeren, so herrliche und süße, wie es keine noch erlebt. Das ist eine schöne Gabe, wenn der Mensch sich innerlich erbauen kann, was äußerlich die Zeit ihm wegschwemmt oder das Geschick nie ihm gibt. Es besitzen sie wenige Menschen, es wissen sie Wenige zu schätzen; dagegen ärgern sich Viele darob, wenn sie dieselbe bei Andern bemerken, und zwar nicht aus Neid, sondern aus Unverstand. Die Mutter ärgerte sich anfänglich auch über dieses Träumen und nannte Mareili oft: du klyne Erdbeerigöhl. Am Ende gewöhnte sie sich daran und sagte bloß, es sei ein bsunderbar Kind, nicht eins wie die andern, sie könne sich gar nicht auf dasselbe verstehn.

«Wie der Sommer gegangen war, ging auch der Winter, von wegen, es geht alles in der Welt, nicht bloß das Helle, sondern auch das Trübe, und wie schön das Helle ist, zeigt erst das Trübe. Es war kein Winter gewesen, in welchem man ums Neujahr Erdbeeren fand, sondern ein harter und strenger, der die Kräfte der Erde festgebunden hielt und mit Nebel oder düstern Bysluftwolken der Sonne das Scheinen vertrieb. Aber wie es strengen Herrn zuweilen geht, ward er rasch und unerwartet vom Throne gestürzt, kam um seine Herrschaft vollständig; ein schöner Frühling stand mitten im Lande, zeigte sich sogar im Tschaggeneigraben, ehe die Menschen nur Zeit hatten, ihm Türe und Fenster aufzutun. Wie die Erde auftaute, ging es auch Mareili; sein Gesichtchen glänzte plötzlich freundlich, fröhlich jauchzte es auf, als es es grünen sah in Busch und Weid, und unermeßlich war seine Freude, als es an einem einsamen Erdbeeristüdeli die erste Blüte fand.

«Aber jetzt kam erst die rechte Ungeduld und gramselte ihm in allen Gliedern. Jedes Ding auf Erden will seine Weile haben, und zäh und eigensinnig macht es dran, wie es gewohnt ist und bis es fertig ist; auch die Erdbeeristüdeli haben ihren eigenen Gang und eigenen Willen, und machtlos dagegen ist des Menschen Ungeduld. Darein konnte Mareili sich fast nicht schicken, was uns nicht wundert, können doch größere Leute, welche Erfahrung haben sollten, so oft nicht in Geduld sich ergeben und in den geordneten Gang der Dinge sich nicht schicken.

«Nun, es hat aber auch alles seinen Nutzen. Die kleine Erdbeerenkönigin, die in ihrem Blangen fast alle Tage nach reifen Beeren suchte, lernte ihr Gebiet besser kennen. Dies ist ein großer Vorteil, namentlich für Königinnen, große und kleine, welchen es oft begegnet, daß sie bloß an den Früchten sich erlustigen, aber nie in den Boden kommen, auf welchem sie wachsen; und es ist namentlich für eine Hausfrau nichts fataler, als wenn sie die Bäume nicht kennt, auf welchen das Obst wächst, Birnen auf Nußbäumen sucht und Pfersiche da, wo die Tannzapfen wachsen, oder wie einmal jene Frau Pfarrerin buchene Tannzapfen bestellt. Der kleinen Königin wuchsen dabei auch Augen, welche nicht bloß Erdbeeristüdeli und die Beeren daran sahen, sondern auch die Tiere alle, welche ihr Gebiet bewohnten, die Hasen und Eichhörnchen, die Amseln und Drosseln, die Rinderstaren und Herrenvögel usw. Sie wußte, wo jedesmal, wenn sie kam, Amseln waren, fand bald auch die Nester, ward ihnen auch alle Tage eine bekanntere Erscheinung, vor der sie erst flogen, wenn ihr Tritt ihnen von weitem hörbar war, später immer mehr ihre freundliche Harmlosigkeit erfassend, die Zweige des Tannenbuschlis, unter dem sie brüteten, auseinanderbiegen, sich begucken ließen, ohne abzufliegen. Solche Nestchen waren seine Geheimnisse, welche es niemand verriet. Die Entdeckung jedes Nestchens, auf dem so ein dunkler Vogel saß mit dem gelben Schnabel und den sinnigen Augen, machte ihm größere Freude als dem Seefahrer die Entdeckung irgend einer unbekannten Insel in den schwarzen, weißen, stillen, eisigen Meeren. Das Nestlein betrachtete es als sein Eigentum, ein Schlößlein seiner Vasallen. Aber gütiger als manche andere Herrin ließ es das Nestchen unberührt, nahm die Jungen nicht aus, noch weniger Jung und Alt zusammen; es begnügte sich am Augenschein, und später sperrten dumme Junge die weiten Schnäbel auf, wenn sie was nahen hörten, und schluckten, was es brachte, als obs von Mutter oder Vater wäre, die dummen Jungen machten keinen Unterschied. An der Sonne sah es die Häsin mit ihren Jungen spielen. Wenn die schüchternen Jungen bei seinem Nahen in die Sträuche schlüpften oder ins Moos sich duckten, blieb die graue, kluge Alte noch lange sitzen, die langen Ohren über den Rücken gelegt, als ob sie zum Tanze anspringen wolle einem hoffärtigen Mädchen gleich. Dies machte ihm die Ungeduld weniger peinlich, und wenn schon nicht Erdbeeren, fand und sah es doch alle Tage was Neues.

«Endlich röteleten die Beeren, endlich fand Mareili eins und wieder eins zum Versuchen, endlich gabs ein Krättchen voll; der erste Batzen erschien wieder, willkommen wie der erste Storch im Frühjahr. Die Beeren mehrten sich, doch langsam. Mareili konnte keine Beere unreif brechen, sie mußte ihm willig und gerne ins Händchen fallen, mußte groß, dunkel, süß und saftvoll sein, und wie es taten auch seine Geschwister. Wenn dann am Abend die Mutter die gesammelten Beeren Heerschau passieren ließ, Kries und Gras daraus tat, die Portionen in Krättchen verteilte, sahen die Beeren so frisch und kerngesund aus, daß es eine Freude war. Die Kinder sahen zu und jubelten, es war, als ob sie jede Beere kannten. Dies habe ich gefunden! rief eins, ich dies! das andere, dies bei der langen Birke, dies unter dem alten Haselstock, dies am Reckholderknübeli, so tönte es, bis die Mutter fertig war.

«Als diese nun wieder mit neuen Erdbeeren hausieren ging und leichtern Herzens, war sie überall eine willkommene Erscheinung. Mama, Mutter, die Erdbeerifrau ist wieder da, die so schöne hat, schrien in vielen Häusern die Kinder; und Mama kam selbst, hieß die Frau willkommen, sagte, sie hätte schon gefürchtet, sie komme in diesem Jahre nicht wieder, da schon lange Erdbeeren kamen, aber nicht halb so schöne, als sie gebracht. So sammelte sie Lorbeeren, die taten ihr im Herzen wohl. Wir lassen sie reifen, ich und meine Kinder, sagte sie, wir dürfen kein unreif Beeri abbrechen; wenn wir schon wollten, Mareili täte es nicht. Wenn dann die Leute wissen wollten, wer das Mareili sei, das da regiere, so erzählte die Mutter mit Andacht von dem bsonderbaren

Kinde, welches nicht sei wie die Andern, sondern wie sie noch keines gesehen, darum es ihr auch so großen Kummer mache, dieweil sie gehört, solche Kinder lebten nicht lange. Dann bettelten die Kinder dies und jenes der Mama ab für Mareili und ließen ihm Botschaft werden, das nächste Mal solle es die Mutter begleiten, sie möchten es auch einmal sehen. Kam die Mutter am Abend heim, mußte sie die Geschichte des Tages erzählen, die Häuser beschreiben, in denen sie gewesen, und wiederholen, was die Leute gesagt, so daß die Kinder ganz genau bekannt wurden mit den Kunden der Mutter. Wenn sie die Botschaft an Mareili ausrichtete, so freute dieses Mareili, die andern Kinder nicht weniger, und keins fragte: Lassen sie mich nicht auch grüßen, soll ich nicht auch zu ihnen kommen? Es war ihnen, als verstände es sich von selbst, daß dieses nur Mareili gelte, welches dann aber auch den bessern Teil der Geschenke an sie gelangen ließ. Die Mutter zu begleiten, weigerte es sich lange, es ging lieber zu seinen bekannten Erdbeeristüdeli als zu den unbekannten Menschen.

«Einmal hatte es hart geregnet bis in den Vormittag hinein, Erdbeeren konnte man nicht gwinnen, wollte man nicht die Stüdeli verderben, die Beeren vercharen. Die Mutter wollte einige Körbchen vertragen, nur in kleinerm Kreise; da endlich ließ Mareili sich bewegen, sie einmal zu begleiten. Wie ein junges Reh, welches aus dem Walde ins offene Feld setzt mit gespitzten Ohren und aufgesperrten Augen, so trippelte Mareili in die Welt hinaus. Als es an der Mutter Schürze und hinter derselben halb verborgen zum Hause des ersten Kunden kam, ertönte alsbald durchs ganze Haus das Geschrei: Ds Mareili ist da, ds Erdbeerimareili! Und von diesem Tage an hieß es das Erdbeerimareili bis auf den heutigen Tag. Damals war es ungefähr acht Jahre alt und soll ein schönes Kind gewesen sein mit dunkelblauen Augen, halb scheu, halb wild, länglichtem Gesicht, verschlossenem Munde, blondhaarig und schweigsam. Mit weit offenen Augen sah es bald an die Menschen, die um ihns sich sammelten, bald zu der Mutter auf. Auf die ungezählten Fragen antwortete es nur, durch die Mutter gestoßen, lächelte und dankte für Guttaten, welche man ihm erwies, reichte langsam das Händchen, wenn man es verlangte, antwortete den Kindern auf ihr so freundliches Gerede mit freundlichen Blicken.

«Ähnliches wiederholte sich in den meisten Häusern, an einigen Orten machte man über das Mareili laut Bemerkungen, als ob es taubstumm sei, hie und da freilich quasi welsch, das aber doch fast so verständlich wie deutsch klang. Es wurde dem Kind nach und nach unheimlich, angst, es erwildete und zog nach heim, keine Geschenke und Versprechen hielten es mehr. Es wäre der Mutter ausgerissen, wenn sie nicht den Rückweg eingeschlagen hätte. O Mutter, ists noch weit bis heim, o Mutter, sind wir nicht verirret? jammerte es in einem fort. Es beruhigte sich erst, als sie ihr Häuschen sahen; denn bis dahin hatte es nicht einmal glauben wollen, daß sie wirklich im Tschaggeneigraben wanderten. Sie hatten einen reichen Erntetag gehabt. Mareili hatte große Freude, mit dem Besten seine Geschwister glücklich zu machen, und doch wollte Mareili nicht mehr mit der Mutter gehen: Mag das Gred und Gstürm nicht mehr hören und das Weltschen nicht; oh, Erdbeeren ist viel schöner, sagte es. Umsonst frugen seine Geschwister: Mareili, willst nicht noch einmal gehen?, umsonst ließ man ihm von allen Seiten anbieten, man hätte etwas für ihns, es solle es holen. Mag nicht, sagte Erdbeerimareili, und dabei blieb es.

«Als im folgenden Sommer die Erdbeerifrau sich wieder zeigte, hatte sie eine schwarze Schürze um. Dessen erschraken alle Leute und frugen, ob das Erdbeerimareili gestorben. Aber es war nicht Mareili, sondern Bäbeli, das gestorben. Dann entrann den Leuten wohl: He nu, gottlob! So machts denn nichts. Aber so war es doch der Mutter nicht. Bäbeli war ihr auch lieb gewesen, sie wußte viel von ihm zu rühmen, wie die Kinder sich lieb gehabt, wie Mareili ihm abgewartet und sich fast nicht habe wollen trösten lassen. Erst als die Erdbeeren reiften, wurde es wieder munter und fleißigte sich doppelt, damit die Mutter nicht weniger verkaufen könnte.

«Und es schien, als hätten die Erdbeeren den gleichen Sinn, als wollten sie ihrem Mareili zu seinem Vorhaben helfen, denn nie blühten sie schöner und dauerten länger als in diesem Jahr. Die Frau brachte ihre Finanzen in Stand, tilgte die Rückstände, plagte die Nachbaren nicht, konnte den Hauszins zahlen ohne Hülfe der Gemeinde. Das brachte die Frau in Respekt, denn Fleiß, Sparsamkeit und niemand zur Last Fallen galten von jeher viel im Bernerland. Marei, sagten die Nachbarn, Marei, wenn es alle so machten wie du, die Gemeinde wäre weniger geplagt mit Armen. Wenn eine begehrt, etwas zu verdienen, so ist noch immer etwas zu machen, der alte Gott und gute Leute leben immer noch, und die Kirschbäume blühen alle Jahre. Wenn du was mangelst, so sprich zu, es soll nicht Nein sein, wenn wirs einmal haben. Es ist dann doch nicht, daß wir die wüstesten Hüng syge, aber dLüt müesse auch darnach tun. Das sei guter Bescheid, sagte dann Marei, es danke dafür, aber solange es ihm möglich sei, plage es lieber niemand. Daß es ihnen ernst sei, hatten die Nachbarn erzeigt, als das Kind krank war, gingen ihm zum Doktor, brachten, was sie gut glaubten, was dann freilich nicht immer das Beste war.

«Es schien, als habe der Tod eine besondere Freude an Mareis Kindern, denn im nächsten Winter erschien er wieder und holte Mareilis Brüderchen ab. Da war ein großer Schmerz in der Hütte, Mutter und Mareili konnten ihn kaum verwinden; zuweilen hörte man ein leises Weinen, sonst war es stille bei ihnen wie im Grabe. Die Mutter kostete ihr bitteres Leiden, sie mochte wollen oder nicht; fort und fort schluckte sie an dieser bittern Arznei, dachte an die Zukunft, was alles ihr noch warte, ob sie das Bitterste noch erleben müsse. Mareili lebte ein seltsam Leben, bald im Himmel, bald auf Erden, beide waren eins und eng verflochten ineinander. Es dachte an seine Erdbeeren in Weid und Wald im Tschaggeneigraben, an sein Schwesterchen, sein Brüderchen im Himmel, ob sie dort oben wohl auch einen Erdbeeriberg hätten, und wie groß und schön wohl die Beeren wären. Ach, und vielleicht sei kein Winter da oben, sondern Sonne alle Tage und reife Erdbeeren das ganze Jahr durch und nie Schnee und Frost! Wenn doch einmal Schwesterchen und Brüderchen kämen und ihns berichteten, wie es da oben sei, wie schön das Leben und wie groß die Erdbeeren! Wenn sie doch einmal zu ihm kämen, wenn es oben im Wald alleine sei; wenn doch einmal in den Erdbeeristüdelene Schwesterchen und Brüderchen säßen, zwei weiße Engelein, grüßten es freundlich und erzählten ihm von dem Wohnen im Himmel und wie lieb der liebe Gott sie hätte, brächten ihm viel Beeren mit von oben und Krättchen und Körbchen für ihns und für die Mutter! Wenn in den langen Abenden die Lampe schläfrig wurde und düster, die Mutter emsig das Rad trieb, der Wind mächtig ums Häuschen rauschte, da gab Mareili seinen Träumen Worte, begann leise zu reden von den Engeln und zu fragen, ob sie noch auf die Erde kämen, ob wohl, wenn man recht fleißig sei und fromm und man dem lieben Gott so recht anhielte, man einen Engel sehen könnte, und wenn es und die Mutter recht beteten, er wohl Schwesterchen und Brüderchen erlauben würde, ihnen zu erscheinen und mit ihnen zu reden?

«Die Mutter erschrak über solche Gedanken und wehrte

ihnen. Sie glaubte, man könnte damit sich versündigen, die Kindlein an der Ruhe stören, daß sie wiederkommen müßten. Und denk doch, Mareili, sagte sie, was die Leute sagen würden, wenn sie wiederkämen! Sie würden ja meinen, die Kinder hätten sich so schwer versündigt, daß sie nicht an die Ruhe könnten. Zugleich machte es sie traurig, denn sie hielt solche Reden für Vorboten des nahen Todes. Kinder, die viel von Engeln sprächen, würden bald auch solche, und Kinder, welche viel vom Himmel redeten, fühlten wohl, daß Gott sie bald holen lasse in den Himmel. Sie hatte schwere Angst, der dritte Winter koste sie das dritte und letzte Kind. Du mußt nicht von solchen Sachen reden, sagte sie, der liebe Gott hat es ungern, und du könntest dich versündigen; und um Mareilis Gedanken abzuwenden, erzählte sie ihm dann Gespenstergeschichten von graulicher Art, daß sie Beide schlotterten wie Espenlaub und vor Schlottern kaum zu Bette konnten.

«Die Mutter konnte Mareili wohl das Reden wehren, aber nicht das Denken. Die Bilder der Seele gestalteten sich um so lebendiger, es gestaltete sich in ihm ein fast zusammenhängendes Leben mit den Gestorbenen; lange, lange Gespräche führte es mit ihnen. Immer ungeduldiger ward es im engen Stübchen, sehnte sich immer mehr nach dem Warmen der Sonne, daß sie den Schnee ihm vertreibe und die Blümlein wieder wecke in der Erde Schoß. Die Mutter dagegen freute sich nicht darauf, es machte ihr angst. Es bangte ihr, das Kind so alleine gehen zu lassen in die Wildnis; sie versuchte, ihre eigene Angst dem Kinde einzuimpfen. Sie stellte ihm vor, wenn es sich verirren würde, die Hütte nicht mehr fände und elendiglich verhungern müßte im Walde. Mareili sagte: Ich verirre mich nicht, ich wußte värn und vorvärn den Weg immer am besten und verirrte nie, warum sollte ich jetzt noch verirren? Ja, wenn du verhexet würdest? sagte die

Mutter; man hat Beispiele, daß man in bekannten Wäldern so verhext wurde, daß man nie mehr den Ausgang fand. Aber Mutter, warum wurden wir värn und vorvärn nicht verhext? Es sollte doch den Hexen mehr der wert gewesen sein, Drei zu verhexen als nur eins, und was hätten wir wehren wollen? Ja, aber es könnte was anders geschehen; denk, es gibt Drachen im Walde, böse Tiere, welche die Kinder fressen, und Berggeister, welche Kinder stehlen und sie in unterirdische Höhlen führen, wo sie Sonne, Mond und Sterne nie mehr sehen, sagte die Mutter. Aber Mutter, sie hätten uns ja värn und vorvärn auch stehlen können, sagte Mareili, und haben es doch nicht getan. Es wäre an einmal zu viel, sagte die Mutter, und willst du dann deiner eigenen Mutter nicht mehr glauben? Ei, aber Mareili, das duret mich, habe doch geglaubt, du seiest nicht wie die andern wüsten Kinder, welche Vater und Mutter nichts mehr glauben wollen, und machst es mir jetzt so! Mutter, ich will dir alles glauben, wenn du mich willst erdbeeren lassen; sonst will ich sterben, dann kann ich zu Brüderchen und Schwesterchen und kann mit ihnen erdbeeren, wo keine Unghürer sind und alle Tage Sommer. Aber Mareili, rede nit von Sterben, könntest dich versündigen; wollen ja erdbeeren wie sonst, aber mußt mir nicht mehr so reden, sagte die Mutter.

«Auch dieser Winter verrann, und alle Tage mächtiger zog die Sonne das Kind an die warme Halde, wo die ersten Erdbeeren blühten und reiften. Die Mutter konnte es nicht mehr halten und ging mit ihm, las aber, weil es sich für eine arme Frau nicht schickt, müßig spazieren zu gehen, Holz auf und brach Reckholderschützlig ab. Sie mußte sich wirklich wundern, wie Mareili überall Bescheid wußte im weiten Walde, jede Tanne kannte, immer zum voraus sagen konnte, was kommen werde, ein Bach, die größte Tanne oder die, welche der Blitz gespalten. Und als sie an die Sonnseite kamen, wo schon alles lebendig war, zeigte es ihr das frühste Erdbeeristüdeli und fand zu seiner großen Freude schon Blüten dran. Mutter, dort war ein Amselnest, ist wohl wieder eins da? Richtig saß unter dem Tannbuschli brütend die Amsel und floh überrascht diesmal weg, doch nicht weit. Auch die bekannte Häsin sprang auf, setzte über einige Stauden weg, dann auf die Hinterbeine und sah sich verwundert um, als wenn sie sich vergwissern wollte, obs das Mareili sei oder jemand anders; des verwunderte sich die Mutter sehr, es wollte ihr aber fast vorkommen, als ob dies nicht natürliche Tiere seien, sondern verzauberte, es ward ihr anfangs unheimlich dabei. Sie begleitete anfangs das Kind beim Beeren und gewöhnte sich an die bezauberten Hasen und andere Vögel, daß sie ihr ganz natürlich vorkamen. Nach und nach aber ließ sie Mareili alleine gehen, denn sie sollte pflanzen und verdienen; die Krankheit der Kinder hatte sie zurückgebracht. Wo der Verdienst nur kreuzerweise eingeht, da wird jeder Kreuzer, der nicht eingeht, und jeder Kreuzer, der unerwartet ausgeht, schwer empfunden, hinterläßt Nachwehen.

«Mareili wußte dies wohl, kannte beim Kreuzer Schulden und Vermögen der Mutter. Je kleiner die Hütte ist, desto kleiner werden die gegenseitigen Geheimnisse; wo Hühner und Menschen in einem Stübchen wohnen, kann eins vor dem Andern nicht viel verbergen. Mareili hatte diesmal Mühe, die Erdbeeren so recht reifen zu lassen, und jeder trübe Tag war eine Prüfung Gottes; die Mutter hatte um so länger kein Geld und es doch so nötig. Endlich bleibt nicht ewig aus, endlich wars erlebt, das Gwinnen begann, aber jetzt nur noch mit zwei Händchen zumeist statt mit sechs, und die Mutter hatte mehr Geld nötig als nie. Zudem schien es kein Erdbeerijahr werden zu wollen, es regnete viel und war nicht heiß. Kornjahre und Weinjahre kennt man, nicht bloß jedes Kind weiß, was sie zu bedeuten haben, sondern sie haben große Bedeutung in der Weltgeschichte. Von Erdbeerijahren redet kein Mensch, kein Geschichtschreiber zeichnet sie auf, und doch haben sie große Bedeutung für arme Kinder und arme Weibchen. Nun, das wird eben daher kommen, daß die Geschichtschreiber sich mehr kümmern um Weinherren und Kornwucherer als um arme Kinder und arme Weiber.

«Mareili wollte mit Fleiß ersetzen, hatte weder Ruhe noch Rast, war früh und spät, daß die Mutter oft die Hände über dem Kopfe zusammenschlug über den Segen, den es heimbrachte. Da ward noch dazu das Wetter beständig, die Sonne heiß; alles wollte auf einmal reif werden, Mareili wußte gar nicht, wie wehren. Begreiflich ward das Kind bei der verdoppelten Anstrengung sehr müde. Wenn es des Morgens erwachte, waren ihm die Glieder wie angeleimt im Bette, daß es sie kaum heben und bewegen konnte. Die Mutter mahnte oft zur Ruhe oder einen Tag daheim zu bleiben, aber Mareili wollte nicht, und ließ sie es eines Morgens ausschlafen und weckte es nicht, weinte es so bitterlich und ward böse über die Mutter, daß sie es nicht mehr tat; Mareili wollte nichts versäumen, Mareili wollte immer zu rechter Zeit auf dem Platze sein. Brüderchen und Schwesterchen wüßten, dachte es, um welche Zeit sie sonst das Gwinnen angefangen; wenn sie nun einmal zu der gleichen Zeit kämen und es wäre nicht da und es käme nun nicht, so könnten sie ja meinen, es sei nicht mehr da, käme nicht wieder, könnten dann gehen und nie mehr kommen. Mareili träumte im Stillen nur von diesem Erscheinen, aber es ließ es die Mutter nicht merken, weil es sie betrübte im Gemüte. Alle Morgen, wenn es durch den Wald ging, war es gefaßt auf eine Erscheinung hinter den Bäumen hervor, oder es finde sie sitzen an der Halde mitten in den Erdbeeren, oder wenn es beim

Gwinnen aufstehe, stünden sie plötzlich vor ihm in weißen Engelskleidern.

«Wie oft es vergeblich träumte, es träumte doch am folgenden Morgen das Gleiche wieder; es war auch eine von den Hoffnungen, welche alle Tage neu werden. Oft ging es den ganzen Tag nicht heim, wenn es an entfernten Orten beerte. Dann geschah es wohl, daß wenn die Sonne mitten am Himmel stand, es heiß ward auf Erden und es am Schatten sein Stücklein Brot verzehrte und aus einem Krüglein einen Tropfen Milch dazu, Meister Schläflein kam, sich in Mareilis Augen ein Nestlein baute, die Vorhänge fallen ließ, um süß zu schlummern im Dunkeln. Es wehrte sich wohl dagegen, und wenn es aufwachte und merkte, was geschehen war, hatte es es ungern; aber Meister Schläflein ist ein gar mächtiger Mann, kann schlafen, wo er will, Könige zwinget er, geschweige denn Kinder.

«Eines Tages war sein Suchen besonders gesegnet. An ein neu Plätzlein war es gekommen, wo es noch nie gewesen und sonst noch niemand; so dicht, groß und dunkelrot hatte es die Beeren noch nie stehen sehen. Um Mittag aber ward es gar grimmig heiß, aber fast ein ganzes Tagewerk hatte es schon vollendet. So setzte es sich mit ruhigem Gewissen an Schatten, aß sein Brot, und als auch diesmal Vetter Schläfli kam, wehrte es sich nicht so nötlich und ließ ihn machen. Alsbald träumte es wieder. Es wußte, die Engelein waren da, aber es sah sie nicht, es hörte sie nicht; es wollte sie suchen, aber es konnte nicht, seine Glieder waren gebunden. Plötzlich hörte es eine Stimme dicht über sich wie vom Himmel herab; es fuhr auf, und vor ihm stund ein Engel und beugte sich über ihns. Ein wunderschöner Engel wars mit dunkeln Augen und dunkelm Haar, von hoher Gestalt, mit weißen Kleidern angetan. Leise den Kopf zur Seite geneigt und das ganze Gesicht voll Liebe, sprach der Engel zum

Kinde gar hold und weich, aber das erschrockene Kind verstund ihn lange nicht. Es war nicht das Brüderchen, nicht das Schwesterchen, der Engel war viel größer und schöner, blickte so lieblich aus seinen dunkeln Augen und doch mit wunderbarer Kraft, als vermöge er die Seele zu ziehen aus dem Körper des Menschen, als sei er der Engel, der umgehe auf Erden, die schönsten Seelen zu sammeln und dem Vater sie zuzuführen. Endlich verstund Mareili, wie er ihm zusprach, nicht erschrocken zu sein, ihns liebes, liebes Kind hieß, sonst viele holde Worte ihm sagte, endlich nach den Erdbeeren ihns fragte, ob es wohl geben wollte von den prächtigen, die da in Krättchen neben ihm stunden. Mareili sah mit offenen Augen den Engel an, aber reden, antworten konnte es nicht; es nickte bloß, es reichte ihm die schönsten, und als der Engel davon aß, glänzte sein Gesicht auf wie das Gesicht eines Engeleins, und als der Engel fragte, ob er das ganz große Krättchen haben könnte, nickte Mareili noch freudiger und faltete die Hände, als ob es beten wollte. Da küßte der Engel das Kind auf die Stirne, gab ihm ein glänzend Silberstück, ging in die Bäume, sah noch einmal eilend sich um, und wie schöne Sterne glänzten seine Augen; da verschwand er.

«Jetzt hatte Mareili einen Engel gesehen, es war nicht Brüderchen, es war nicht Schwesterchen, aber ein Engel wars gewesen. Erstaunt hörte die Mutter Mareilis Bericht, aus dem sie lange nichts machen konnte, da die Worte wirr durcheinanderflogen wie ab einem Kirschbaume die Blüten, wenn der Wind dareinfährt. Endlich sagte die Mutter, es sei ein Traum gewesen und anders nicht. Da zeigte Mareili das Silberstück; da wußte sie nicht, was sie sagen wollte, der Verstand stund ihr lange still. Endlich ging er wieder, und sie sagte, sie hätte eigentlich nie gehört, daß die Engel Geld hätten; nach den schönen weißen Kleidern sei das eine vornehme Herrenfrau oder Herrentochter gewesen, die hätten solche Kleider und schönes Geld. Aber Mareili meinte, es wüßte nicht, warum die Engel nicht Geld haben könnten; Gott könne ihnen ja geben, was er gut finde, und wenn er den Menschen so viel Geld gebe, so könne er den Engeln ja noch viel mehr geben. Es beschrieb die Erscheinung noch viel englischer und herrlicher, daß die Mutter wirklich nichts mehr zu entgegnen wußte und halb und halb sich in den Glauben des Kindes gefangen gab, besonders als alle Nachbarn sich auf die Seite des Kindes stellten. Wie wollte doch eine vornehme Herrenfrau oder Herrentochter dahin gekommen sein, sagten sie, von einem Engel hergegen wird man es wohl begreifen.

«Eines kränkte Mareili. Es hatte dem Engel nichts gesagt, ihn nicht gefragt nach Brüderchen und Schwesterchen, ihm nicht Grüße an sie aufgetragen, ihn nicht gefragt, ob auch ein Erdbeerenberg im Himmel sei und wie schön die Beeren daselbst würden. Sein Trost war, er werde wiederkommen. Dann wollte es ihn aber auch zur Mutter führen, damit die auch einmal einen Engel sehe und künftig ihm glaube, wenn noch mehrere zu ihm kommen. Aber der Engel kam nicht wieder, und andere kamen auch nicht. Umsonst setzte es sich, so oft es sich tun ließ, um Mittagszeit ans gleiche Ort; dann kam Vetter Schläfli, kamen Träume, aber nie weckte ihns wieder eines Engels Stimme, nie stand, wenn es die Augen aufschlug, ein Engel da. Darum verklärte sich der Engel in Mareilis Gedanken immer herrlicher, und der Glaube, daß es wirklich ein Engel gewesen, wurde alle Tage fester. Wäre es kein Engel gewesen, so wäre er wiedergekommen, sagte man.

«Je mehr der Glaube an den Engel sich festsetzte, desto mehr wuchs der Mutter der Kummer, der weiße Engel bedeute den Tod, daß dieser das dritte Kind im dritten Winter holen werde. Was wollte er anders bedeuten! sagte sie. Der dritte Winter kam mit großer Angst und vielem Bangen, aber gottlob ohne Tod. Mareili war auch nicht ein einzigmal krank, und als der Frühling kam, war es selbst das schönste Erdbeeri in Wald und Weid.

«So lebten sie fort Jahr um Jahr in glücklicher Gleichförmigkeit, von Gott gesegnet. Der Segen war freilich nur klein. Güter der Welt gewannen sie nicht, aber es genügte ihnen, machte sie glücklich, und was will man mehr! Was änderte, war, daß Mareili alle Jahre größer und stärker wurde, die Mutter älter und schwächer; die Gliedersucht war es, welche sie hauptsächlich plagte. Das Gehen ward ihr beschwerlich; wenn es anderes Wetter geben wollte, konnte sie die Beine fast nicht mehr vorwärts bringen. Mareili mußte sich daher nach und nach auch ans Vertragen gewöhnen. Es gewöhnte sich aber schwer daran, es ward ihm unheimlich draußen in der weiten Welt unter den vielen Menschen. Die langen und breiten Straßen langweilten ihns unendlich. Es erzeigte es aber der Mutter so wenig als möglich, damit sie sich nicht über ihre Kräfte anstrenge, um selbst zu gehen.

«Der Eintritt Mareilis in die Welt erregte Aufsehen und Freude bei der Kundschaft, die sich durch ihns noch vergrößerte. Mareilis Wesen hatte etwas Eigenes, fast möchte man sagen Vornehmes, trotzdem daß es barfuß ging. Es war kurz in seinen Worten, aber freundlich, hielt feste Preise, hielt sich höchst selten an einem Orte länger auf, als es sein mußte, wie gerne man auch mit ihm geplaudert hätte, und wenn ein Herr, besonders ein junger, ihm was sagen wollte, so lief es davon wie ein Reh, das einen Hund anschlagen hörte. Es brachte in seinen Absatz nach und nach eine Art System und zwar nach Sympathie und Antipathie. Es entdeckte nach und nach etwas, welches vielen Leuten verborgen bleibt, denn Mareili hatte nur dünne Haut, der meisten

Leute ihre ist dagegen mit Sohlleder gefüttert. Es fühlte, daß ihm aus jeder Haustüre ein eigener Geist entgegenwehe und an jeder Türe ein anderer, und zwar an den meisten Orten stetig der gleiche, nur, wie auch der Wind geht schärfer oder leiser, ein milder, freundlicher, ein roher, hochmütiger, ein geiziger oder mildtätiger, ein teilnehmender, ein harter, ein lustiger oder ein lüsterner, ein nobler oder ein gemeiner, kniffsüchtiger.

«Es war ihm schon ums Haus herum, als fühle es diesen Geist, und selten täuschte es sich. Er kam ihm aus der Haustüre entgegen, es nahm ihn war, je nachdem man ihns warten oder nicht warten ließ, ihm auf seinen Gruß dankte, die Körbchen ihm abnahm, die Ware beurteilte, marktete, das Geld brachte und was für Geld. Je nachdem der Geist war, je nachdem wurde ihm das Haus lieb oder widerlich. Es gab Häuser, vor welchen es floh, als sei die Pest darin, vor die man ihns mit keinem Lieb gebracht hätte. Oh, wenn die Leute so gierig nach einem Körbchen haschten, mit den Fingern darin herumfuhren, die schönsten Beeren hervorgrübelten, alles verchareten, von einem Körbchen zum anderen fuhren, ein Mensch nach dem andern zum Versuchen kam, alles beschnüffelten, verhergeten, verblitzgeten und am Ende nichts kauften oder für einen Batzen oder zwei und kaltblütig ihns laufen ließen mit seinen entehrten Körbchen, die es vor keines Menschen Augen mehr abdecken mochte, wie ihm da das Herz blutete, wie es da das Haus floh für immer, als hausten darin Hunger, Pestilenz und Krieg und die übrigen bösen Geister alle! Es hatte verschiedene Striche, welche es besuchte, und in jedem Striche Häuser, welche höher oder tiefer standen in seiner Gunst, je nach dem Geiste, der darin wehte. Darnach ordnete Mareili auch seine Erdbeeren und seine Wege. Es mußte nicht zu machen sein, so spielte es einem Lieblingshaus, wo man es freundlich begrüßte, billig behandelte, namentlich die Kinder manierlich taten, gute Worte ihm gaben, das schönste Krättchen zu, daß alle hell aufjauchzten, die Hände über dem Kopf zusammenschlugen über die prächtigen Beeren und dringlichst ihns hießen bald wiederkommen. Mit der abnehmenden Gunst nahmen auch die Erdbeeren ab an Größe und Schönheit oder waren allesamt mittelgut, doch immerhin so gut, als irgend ein Erdbeerimeitschi sie im Lande herumtrug. In der Regel kam es glücklich seinem Vorrat ab, und blieb ihm zuweilen auch ein Krättchen oder Körbchen übrig, he nun, so machten sie einen Erdbeeristurm und lebten auch wohl daran.

«Dann gab es in jedem Sommer einige unglückliche Tage, wo nichts ihm ging, wie es wollte, sondern immer das Gegenteil, wo es ihm schien, als sei es verkauft und verraten oder gar verhext. Die schönsten Erdbeeren wurden ihm weggeschnappt, es wußte nicht wie, die besten Kunden traf es nicht an; hier war man schon versorgt, dort laxierte man und konnte Erdbeeren nicht brauchen. Dann mußte es die Tour erweitern, an neue Häuser klopfen, das tat es äußerst ungern. Zu jedem neuen Hause ging es mit Schrecken, es wußte nicht, welch Geist ihm aus dem Hause entgegenkommen, was für ein Hund vor dem Hause bellen werde. Vor solchen Häusern, wo man ihns nicht kannte, ging es ihm selten gut; es wurde grob behandelt, grob abgefertigt, manchmal durch eine Stimme aus irgend einem Loche her, es wußte nicht, ob über oder unter der Erde.

«Nun war es an Mareili, Bericht aus der Welt zu bringen, der Mutter seine Erlebnisse mitzuteilen. Solche Berichte waren das Labsal der Mutter, aber die Hauptsache blieb ihr immer, wer nach ihr gefragt, ob man an die Erdbeerifrau noch denke. Man ist nicht gern vergessen schon bei Lebzeiten, man lebt gerne lange, und wenn man auch sterben muß, möchte man doch gerne noch lange leben nach dem Tode.

Es ist kaum ein Bettelmannli auf Erden, welches nicht an dem Gedanken wohllebt: Was wird man sagen, wenn ich nicht wiederkomme. Man wird noch oft an mich denken. Und ach, wenn die Menschen drei Wochen nach ihrem Tode gucken könnten aus irgend einem Himmelsfenster in die hinterlassenen Häuser und die hinterlassenen Herzen hinein, es würde den meisten übel gschmuecht werden, trotzdem daß sie im Himmel wären. Ja und wenn die Menschen drei Wochen nach ihrem Tode wiederkommen könnten auf Erden, so würde es den meisten betrübten Hinterlassenen übel werden, daß sie meinten, sie müßten sterben; ja, da würde es auch wahr, daß der zweite Schmerz größer wäre als der erste.

«War es möglich, so zwängte die gute Frau alle Jahre ihre schweren Beine noch einmal in die Welt hinaus den Kunden nach, um sich persönlich zu überzeugen, wie lieb die Leute sie noch hätten und noch lange nicht vergessen. Und wenn sie dabei von weitem ein Tönchen aufgabeln konnte, als hätten die Leute sie noch lieber als Mareili, als hätte sie ihre Sache doch noch besser gemacht, so war sie überglücklich. Das war dann auch das Erste, was sie Mareili berichtete, und wie sie glaube, sie hätte noch das größere Zutrauen und brächte eine größere Losung zweg. Mareili gönnte diese Freude der Mutter von Herzen, und in demselben war keine Spur von Eifersucht. Hatte es ja doch auch seine eigenen Freuden, welche die Mutter nicht kannte. Hatte es doch so innige Freude an den Erdbeeren, nicht bloß um der Losung, sondern um ihrer selbst willen, weil sie ihm so lieb waren. Hatte es sein ganzes inneres Leben mit all seinen Träumen, wo doch der von dem schönen weißen Engel ihm einer der liebsten blieb und die Hoffnung, es werde ihn doch noch einmal wiedersehen. Das gute Kind lebte am liebsten in der wunderbaren, dunkeln Welt, die jenseits unsrer Sonne liegt, nach welcher seit Jahrtausenden die Gelehrten ausziehen mit Fackeln, Stangen und Spießen, sie zu erobern, und wenn sie dann lange mit ihren Stangen und Spießen im Nebel herumgeguselt vergeblich, sie nie an ihren Spieß gekriegt, ihr Dasein in Abrede stellen und der Welt klar demonstrieren, es existiere keine solche unsichtbare Welt, weil, wenn eine wäre, sie dieselbe hätten an ihren Spieß kriegen müssen, nun hätten sie aber keine dran gekriegt, ergo sei auch keine. Nun existieren aber, Gott sei Lob und Dank, gar viele Dinge, welche Gelehrte und Weise dieser Welt nie und nimmer kriegen an ihren Spieß, dieweil sie trotz aller Weisheit nie fassen und begreifen werden, was als Himmelsgabe kindlichen Gemütern gegeben ist und über allen Verstand der Verständigen geht, kein Chemiker es mit seiner subtilen Wage wägen, mit irgend einem Stoffe fassen, zersetzen oder binden kann.

«Je verständiger und sinniger Mareili sein Tagewerk betrieb und Ordnung in dessen Verlauf brachte, desto eifriger trachtete es darnach, ein bestimmtes Kennzeichen sich zu merken, ob ein Tag glücklich oder unglücklich ablaufen werde. Wie viel konnte es sich ersparen, wenn es an unglücklichen Tagen nicht hinausging in die Welt, wo es nichts fand als Verdruß und Mühe! Aber es ging ihm sonderbar. Glaubte es eins entdeckt zu haben, weil es einigemal eingetroffen, und wollte darauf abstellen, so fehlte es das nächste Mal gänzlich, es ging ganz das Widerspiel. Es achtete sich auf die Träume der Nacht, des Beines, welches zuerst aus dem Bette kam, des ersten Vogelschreis, des ersten begegnenden Menschen, des Stolperns und Nichtstolperns, und alle Zeichen waren gut, und alle Zeichen täuschten, und kehrum glaubte Mareili an jedes mit immer festerm Glauben. Zu einer Zeit, als eben sein Glauben auf Träume sich gestellt, hatte es immer und immer mit trübem, wüstem Wasser zu tun; es war in Todesängsten und Todesnöten.

«Mutter, sagte es am Morgen, heute habe ich einen bösen Tag, lauter Unglück und Verdruß; wenn es immer zu machen wäre, ich bliebe daheim, trübes Wasser ängstete und nötete mich gar zu grusam. Das ist bös, sagte die Mutter; gehst nicht, so charen die Erdbeeren, darfst sie nicht mehr vertragen, hast von zwei Tagen beisammen, was wir Beide gwinnen mochten, und es gab so wohl. Weiß es wohl, Mutter, antwortete Mareili, sagte ja bloß, wenn es zu machen wäre. Will es in Gottes Namen probieren, mich grusam in acht nehmen; z'töte wird es ja nicht gehen. Mareili ging.

«Die erste Person, welche ihm begegnete, war eine alte, böse Frau, welche im Rufe stand, sie könne mehr als Brot essen, sie könne hexen. Es ist doch gut, sagte Mareili, halte ich nicht mehr alles auf der Sache, die hätte mich sonst können zurücktreiben. Als es dahin kam, wo der Tschaggeneigraben ins weite Land sich mündete, käderten ein ganzes Regiment Ägersten gar mörderlich. Alle Bäume waren voll, es war, als ob sie eigens wegen Mareili hier eine Versammlung angestellt hätten. Das stellte Mareili. Soll ich, oder soll ich nicht? sagte es. Auf dem Vogelgeschrei halte ich noch am meisten; aber es trifft ja alles zusammen, das muß etwas zu bedeuten haben, viel Böses allweg. Aber i Gotts Name, sei das jetzt, wie es wolle, es muß gegangen sein. Ich will brav beten, es ist doch am Ende der liebe Gott der Meister, und dÄgerste werde nit alles könne zwänge, und am Ende, was sy soll, mueß ja sy.

«Indessen, mit dem Mißgeschick schien es denn doch ernst zu sein, es ging ihm alles verkehrt und wie verhexet. Im ersten Hause, für welches es seine schönsten Erdbeeren gebeizt, war niemand daheim als eine alte, böse Magd. Diese hatte Mareili schon lange auf dem Strich, mißgönnte ihm jedes gute Wort, jedes Geschenk, welches man ihm gab, als wenn es von ihrer Sache genommen wäre. Wie die jetzt glücklich war, als sie es einmal in Schußweite vor ihrem Maule hatte! Man brauche nichts, sagte sie. Es würde ihm auch besser anstehen, etwas zu arbeiten, als nur den faulen Hund zu machen, alle Tage den Leuten vor der Türe zu stehen. Das sei nicht viel anders als Betteln; wer bettle, stehle und mache sonst noch, was er könne, bsunders so große Meitscheni, pfy Tüfel! Vor dem Gsindel komme man selbst nicht mehr zur Arbeit, werde alle Augenblicke davongesprengt. Mareili bekam den Hals so voll, daß es nicht einmal fragen konnte, wann es wiederkommen solle, und ging weiter, fand in einem Hause die Leute, welche Erdbeeren aßen, krank, ein anderes Haus mit Erdbeeren so überfüllt, daß sie nicht alle brauchen konnten, an einem vierten Orte sagte man ihm trocken: Mangeln keine. Und als es sagte, es hätte doch so schöne, ließ man es einfach ohne Antwort stehen, bis es endlich ging. Das tat ihm so weh, man glaubt es nicht.

«Sein Herz ward ihm ganz schwer, sein Gemüt voll Elend, denn mit seinen Kunden stund es nicht bloß in einem Erdbeeriverkehr, sondern in einem gemütlichen, sie waren so gleichsam seine Freunde und Verwandte. Sein Elend half ihm nicht von den Erdbeeren, es mußte seinen Ring weiter schlagen, mußte zu neuen Häusern, sogar vor Wirtshäuser. Diese waren ihm in der Regel am meisten zuwider, da fiel es in die Hände der Köchinnen und Stubenmägde, die gar zu gerne schnöde und schnippisch mit den Leuten umgehen, besonders mit Erdbeerimeitscheni. Mareili fürchtete sie auch mehr als die großen Hunde vor den neuen Häusern, von denen es noch nicht wußte, aus welchem Ton sie bellen. So setzte es endlich wohl etwas Erdbeeren ab, doch langsam und mit Verdruß statt mit Freude. Wenn es vor dem Gschänden nicht einen so großen Grausen gehabt und die Erdbeeren dafür ihm nicht zu lieb gewesen wären, es hätte sie hinter einen Zaun geschüttet und wäre heimgelaufen. Da könne man sehen, dachte es, ob man sich der Zeichen achten soll. Wenn man doch nur den rechten Glauben hätte, könnte es einem nicht fehlen.

Bei einem Hause gab ihm endlich eine freundliche Frau Bescheid. Kann sie wäger nicht nehmen, Meitschi, sagte sie, ich täte es dir sonst gerne zu Gefallen, aber wir essen keine Erdbeeren, sie erkälten uns zu sehr. Aber weißt was, ungefähr eine Viertelstunde von hier ist ein großes Herrenhaus, haben immer viele Leute dort. Dorthin gehe; hast schöne, brauchst sie sicher. So weit war Mareili noch nie gegangen, so weit von Hause noch nie gewesen, noch nie in der Nacht ausgeblieben, schon so spät und noch so weit! Solche Angst um Absatz hatte es nie empfunden. In Gottes Namen, dachte es, eine Viertelstunde zwingt nicht alles; aber dann keinen Schritt weiter, sondern heim. Es war eine lange Viertelstunde. Maßleidig schleppte Mareili sie ab. Endlich merkte es an wohlgepflegten Baumgängen die Nähe des Herrenhauses. Mit Bangen betrat es sie, und dieses Bangen mehrte sich bei jedem Schritte. Es war so einsam in denselben, so seltsam knirschte der Kies unter seinen Tritten, so feierlich rauschte der Wind in den alten Bäumen; es kam ihm vor, als ginge es zu einem Zauberschlosse, von dem die Mutter ihm oft erzählt hatte, wo alles, was in dessen Nähe kam, verzaubert und verwandelt wurde in Pflanzen oder steinerne Säulen oder gebannt in Bäume oder Brunnen. Es trappte immer leiser ab, gerade wie wenn es des Morgens durchs Stübchen ging und die Mutter nicht wecken wollte. Plötzlich sah es seinen Engel neben sich stehn, weiß und schön wie vor Jahren, die mächtige Fee im Zauberschlosse, die alles verwandelte, was in ihre Nähe kam. Und Mareili versteinerte, starrte mit offenem Mund und Augen wie damals an der Erdbeerihalde die Erscheinung an. Der Engel sah das plötzliche, lautlose Erstarren des Mädchens, betrachtete es schärfer, länger mit seinen wunderbaren, tiefen Augen, rief dann freudig: Was, mys Erdbeeriengeli von den Bergen! Bists oder bists nicht, red, mys Kind, oder kannst nit, bist stumm, doch nicht? Gelt, du kannst reden? Und des Engels Macht, welche in seinen Augen war, löste den Bann, zog die Stimme aus der zusammengezogenen Brust, und das Erdbeeriengeli sagte endlich: Gottlob nit.

«Es ist ein selten Ding auf Erden, daß zwei Engel sich begegnen, sich jahrelang im Andenken bewahren und als Engel wieder finden – auf Erden. Der eine Engel war das Schloßfräulein, der andere das Erdbeerimareili. Das Erdbeerimareili war innig bewegt, seine Augen begannen zu strahlen in feuchtem, dunkelblauem Glanze; es freute sich seines Engels, aber still und innerlich. Des Schloßfräuleins Freude war lauter; so weit seine weiche Stimme reichte, sammelte es die Leute, stellte das Erdbeerimareili unter sie und erzählte, wie endlich das Erdbeeriengeli gefunden sei, von dem es ihnen so oft erzählt, wie es dasselbe gefunden, als sie auf ihren Berg gegangen, oben in einer Weide schlafend unter einer Haselstaude, dasselbe aufgeweckt und ihm Erdbeeren abgekauft und so reuig gewesen, daß es dasselbe so schnell verlassen, weil es gefürchtet, die übrige Gesellschaft nicht mehr zu finden. Das Kind habe ganz einem Engelein geglichen, aber nicht geredet, es wisse nicht, ob aus Furcht oder weil es stumm gewesen. Mareili mußte nun Auskunft geben, wer es sei. Es komme aus dem Tschaggeneigraben, man sage ihm nur das Erdbeerimareili, berichtete es. Da war wieder eine große Freude unter allen, denn alle hatten schon von dem Erdbeerimareili gehört, und das Fräulein sagte, es habe sich schon lange geärgert, daß dasselbe nicht zu ihnen komme, Aufträge gegeben, daß man es ihnen zuweise, aber keine Ahnung gehabt, daß das Engeli und das Mareili *ein* Wesen seien. Daß Mareili seinen Erdbeeren abkam und bewirtet wurde, versteht sich, und recht betrübt ward das Fräulein, als Mareili heimpressierte und für kein Lieb da über Nacht bleiben wollte, weil ds Müetti Angst hätte; und ein gut Meitschi macht, soviel an ihm, Müetti nie Angst. Es mußte versprechen, bald, bald wiederzukommen, und doch sah lange das Fräulein traurig ihm nach mit den Augen voll Liebe, als ob es schon oft erfahren, daß verschwunden und nicht wiedergekommen, was es geliebt, und wieder nun fürchte, es möchte die liebe Erscheinung auch schwinden und nicht wiederkommen.

«Von Mareili war alle Müdigkeit gewichen; es kam heim, als hätte es Räder unter seinen Füßen, als hätte die Freude ihm Flügel wachsen lassen. Einen Augenblick nur hatte es ihns betrübt, daß es nicht ein wirklicher Engel gewesen; des Fräuleins holdes Wesen hatte ihns bezaubert, jetzt war es glücklich, seinen Engel auf Erden zu haben in Menschengestalt. Jetzt sei es doch gut gewesen, dachte es, daß es den Weg unter die Füße genommen trotz trübem Wasser, alten Weibern und der Ägersten Gekreisch. Indessen hätten die doch allweg etwas zu bedeuten gehabt, einen ganzen Tag voll Verdruß und Unglück. Aber weil es das alles ausgehalten, sich in nichts versündigt, die Beeren nicht hinter den Zaun geworfen, sei am Ende doch alles gut gekommen, große Freude und Glück, welches es nie gehabt, wenn das Mißgeschick ihns nicht so weit getrieben. Und allweg hätte es nicht alles annehmen und aushalten können den ganzen Tag, wenn es nicht gemahnt worden wäre an Unglück und Verdruß und sich daraufhin hätte fassen können. Wie gute Eltern den Kindern gute Ermahnungen auf den Weg geben, daß sie sich in acht nehmen möchten vor allem Bösen und standhaft sein in allem Guten, so werde es auch Gott tun, wenn man ihn lieb habe. Darum sei gut, wenn man sich allem achte und denke, es komme von Gott.

«Die Mutter verstaunete ganz, als Mareili ihr berichtete, wie es ihm heute ergangen und wie es den Engel lebendig auf der Welt gefunden. Als sie aber vor Erstaunen zu sich selbsten kam, sagte sie alsbald: Habe ich es nicht von Anfang an gesagt, es sei kein Engel gewesen, sondern eine vornehme Herrenfrau oder Herrentochter? Daran, daß sie es von Anfang an gesagt und nur um Mareilis willen geschwiegen, lebte sie wenigstens ebenso wohl als am Engel selbst. Mareili gönnte und ließ der Mutter die Freude, recht gehabt zu haben, wie die Mutter ihm die Freude am Engel, und wo jedes dem Andern seine Freude gönnt, da ists schön, da ist Friede.

«Wo ein gefundener Engel in einen Lebenskreis trittet, da gibt es neues Leben begreiflich. Um ihn bewegten sich ihre Gespräche, er bildete den Mittelpunkt ihres Erdbeerilebens. Mit besonderem Geiste wurden für das Fräulein die schönsten Beeren gewonnen. Mareili kannte natürlich die Stellen, wo sie am schönsten und größten wuchsen; dort sammelte es, wenn es ins Schloß gehen wollte. Zweimal in der Woche geschah es anfänglich, bis die Beeren rarer wurden; das waren seine Festtage, sorgfältiger kleidete es sich, früher machte es sich auf den Weg, rascher ging es, es war ihm fast, wie wenn es an großen Feiertagen zur Kirche ging. Das Fräulein sah es fast allemal, fühlte die magnetische Kraft in den dunkeln Augen, die ihm das Herz bewegten, fast wie der Engel das Wasser im Teiche Bethesda, mit dem Unterschied jedoch, daß es Mareili nicht trüb ward im Herzen, sondern hell und licht, eine klare Freudenflamme loderte. Das Fräulein sprach, wenn immer tunlich, mit Mareili, freute sich seiner und war teilnehmend, doch etwas ungleich, freundlicher und ernster, milder und erregter. Mareili fühlte den Unterschied und betrübte sich darüber, doch nur um des Fräuleins willen, dachte nicht von ferne daran, den Grund dieser Verschiedenheit bei sich zu suchen. Das Fräulein war sein Engel geblieben, seine Erscheinung ihm jedesmal eine himmlische. War diese Erscheinung trüber, dunkler, so kümmerte es sich darüber, sah mit großer Liebe zu ihr auf und hätte fragen mögen, was fehle, ob es helfen könne.

«Und wenn es auch nur die Erscheinung hatte, sie ihm bloß von ferne zunickte und auch nicht nickte, so war Mareili zufrieden und dachte wohl darüber nach, was ihr weh tue oder Freude mache. Mareili dachte sich den lieben Gott auch von Empfindungen bewegt, traurig und vergnügt und hellauf, alles nach dem Tun der Menschen; wenn es dem lieben Gott so geht, warum sollte es einem Engel nicht auch so gehen, und zwar um so mehr, je ähnlicher er dem lieben Gott ist! Das betrübte Mareili sehr, wenn es das Fräulein gar nicht sah. Fragen durfte es nicht nach ihm. Es stellte sich dann alles Mögliche vor, dachte ihn auch verschwunden für ihns, war nicht eher wieder froh, bis es ihn wieder sah und dann gewöhnlich freundlicher als nie. Wann kommst wieder? frug das Fräulein, als es eben einmal so freundlich gewesen. Nicht mehr, sagte Mareili, und aus seinen großen Augen rollte Träne um Träne. Es waren heute die letzten. Das Fräulein erschrak selbst ob dieser Antwort. Was soll ich machen, wenn mein Erdbeerimareili nicht wieder kommt? sagte es. Aber warum weinst so? fragte das Fräulein. Hast dann nichts mehr zu verdienen? Aber ihr werdet wohl nicht alles gebraucht, sondern etwas zurückgelegt haben für den Winter? Es ist nicht wegen dem, schluchzte Mareili, aber ich habe grusam Längizyti!

«Liebes Kind, sagte das Fräulein, man muß sich an alles gewöhnen in der Welt und es nehmen, wie Gott es gibt. Es ist dir sicher gut, wenn du dich auch gewöhnst an das Daheimbleiben; es ist wohl langweiliger, das beständige Herumlaufen ist kurzweiliger, macht aber auch die Menschen leichtsinnig, und wer sich zu sehr an das Straßenleben gewöhnt, wird zu viel Gutem untauglich und nimmt selten ein gutes Ende. Es ging dem guten Fräulein, wie es manchem Prediger, berufenem und unberufenem, geht; sie zielen wohl gut und treffen richtig, aber nicht in die rechte Scheibe. Es ging dem Mareili tief ins Herz, daß das Fräulein meine, es hätte Anlagen zur Landstreicherin, aber es konnte es nicht sagen, sondern bloß denken oder fühlen, daß eine ganz andere Längizyti als die nach der Straße ihns plagen werde. Statt der Antwort rollten seine Tränen nur noch größer und dicker. Tröste dich, mein liebes Mareili, fuhr das Fräulein fort, sei diesen Winter recht fleißig, die Zeit geht schnell, ein anderer Sommer ist bald wieder da; dann kannst du wieder gehen den Erdbeeren und ihren Essern nach, und zu uns kommst du wieder und bringst die ersten, hörst du, daß du mir nicht fehlst!

«Da sah Mareili so eigen zu dem Fräulein auf, daß dasselbe seine weiße Hand auf dessen Kopf legte und zu ihm sagte: Und hörst, in sechs Wochen, achte dich dessen wohl ziehen wir in die Stadt, vorher kommst du noch einmal zu uns und frägst nur mir nach, hörst du wohl, und komm ohne Fehler. Da Mareili nichts darauf sagte, sondern ihns nur ansah, so fuhr es fort: Du bist ein wunderliches Kind, du mußt besser antworten lernen. Aber höre, kömmst du nicht, so kaufe ich dir auch keine Erdbeeren mehr ab. Das Fräulein war an ein ganz anderes Benehmen der Untergebenen gewöhnt, die wissen gewöhnlich mit Worten und Gebärden ganz anders auszudrücken, was sie angenehm und einträglich glauben. Gell, du kömmst, sagte das Fräulein, reichte Mareili die Hand und sah es an. Mareili brachte kaum ein Ja aus dem Weinen heraus. Es gspässigs Meitschi, sagte das Fräulein und sah ihm nach.

«Mareili fand sich zur anberaumten Zeit ein. Die dazwischenliegende Zeit war ihm eine Wüste gewesen ohne Baum, ohne Haus, ein unwirtlich Land, eine Nacht ohne Mond und Sterne. Wie der Tag nahte, wo es gehen wollte, da dämmerte es, tagete endlich. Das Fräulein beschenkte das Kind reichlich mit Winterkleidern für ihns und die Mutter; denn große Wohltätigkeit war Familiensitte, man gab viel und gern, man begriff, daß Geben seliger als Nehmen sei. Als Mareili wohl sich freute, sehr dankte, aber beim Fortgehen doch noch mehr weinte, da sagte das Fräulein wieder: Es gspässigs Meitschi, und sah ihm sinnend nach.

«Im folgenden Sommer knüpfte der Verkehr sich wieder an und hatte nichts an Innigkeit verloren, am wenigsten von Mareilis Seite; das Fräulein blieb sein Engel, dessen Erscheinung sein Herz mit Freuden füllte. Auch das Fräulein blieb bei seiner Teilnahme und Freundlichkeit, und nicht bloß wegen dem romantischen Anfang ihrer Bekanntschaft, wegen dem Interessanten, welches derselbe auf sie Beide warf, sondern es war ein seltsam Etwas, welches dasselbe an Mareili fesselte, von dem das Fräulein zwar immerfort sagte: Es gspässigs, es kurioses Meitschi! Es dankte viel weniger als Andere für Guttaten, es brauchte nie schöne Worte, einschmeichelnde Redensarten, aber es liebte die Hand, aus der sie kamen, von ganzem Herzen und ganzem Gemüte; das war das Gspässige in seinem Wesen, das so natürlich war und doch lange ein Rätsel blieb.

«Man fordert Dankbarkeit vom Armen, Ergebenheit, aber an die persönliche Liebe denkt man nicht, begreift sie darum nicht; man denkt gar nicht an die Möglichkeit, daß wo weit die Stände scheiden, die Herzen in wahrer Liebe, die ist eine persönliche, sich einen können. So liebt der Wohltäter wohl die Armen, das heißt er fühlt Mitleiden mit ihnen und übt Wohltaten an ihnen, aber wo ist der Arme, den er persönlich als einen Bruder liebt, als einen Bruder erzieht, als ein Bruder sich ihm gibt? Hier liegt noch ein gar dunkles

Gebiet, in welches unser Herrgott seine Sonne auch einmal so recht sollte scheinen lassen. Die Macht dieser Liebe fühlte das Fräulein, wenn es auch an die Liebe selbst nicht dachte; das Mädchen zog ihns an, interessierte ihns sehr, wie das Fräulein sagte und unbewußt vielleicht mehr fühlte als sagte. Das war der wahre Grund, warum das Verhältnis sich nicht abnutzte, nicht in Gleichgültigkeit zerfloß oder gar lästig wurde.

«Was sich verlor, war Mareilis Schüchternheit und fast gänzliches Verstummen vor dem Fräulein. Es durfte reden, antworten, sich ordentlich mitteilen über seine Verhältnisse. Es sprach von ihrem häuslichen Leben, und das Fräulein entdeckte, wie gut Mareili und seine Mutter die weiblichen Arbeiten kannten, weit besser, als man damals es gewohnt war. Das war eine sogenannte Trouvaille, ein Fund, und von da an war viel Verdienst im Häuschen. Wenn nur die Mutter besser hätte arbeiten mögen, jetzt wären sie geborgen gewesen. Aber der Mutter Zustände kümmerten Mareili mehr und mehr. Die gute Frau mußte viel leiden, und wie sie doktern mochte, es wollte nicht bessern, sie wurde immer unbehülflicher. Wenn nicht gute Nachbarn gewesen wären, Mareili hätte sich nicht mehr von Hause entfernen, seinen Gewerb, an dem es noch immer hing mit großer Eifrigkeit, aufgeben müssen. Was willst anfangen, wenn die Mutter stirbt? hatte das Fräulein oft gefragt. Darf nicht daran denken, hatte das Mareili geantwortet. Wenn es ginge, ich bliebe am liebsten im Tschaggeneigraben und täte wie bisher, was will ich mehr! Das wird nicht gehen, hatte dann das Fräulein gesagt; aber Mareili begriff nicht, warum das eigentlich nicht gehen sollte, doch widerredete es nicht.

«Wovon man lange gesprochen und doch nicht erwartet hatte, geschah endlich: Mareilis Mutter starb. Es war zur Winterzeit, das Fräulein befand sich in der Stadt, Mareili war allein und damals vielleicht achtzehn Jahre alt. Es hatte viel mit der Mutter gehabt in den letzten Tagen, aber die Liebe hatte alles leicht gemacht, und jetzt konnte es sich kaum darein schicken, keine mehr zu haben, sie fehlte ihm bei jedem Schritt und Tritt. Sein einziger Trost im Leben war das Fräulein, aber das war fern einstweilen. Als die Mutter begraben war und es alleine im Häuschen blieb, wolltes es ihm fast das Herz abdrücken; es kam sich vor wie ein im Walde von seinen Eltern, wenn es Nacht werden will, verlassenes Kind. Ganz arm war Mareili nicht, es waren zwei Betten da und Hausrat, den man in dieser Hütte nicht gesucht, auch ein Sparpfennig fehlte nicht. Die Nachbarn waren gut gegen ihns, waren ihm in der schlimmen Zeit treu beigestanden.

«Und doch ward es ihm so alleine im Häuschen bald unheimlich, es begriff, daß es in die Länge hier nicht bleiben konnte. Es merkte bald, daß jedermann auf ihns spekulierte in gar vielfachen Beziehungen. Es ist kurios: wenn jemand stirbt, möchte jeder etwas erben, und wärs nur ein Andenken, möchte mit der Hinterlassenschaft auf irgend eine Weise die eigene Lage verbessern. Man spekuliert auf Geld oder auf Personen oder auf beides zusammen. Die Menschen haben offenbar ein bedenklich Stück von einem Jagdhund in ihrer Natur, haben eine feine Nase, und wittern sie das kleinste Vörtelchen, kömmt sie das Jagen an unwiderstehlich. Die Einen wollten Mareili zu sich nehmen, es sollte ihnen nähen, dienen und in ihrem Lohn Erdbeeri gwinnen; Andere wollten zu ihm ziehen und gemeinsam Haushalt mit ihm führen, Andere gar es heiraten, Herr Jeses! Es meinten es sicher alle zum allerbesten, und alle meinten, sie hätten eigentlich bloß Mareilis Bestes im Auge, und suchten ihm mit allem Eifer dieses begreiflich zu machen; und doch wurde es Mareili unheimlich dabei, und es mochte fast nicht warten, bis die Zeit um war und das Fräulein wieder kam.

«Und jetzt, was willst? frug das Fräulein, als beim Wiedersehen den ersten Fragen und Antworten ihr Recht geschehen. Mareili berichtete und kam zum Bekenntnis, so weh es ihm tue, zweifle es doch, daß es so bleiben könne; so alleine könne es nicht bleiben, aber was dann, wisse es nicht. Fort‑, weit wegzugehen, werde ihm das Herz zerreißen. Weißt du was, sagte das Fräulein, bleibe bei mir! Es ist ja gerade, als ob es so sein sollte, so trifft es sich. Meine Kammerfrau, dGattung, hat mir heute aufgesagt. Sie kränkelt und redete schon lange davon. Heute sagte sie mir in allem Ernst, ich solle nach jemand anders sehen, sie könne nicht mehr, und jetzt gerade kömmst du. Mareili fiel wie aus den Wolken über diesen Vorschlag, es entsetzte sich darob, teils aus Freude, teils aus Schrecken. Es sollte immer beim Fräulein sein können, das war die Freude; es sollte den Tschaggeneigraben und seine Freiheit verlassen, sollte ins Schloß unter die Dienerschaft, im Winter gar in die Stadt, das war der Schrecken. Das Fräulein hatte aber auch Überwindung gebraucht zum Vorschlag. Ein undressiertes Baurenmädchen, welches nicht Weltsch kann, zur Kammerfrau in einem vornehmen Hause zu erheben, das brauchte Mut und Aufopferung. Wo es hoch hergeht, ist so eine Kammerfrau eigentlich der zweite Leib, der die meisten Dienste verrichtet, welche eigentlich dem Leibe der Herrin zustünden, alle bis ans Essen usw. Es ist die potenzierte Kindermagd, wie ein Fräulein und andere Menschen eigentlich auch nichts anderes sind als potenzierte und erwachsene Kinder. Und wie die Glieder des Leibes den Gedanken des Geistes untertan sind, sie ausführen, sobald sie entstehen, so soll die Kammerfrau die Gedanken entstehen sehn und sie ausführen, ohne daß es der verzögernden Rede bedarf.

«Mareili verstund freilich das Nähen, Stricken und Flicken wohl, aber das Glätten nicht, und eine Toilette hatte es kaum je gesehen von weitem, geschweige denn sie je gebraucht, man denke! Mareili gab eine sehr schöne Kammermagd, aber erst, wenn es gehen konnte auf den gewichsten Dielen, erst wenn es mit Manier sich präsentieren und anmelden, erst wenn es wenigstens «Oui» und «N'est-ce pas?» und «Qui est là?» sagen konnte mit Anstand. Es gibt in jedem Hause, welches repräsentiert, eine Sitte, welche von jedem und besonders von einer Kammermagd gehandhabt werden muß, wenn nicht Ärgernis entstehen soll. Das Fräulein überwand seine Bedenken, war der große Engel dem Erdbeeriengeli gegenüber, sprach liebenswürdig dem bangen Mädchen zu, welches endlich sagte: Ach, mein Gott, ich wüßte ja nichts Besseres, es ist mir das Liebste, was ich ersinnen könnte; aber ich kanns nicht vorbringen, ich bins nicht imstande.

«Da rief das Fräulein die alte Gattung. Das war kein so tüfelsüchtig Räf, wie man Exempel hat, daß alte Kammerfrauen geworden, welche nichts mehr freut, als junge Geschöpfe zu kujonieren und wenn die Herrschaft mit ihren Nachfolgerinnen herzlich schlecht fährt oder gar nicht fahren kann. Gattung war gutmütig, und Erdbeerimareili war ihm lieb. Sie fand freilich den Gedanken des Fräuleins vermessen, aus Mareili so urplötzlich eine Zofe zu machen, und zu Rate gezogen, würde sie denselben für unausführbar erklärt haben. Gattung hatte Selbstbewußtsein, kannte ihres Amtes Bedeutsamkeit, wußte, was ihre Erfahrung wog, was sie in vierzig Jahren gelernt und was sie leistete, und ein achtzehnjähriges Bauernmädchen sollte sie ersetzen, mon dieu! Indessen, es war geschehen, und Gattung sprach dem Meitschi Mut ein und bot sich an, wenn es alsbald komme, nachzuhelfen und bis zu ihrem Abgang ihm wenigstens einen Begriff des Dienstes und das allernötigste Weltsch beizubringen. Das Fräulein sei si bonne, daß es sich schon geduldig erweisen werde. Mareili ließ sich bereden, nur eines mußte das Fräulein ihm versprechen, ihns alle Jahre einige Tage in seine Erdbeeren zu lassen. Das tat das Fräulein gerne und sagte, vielleicht komme es selbsten mit.

«Nun begann für Mareili ein ganz ander Leben, es war ein noch viel ärgerer Gegensatz, als wenn es aus einem Weltteil in einen andern gewandert wäre. Da war alles, alles anders, bloß der Himmel nicht, der gleiche stund über dem Tschaggeneigraben und über dem Schlosse. Dagegen die Erde im Tschaggeneigraben war Erde, wie sie Gott eben erschaffen hatte, ums Schloß herum dagegen war sie mit Kies bedeckt.

«Es war die ersten Tage in fortdauerndem Zittern, es möchte ein großes, unersetzlich Unglück anrichten, wie ein Kind, das man mit Licht in eine Pulverkammer stellt; es durfte fast nicht trappen, nichts anrühren aus Angst, es zerbreche etwas oder lasse es fallen. Gattung schüttelte bedenklich den Kopf. Indessen, es ging, wie es heißt: die Liebe duldet alles, überwindet alles. Nachdem die erste Angst überstanden war, faßte Mareili unglaublich schnell seine Aufgabe, so daß Gattung wieder wie bedenklich den Kopf schüttelte und sagte, pour une jeune Allemande stelle sich Mareili merveilleusement, so was hätte sie nie erlebt. Jetzt trug die Zartheit, mit welcher Mareili seine Erdbeeren behandelt hatte, gute Früchte. Das Fräulein behauptete, eine so leichte Hand, die man fast nicht fühle, wenn sie am Leibe herumhantiere, habe es noch nicht erlebt. Und als einmal die Angst überwunden war, fühlte Mareili sich fast glücklich in seinem neuen Verhältnis. Es sah das Fräulein immer und immer und sann Tag und Nacht daran, wie es sich ihm treu und gefällig erweisen, in seinen Augen lesen könne, was dasselbe denke, fühle, wünsche.

«Das Fräulein war glücklich, keinen Mißgriff getan zu

haben, und freute sich des Kammermädchens, das so anständig und geschickt war, zu einem vornehmen Hause paßte und ihm wohl anstand. Das Fräulein war gewohnt, die Dienstboten anständig zu behandeln, mit kurzer Gemessenheit der Rede, solange es seine Gefühle in die konventionellen Schranken zu bannen vermochte. Diese konventionellen Schranken sind nicht absolut allgemeine, sondern fast jedes Haus hat seine eigenen, engern oder weitern. Ja, man sieht zuweilen in einem Hause große Rücksichtslosigkeit in Sitten und Manieren und gegenüber derselben ein so ängstliches Hüten aller Formen, eine um so strengere Gemessenheit im Reden und im Bewegen; und diese Form wird um alles gezogen, und alles muß sich in dieselbe fügen, die stärksten Gefühle, Liebe und Religion oder Liebe zu Gott und Menschen. Wo irgendwie diese Form durchbrochen wird, giltet es als Sünde, als sehr ernste Sünde, welche oft weder vergessen noch vergeben wird. Familienglieder, besonders weibliche, welche ihre Gefühle nicht immer in dieser konventionellen Hausschranke bergen können, werden beständig mit einer Art von Ängstlichkeit betrachtet; mit bedenklichem Achselzucken wird verblümt von ihnen gesprochen, als ob man sagen wollte: Man kann nicht wissen, was Tüfels die noch anstellt.

«Es ist aber eine gleichsam heillose Methode, daß alle Glieder einer Familie die gleiche Schnürbrust tragen sollen, und zwar gar zuweilen noch durch verschiedene Geschlechter hindurch, daß dieser Schnürleib gleichsam die Familienzwangsjacke sein soll für alle höhern menschlichen und religiösen Gefühle. Man denke die Folgen einer solchen Schnürbrust für die Leiber der Menschen, und um wie viel zarter und daher leichter verkrüppelt sind die Geister der Menschen! Wohlverstanden, wir reden hier nicht von den allgemeinen Schranken, welche sittliches Gefühl und christlicher Geist ziehen, sondern von den sonderbündlerischen Schranken der verschiedenen Häuser. In einem solchen Schnürleib stak das arme Fräulein, fühlte ihn vielleicht oft lange nicht; er schien ihm zur andern Natur geworden, bis bei besondern Anlässen oder besondern Stimmungen die Gefühle schwollen, gegen die Bande drängten, Kopf und Herz zu platzen drohten, endlich in eine Schwäche bis zum Tod der Brand verlief. So war Mareilis Fräulein.

«Aber Mareili fühlte diese übliche Gemessenheit nicht, machte keine Ansprüche auf Äußerungen der Liebe, auf Gegenliebe. Es fühlte sich glücklich in seiner Liebe. Wenn der Ton des Fräuleins in Gegenwart von Fremden noch kälter als sonst gegen ihns ward, so tröstete es sich sicher an einem freundlichen Blick, den das Fräulein ihm nachsandte. Und wenn zuweilen das Fräulein gereizt war und diese Stimmung Mareili fühlbar ward, so schrieb es sie einem innern Leiden zu, und seine Liebe ward um so inniger, seine Sorge um seinen Engel um so größer. Dann reichte wohl nachher das Fräulein Mareili die Hand und sah es an mit seinen wunderbaren Augen wie ehemals, und Mareili schoß das Wasser in die Augen, und es hatte seligen Lohn. Zuweilen auch, wenn die innere Glut und die kalte Welt so recht in schneidendem Gegensatze stunden, dem Fräulein es so enge ward, daß der Atem ihm ausgehen wollte, wo es ihm ward, als stünde es auf der höchsten Spitze des allerhöchsten Schneeberges in alter und neuer Welt, da frug es wohl: Mareili, hast du mich lieb?, und wenn dann Mareili das Wasser in die Augen schoß und es sagte: O Fräulein!, so gab dasselbe ihm die Hand und sagte: So behalte mich lieb. Das waren Augenblicke, welche Mareili für alles entschädigten, was es wohl auch sonst zu tragen hatte, welche seine unverfälschte Liebe immer neu stärkten, welche es nie irre werden ließen am Fräulein, auch wenn dasselbe viele, viele Tage kein

Zeichen besonderer Teilnahme ihm gab, es mit einer kühlen Gemessenheit behandelte, die akkurat aussah wie Hochmut gegen Niedere, die man drei Schritte vom Leibe haben will.

«So verliefen die Jahre Mareili fast unbewußt, von ihm kaum gezählt. Es litt nichts Besonderes, es erwartete nichts Besonderes, es zählte jeden Tag mit Weisheit, füllte ihn mit Treue, genoß mit Dank, was Gott ihm gab, und war er vorüber, so empfahl es ihn Gott, daß er denselben ihm zugut legen möge in Huld und Gnade, und nahm einen neuen Tag aus seiner Hand mit der Bitte, daß er ihns bewahren möge vor Versuchung und erlösen von allem Bösen, und ging mit Liebe dran, ihn zu verbrauchen in allen Treuen. So gehen die Jahre rasch vorüber, und sichtbarer wird das Nahen der göttlichen Ewigkeit, wo die Jahre Augenblicke sind, je göttlichern Sinnes man wird.

«Und im Maße die Jahre das Fräulein der Ewigkeit näher trugen, verglomm in demselben das Weh eingeklemmter Gefühle, die Stürme legten sich, verklärten in Frieden sich; gereizte Nerven störten ihn nicht mehr, und Stück um Stück, wie vermodertes Zeug, das frische Luft nicht mehr verträgt, fiel der Schnürleib ab, und eine erleuchtete Persönlichkeit trat hervor, der wahre Engel, dem das Reich Gottes gehört.

«Am schönsten trat derselbe hervor in der unverblümten Liebe zu Mareili. Das Fräulein hatte unwillkürlich empfinden gelernt den großen Unterschied zwischen Dankbarkeit für erhaltene Wohltaten und der eigentlichen Liebe zu der Person des Wohltäters. Beides ist etwas ganz anders und wird nicht bloß oft verwechselt, sondern das Letztere gar nicht bemerkt oder, bemerkt, gering geachtet. Das Fräulein fühlte dadurch sich beschämt und gehoben, es stieg höher auf der Leiter christlicher Vollendung, es begann nicht bloß die Wohltätigkeit zu lieben, es begann auch arme Personen zu lieben; es begann sich vor allem aus der Liebe zu Mareili bewußt zu werden, welche eigentlich schon lange in ihm war, die es aber, solange der Schnürleib seine Gefühle in alter Gemessenheit erhielt, nicht bemerkt, an die Möglichkeit ihrer Existenz gar nicht gedacht hatte. Mareili wurde des Fräuleins Freundin und eine immer innigere, je schwächer des Fräuleins Verband mit der Welt wurde, Kränklichkeit dasselbe zu einem einsamen Leben zwang.

«Die äußern Dienstleistungen blieben sich gleich. Mareili verdoppelte sie, sobald irgendwie es nötig wurde, aber es blieb ihr Verkehr eben nicht auf diese äußern Dienstleistungen beschränkt, sondern das innere Leben schlossen sie sich auf, und als Pilgrime, welche keine bleibende Stätte haben, sondern eine zukünftige suchen, wanderten sie Hand in Hand dem gleichen Ziele zu. Wie Mareili über die Stürme erstaunte, welche im innern Leben seines Fräuleins gewaltet, über die Klippen erblaßte, die so drohend in dasselbe hineinragten, so erstaunte das Fräulein über das sinnige, liebliche Gelände, welches Mareili eröffnete, wo es wohl Regenschauer gab, aber keine Orkane, Steinchen im Grase, aber keine Klippen.

«Wenn es die beiden Leben zusammenstellte, so war das eine ein peinlich Ringen gegen das Ersticken, ein Wandeln an Abgründen, ein Schmachten in dürren Landen, das andere ein Weilen in kleinem Wiesengrund unter schattichten Bäumen, das erstere bei vollem Überflusse von allem, was die Erde bietet, ohne mühsamen Erwerb, das letztere in stetiger Arbeit für dürftige Notdurft. Das Fräulein hätte oft weinen mögen in solchen Betrachtungen und schmollen mit Gott, daß er den Pfad ihm so schwer gemacht, wenn es nicht zu tief erkannt, wie alles von Gott kömmt und wie er jedem seine Bürde ordnet nach den zugeteilten Kräften und wie im stillen Grunde bei einförmiger Arbeit sein reger Geist und weites Herz nicht die Befriedigung gefunden wie Mareili, sondern vielleicht wiederum nur die engen Fesseln, welche es sein Lebtag getragen, nur anders geflochten und aus anderem Stoffe. Wenn sie zusammensaßen in vielen einsamen Abendstunden, so waren sie ähnlich zwei Nonnen, welche die Welt hinter sich gelassen und über der Welt zu Schwestern geworden waren. In der Welt blieb Mareili die Dienerin, mißkannte nie seine Stellung, wie oft es auch dazu veranlaßt wurde. Sein Verhältnis zum Fräulein war wohlbekannt. Die Einen wollten es mißbrauchen in selbstsüchtigen Absichten, die edlern Verwandten begegneten ihm mit einer Achtung, die bei minder demütigem Sinn sein Wesen hätte vergiften können; allein es blieb das Gleiche, es erhob sich nicht, mißbrauchte seinen Einfluß nicht.

«So lebten sie, bis Gott einen andern Engel sandte, der das Fräulein abrief. Nun war Mareili wieder alleine, da ward ihm zu weit in der Welt, obgleich es schön hätte leben können darin, denn das Fräulein hatte es reich bedacht. Aber es konnte wirklich sagen, sein Engel sei am Throne Gottes und sein Wandel im Himmel. Alles, was es geliebt in der Welt, war dort. Es kaufte die Hütte im Tschaggeneigraben, in welcher es mit seiner Mutter gewohnt, und ließ dort sich nieder. In den ersten Jahren, die es beim Fräulein war, kam es zur Erdbeerzeit wieder, sammelte Erdbeeren und brachte großen Jubel ins Schloß, wenn es mit seinen Körbchen voll der prächtigsten Früchte wiederkehrte. Später blieb es aus, jahrelang war es nicht in der alten Heimat gewesen, als eine Art von Heimweh es wieder dahin zog.

«Es richtete freundlich sich ein und freute sich auf das alte Leben, denn wenn es auch nicht mehr Gewinn und Gewerb zum Lebensunterhalt für sich treiben wollte, so wollte es doch seine Freude an seinen lieben Erdbeeren wieder haben. Es hatte noch alle Wege und Stege im Kopf, alle Birken und Haselstauden; es hoffte noch den alten Stock zu finden, wo immer das erste Stüdeli blühte. Aber wie ward Mareili getäuscht, als es den Schaden nun sah! Es fand die Weiden nicht mehr, wo früher die ersten Erdbeeren reiften, es war in einer andern Welt, man mußte sie weggetragen haben. Kein Busch war mehr da, keine Birke, keine Reckholderstaude, nichts als Erdäpfel für die Menschen und Gras fürs Vieh. Es weinte über die alte Wildnis, welche die Kultur ihm verschlungen. Es fand endlich wieder Erdbeeren, fast hinten an der Welt. Aber da war es nicht mehr das Erdbeerimareili, da fand es andere Kinder, welche erdbeereten und damit sein altes Gewerbe trieben. Es liefen ihm die Augen über, und im Herzen tats ihm weh, als es sah, wie roh sie mit den Beeren umgingen, halbreif sie abrissen, achtlos die Stüdeli zertraten, zerrissen, die halbe Ernte verdarben, mit feindseligen Blicken es ansahen und endlich in Schimpfen ausbrachen gegen das fremde Weib, als ob dasselbe unberechtigt in ihr Eigentum käme; und war Mareili doch die erste Herrin dieses Gebietes gewesen, hatte den Leuten den Verstand zu diesem Erwerb gemacht, und jetzt ward ihm das Recht bestritten, sein altes Reich zu betreten.

«Das hatte Mareili sehr weh getan, und bald wäre es wieder fortgezogen aus dem Graben. Aber es bezwang die ersten Regungen, es bedachte, daß es, weil die Welt in ewigem Wechsel kreist, es denn doch nicht das Recht hätte, von Gott und Menschen zu fordern, daß sie ihm den Tschaggeneigraben, der dazu nicht einmal sein Eigentum war, unverändert lassen sollten. Nicht umsonst werde Gott ihm die alte Liebe dazu erweckt und ihns dahin zurückgeführt haben. Etwas werde er wohl für ihns zu tun haben; wenn es die Augen nur recht auftue, werde er dasselbe schon finden. Und Mareili tat die Augen auf und sah bald, was Gott von ihm wollte und welch Tagewerk er ihm bestimmt hatte. Es zwang sich und ging wieder Erdbeeri gwinnen, und mit den Erdbeeren suchte es die Kinder zu gewinnen, sich ihnen lieb zu machen und Zucht und Ordnung in ihr Treiben zu bringen. Mareili gelang es nach und nach, aber mit Mühe. Sie wollten sich nicht von ihm befehlen lassen, aber sie taten am Ende freiwillig, was es angab, sie fanden ihren Nutzen darin; und wirklich ging nach und nach in einem und dem Andern Liebe auf, denn Mareili war einnehmend und freundlich, wußte gar vieles zu erzählen, hatte ein offenes Herz und eine offene Hand. Wohl stellte sich zuweilen ein ungezogener Junge ungebärdig, aber Mareili überwand ihn allgemach mit Sanftmut und Liebe, und wenn es eines Tages ausblieb, mißten es die Kinder und hatten Langeweile. Ds Erdbeerimareili ist da! oder Ds Erdbeerimareili ist nit da! ward das Feldgeschrei der Kinder.

Dieser Verband hörte im Winter nicht auf. Mareili fühlte bald, daß es nicht alleine sein konnte, nahm daher das Kind, das ihm am liebsten geworden, zu sich, und andere Kinder kamen zu diesem, und alle, die kamen, lernten von Mareili Gutes fürs Herz und Nützliches für die Finger, denn in allen weiblichen Arbeiten war es eine Meisterin. Es kostete kein Lehrgeld, und so ganz trocken ohne Essen und Trinken kamen die Kinder selten fort, Mareili hatte es und gönnte es. Damit trieb es die Kinder nicht fort, man kann es sich denken. Mareili und sein Geld gefielen noch Anderen wohl, nicht bloß Kindern, aber Mareili machte allen Gelüsten ein schnelles Ende; es wußte zu klar, wo seine Liebe war.

«Im Anfang hatte sein Wiedererscheinen Aufsehen gemacht, aber es lebte so still und anspruchlos, es zeigte sich so wenig außerhalb dem Graben, daß man es nach und nach vergaß und nur um ihns wußte, wer mit ihm in tägliche Berührung kam, und die Kinder, denen es als eine Mutter sich erzeigte. Das Mädchen, welches Ihr dort getroffen, Gerichtsäß, ist das dritte, welches Mareili erzogen hat.

Mareili war nicht selbstsüchtig, meinte nicht, wenn es Kinder erziehe, erziehe es sie für sich, sondern es erzog sie für sie. Es fand es nicht passend, ein erwachsenes Mädchen in dieser Einsamkeit an sich zu bannen durch allerlei Hoffnungen. Sobald es an der Zeit war, sandte es sie hinaus in die Welt, wohl ausgerüstet mit Geschicklichkeit und Gottseligkeit. Es wußte, wo sie gut aufgehoben waren, dahin gab es sie, und eine solche Gabe wurde fast angesehen wie eine Gnade. Die Mädchen hielten sich brav, wurden glücklich, haben Mareili viel Freude gemacht. Aber sein selig Fräulein blieb seine rechte Liebe, und nur in seinen besten Stunden, wo seinen Kindern sein Herz so recht aufging, erzählte es ihnen von seinem Engel. Aber die Tore zu diesem Andenken, seinem Allerheiligsten, öffnete es selten, nur wenn es ihm gar feierlich war im Gemüte. Dann erschien aber auch das Fräulein in einem Glanze, daß man nicht wußte, war es ein wirklicher Mensch oder ein überirdisches Wesen, und die Kinder schauerten und bebten so süß, als säßen sie mitten in der wunderbaren, noch unsichtbaren Welt.

«Es war mir lieb, das Erdbeerimareili, das so still und so schön wirkte für das Reich Gottes und ein fleißiger, aber unbemerkter Arbeiter war in dem großen Erntefeld. Sein Tod tut mir weh, aber ich mag ihn ihm gönnen, denn nun ist es wieder bei seinem Engel und ist selbst ein Engel. Ich muß es aber noch einmal sehen und mit dem Kinde reden, welches es bei sich hatte; das wird Trost und Rat bedürfen, wenn sonst auch für ihns gesorgt sein wird. Aber und jetzt, Gerichtsäß, was meint Ihr, hatte ich recht, als ich sagte, das Erdbeerimareili sei besser gewesen als Ihr und ich?»

«Ja, ja», sagte Gerichtsäß Hasebohne, «so für ein Weibervölchli mags angehen, und daß es sich mit dem Mannevolch nicht angelassen, wie es scheint, daneben kann man es nicht wissen, gefällt mir bsunderbar wohl. Es sollten es alle so machen, dann täte es weniger arme Kinder geben. Aber ob es dann imstande gewesen, Pfarrer zu sein oder gar Grichtsäß, selb müßte ich doch zwyfle; drzue bruchts Verstang, wo me hinger em ene Wybervölchli nit fingt. Unser Herrgott wird nicht umsonst zweier Gattig Menschen erschaffen haben, Weibervolk und Mannevolk, wo eigetlich nit zsämezzelle sy u z'vrglyche, wie dr Herr Pfarrer wohl weiß, vo wege Mannevolk ist doch geng Mannevolk, u Wybervolk blybt i Gotts Name geng Wybervolk. Nüt für unguet, Frau Pfarreri, aber es isch emel so und wird nit angers, solang dWelt steiht. Aber jetzt muß ich heim. Meine wird luege, wo ich herkomme, die gibt mir eine Kappe, es ist e Handligi! Lebit wohl u Dank heigit u chömets cho yzieh, es wurd is freue.»

«Kanns geben», sagte der Pfarrer, bot dem Grichtsäß Hasebohne die Hand, und auch die Frau Pfarrerin tat also, und derselbe ging nach Hause.

«Jetzt weißt du», sagte der Pfarrer, «was Gerichtsäß Hasebohne auf dem Weibervolk hält und wie er es schätzt.» «Das wundert mich nicht», sagte die Frau Pfarrerin, «von einem Gerichtsäß; soll ja ein Kirchenkonzilium, wie du mir selbst erzählt, noch viel dümmer gewesen sein. Nun, es kömmt uns wohl, sind Solche nicht der liebe Gott und wird ihr Urteil nicht viel zu bedeuten haben vor ihm. Aber jetzt komm, wenn du die Suppe nicht kalt willst, es ist die höchste Zeit, und Rösi stellt, wie du weißt, nichts an die Wärme. Es gäb dLüt am beste zueche, we men es kalt gäb, was si nit heige möge, wos warm gsi syg, behauptet es.» Eine gute Regel für manche Haushaltung.

Barthli der Korber

Im «rueßigen Graben» am südlichen Abhang hing ein kleines Häuschen. Man begriff nicht, warum es noch da hing und nicht längst den Graben hinunter gerutscht, denn es machte akkurat die Figur eines Menschen, der in vollem Lauf einen Berg hinuntergesprungen, plötzlich die Beine verstellt, still halten will und nicht recht kann. Wenn man das Dach betrachtete, so kam es einem vor, als höre man den Wind pfeifen, als kriege man Stöße. Es sah aus wie der Sack eines Bettlers, der das Flicken übel nötig hätte, jedoch bei allem Flicken immer ein Bettlersack bleiben wird. Die kleinen Türen zu Ställchen und Tenn stunden alle schief nach einem ganz eigenen Baustil. Hinter dem Hause fand man, wenn er nämlich nicht gerade zu Nutzen angelegt war, einen kleinen Düngerhaufen ungefähr von Gestalt und Größe eines ansehnlichen Zuckerstockes. Vor dem Hause war ein Gärtchen, in welchem eilf Mangoldstauden ihre breiten, ausdruckslosen Gesichter sonnten, sieben Bohnenstauden kühn an gebrechlichen Stecken hingen, zwischen denen zwei blühende Rosenstöcke gar freundlich hervorblickten. Um dasselbe lagen im Frieden die Gerüste eines ehemaligen Zaunes, harrend einer helfenden Hand zum Auferstehen.

Im Häuschen wohnten hinten eine Ziege und ihr Zieglein. Es war eine stattliche Ziege. Achtung gebietend trug sie ihr Haupt, und in glänzendem, zottigem Felle ging sie würdigen Schrittes einher, während hinter ihr her, gleichsam der Hanswurst, das Töchterlein graziöse, lustige Sprünge machte. Vornen wohnten ebenfalls zwei Personen, ein alter, lahmer Korber oder Korbmacher und sein nicht lahmes Töchterlein. Der Alte hätte wirklich, was Anstand und Würde in Gang und Haltung betraf, viel von seiner Ziege lernen können, in beidem stund er ihr beträchtlich nach. Indessen, der gute Alte war kaum mehr bildungsfähig, wenigstens sah man an ihm weder entschiedenen noch unentschiedenen Fortschritt, sondern gar keinen. Dagegen, wir gestehen es aufrichtig, gefiele uns das Töchterlein viel besser als das junge Geißlein. Dasselbe ist gar so anmütig und lieblich, kann auch springen leicht und hoch, daß es uns lieber wäre als zehn Geißlein, und wenn man uns die Wahl gelassen hätte, hinten oder vornen in dem Häuschen zu wohnen, so hätten wir ungeachtet der Würdigkeit der alten Ziege unbedenklich dem vordern Teile den Vorzug gegeben, wohlverstanden nicht von wegen dem alten, lahmen Korber, sondern wegen seinem schönen Töchterlein. Dasselbe wußte nicht einmal, wie hübsch es war, und das war nicht das Mindeste an ihm. Wenn es sich auch im Spiegel besah, kam es doch nicht zur umfassenden Einsicht; denn erstlich bestund sein Spiegel nur aus einem dreieckigen Scherben, zweitens durfte es sich bloß am Sonntag mit Muße waschen so recht um und um, und bis am Dienstag, vielleicht schon am Montag hatte es bereits vergessen, wie es gestaltet war, andere Leute brachten es ihm auch nicht in Erinnerung.

Im «rueßigen Graben» machten die Leute sich selten Komplimente. Zudem war Züseli nicht besonders nach ihrem Geschmack; wenn es einen halben Zentner schwerer gewesen wäre, es hätte ihnen unendlich besser gefallen. Wärs in Östreich gewesen, es wäre ihm eine Arsenikkur angeraten worden. Arsenikfressen macht nämlich fett, wie man sagt. Wird aber mit Verstand geschehen müssen, sonst könnts fehlen. Es war nicht bloß ein liebliches, sondern auch ein liebes, emsiges Kind, das von früh bis spät nach dem Willen des Vaters tat und nie unwillig und ebenfalls vom Werte dieser Eigenschaften keine Ahnung hatte, viel weniger mit Geräusch sie geltend machte. Oder, um gebildet zu reden, es war ohne alle Ansprüche. Eigentlich ist dieses ein dumm Wort, hat aber dennoch einen tiefen Sinn. Die eigentliche Anspruchslosigkeit ist nichts anderes als der demütige, kindliche Sinn, dem, wie Christus selbst sagt, das Himmelreich gehört, der keiner Verdienste sich bewußt ist, aber ein inniges Danken hat für jede Gabe, jedes Zeichen der Liebe, nichts sehnlicher wünscht, an nichts größere Freude hat, als lieb zu sein Gott und Menschen, Gott und Menschen es recht zu machen. Diese harmlosen, bescheidenen Naturen sind nicht moderne Naturen.

Der alte Korber war dagegen nichts weniger als liebenswürdig, weder innen noch außen; man konnte eigentlich nicht begreifen, besonders am Sonntag nicht, wo Züseli um und um gewaschen war, wie die Beiden zusammenkamen und noch dazu als Vater und Tochter. Der alte Barthli war hässig und häßlich, Sauersehen seine Freundlichkeit, gute Worte gab er nicht für Geld, geschweige umsonst, und dennoch galt er etwas in der Welt, denn er war etwas, eine Persönlichkeit, ein Charakter, würde man heutzutage sagen. Er war ein ausgezeichneter Korber, sehr ehrlich auf seine Weise, hielt Wort. Ja, da ist es einem Menschen wohl erlaubt, saugrob zu sein. Er war überdies noch sehr arbeitsam und sehr sparsam. Wenn er sich recht rühmen wollte, so sagte er, er hätte noch niemanden plaget, die Gemeinde nicht und andere Leute auch nicht. Das war wirklich viel gemacht in unserer Zeit, wo Viele meinen, sie schenken der Gemeinde etwas, wenn sie ihre Hülfe nicht in Anspruch nehmen; einer so reichen und geduldigen Person was schenken, sei ja dumm. Barthlis Verdienst war nicht groß, aber er besaß das Ehrgefühl eines Mannes; er begriff, daß wer selbständig sein wolle, vor allem imstande sein müsse, sich und die Seinigen selbst zu erhalten mit Gottes Hülfe. Es wäre gut, dieses Ehrgefühl wäre im Zu- statt im Abnehmen, dann wäre der Friede größer in der Welt; es wäre gut, wenn mancher Schöne und manche Schöne den wüsten Barthli zum Exempel nehmen würden und nichts begehrten, was man nicht selbst verdienen kann, Keiner fliegen wollte, der keine Flügel hat.

Das Häuschen hatte er von seinem Vater geerbt und so viel Land dazu, daß er etwas pflanzen und zwei Ziegen halten konnte, wenn er die Zäune seiner Nachbaren nicht schonte und die Tiere lange Hälse hatten, um über die Zäune hinüber im jenseitigen Grase hospitieren zu können. Mit Reparaturen an der Hütte hatte er sich nie abgegeben. Ihm sei sie gut so; wenn sie ihn nur aushalte, hernach könnten die sehen, wo nachkämen, sagte er. Er galt für sehr ehrlich, obgleich er sich in dieser Beziehung bedenkliche Freiheiten herausnahm, nämlich mit den Weidenruten, welche er zu seinen Körben brauchte. Eine bedeutende Zeit des Jahres brachte er bei Bauern auf sogenannten Stören zu, wo er ihnen Körbe flocht und ausbesserte. Indessen machte er auch Körbe auf den Kauf, und namentlich sein Meitschi machte solche, denn dieses nahm er auf die Stören nicht mit, es mußte daheim zu Haus und Hof sehen. Die Ruten nun zu diesen Körben nahm er, wo er sie fand, unbekümmert darum, wem die Weiden gehörten, an denen sie gewachsen waren. Er trieb dieses nicht im Verborgenen mit äußerster Vorsicht, um nicht gesehen zu werden; er sagte offenherzig, sein Vater und sein Großvater seien Korber gewesen, hätten aber nie einen Kreuzer für Ruten ausgegeben, sondern die Wydli genommen, wie sie gewachsen, ein Bauer würde sich geschämt haben, einem armen Mannli einen Kreuzer dafür abzunehmen. Körbe habe man ihnen gemacht, alte plätzet, öppe wohlfeil genug, damit seien beide Teile wohl zufrieden gewesen. Jetzt sollte man ihnen jedes Wydli übergülden, dazu noch grusam danken, daß man fast um den Atem komme, und obendrein machten sie alle Weidenstöcke aus, nur hie und da ein alter Bauer lasse noch einen stehen zum Andenken und damit die Kinder wüßten, wie so ein Weidstock gewesen. Dann könnten die Bauern seinetwegen Körbe flechten lassen aus den Schmachtzotteln, welche ihre Töchter über die Stirne herab zwängten mit Tüfelsgewalt.

Trotzdem kam Barthli nie in Verlegenheit, keine Strenge, kein Verbot ward gegen ihn angewendet. Wohl hob hie und da ein Bauer die Hand drohend auf und sagte: «Barthli, Barthli, du machst es mir wohl gut, nimm dich in acht, sonst mache ich dir den Marsch. Ich habe bald nicht mehr Wydli für ein Erdäpfelkörbchen, und selb ist mir doch dann nicht anständig.» «Warum gönnst mir das Maul nicht und sagst, wenn du Körbe mangelst? Mir kann es nicht in Sinn kommen, und dWydli muß man nehmen, wenn es Zeit ist, und hausieren damit wirst du kaum wollen», so antwortete Barthli keck, und sanftmütig redete der Bauer mit ihm eine Stör ab, sagte bloß: «DWydli bringst dann mit! Ein andermal wollte ich sie doch dann lieber selbst hauen.» «Warum nicht», antwortete Barthli, «die Mühe mag ich dir wohl gönnen; aber machs zur rechten Zeit, sonst fahre ich zu.» «Aber frage doch dann zuerst», meinte der Bauer. «Man kanns machen, wenn mans nicht vergißt», entgegnete Barthli. «Fragen», setzte er hinzu, «ist auch so eine neue Mode vom Tüfel. Man sagt, Fragen schade nichts; jawolle, nichts schaden! Ich habs erfahren. Frage um nichts mehr mein Lebtag, wenn es nicht sein muß und es ungefragt auch zu machen ist.» Diese Schonung kam aus dem gleichen Grunde, aus welchem Barthli seine Rechte nahm; es war auch so eine Art von Grundrecht, entstanden aus uralter Gewohnheit, welches man ihm noch stillschweigend zugestand trotz der neuen Sitte, aus allem so viel Geld als möglich zu machen, welche man gegen alle Andern mit aller Strenge in Anwendung brachte.

In diesem Punkte ist allerdings eine bedenkliche Änderung erfolgt, welche man bei Beurteilung des Verhältnisses unterer Klassen nicht außer acht lassen darf. In früheren Zeiten war viel wildes, viel fast herrenloses Land; was auf solchem Lande wuchs, war Beutepreis, und arme Leute hatten da eine reiche Fundgrube von allerlei, welches sie entweder selbst brauchen oder zu Geld machen konnten. Viele Handwerker: Rechenmacher, Küfer, Korber, Besenbinder und andere, selbst Wagner hatten gleichsam Hoheitsrechte auf solchem Lande; sie nahmen, was ihnen beliebte, und zwar unentgeltlich und ungefragt. In solchem Lande weideten die armen Leute den Sommer über Schafe und Ziegen, sammelten für den Winter Streu und Futter. Das ist anders geworden. Viel Land ist urbar gemacht, und herrenloses Land wird rar sein im Lande Kanaan. Was nicht Privaten angehört, hat der Staat an sich genommen, und wo dem Staate sieben magere Gräslein wachsen an einer Straße magerem Rande, verpachtet er sie, und um zu soliden Pächtern zu kommen, werden Steigerungen abgehalten, ganz splendide. So machen es auch die Privaten, und was einen Kreuzer giltet, verwerten sie in ihrem Nutzen. Sie haben vollkommen das Recht dazu, aber – aber jedenfalls sollte ob dem Kreuzer der Nächste nie vergessen werden.

Mit den Körben, welche Barthli zu Hause machte, schickte er Züsi hausieren oder ging selbsten mit. Obgleich er kaum zwei Stunden von Bern entfernt wohnte, ging er doch selten dahin und ungern. Er möge mit den Stadtweibern nichts zu tun haben, sagte er, die hätten keinen Verstand von der Sache. Die bildeten sich ein, sie müßten bei allen Dingen markten bis zum Schwitzen, das sei die Hauptsache beim Handeln. Schätze er ihnen einen Korb um sieben Batzen, so böten sie ihm fünf Batzen, und schätze er ihnen ein andermal den gleichen Korb für vier Batzen, so seien sie imstande, ihm zwei Batzen zu bieten, so viel Verstand hätten sie. «Aber Barthli, da ist ja gut helfen», sagte man ihm oft. «Schätze deine Körbe alle um neun Batzen, dann hast du ja immer sieben richtig.» Das wollte aber Barthli nicht. Jede Sache habe ihr Maß, sagte er, darüberaus fahre er nicht. Er wolle nicht, daß es heiße, der Barthli im «rueßigen Graben» sei ein Narr geworden. Sie könnten seinethalben in der Stadt sehen, wo sie ihre Körbe herbekämen, den seinen käme er sonstwo ab, wo die Leute Verstand hätten.

Sein Töchterlein hatte es umgekehrt. Tage in der Stadt waren ihm ganz andere als die übrigen Tage, Tage, wie die Juden sie sich im tausendjährigen Reiche dachten, wo die Sonne siebenmal größer ist und die Stadttore zu Jerusalem aus Diamanten und Rubinen gemacht, alle Bäume voll der süßesten Früchte, die Zäune voll Weintrauben, jede ungefähr so groß wie Goliath, und die Beeren wie Kürbisse. Man denke aber auch: die schönen Herren und Damen, die Läden voll Gold, Silber und freßbarer Herrlichkeiten, Schweinefleisch, daß es eine helle Pracht war, Brot und Brötchen von allen Sorten und Bänder und Sachen unter Glas und hinter Glas, denen es keinen Namen wußte, sondern dabei denken mußte, die kämen geradenwegs vom Himmel her! Man sieht oft Kinder in der Stadt, die offenbar nicht mehr wissen, sind sie über der Erde oder unter der Erde. Sie sperren Augen, Nase, Mund auf, daß das ganze Gesicht nur ein Loch ist, durch das die guten Kinder alle die Herrlichkeiten in sich hineinziehen möchten. Man kann sie stoßen, treten, sie merken es kaum, ja es ist zweifelhaft, ob sie es merken würden, wenn man sie zertreten täte. Manchmal hängt so ein Kind mit einer Hand an der Rocktasche des Vaters oder am Kittel der Mutter. Wie Schleppdampfschiffe segeln die Alten voraus, bewußtlos wird das Kind nachgezogen mit den aufgesperrten Löchern, und glücklich ist der Vater, wenn das Kind ihm noch am Rocke hängt, wenn er landet in einer Wirtschaft oder endlich hinaussegelt aus den Toren ins Weite. Dann macht das Kind das Gesicht zu. Das Chaos der Eindrücke beginnt sich zu ordnen, die einen schwinden, andere treten bestimmter hervor, prägen sich aus; Fragen, Erzählen beginnt, und sind die Menschen zu Bette, geht das Träumen an, eine neue Welt ist entstanden, ein bewegtes Leben regt sich, manchmal bleibts, manchmal stirbts wieder. Das Eine, das bleibt, wächst auf zu des Herrn Freude, anderes gestaltet sich zum Distelfelde, auf dem vor allem der Neid wächst und Begehrlichkeiten von allen Arten.

Bei Barthlis Töchterlein ging es nicht so schlimm. Die Herrlichkeiten alle stunden so weit außerhalb seines Lebens, daß es an keinen Besitz dachte, sondern eine reine Freude daran hatte, sie zu betrachten. Nun, ein Evatöchterchen war Züsi sicher auch, wie sie alle sind, aber es fehlte die Schlange. Der alte Barthli hatte keine Anlagen, die Schlange zu machen, er war eher zum Michael geeignet, der Weibern die Mücken austreibt, und mit niemanden als dem Vater lief es in der Stadt herum. Aber es war noch eins, was das Meitschi in die Stadt zog. Wenn Barthli hinein mußte, so wollte er darin auch wohlleben, nahm in einer Wirtschaft für einen halben Batzen Branntenwein, und dem Meitschi ließ er für einen Kreuzer Suppe geben; dazu aßen sie das Brot oder schnitten es ein, welches sie von Hause gebracht, und einmal erhielt Züseli von der Wirtin geschenkt eine Küchelschnitte und ein andermal ein kreuzeriges Bernerweggli, welches ein Gast übrig gelassen. Und das war allemal eine Suppe, von welcher man im «rueßigen Graben» gar keinen Begriff hatte, ja wo man gar keine Ahnung hatte, daß so was Gutes in der Welt sein könnte. Oh, arme Leute haben auch ein großes

Wohlleben, zu welchem viele Reiche nie kommen und um so weniger, je besser sie leben wollen; denn darauf kömmt es nicht an, was man genießt und wieviel es kostet, sondern wie es schmeckt. Für seinen Kreuzer lebte Züseli viel besser als mancher Große, wenn er es sich hundert Louisdors kosten läßt.

An Barthli ging die Zeit scheinbar machtlos vorüber, er achtete sich ihrer bloß, wenn die Weiden grünten und die Wydli reif zum Schneiden waren und wenn die Wydstöcke wieder gemindert hatten, seine Ernte wieder geringer ausfiel und mühsamer zusammengebracht werden mußte. Dann fluchte er über die böse Zeit und sagte: Es nehme ihn doch wunder, wie das am Ende kommen solle. Wenn es so fortgehe, so gebe es am Ende gar keine Wydli mehr. Dann was machen? Das möchte er wissen, das solle ihm doch einer sagen!

Daß sein Töchterlein größer wurde, aus einem Kinde ein erwachsen Meitschi, das merkte Barthli lange nicht, und als man es ihm zu merken gab, wollte er es erst nicht glauben. Züsi blieb wirklich wundersam lang ein anspruchloses Mädchen und plagte den Vater nicht mit Begehrlichkeiten, wie viele Mädchen alsbald damit anfangen, sobald sie entwöhnt sind. Es kam ganz spöttisch schlecht daher, sein dünnes Kitteli war manchmal einen halben Fuß und mehr zu kurz, denn das Mädchen wuchs; vom übrigen Firlefanz war keine Rede, und das Meitschi plagte den Vater nicht damit. Sie seien gar grusam arm, der Vater vermöge das nicht, pflegte es zu sagen, wenn eine Gespielin ihns fragte, ob es dieses und jenes nicht anschaffen wolle. Mit den Kleidern zum ersten Abendmahl, wo sonst so gerne der Teufel sich einmischt und Streit stiftet, wo gerade der Friede anfangen soll, hatte eine Gotte nachgeholfen und Züsi mit einem alten Kittel und einem neuen Halstuch glücklich gemacht.

Was das Schönste an Züsi war, es schämte sich seines Vaters nie. Man sollte nicht glauben, daß dieses als etwas Besonderes anzuführen wäre, denn warum sollten sich Kinder ihrer Eltern schämen, wenn sie nichts Schlechtes machen, welches den Kindern Schande bringt? Aber man würde sich sehr irren, wenn man es so meinte, denn nur zu viele Kinder schämen sich der Eltern, haben keine Ursache dazu, sondern wegen Dummheiten und ganz besonders wegen ihrer eigenen Dummheit. Sie schämen sich derselben, weil sie altväterisch gekleidet sind, altväterisch reden, altväterisch denken, sich gebärden; aber wäre es denn schön, wenn die Alten die Jungen spielen, jung sich kleiden, jung sich gebärden wollten? Sie schämen sich ihrer, weil sie alt sind und nicht mehr jung, aber ist das gescheut oder dumm, und was hat man für ein Mittel, nicht alt zu werden, als sich jung zu hängen? Eine holdselige Erscheinung war der alte Barthli jedenfalls nicht, und eben anmütig tat er nicht; aber Züsi wußte nichts anderes, als daß einmal der Vater so war und so tat, und ging neben ihm und saß neben ihm und aß neben ihm jetzt, als es größer war, um einen halben Batzen Suppe, und alles unbeschwert.

Es fing eher umgekehrt an zu fehlen. Ein hübsches Meitschi ward zu jeder Zeit bemerkt, es ist ein Ding, das nie außer Kurs kam und nie außer Kurs kommen wird. Man sah Züseli an, man sprach es an, und wenn Barthli mit ihm nach Bern ging, hatte das Tüfelwerk kein Ende. Da ein Küher sagte: «Meitschi, wotst ryte, hock uf e Karre, ih zieh dih.» Dort sagte einer, es solle die Körbe auflegen, sie seien ein gar unkommod Tragen. Und wenn Barthli in eine Wirtschaft kam, wollte man es dem Meitschi bringen, rühmte, wie hübsch es sei, fragte, ob es einen Schatz habe oder vielleicht schon zwei? Das trieb den Alten fast aus der Haut. Und dann noch das Meitschi obendrein, wie das ihn zornig machte!

Wenn man es ihm brachte, so trank es, und wenn man von einem Schatz sprach, so plärete es nicht, es lachte eher. Es sei, wie wenn der Teufel in ihns gefahren, klagte er. Das Meitschi hätte sich ganz gänderet. Das sei jetzt daheim ein Waschen und Strählen, es hätte keine Art. Ehedem sei es genug gewesen, wenn es wie üblich und brüchlich es alle Wochen gemacht, jetzt geschehe das in der Woche, es wisse kein Mensch wie oft; fast allemal, wenn es von Hause gehe, müsse das Spiel angehen mit Strählen und Waschen, und dazu hätte es einen Trieb von Haus weg, er hätte das nie erlebt. Statt daß es ihm zwider sein sollte, wenn er ihns irgendwohin schicke, lächere es ihns schier. Und mit den Kleidern fange es auch an, ihn zu plagen, und rede von Fürtüchern und Hemderen und meine, er solle neue machen lassen. Oh, selb einmal noch nicht, oben im Trögli sei noch manches Stück von seiner Alten selig; das müsse erst gebraucht sein, ehe er Neues machen lasse. Er wüßte nicht, wo das Geld nehmen dazu, er möchte jetzt schon fast gar nit gfahre, und alle Jahre böse es noch.

Züsi konnte dem Vater nichts mehr recht machen, es hatte bös bei ihm, die Leute hatten recht Erbarmen mit ihm. Er schäme sich des Meitschis, sagte der Alte, er dürfe nirgends mehr hingehen mit ihm; wenn auf hundert Stunden herum ein Mannsvolk sei, so lache das einander an, und es sei ein Tschäder, er hätte es nie so gehört. Zu seiner Zeit sei das nicht so gewesen, er habe erst vierzehn Tage nach seiner Hochzeit z'grechtem angefangen, mit seiner Frau zu reden. Wenn ers vermöchte, er ließe vor den «rueßigen Graben» einen Gatter machen hundert Schuh hoch, und dahinter müßte ihm das Meitschi bleiben und könne dann seinethalb lachen, wenn ein Paar Mannshosen von weitem vorbeigingen. Er tat vor den Leuten wüst mit dem Meitschi und putzte es in öffentlichen Wirtschaften aus, wenn ihns ein Mannsbild angesehen oder es einem geantwortet hatte. Das hatte Folgen, man kann es sich denken. Es gab Leute, besonders Weiber, die bedauerten das Mädchen aufrichtig und sagten es ihm auch. «Du kannst mich erbarmen», sagten sie, «du armes Tröpfli, was du bist; er ist ein rechter Unflat gegen dich. Ich blieb nicht bei ihm, ich lief ihm fort, so gequält wollte ich nicht sein. Ein Meitschi wie du findet Platz überall, macht schönen Lohn, kommt zu Kleidern.» Es wisse in Gottes Namen nicht, was es dem Vater zwiderdienet, jammerte es dann. Es habe mit keinem Buben nichts, es lueg nebe ume so viel möglich, wenn einer daherkomme, aber daß sie es anluegten und ein Wort mit ihm redeten, dessen vermöge es sich doch weiß Gott nichts, es könne ihnen das nicht verbieten. Der Vater solle es verbieten, wenn er könne, ihm seis recht. Daheim könne es nicht fort. Wer wollte die Sache machen, pflanzen, melken, den Hühnern die Eier greifen und finden, wo sie legen, von dem verstehe der Vater hell nichts. Aber er sei seit einiger Zeit so grusam wunderlich, es müsse ihn jemand aufweisen, aber wer es sei, darüber könne es nicht kommen. Aber lieber sterben wolle es, als immer so dabei sein, und dazu weinte es bitterlich, und das Weinen stund ihm gar tusig wohl an, zehnmal besser oder hundertmal als einer alten Frau das Lachen.

Etwas anderes war aber noch viel schlimmer. Eine bekannte Sache ist, daß sobald jemand etwas besonders haßt und dieses Hassen auf eine auffallende oder komische Weise an Tag gibt, es allen bösen Buben ein Herrenfressen ist, diesem Menschen zu machen, was er haßt, wie Schuljungen alle Hunde reizen, welche ihnen tapfer nachbellen. Es gibt immerhin einen schönen Spektakel und kostet nicht viel als allfällig ein Loch in die Hosen. Sobald merkbar wurde, wie der alte Korber grimmig werde, wenn man sein Züsi ansehe oder mit ihm rede oder gar Miene machte, irgendwie mit ihm zu schätzelen, so wars, als seien alle bösen Geister los. Es schien dem Alten, als wolle alles mit Züsi reden. Sein Lebtag hatten sich nie so viel Leute auf dem Wege gestellt und ein Gespräch angefangen von Sonne, Mond und Sternen oder sonst für nichts und wieder nichts und dann von Tanzen, Kiltern usw. Und Züsi weinte nicht dazu, sprang nicht über die Zäune, ja blieb manchmal sogar ebenfalls stehen, man denke! Ja, die Bursche kamen sogar bis in den «rueßigen Graben», klopften an Züsis Fensterchen und baten um Einlaß. Es fehlte nicht viel, so fuhr der Alte wie eine Büchsenkugel aus dem Laufe aus der Haut durchs Fensterchen den Burschen an Kopf. Wohl, die würden gegangen sein, anders als vor des Alten Drohungen mit Schießen, Hauen und Stechen, welche weidlich verlacht wurden!

Ja er erlebte sogar, daß er einen, als er von einer Stör heimkam abends, vor seiner Küchentüre traf, und die war nota bene offen, ganz offen, und inwendig der Türe stand sein sauberes Züsi und sprach nicht bloß mit dem Burschen, sondern sie hatten Beide gelacht, er hatte es selbst gehört und zwar mit eigenen Ohren. Wohl, das gab ein Donnerwetter von den mehbessern, und der Bursche erschrak nicht einmal schrecklich, stob nicht davon wie auf den Flügeln des Sturmwindes, sondern sagte ziemlich kaltblütig: «Alter, tue nicht so wüst! Das ist dumm, damit erschreckst mich nicht. Ich habs nicht gehört verlesen, daß es verboten sei, mit deinem Meitschi zu reden und noch dazu am heiterhellen Tage. Das Meitschi gefällt mir, und dich fürchte ich nicht, und das wirst du dir müssen gefallen lassen.» Der Alte spie Feuer, aber was halfs! Trotzig und unversehrt ging der Bursche endlich. Es war dazu nur ein Knechtlein auf einem benachbarten Hofe, aber ein gutes, wie sie rar sind in diesen Zeiten.

Man kann sich vorstellen, was das dem Alten für einen Verdruß machte, daß er die Möglichkeit erlebt, wie in seiner

Abwesenheit Bursche zum Hause kommen konnten zu Züsi, und wie das mit ihnen rede und sogar lache, statt mit Ofengabeln und mutzen Besen gegen sie zu agieren. Was halfs ihm nun, wenn er des Nachts schon wachte besser als der beste Haushund, wenn sie des Tags kamen, während er auf der Stör war! Da hatte er jetzt eine Qual, welche er mit sich herumschleppen mußte, wohin er ging, daß er denken mußte: Ist wohl aber einer vor der Türe und lachet mit ihm? Ja, und so eine ist nüt z'guet dafür, er geyht noch einist innefür. U de? Wie konnte er davor sein, was dagegen machen! Auf die Stören mußte er, das Meitschi einschließen konnte er auch nicht, in der Stube konnte es nicht pflanzen, mit auf die Stören nehmen ging wiederum nicht wegen der Geiß und dem Gitzi, und die auch mitnehmen auf die Stör, wäre den Bauern kaum anständig gewesen; wenn er mit dem sämtlichen Haus- und Viehstand aufgezogen wäre, die Hühner noch hintendrein, sie hätten kuriose Gesichter gemacht. Und wenn er dann sein Elend Leuten klagte, so fand er weder Mitleiden noch Trost. «Barthli», hieß es, «tue nit dumm und schick dich drein, du wirst die Welt nit anders machen, und Weibervolk und Mannevolk kam immer zusammen und gehört zusammen, sonst hätte unser Herrgott sie nicht so erschaffen. Und wenn schon dein Meitschi mit einem Mannsbild redet, so ist das lange noch nichts Schlechtes, und gsetzt, es nähme einen Mann, und dann? Nahmst du nicht auch eine Frau? Du wirst es dem Meitschi nicht erwehren. Mach den Weltlauf anders, wenn du kannst!» Das beelendete Barthli noch mehr, Religion sei keine mehr in der Welt und keine brave Manne. Er könne klagen, wie er wolle, so lache man dazu, wolle dSach mit Verlachen machen statt wie ehemals mit Plären und Beten. So komme es nicht gut, er wünsche nichts, als daß sie das Gleiche an ihren Meitschene erleben müßten; es nähme ihn wunder, ob sie es dann auch nur mit Lachen machen wollten. Das gehe mit den braven Leuten akkurat wie mit den Wydleni, je weniger diesere, desto weniger auch äyre.

Dem Meitschi war nichts vorzuwerfen, aber allgemach begann es ihm zu gehen wie der Eva im Paradies, denn jetzt waren Schlangen gekommen und als Hauptschlange gerade der Vater. Was war natürlicher, als daß wenn der Vater über das Mannsvolk schimpfte, als ob es aus lauter Ufläte und Uhünge bestünde, es sich achtete, ob es dann wirklich so sei, genauer es ansah! Und da fand es, daß der Vater wirklich übertreibe, daß es gar nicht so übel aussehe, und als es genauer hinsah, fand es sogar recht hübsche Bursche darunter, die ihm immer besser gefielen, und namentlich das Knechtlein, von dem schon früher die Rede war. Zudem hörte es gerade über diesen noch recht viel Gutes und daß er gar kein Hudel sei und seine alte Mutter nicht vergesse. Da mußte es diesen doch wiederum ansehen, ob das wohl wahr sein könne oder etwa erlogen. Und da schien es ihm je länger, je mehr, erlogen könne das nicht sein, denn so bsunderbar ein lieblich Gesicht habe es noch nie gesehen. Wenn es sich zutragen sollte, daß es ein Kind haben müßte und sogar einen Buben, so möchte es einen gerade mit einem solchen Gesicht, von wegen, es wüßte dann, Vater und Mutter hätten sich seiner z'trösten im Alter.

Natürlich waren noch viele Schlangen und Schlänglein, die es lockten, zu laufen und zu reutern im Lande herum, wo es lustig zuging, oder z'leerem auf breiter Straße einem guten Schick nach. Ach Gott, und der gute Schick dieser armen, verblendeten Tröpflein, worin besteht dann der? Wir wollen es euch sagen, ihr armen Tröpflein. Der besteht darin, einen Mann zu kriegen oder vielmehr zu pressen in Ängsten und Nöten, der nichts besitzt als eine Tabakspfeife, einen großen Zottel an der Kappe, viel Himmeldonner im Maul und namhaft Schulden beim Krämer, keine Meisterfrau zu haben, die des Morgens aufjagt und den Tag über oft sagt: «Mach! Mach!», des Abends nieder zu können mit den Hühnern und zMittag kochen zu können alles, was man hat, auf einmal, ohne sich mit dem dummen Abteilen quälen zu müssen, plaudern zu können stehenden Fußes von einer Tagheitere zur anderen, unbekümmert, wer dSach mache. Das ist die Herrlichkeit drei Tage oder drei Wochen lang, dann kommt das Elend: immer mehr Kinder, immer weniger Brot, immer schlechtere Kleider und bösere Worte von Mann und Kindern sechs Tage lang, am Sonntag Schläge zum Trinkgeld, schließlich das Betteln halb nackt Sommer und Winter, das Liegen auf schlechtem Laubsack, das schreckliche Frieren Tag und Nacht, nie mehr erwarmen Können, bis der Tod kömmt, der ganz kalt macht; aber dann spürt mans doch nicht, muß nicht mehr höpperlen auf den hartgefrornen Straßen in bösen Schuhen und Strümpfen den dünnen Brotrinden nach. Das sind die Herrlichkeiten, welche auf den Heerstraßen die mannssüchtigen Mädchen erreutern, errennen.

Nun, Züseli erzwang das Reutern nicht, lief seinem Alten nicht davon. Aber wenn es des Sonntags im «rueßigen Graben» saß, auf der Küchenschwelle den Hühnern zusah und die Geißen weidete, so mußte es doch denken, wie es lustiger zugehen werde in der Welt als hier im «rueßigen Graben». Mitzumachen begehre es nicht, dachte es, nur zusehen von weitem möchte es, um zu sehen, um zu wissen, wie es eigentlich auch ginge. Es juckte ihns wirklich manchmal, wenn der Alte schlief oder wenn er den Wydliwuchs beaugenscheinigte in seinen Revieren, drauszulaufen und sich das Ding recht zu besehen, besonders da, wo Tanz war oder sonst berühmte Lustbarkeiten. Aber es traute sich doch nicht, Schläge hätte es bar gehabt, und es fiel ihm gar nicht ein, den Vater nicht für den Vater zu halten. Es liebte ihn eigentlich; wenn er gestorben wäre, so hätte es sich kaum trösten lassen. Und auch der Vater liebte sein Töchterlein, wenn er es schon selbst nicht wußte; es war sein Schatz und sein Kleinod, seine Plackereien eigentlich nichts als Eifersucht und Angst, es möchte ihm jemand denselben rauben oder denselben mit ihm teilen wollen. Wie der rechte Geizhals, dem das Geld sein Gott ist, sich dessen nicht rühmt und groß damit tut, sondern sich arm stellt und wegen Armut jammert, ungefähr so hatte es Barthli mit seinem Töchterlein und umgekehrt wie die Väter und besonders die Mütter mit ihren Töchtern, denen sie gerne los wären, gerne sie glücklich machen, das heißt an Mann bringen würden. Sie hatten aber auch ein ähnlich Schicksal, den umgekehrten Kummer: Barthli, es wolle ihm jeder sein Meitschi nehmen, die Anderen, die Ihren wolle Keiner; und was man am nötlichsten sucht, findet man nicht, sondern das Gegenteil.

Barthli mußte einmal wieder zMärit nach Bern, denn es gibt Zeiten im Jahr, wo man auf dem Lande keine Körbe absetzt. Züsi mußte mit, er hatte viele Körbe, und nahm ers mit, hatte er es wenigstens unter Augen. Daheim hütete es ihm niemand, denn eine Nachbarin, welche sonst ein Auge auf ihns haben sollte, ging auch zMärit. Züsi ging auch gerne. Wenn es schon nicht mehr so in Entzücken versank, so sah es doch vieles, an welches es denken konnte in seiner Einsamkeit, und wenn ihm die Suppe auch nicht mehr so vorkam wie eine Speise von den Tafeln aus dem tausendjährigen Reiche, so lebte es doch wohl daran, und wenn sie guten Verkauf hatten, ließ der Vater wohl auch ein Stücklein Fleisch und etwas, sah aus wie Wein, aufmarschieren. Er gab hie und da einen schwachen Schimmer von sich, als dürfe er sich etwas mehr gönnen als früher, aber bemerkte es jemand, so tat er auf lange kümmerlicher als je.

Wer an einem großen Markttage an einer Hauptstraße

steht, findet Stoff zu mancher gottseligen Betrachtung, zu mancher Predigt, er sieht sichtbarlich vor sich die Lebensstraße. Es rennen die Einen dem Getriebe des Marktes zu, wie unwillkürlich durch einen Magnet oder einen Strudel angezogen. Es wandern Andere besonnen und behaglich dahin, meiden die Steine, suchen den besten Weg, verkürzen sich den Weg mit Plaudern, haben vergnügliche Gesichter und zuversichtliche, daß ihnen was Gutes nicht fehlen werde. Es karren und trappen die Dritten mühsam daher, möchten auch eilen, aber es geht nicht; sie kommen hintenher durch Dick und Dünn, haben Angst, sie kämen zu spät zu den guten Dingen, und kommen doch nicht vorwärts. Wie die den vorübersprengenden Fuhrwerken nachsehen, die Einen schmerzlich, die Andern zornig! «Fahr nur, so stark du magst, so kommst desto früher zum Lumpentürli; dann kannst wieder mit mir laufen, wenn du noch laufen magst! Ich sprengte auch und mochte nicht warten, bis ich in einem Gasthof saß. Jetzt weiß ich wieder, wie das Laufen ist, und wäre zufrieden, wenn ich einen Batzen hätte und zu einem Schluck Branntewein käme.» So führt Mancher Selbstgespräche, hängt jedem dahineilenden Fuhrwerke eine Lebensskizze der darin Sitzenden an samt etwelchen frommen Wünschen und Weissagungen. Humpelt aber noch einer mit ihm, so führen sie zusammen erbauliche Gespräche, machen sich vertrauliche Mitteilungen über ihre Nächsten und streiten sich darüber, ob diese sich seinerzeit selbst hängen oder ob sie gehängt werden würden und was sie noch alles darüberaus verdient.

Barthli und Züseli gehörten unter die Karrenden, doch nicht unter die Unglücklichen und von Grund aus Mißvergnügten. Barthli wäre für heute mit der Welt zufrieden gewesen, wenn nur gar kein Mannsbild auf der Straße gewesen wäre, und Züseli sah ganz vergnügt aus. Sie kamen früh in die Stadt, so wurde am besten der gefährlichste Teil des Volkes gemieden, der junge. Manchen Ärger über die Stadtweiber hatte Barthli auszustehen, sorgte aber, soweit billig, für Entschädigung.

Züseli machte indessen noch bessere Geschäfte, denn mit ihm machte man lieber Geschäfte als mit dem rueßigen Alten, und als Trinkgeld obendrein bekam es nicht selten die Bemerkung: «Es charmants Meitschi! Wäre das recht angezogen, so machte das Puff.» «Mach nur nicht, daß es das hört», sagte dann wohl eine Begleiterin. «Es wäre imstande, es käme in die Stadt. Wohl, das würde ein sauber Dirnlein abgeben!» Wer weiß, was die Rednerin selbst abgegeben hätte, wenn sie hübsch gewesen wäre, wovor sie aber Gott bewahrt hatte! Wird seine Gründe gehabt haben, der liebe Gott.

Neben dem Ärger über die Stadtfrauen hatte Barthli noch großen Zorn zu verwerchen über die Gendarmes. Er könne nicht glauben, daß der liebe Gott die ganze Welt erschaffen, sagte er. Der liebe Gott sei ein weiser Mann. Zweier Gattig Kreaturen hätte er nicht gemacht, Kröten und Gendarmes (wenns noch Landjäger wären, er wollte nicht so viel sagen.) Von denen wisse er nicht, und kein Mensch habe es ihm sagen können, für was die gut seien, und allen Leuten gruse es drob. «Wohl, Barthli», sagte ihm ein Kamerad, «das kann ich dir sagen. Lue e Krott oder e Gendarm recht a, und dann wirst du Gott danken, daß er es geordnet, daß du der Barthli geworden und nit e Krott oder e Gendarm. Dafür hat er sie gemacht.» «Ja, sieh», sagte Barthli, «das ist das nichtsnutzigst Volk auf Gottes Erdboden; gerade das, wo sie wehren sollen, machen sie selbst. Sie sollen heute machen, daß der Weg nicht gesperrt sei, sondern jedermann passieren könne, und gerade sie stehen dem ganzen Volk im Weg. Unsereiner sollte nirgends sein; wenn sie ein alt Mannli sehen, so kujonieren sie es, es ist nie am rechten Ort, schon dreimal hat mich heute einer angeflucht um nichts und wieder nichts. Und die Obrigkeit wird ihm doch nicht den Lohn geben, daß er die Leute das Fluchen lehre und wie man umgehen müsse mit alten Leuten. Dagegen steht der Aff da vor meinem Meitli, es weiß kein Mensch wie lang, verstopft den Leuten das Loch, hält dem Meitschi die Kunden ab, macht ihm den Kopf groß, das steht ihm immer am rechten Ort. Das muß gehen, sich zu waschen, von wegen, ich habe immer gehört, wenn ein Gendarm ein Meitschi lang ansehe, so werde es krätzig oder bekomme aufs Wenigste eine Haut, wie eine vierhundertjährige Eiche Rinde habe. Dem Hagel darf ich nichts machen, nicht einmal was sagen, aber ich will es der Obrigkeit eintreiben; wenn ich der was zuleide tun kann, so will ich es gewiß nicht sparen.»

Natürlich mußte es einstweilen das Meitschi entgelten, dem er kein gutes Wort gab und im Wirtshaus es so kurz als möglich abspeiste, daß es recht hungrig blieb und Augenwasser bekam vor Elend. Wenn es nur schon daheim wäre, dachte es, so könnte es doch den Hunger gstellen. Wenn sie nur schon daheim wären, dachte der Alte, dann müsse ihm das Meitschi nicht bald wieder zMärit, daß es ein Gendarm nach dem andern angrännen könne. Da es ihnen Beiden pressierte, kamen sie also auch aus der Stadt, aber viele Worte gönnten sie einander nicht.

An einem Markttage geht es lustig zu, überall sind die Geigen los, und wo ein Schild an einem Häuschen hängt, da stehen die Fenster offen, damit Geigen und Trampeln das Häuschen nicht versprengen. An diesen allen müssen die Heimkehrenden vorbei, haben so die Musik umsonst. Für Mädchen, die nicht einkehren dürfen, sondern auf der Straße bleiben müssen, ist es eine Art von Spießrutenlaufen, besonders wenn sie weite Herzen haben, für Viele Platz darin und nun denken, hier innen kann ein Schatz sein und dort wieder einer, und so fort. Züseli war noch nie auf einem Tanzboden gewesen. Es könne nicht tanzen, sagte es, und könnts nie lernen und begehre sonst nicht, zu gehen. Wohl, der Vater würde ihm, sagte es. Es dachte nicht daran, daß es viele Mädchen mit dem Tanzen haben wie junge Hunde mit dem Schwimmen. Man werfe nur einen ins Wasser, so kann man sehen, wie er das erstemal schon munter fortkömmt. Züsi tat es also nicht weh im Herzen, wenn es an einem zitternden Häuschen voll Geigen vorbeiging; etwas kürzer wurden wohl seine Schritte, die Musik gefiel ihm.

Schon mehr als halbwegs waren sie und eben fast wieder an einem Wirtshause vorbei, als ein Bursche zur Türe aus stürzte, Züsi packte, «jetzt mußt du kommen und einen mit mir haben!» schrie und mit ihm fahren wollte dem Wirtshause zu, wie es üblich und bräuchlich ist. Das Meitschi wehrte sich, der Alte brüllte: «Willst mir das Meitschi sein lassen, du Uhung du!» und faßte auf der andern Seite und riß auch. Sie rissen und brüllten; es war ein Mordspektakel, wäre jedoch kaum beachtet worden, wenns bloß gewöhnlicher Schryß gewesen wäre. Ein Mädchen hat Schryß heißt so viel als: es ist fêtiert, gesucht. Es sollen nämlich die Mädchen, wenn Bursche sie zu Wein und Tanz führen wollen, sich erst tapfer wehren, tuns jedoch nicht alle, wenigstens nicht nötlich, aus Furcht, die Burschen könnten nicht recht anwenden, zögen gerne den Kürzern und ließen ab. Nun geschieht es auch, daß zwei Bursche an einem Mädchen zerren, bis Kleider und Arme fast vom Leibe gehen, oder wenn ein Mädchen im Ernst heim will, sie es förmlich zurückschleppen, daß ein Fremder meinen würde, sie hätten Befehl erhalten, das Mensch tot oder lebendig einzubringen. Diesmal schien es mehr oder weniger eine abgeredete Sache zu sein, Züsi mal ins Wirtshaus zu bringen dem Alten zHohn und z'Trotz, denn aus den Fenstern brüllte es: «Benz, wehr dich, Benz, setz nicht ab, zieh brav, bist e Leide, daß du dr Alt nit magst!» So mußte Benz alle seine Kraft anwenden und schwor dazu alle Zeichen, sie möchten sich wehren, wie sie wollten, Züsi müsse einmal ins Wirtshaus, das sei fertig, und er schleppte sie Beide wirklich hinter sich her zur Burgerlust der Zuschauer. «Alter, setz ab, heute zwängst du nichts, du reißest ja deinem Meitschi den Arm aus dem Leibe. Komm mit, z'trinke mußt haben, so viel du magst!» «Benz, zieh recht, und wenn du nicht gfahren magst, so wollen wir kommen und dir helfen!» so scholl es aus den Fenstern. «Nit nötig!» rief Benz, tat frisch einen mächtigen Ruck, daß der Alte das Mädchen lassen mußte und Benz samt dem Mädchen bei einem Haar überpurzelt wäre. Ein furchtbar Gelächter erscholl. Desto schneller machte sich Benz mit dem förmlich eroberten Mädchen ins Haus.

Drunten blieb der Alte fluchend stehen und wünschte der mutwilligen Jugend alle Hagelwetter auf den Hals, schalt sie Räuber, Mörder und merkte nicht, daß er da eine Komödie aufführe und dazu noch unentgeltlich, zum Ergötzen des Publikums. Endlich kam die Wirtin, eine resolute, kuraschierte Frau mit gutem Herzen. «Das ist öppe nüt Witzigs von euch, ein alt Mannli so z'plage, wollt so vornehme Bauernsöhne sein! Hätte geglaubt, zu einem solchen Lümmelstücki wäret ihr zu stolz. Und für was seid ihr denn da?» schnautzte sie gegen einen Gendarm. «Unglücksmacher seid ihr; wenn man euch brauchen könnte, sieht man euch nicht, und wo ihr abwehren solltet, da helft ihr noch. Komm, Barthli, hinauf, trink, was sie dir ja angeboten, laß das Meitschi es paar halten, dann müssen sie es dir lassen, wann du willst, ich bin dir gut dafür. Ich will schon Ordnung machen, ich! Dazu brauche ich niemanden, und wenn er eine Montur anhätte und ein Säbeli am Hintern.»

Als Barthli hinaufkam mit der Wirtin, da war Züsi zum großen Ärger des Alten bereits mitten im Tanzen. Es war ihm wirklich zu seinem eigenen Erstaunen gegangen wie, doch per se nicht zusammengezählt, einem jungen Hunde, und seine Beine bewegten sich ungsinnet und ungeheißen, wie der Geiger es aufmachte. Gar freundlich wurde Barthli oben empfangen, mit Wein und Speisen reich regaliert, Gläser von allen Seiten ihm dargestreckt; man wollte ihn versäumen, mit Wein zudecken, daß er Pressieren und Heim, gehen vergesse. Aber Barthli war nicht erst gestern auf die Welt gekommen und von Natur nicht dumm. Ein Glas Wein, wenn es ihn nichts kostete, trank er nicht ungern, er teilte diese Schwachheit mit noch ganz anderen Leuten, aber das Spiel mit sich treiben ließ er nicht gerne; den Posten, Anderer Narr zu sein, liebte er nicht, auch wenn er was ein, trug und er, Barthli, geizig war. Er nahm, bis es ihn dünkte, er hätte genug und drei Tänze sollten getanzt sein. Da wollte er sein Meitschi haben und fort, aber man lachte ihn aus, und der Spektakel ging von neuem an. Das Meitschi hörte es, und obgleich es ihm beim Tanzen war, als sei es halb selig, so stellte es doch dasselbe ein, wollte keinen Fuß mehr versetzen, sondern mit dem Vater heim. Aber Benz wollte es nicht gehen lassen, sondern zerrte immer frisch an ihm. Da kam die Wirtin wieder und sagte: «Jetzt laßt mir das Meitschi, ich versprach es dem Alten, und er soll es haben, und wer es nur noch anrührt, den treffe ich, und wenn es an einem Mal nicht genug ist, zweimal. Es nimmt mich wunder, ob in meinem Hause die Leute nicht ein, und ausgehen dürfen, wie sie wollen.» «Aber Wirtin, hätte geglaubt, du hättest mehr Ver, stand als so. Seit wann ists Sitte, mit einem Mädchen zu tan, zen und es so z'trocknem laufen zu lassen? Das tut dir kein rechter Bursche, einmal wenn er noch einen Kreuzer Geld im Sacke hat», hieß es von allen Seiten. «Mir wärs manchmal lieber gewesen, z'trocknem zu gehen als so einem Schnürfli ein Glas abzunehmen», antwortete die Wirtin. «Aber meinetwegen! Soll ich eine Halbe bringen?» Als die Halbe getrunken war, fing die Geschichte wieder von vornen an. Benz wollte das Meitschi nicht lassen, erst jetzt habe er recht Mut zum Tanzen, und mit dem Trinken sei es nicht gemacht, es müsse gegessen auch sein, die Wirtschaft solle aufwarten mit dem, wo zu haben sei, heute müsse was gehen, er setze nicht ab. Das Mädchen weinte, und der Alte war fuchswild. Benz schimpfte ihn mit allen möglichen Ehrentiteln aus und fing den Schreiß wieder an. Da erschien die Wirtin, warf Benz mit ihrem mächtigen Arm in die lachenden Zuschauer hinein, daß er davonfuhr wie ein Kegel, von gewaltiger Kugel getroffen. «Jetzt, Alter, nimm das Meitschi und mach, daß du mit ihm fortkommst; und daß mir sie Keiner anrühre oder plage, sonst treffe ich ihn, daß er weiß, daß er getroffen ist!» so rief das zornige Weib. Und unangetastet im Frieden zog der Alte mit seinem Kleinod ab. Man glaubt nicht, was so eine mutige Wirtin für eine Herrschaft übt. Der Wirt ist immer nur ein Fösel dagegen.

Der Alte fuhr wie ein großer Feuerteufel oder feuerspeiender Berg dahin, schimpfte über alles im Himmel und auf Erden und nicht am wenigsten über sein Töchterlein, daß das einen Fuß zum Tanzen aufgehoben, gäb wie das sagte, es hätte nicht anders können, es hätte sich ja gewehrt bis z'usserist use. «Zum Schein, du Täschli!» polterte der Alte; «wenn es dir ernst gewesen, du hättest dich gstabelig gemacht wie ein buchenes Scheit, daß dr Tüfel ghört hätt, mit dir z'tanze, jawolle!» Ja, so ein alter Barthli, ein sechzigjährig Kudermannli, hat gut reden, so einer, der von Natur gstabelig ist wie ein Garbenknebel; der weiß nicht, was das Unghürigs wär für ein achtzehnjährig Meitschi, wenn es sich gstabelig machen sollte, wenn der Geiger einen recht Lustigen aufmacht und ein Benz mit ihm tanzen will. Dem Meitschi gings ganz wunderlich im Kopf herum, bitter und süß durch einander. Das Schelten des Alten tat ihm weh. Das Wüsttun von Benz plagte ihns. Daß er so einer sei, so wüst tun könnte, hätte es keiner sterblichen Seele geglaubt, dachte es, und zu diesen Gedanken machte der Geiger lustig auf, die Töne zuckten ihm durch den ganzen Leib, die Füße trippelten im Takt. Es war in dem seltsamen Zustand, wo man oben weint und unten tanzt, Füße und Augen allen Rapport zu einander verloren haben.

So kamen sie heim, und ds Meitschi sollte die Haushaltung machen und zwar hinten und vornen im Hause. Wie die Ziegen mit ihrem Traktament zufrieden waren, wissen wir nicht, Klagen darüber kamen uns keine zu Ohren; aber über das seine schimpfte Barthli ungemessen, und zwar hatte er etwas recht, wir müssen es sagen. Der Kaffee war ganz ohne Sinn und Verstand, das Meitschi hatte das Pulver vergessen, er kam ganz weiß aus der Kanne. Die Erdäpfelrösti war schwarz wie ein Wollhut, ungesalzen und ungeschmalzen. Die Milch war ein unerhört, nie erlebt Getränke, denn im Verschuß hatte Züseli Salz und Butter in die Milch getan statt in die Rösti. Man kann sich denken, was das für den hungerigen Barthli für ein Herrenleben war! Er war drauf und dran, was er sonst nie machte, ins Wirtshaus zu gehen und nachzubessern und den Leuten zu klagen, wie es ihm ergangen und was er für ein Meitschi habe. Zu gutem Glück fiel ihm noch zu rechter Zeit ein, der Teufel sei von je ein Schelm gewesen; es wäre sehr möglich, daß er es jetzt noch wäre und Benz und Züseli zusammenführen könnte so oder so. Er besserte sein Hundefressen mit einem Stück Käs aus, trank frische Geißmilch dazu und paßte scharf auf Züseli, in welcher Richtung dessen Augen gingen, ob es wohl jemanden erwarte oder nicht. Und als es ihm sagte, es wolle zu

Bette, es sei müde und schläferig, da ward ihm die Sache erst recht verdächtig. «Aber wart, du Täschli, du bist mir noch lange z'wenig, Barthli ist dir und Andern schlau genug, du Täsche! Wart bis morgen, dann will ich dir die Schlauheit auflegen, daß du sie faustdick am Leibe greifen kannst», brummelte der Schlaue.

Nun machte es der Alte schlau. Er stellte sich in die sieben Bohnenstecken, von denen aus er die Zugänge zum Häuschen übersah und namentlich die Fensterchen allzumal, die blinden und die halbblinden. Da lauerte er wie die Katze auf die Maus und dachte: Wartet nur, der alte Barthli ist euch schlau genug, der tut euch Pulver in die Kanne und Salz in die Rösti. Er machte sich gstabelig wie ein buchenes Scheit in seinen Bohnenstecken, und das war ihm keine Kunst, denn er war von Natur schon fast so, und spitzte die Ohren wie ein Has in einem Kabisplätz. Er hörte immer etwas, bald hinten, bald vornen, bald links, bald rechts; es knisterte was im Laube, es trappete auf der Straße, es schlich etwas, es hustete, kurz er hörte alles Mögliche, aber es kam niemand. Es fror ihn, es fiel ihm ein, der Kerl könnte schon drinnen sein, er hörte drinnen was. Richtig, da redete es. Barthli schlich wie eine Spinne, wenn sie eine Fliege um ihr Netz surren hört, gegen seiner Tochter Bett, stand stille und wollte wissen, wer da spräche und was, und wenns Benz sei, ihn prügeln nicht für Spaß. Aber er verstand sich nicht auf die Töne, bis er dicht vor dem Bette stund. Da hörte er, wie Züseli brummte: «Drli, drli, drli, drli, drlum, drlum, drlum, drlurili, drlurili.» Das gute Meitschi tanzte im Schlaf und machte den Geiger dazu und war sicherlich selig in seiner Freude. Es fehlte aber nicht viel, der Alte hätte sie ihm rauh vertrieben und ihm zugemessen, was er Benz zugedacht. Hart rüttelte er das Meitschi auf und gab ihm einen väterlichen Zuspruch nicht bloß aus dem Salz, sondern aus dem

Pfeffer, der aber dennoch nicht tief ging; denn kaum stand der Alte wieder in seinen Bohnenstecken, so sumste es im Stübchen wieder: «Drlü, drlü, drli, drli», und lustig gings in des Mädchens Seele zu, während draußen der Alte fror und fluchte und alles umsonst. Benz kam nicht, aber kommen hatte er wirklich wollen; der Geist wäre willig gewesen, aber das Fleisch war zu schwach. Er war hart betrunken, fand den Weg nicht, fand überhaupt keinen Weg mehr, und wie und wann er nach Hause kam, darüber gehen verschiedene Gerede. Als Benz wieder zu ordentlicher Besinnung kam, da ward sein Gewissen beschwert durch die Art und Weise, wie er Barthli behandelt und tituliert hatte. Das Meitschi stak ihm im Herzen und ds Hüsli im Kopf und beide tief. Das Meitschi gefiel ihm wohl, es war eingezogen, flink und fleißig, hübsch genug für ihn, wie er sagte, aber es chömm nit alles uf dHübschi a, sondern ds Meiste ufs Ordelitue; und dann könne er einmal noch ein ganzes (die Löcher im Dache rechnete Benz für nichts) Hüsli erben, da brauche man keinen Hauszins, könne pflanzen, ja, das wäre ein schöner Anfang und viel gewonnen. Wenn man ein Meitschi gerne möchte, so schien es Benz denn doch nicht als zweckmäßige Präliminarien, den künftigen Schwäher zu mißhandeln; er erachtete, der Schaden müsse ausgebessert werden, aber das Wie, das gab ihm lang zu sinnen. Endlich fiel ihm was ein. Er stahl seiner Meisterfrau einige alte, zerrissene Körbe und machte sich nach dem Feierabend mit denselben dem «rueßigen Graben» zu.

Er fand den Alten auf dem Bänkli vor dem Häuschen. Das Meitschi saß neben ihm auf dem Tritt der Stege, die ins Obergaden führte. Die Meisterfrau schicke ihn, sagte Benz, er hätte da einige alte Körbe zum Flicken, wenn es sich der Mühe lohne, er solle sie gschauen, und somit saß er ohne weitere Komplimente neben den Alten auf das Bänkli ab.

Der Alte hatte alsbald die Trümmer der Körbe zur Hand genommen und geriet in schauerlichen Zorn. Er ließ ihn zuerst los über die Baurenweiber, wie die immer hundshäriger würden, wüest Gythüng. Da solle er Körbe flicken; fordere er mehr als zwei Kreuzer für einen, so sage sie ihm wüst, und habe er mit demselben doch mehr zu tun als mit einem neuen dreibatzigen. So gehe man mit armen Leuten um; nachdem man sie blutt gemacht, wolle man sie noch schinden. Nachdem er alles gemustert, wandte sich sein Zorn. «Los, Bub», sagte er, «mit solchem Zeug schickt dich keine Bäurin, wenn sie recht im Kopf ist, und das ist Deine, das ist eine rechte Frau. Du Lumpenkerli willst anfangen, wo du es gelassen, ich soll dein Narr sein; aber da bist am Lätzen, stell einen hölzernen an, wenn du einen Narren haben mußt, oder sei ihn selbst, aber den Barthli laß ruhig, der zeigt dir sonst den Weg unsauber! Nimm den Zeug und packe dich, und daß du mir nicht mehr unter das Dach kömmst, sonst mache ich, was gut ist.» Benz blieb sitzen und sagte ruhig: «Etwas recht hast und etwas nicht. DMeisterfrau hat mir in der Tat diesen Zeug nicht gegeben, sondern ich kam aus mir selbst, und weißt warum? Ich wollte schon am Märitabend kommen, es war aber besser, ich kam nicht, ich war z'volle, mein Lebtag nie so, wie ein Kalb, sag ich dir. Nachher kams mir, ich sei wohl grob mit dir umgegangen, und es war mir leid, von wegen, sieh, es geschah nicht aus Absicht oder gar aus Bosheit, sondern wegen der Bekanntschaft. Sieh, ich will es dir graduse säge, dein Meitschi gfallt mir, es dünkt mich, es schicke sich niemand besser zu einander als ich und es. Wir sind Beide jung und hübsch genug für einander, können Beide wohl verdienen; es bekömmt ein Hüsli und ich keins, es hat einen Ätti und ich ein Müetti, Beide alt, wegen der Hübschi haben sie einander nichts vorzuhalten. Wenn du und es einander heirateten, so brauchte ich für ds Müetti keinen Hauszins mehr, es könnte die Haushaltung machen und ds Meitschi desto besser verdienen, und wenn denn da alles zusammenkäme, so hätten wir bald Geld zweg und könnten entweder mehr Land kaufen oder das Hüsli neu unterziehen lassen, es mangelt dasselbe grusam. Wenn du mir ds Meitschi gä wotsch, es hat nichts dawider, ich wüßt nicht, was es wett ha, so bsinn dih nit lang und sägs, daß ih mih rangiere cha! Mit Werche mag mich Keiner, und sparsam bin ich auch. Daß ich mich vollgesoffen letzthin, daran stoß dich nicht, das geschieht des Jahrs nicht manchmal, und selb macht nichts, sagt man. Die Mutter ist huslich; für Schmutziges z'spare i dSuppe, i ds Krut u sust, kratzet si all Egge us. Die erspart dir manche Krone des Jahrs. Lue, du bist afe alt, und lang wirst es nicht mehr machen, aber du sollst deine Sache haben wie recht und brüchlich; für einen Hund sollst nicht gehalten werden, wie es an manchem vornehmen Orte der Brauch ist, wir wollen dich für e Ätti ha, seiest wunderlich oder nicht, krank oder gsund. Ich habe gedacht, du werdest froh sein, wenn dein Meitschi einen habe, ehe du davon müssest. Da habe ich gedacht, du gebest mir die Tochter, sie machts uf my armi türi besser mit mir als mit einem, der manchtausend Gulden hat, daneben dann aber ein Hudel ist, und dann ists auch nicht, daß ich ganz nichts hätte. Oder was meinst, Barthli, nicht wahr, du gibst mir dTochter?»

«Ja, ja, ja, einem solchen Lausbub wie du die Tochter geben, ja, ja, ja, das wär es witzigs Stückli vo Barthli, einem, wo nichts als plagen kann und damit anfängt, mich zum Narren halten zu wollen. Ich glaube, du möchtest gern es Hüsli und dazu noch mir deine Alte, die wüste Schnupfdrucke, anhängen, so was käme noch manchem Narr in Sinn. Mein Meitschi mangelt keinen Mann, wir mögen die Sache, welche wir pflanzen, selbst fressen, brauchen keinen Schmarotzer und Unflat dazu. Und jetz mach, daß du fortkömmst, und das Gnist, wo du gebracht, nimm mit, oder ich schlage es dir ums Gesicht.» Benz wollte frisch ansetzen, versuchte, Barthli darzutun, wie kommod in alle Spiel ein Tochtermann wäre, wie er doch einen haben müsse und viel besser täte, einen zu nehmen, der am Tag komme, als einen, den ihm das Meitschi zNacht zuecheschleipfe. Er sollte nur das Meitschi fragen, ob es ihn wolle oder nicht. Aber Barthli fragte das Meitschi nit: Wotsch oder wotsch nit? Benz hatte seine Sache nur schlimmer gemacht, den Verdacht geheimen Einverständnisses erweckt und jetzt wirklich Zeit, zu gehen, wenn er nicht fremde Hände am Kopf haben wollte. «Sag», rief ihm Barthli nach, «deinem alten Kratte, wenn sie einen Mann wolle, solle sie sich einen kuderigen machen lassen, andern bekomme sie keinen!» Da drehte sich Benz um und sagte: «Jetzt schweig, Alter, und wart du nur, es kömmt einmal die Zeit, wo du froh über Benz wärest; aber dann kannst du lange pfeifen, du alte Wydlimuser du, wasd bist!»

Züseli war bei der ganzen Verhandlung gewesen, aber nicht gefragt, hatte es auch nichts dazu gesagt. Der Alte fragte ihns auch nachher nicht, ob er es ihm recht gemacht, sondern behandelte es als Mitschuldige. E Dirne, es wüests Buebemeitschi seis; nit trocke hinter den Ohren und schon einen Mann wollen, pfy Tüfel! Kabiswasser saufen müß es ihm, bis solche Mücken vergangen seien. Daß es ihm nicht ds Herrgotts sei, mehr einen anzusehen, sonst wolle er ihm die Augen schon vermachen mit Harz oder Schnupf, was er zuerst bei der Hand habe. Er wolle ihm das Gaffen und Liebäugeln vertreiben! Es sei nichts besser dafür als eine Drucke voll Schnupf i ds Gfräß. Er möchte doch wissen, was sie da mit einem Tochtermann, mit so em ene Gränni machen sollten in dem kleinen Hüsli, wo sie kaum selbst Platz hätten. Es sei jetzt mehr als zehn Jahre, daß seine Alte gestorben, sie hätten es seither machen können ohne Tochtermann, er wüßte gar nicht, warum sie jetzt auf einmal einen nötig haben sollten, son e Kerli, wo freß für Zwei, Platz versperr und nichts könne als die Andern versäumen! «Wir mangeln keinen Tochtermann, wir können es alleine, gibt die Geiß ja längs Stück für uns kaum oder gar nicht Milch, verschweige dann für ein so groß Kalb.»

Von diesem Standpunkt aus sah Barthli die Sache an. Es wird sicher niemanden und namentlich keiner lieben Leserin unerwartet kommen, wenn wir sagen, daß Züseli nicht von diesem Gesichtspunkte aus die Lage der Dinge betrachtete. Das Tanzen und der Tochtermann hatten in seinem Köpfchen sich Platz gemacht und drehten sich darin mit einander herum, daß ihm fast alles Sinnen und Denken verging. Kaum achtzehn Jahre alt und hätte schon einen Mann haben können, und ist Manche schon siebenzig Jahre alt und hat noch keinen! Dann hätte es mit ihm zMärit gehen können und beim Heimgehen tanzen, drli, drlü. Und wenn der Alte nicht dabei war, so probierte Züseli richtig, ob es es noch könne. Man sieht, Züseli hätte mit einem Tochtermann seines Vaters schon was anzufangen gewußt. Aber es sollte ihn ja nicht haben, sollte keinen Mann haben, denn der Alte wollte ja keinen Tochtermann, nie mit einem vom Märit heimgehen und mit ihm tanzen! Das kam ihm fast übers Herz, es mußte weinen, es mochte wollen oder nicht, es mußte an Benz denken. Der hätte sich doch so wohl geschickt, fand es je länger, je mehr; die Mutter hätte es eben auch nicht begehrt, aber ihn wohl, und zu brauchen wär er sicher auch gewesen, was er nicht gekonnt beim Korben, hätte man ihn brichten können.

Bis jetzt hatte Barthli mit Recht nicht über Züseli klagen können, sondern Ursache gehabt, dem lieben Gott für das Meitschi zu danken, denn es war nicht bloß die Stütze, sondern auch die Blume seines Alters. Nun begann es zu ändern. Böses machte, soviel wir wissen, das Meitschi nichts, aber mit seinen Sinnen und Gedanken war dasselbe nicht mehr da, wo es sein sollte, sie flogen ihm davon, es wußte selbst kaum wohin. Das Eine vergaß es, das Andere machte es verkehrt, daß der Alte wirklich manchmal schlimm daran war. Bald war nicht gekocht, bald nicht gemolken, die beiden Handhaben an einem Korbe auf der nämlichen Seite, oder gar feuerte es mit Korbwydlene an.

Dazu begann das Meitschi schlecht auszusehen, müde zu werden, plärete viel, daß der Alte wirklich ans Krankwerden dachte und eine alte Nachbarin zu Rate zog. Die tröstete ihn. Das sei nichts anders bei jungen Mädchen, sagte sie, das gebe es oft und werde schon bessern. Da sei nichts besser dafür, als ab Bocksbart zu trinken, der sei bsunderbar guet i sellige Umständen. Zu all seinem Elend mußte nun Züseli ab Bocksbart trinken, der schmeckte ihm aber grundschlecht, und man sah gar nichts, daß er ihm anschlug, eher das Gegenteil. Je weniger er aber anschlug, desto böser wurde der Alte mit Züseli. «Du sufst ume z'wenig», sagte er, «es würde sonst schon bessern, der ist ja expreß gut dafür. Wotsch sufe oder nit?» Wegem Bocksbart konnte er fragen: «Wotsch oder wotsch nit?»; hätte er wegem Tochtermann so gefragt, es hätte vielleicht besser angeschlagen.

Ob Züseli in dieser Zeit Benz nie gesehen, nie gesprochen, wissen wir nicht; wir haben Ursache, zu glauben, daß sie sich gesehen haben. Wenigstens wollte es eine Nachbarin behaupten, nicht daß sie dieselben bei einander gesehen, aber Züseli suche das Futter für die Geißen und den Bocksbart gar oft am nämlichen Orte und an einem Orte, wo nüt Aparts für die Geißen wachse, und der Verstand gebe es doch mit, daß am nämlichen Orte nicht stets etwas zu finden sei. Aber von dort sehe man den Hof, wo Benz diene, und von dorther gehe man herunter ins Dorf, das komme ihr sehr kurios vor. Uns dagegen gar nicht, denn jedem achtzehnjährigen Meitschi ist bekannt, daß ein solches Mädchen in einem Zimmer, wo drei Fenster sind, von denen eins gegen das Haus seines Schatzes sieht, sich immer an dieses Fenster setzt, auch wenn es gar keine Hoffnung hat, mit dem Schatz hinter den Fenstern zusammenzutreffen. Es ist immer Hoffnung, vielleicht ein Bein oder einen Kuttenfecken des Geliebten zu sehen, jedenfalls hat man einen sichern Haltpunkt für seine Gedanken, und schaden kann es ja doch nicht viel!

Wir wollen nicht entscheiden, wie es sich verhielt; das wissen wir, daß am zweiten Sonntag im August vergangenen Jahres Züseli daheim vor dem Häuschen saß und grusam Langeweile hatte und ein Blangen dazu, daß es ihm sein kleines Herz fast versprengen wollte. Die Bewohner des «rueßigen Grabens» meinten nicht, daß sie alle Sonntage zur Kirche müßten. Wenn man die Sonntagskleider alle Sonntage anziehen wollte, man wäre ja alsbald fertig damit, meinten sie. Barthli ging noch zuweilen, und manchmal nur, damit das Meitschi daheim bleiben müsse, um zu hüten; denn das sah er sehr ungern gehen und legte ihm, wenn es einmal gehen wollte, Hindernisse in Weg, wie er nur konnte und mochte. Ledigen Leuten sollte man ds Chilchegah ganz verbiete, meinte er. Es sei ihnen doch nie wegen Gottes Wort, sondern nur daß ein Löhl den andern angaffen könne, und daraus entstünden böse Sachen, wie man Exempel genug hätte. Mit Lesen gab Züseli sich auch nicht besonders ab, und Barthli gab ihm das Beispiel nicht. Sie hatten wohl eine Bibel, aber nicht großen Appetit dazu. Hier ist das Sprüchwort besonders wahr: Der Appetit kömmt überm Essen. Man muß früh anfangen zu lesen und gut lesen, nicht bloß halb buchstabieren können, wenn man Freude am Lesen bekommen soll. Der Sonntagsmorgen ging noch an. Es hatte für Menschen und Vieh zu sorgen, sich recht zu waschen und zu kämmen, statt Kartoffeln machte es einen Eiertätsch oder ein Eierbrot. Fleisch hatten sie des Jahres nicht oft auf dem Tisch. Diese Mahlzeit wurde schon um eilf Uhr eingenommen, lang vor zwölfe war man mit allem fertig, mit Essen und Abwaschen, und jetzt?

Nun, manchmal ging Züseli beeren im Walde. Erd-, Heidel-, Him- und Brombeeren fanden sich zur Genüge. Wohl flocht es auch niedliche Körbchen mit allerlei Kunstwerken für sich, denn eigentliche Arbeit duldete der alte Korber am Sonntag nicht. Das sei das beste Zeichen, um wie viel die Menschen geschlechtet hätten und nichtsnutziger geworden seien; ehedem hätten sie arbeiten können in sechs Tagen, daß sie sieben Tage zu leben gehabt, jetzt schafften Viele sieben Tag und brächten es nicht zweg, daß sie sich des Bettelns erwehren könnten, behauptete er. Aber auf die Straße, ins Dorf hinunter, wo Wirtshäuser waren, dahin ließ es der Alte nicht, von wegen, er war da nicht mit der Schnupfdrucke bei der Hand, um zu rechter Zeit vor allfälligem Schaden sein zu können. Da gab es lange Sonntagnachmittage und viel Seufzens. So war es eben an jenem genannten Sonntagnachmittag. Die Ziege mäckerte im Stalle, und der Alte sagte, es sei ihm so in den Gliedern; es nehme ihn wunder, ob es ein Wetter geben würde. Er wolle hinaustrappen auf die Egg, dort sehe man am besten, was werden wolle. Es finge sich fast an zu fürchten, sagte Züseli. Vor acht Tagen hätte es so grusam Unglück gegeben vom Wasser, und man sage, es gebe gerne zwei Wassergrößen hinter einander und die zweite sei größer als die erste. Es wollte, er bliebe da, oder es wolle mit ihm kommen. «Dumm», sagte Barthli, «es muß jemand daheim sein, um Bescheid zu geben; wenn es schon ein wenig Wasser gibt – und daß es gibt, ist noch lange nicht gesagt, das will ich eben gehen zu gucken –, so wird dir doch hier oben die Emme nichts tun und die Aare nichts, und wenn es wäre, könnte ich dir doch nichts helfen, und die Sündflut wär nicht mehr weit.» «Man kann nie wissen», sagte Züseli kläglich. «Dumm», sagte Barthli und ging langsam der Egg zu.

Wenn es doch dann an einem Sonntag vom Hause wegsein müßte, so sei es doch überall der Brauch, daß die Jungen gingen und nicht die Alten, dachte Züseli traurig. Aber es sei ein armes Tröpfli, es wollte bald lieber sterben als so dabeisein, keine Freude, keine Gesellschaft, von Lustbarkeit wolle es nicht einmal reden. Es setzte sich aufs Bänklein und hätte wahrscheinlich geweint, wenn es nicht Gesellschaft bekommen hätte. Seine Hühner kamen daher, nicht des Fressens wegen, sondern als ob sie bei ihm Schutz suchen wollten. Es wird ein Vogel in der Nähe sein, dachte es. Aber die Hühner wollten nicht wieder von ihm weg, wie sie sonst tun, wenn sie den Vogel weitergeflogen glauben. Wie halb krank stunden sie um ihns herum und versetzten keinen Fuß, um Futter zu suchen. Warum doch die Hühner so mudrig seien? dachte es. Wenn sie nur nicht was Böses gefressen, ihm nur nicht draufgingen, es ginge ihm viel zu übel. Der Vater wolle kein Fleisch kaufen und Brot so wenig als möglich; wenn es nicht zuweilen was von Eiern machen könnte, so hätten sie ds Jahr ein, ds Jahr aus nichts als Kaffee und Erdäpfel, und selb wär denn doch gar zu läntwylig. Es donnerte dumpf, das Meitschi wußte nicht, von welcher Seite her. Es wurde dunkler; es sei fast, als ob es Nacht werden wollte, kein Wunder, daß die Hühner gekommen, sie würden gemeint haben, es sei schon Zeit, zSädel zu gehen, meinte es. Es fürchte sich schier; «wenn nur dr tusig Gottswille dr Ätti wieder da wär», sagte es zu sich selbst.

Es stund vor das Dach hinaus, und über sich sah es den Himmel schwarz wie ein ungeheures schwarzes Grab. «So habe ich es nie gesehen», sagte es zu seinen Hühnern, «wenn doch nur der Ätti käme, was braucht doch der seine Gwundernase auf die Egg hinaufzutragen.» Still war es auch wie im Grabe, kein Vogel zeigte sich mehr, von ferne hörte man ein Gerolle; es war, als wenn ein gewaltiger Totengräber Erde würfe auf einen eben versenkten Sarg. Schwere Tropfen fielen. Eine Nachbarin stand zu Züseli und sagte: «Es ist mir so angst, ich bekomme fast den Atem nicht, ich weiß nicht, was es geben will.» «Ja», sagte Züseli, «und Ätti ist noch nicht heim, wollte auf der Egg nach dem Wetter sehen, und wenn er nur das täte, so dünkt mich, er sollte heimkommen, aber er wird sich mit Klappern versäumen.» «Sieh, dort kömmt er, und es pressiert ihm», sagte die Nachbarin. «Hätte nicht geglaubt, daß Barthli noch so schnelle Beine hätte.» Da flammte es vor ihren Augen, als ob Feuer vom Himmel falle, daß Beide die Hände vor die Augen schlugen; ein entsetzlicher Donner betäubte die Menschen, die Erde erzitterte, und ehe sie noch zu einander gesagt: «Gott, mein Gott», brachen Wasserströme aus den Tiefen des Himmels; der schwarze Sarg war geborsten, und seine Wasser platzten zur Erde. Beide stürzten ihren Häuschen zu, einige Schritte weit; sie erreichten sie zur Not, naß bis auf die Haut, außer Atem. Kaum hatte Züseli ihn wieder, jammerte es: «Mein Gott, mein Gott, der Vater!»

Es war, als ob Gott ihn bringe, er stürzte unter Dach. «Mein Gott, mein Gott, so habe ichs noch nie erlebt», keuchte Barthli. Sie flüchteten sich in die Küche, um den Herd stunden betäubt die Hühner, hinten im Stalle schrie wehlich die Ziege, man hörte zuweilen ihre jammervolle Stimme durch das Rauschen der Wasser zwischen den betäubenden Donnerschlägen. «Wenn wir nur die Geiß hier hätten», sagte Barthli, «die hat grusam Angst, und dort ist das Dach nicht am besten.» «Will probieren», sagte Züseli, «sie zu holen.» Dreimal setzte das Meitschi an, um aus der

Küche zu kommen, dreimal schlugen es die Wasser des Himmels – denn es war kein Regen mehr, es war ein Strom, der aus dem Himmel brach – zurück. Endlich kam es zum Ställchen, konnte die Türe öffnen; da fuhr Feuer durch die Gewässer, blendete ihm die Augen, betäubt lehnte es sich an die Wand. Als es wieder Besinnung hatte nach wenigen Sekunden, war die Ziege weg, das Gitzlein auch, furchtbar brausten die Wasser; es donnerte, wie es in des Blitzes Glut gesehen, ein gewaltiger Bach durch den Graben, wo sonst nur in nassen Zeiten ein klein Wässerchen lief, das zur Not ein Rädchen trieb, wie Kinder in Bächen einzuhängen pflegen.

Züseli floh zur Küche, naß bis auf die Knochen. «Vater, dGeiß wird da sein?» rief es. «Als ich den Stall auftat, kam der Blitz, und als ich wieder sah, war keine Geiß mehr da.» «Sie wird in der Angst ums Häuschen sein, man muß ihr rufen», sagte Barthli und rief ihr mit seiner rauhen Stimme: «Gybe, sä sä! Chumm, sä sä!», aber Barthlis Stimme war zu dünn, drang nicht durch den Donner Gottes und das Brausen der Wasser, Gybe kam nicht. Er drang in seinem Eifer vor die Türe, da sah er denn im Scheine der ununterbrochen flammenden Blitze den donnernden Bach, die Breite des Grabens füllend, höher und höher steigend, mit Gebüsch und jungen Tannen den breiten, trüben Rücken bedeckt. «Oh, oh, Züseli, oh, Züseli, wir müssen sterben!» schrie Barthli und vergaß die Ziege. Sie dachten einen Augenblick an Flucht, aber wohin in den wogenden Wassern? Sie dachten an den jüngsten Tag, und wenn der komme, so komme er ihnen auf den Bergen oder in den Tälern oder in den schäumenden Wellen. Sie beteten, was sie konnten, erwarteten zitternd das Vergehen von Himmel und Erde. Die Wasser brausten, die Hütte wankte; sie hatten sich ihrem Gott ergeben, achteten sich nicht mehr der Zeit, sie warteten auf das Öffnen der Tore der Ewigkeit.

Da ward es wieder heller, die Blitze minder feurig, die einzelnen Donnerschläge ließen sich unterscheiden, waren weniger betäubend, wurden majestätischer; die armen Sterblichen atmeten wieder, sie hofften wieder, über die Gerichte sei aufgegangen die Sonne der Gnade. Da kam plötzlich eine Stimme durch die Küchentüre: «Barthli, lebst noch?» «U de?» war alles, was Barthli hervorbringen konnte. «Gschwing, gschwing komm, sonst nimmts dir ds Hüsli weg!» Ohne weitern Übergang brachte dieser Ruf Barthli urplötzlich aus allen höheren Stimmungen heraus in die Gegenwart, er machte sich hinaus. Durch Züseli bebte es wunderbar, es hatte sich ergeben, alsbald vor Gott zu stehen, jetzt kam plötzlich Benzens Stimme zur Türe hinein. Es konnte nicht aufstehen, der Atem fehlte ihm, die Glieder waren wie gelähmt, Ströme fluteten um sein Herz, die Ströme ums Hüsli vergaß es.

Bedenklich sah es um das Letztere aus, schon war eine Ecke untergraben, und die Wasser mehrten sich noch. Aber Benz tat klug und kühn das Nötigste, den Strom zu brechen, den Zorn desselben abzuleiten. Barthli schleppte Material herbei, ihr wehlicher Ruf um Beistand scholl weithin, brachte Helfende herbei, und das Häuschen ward zur Not aufrecht erhalten; aber es war die höchste Zeit gewesen, daß dazu getan wurde, in wenigen Minuten wäre es verschlungen gewesen. Nun ward es durch gemeinsame Anstrengungen außer Gefahr gestellt, die Wasser begannen zu mindern glücklicherweise, ihren Lauf konnte man wieder meistern, die nachhaltige Kraft der Menschen siegte über die rasch verbrausende Gewalt des Elements.

Die Angst wich aus den Herzen der Menschen, machte aber bei Vielen nur dem Jammer Platz, absonderlich bei Barthli. Er gehörte, wie man gesehen haben wird, unter die Jammersüchtigen, welche immer Ursache haben zum Wehklagen, nie zum Frohlocken, über Verlorenes klagen, des Geretteten nicht gedenken, nie dankbar sind in der Glückseligkeit, aber fort und fort mit der Vorsehung hadern über jede Widerwärtigkeit. Wie ihm die Nachbaren auch sein Glück priesen, daß er, sein Kind und das Häuschen gerettet worden, er hatte keine Ohren dafür, er jammerte nur über seine verlorenen Geißen. Wie die Alte gebe es keine mehr, weder im Oberland noch im Unterland, kein Ratsherr sei so witzig wie sie gewesen; die hätte gewußt, wo das Gras melchiger sei, außer dem Zaun oder inner dem Zaun, und wo sie innerhalb hätte grasen wollen, habe es ihr kein Zaun gewehrt, und dazu sei sie wenigstens acht Taler wert gewesen. Wenn das Gitzi geworden wäre wie die Geiß, so wäre es auch acht Taler wert geworden, zusammen also sechzehn Taler, woher jetzt die nehmen! Und wenn man sie auch je wieder zusammenbrächte, wo dann Geißen finden so melchig und witzig und merkiger als key Ratsherr! Was nütze so das Hausen, wenn dann der Herrgott selbst komme und die Sache verherge, daß es key Art und Gattig habe, man sein Lebtag sie nicht wieder zweg bringe!

Solche Rede ärgerte die Leute stark, und während sie starke Antworten beizten, mäckerte es hinter Barthli erst grob, dann fein. Hastig sah er sich um, es waren seine Ziegen, welche ihm die Antwort brachten, hellauf und wohlbehalten, und Benz wars, der sie hielt. Da war wieder größer als die Freude über die Geißen der Ärger, daß Benz es war, der sie hielt. «Hieltest sie versteckt, hätten sie dir vielleicht auch gefallen?» sagte er giftig. «He», sagte Benz ganz kaltblütig, «wie kam ich zu ihnen? Wo es so wetterte, daß man nicht wußte, bleibt etwas ganz auf dem Erdboden oder ists Matthäi am Letzten, da sagte mir der Meister: Benz, und unsere Ware im Schürli! Die erbarmet mich, darfst es wagen und sehen, ob ihnen zu helfen ist? Meister, sagte ich, warum nicht!

Wenns aus ist, so kömmt es in eins, bin ich hier oder draußen, und allweg ists den armen Tieren ein Trost, wenn jemand Vernünftiges bei ihnen ist.» Als er zNot hinausgekommen, denn bald habe ihn der Wind genommen, bald das Wasser, habe er nebem Schürli mäckern hören und da die Geiß gefunden, die sich dahin unter Dach geflüchtet und schön windab.

«Ja», sagte Barthli, «die ist witziger als mancher Ratsherr, hab ich ja gesagt.» Er habe sie in Stall gelassen, fuhr Benz fort, und weil er sie erkannt, habe er gleich gedacht, die sei unten dem Wasser entronnen und Barthlis könnte ein Unglück begegnet sein, und als er für das Schürlein gesorgt und gesehen, daß es demselben nichts mehr tue, sei er daher gekommen, wie wisse er nicht, das Häuschen sei noch gestanden, aber not z'wehre hätte es getan; wenn ihm die Geiß die Beine nicht gleitig gemacht, wer weiß, ob der Alt und das Meitschi noch am Leben wären. «He ja, ja, man hätte eigentlich Ursache, dir zu danken, aber was soll ich jetzt mit den Geißen anfangen, wo soll ich sie hintun; das Ställi hanget ja in der Luft und hat keinen Boden mehr, und das Hüsli ist über Ort, was soll ich jetzt mit den Geißen, wo wir nicht wissen wohin?» antwortete Barthli hässig. «Barthli, du bist doch der Wüstest; hättest Ursache, dem lieben Gott zu danken, daß du mit dem Leben davongekommen, hast ja auch die Geißen wieder, und tust nichts als brummen und zanken», sagte ein Nachbar. «Dank du, wenn es dir drum ist», antwortete Barthli. «Jetzt noch danken für ein solches Wetter, wie nie eins erhört worden ist seit Noahs Zeiten!»

Darin hatte Barthli recht, daß in dieser Gegend nie ein solches Gewitter erhört worden war, es mußten Wolken geborsten sein vom Druck gewaltiger Wassermassen, die dann über den Rücken und an den Seiten einer nicht hohen Hügelkette hinstürzten, wo sie nicht wie in einem Trichter sich fingen und gepreßt zu einem Loch aus mußten, sondern wo von allen Seiten Abfluß war in verschiedene Täler, verschiedenen Flüssen zu, nach Ost und nach West. Barthlis Häuschen hing über der halben Höhe des Berges, die Wasser, welche dort hinunterbrachen, flossen in ganz kleinem Raume zusammen, und doch brachten sie über hundert Zentner schwere Steine zu Tale, trugen unter Barthlis Hütte von einem Hause einen schweren steinernen Brunnentrog weg und begruben ihn weit unten im Tale tief in den Schlamm, wo er lange nicht gefunden wurde. Als in der Tat das Ställchen unbewohnbar gefunden wurde, sagte der gutmütige Benz, den Barthlis schlechter Dank nicht gekränkt hatte: «He, weißt was, das Meitschi söll se melche, de nime ih se i üses Schürli; uf es paar Hämpfeli Fuetter chunts dem Meister nit a, und es ist nit wyt, am Abe und am Morge cha ds Meitschi se cho melche.» Da sah der Barthli den Benz an mit einem unbeschreiblichen Blick; «meinst, Bürschli, meinst?» sagte er. «Hans», wandte er sich zu einem Nachbar, «du nimmst mir sie zu deinen; will sehen, daß ich fürs Fressen sorge.»

Die Nachbaren hatten Spaß und Ärger ob Barthli. Natürlich war Benzens Abferggete bekannt und wie Barthli gesagt, er wüßte nicht, für was er einen Tochtermann nötig hätte. Natürlich hielten es alle mit Benz. Die Antwort ward zum Sprichwort, und wenn man Barthli einen Streich spielen konnte, so sparte es sicherlich niemand. Er war eben eine bei der immer größeren Abgeschliffenheit der Menschen, der immer größer werdenden Menge ohne Gepräge immer seltener werdende Persönlichkeit, vor der man eine Art Respekt hat und doch, so oft man sie sieht, lachen muß und Lust verspürt, sie zu helken oder zum Besten zu halten. «Nein, Barthli, nein», sagte Hans, «Platz für deine Geißen habe ich nicht, und wenn ich hätte, so schickten sie sich nicht zusammen, meine Geißen sind gar so dumm und deine ja witzig wie ein Ratsherr. Die wird gewußt haben, warum sie da hinauf zu Benze Schürli lief. Sei nicht dümmer jetzt als die Geiß und laß sie gehen mit Benz! Und daneben glaube ich, wir haben das Wetter deinetwegen leiden müssen. Unser Herrgott wird dir haben zeigen wollen, für was man einen Tochtermann brauchen kann.» «Öppis Dumms eso», brummte Barthli, «üse Herrgott wird sih sellige Sache achte! Für e Geiß z'fa, braucht man kein Tochtermann zu sein, das kann jeder Maulaff, und für ein solch Wetter wird man, so Gott will, keine Hülf mehr brauchen, es ist genug, wenn man eins erlebt. Wie dumm wärs, deretwegen e Tochtermann anzustellen, für e Sach, die nimme chunt, was soll me mit em ne söllige Mulaff afa? Wenn Hans dr Kolder macht, so nimmst du mir sie, Niggi, nicht wahr?» sagte Barthli zu einem andern Nachbar. «Nein, Barthli, nein, brauch Verstand; denke, was Gott zusammengefügt hat, soll der Mensch nit scheide! Junge, fahr mit dene Geiße dr Berg uf, su hört das Gstürm uf.»

Benz begriff das, rief Züseli, das begreiflich nicht weit davon stund, zu: «Am sechsi, ghörst, ist gfuetteret und wird gmulche, chast mache, daßd uf magst und obe bist; nachher bschließe ih wieder u chönntisch nit yche; u jetz milch gschwing, was no da isch, su chann ih fahre, mueß ga zur War luege.» Züseli tat das geschwind und schweigend ab, und Benz sagte auch nicht viel, wahrscheinlich befaßten sie sich mehr mit der Zukunft als mit der Vergangenheit. Und als gemolken war, folgte stolz mit hoch emporgehobenem Haupte, wie wirklich ein Ratsherr es nicht besser gekonnt hätte, die Ziege ohne Widerstand Benz nach, als ob sie wüßte, was sie verrichtet hatte. Lustig tanzte das Gitzlein um sie herum, akkurat wie ein achtzehnjährig Meitschi, wenn es vernimmt, es gebe nächstens eine Hochzeit, wo es Brautjungfer sein müsse und dann tanzen könne nach Herzenslust und dann vielleicht, man kann nicht wissen, einen Mann auflesen und dann wiederum eine Hochzeit und dazu eine noch lustigere; denn Braut sein ist doch noch lustiger als Brautjungfer sein, oder ist Bratis essen nicht besser als Bratis riechen? Wir fragen.

«Morgen wirst dich kaum verschlafen, Meitschi!» lachte Niggi. «Danebe vergiß nicht, was dein Alter mit Schein noch nicht weiß, daß was Gott tut, wohlgetan ist. Als es anfing zu donnern und als die Wasserbäche kamen, da dachtest du nicht daran, was die Sache für einen Austrag nehmen würde.» Züseli vergaß es aber auch nicht, und selbe Nacht schlief es nicht, verschlief sich am Morgen nicht. Die ganze Nacht stund der gestrige Nachmittag vor seinen Augen als wie ein großes, bewegliches Gemälde. Es dachte nicht, es schaute nur, fühlte die Angst rieseln durch Mark und Bein; es war ihm das Herz eingeklemmt, daß es oft kaum Atem hatte, und doch war ihm wohl dabei, es war ihm, als ob hinter dem Graus die Sonne stehe und bald schöner als nie scheinen werde und die Greuel verklären und alles vergehen bis an Benz und Geiß und Gitzlein und sonst noch allerlei. So lag es da und sah, was vor ihm stund, bis es ungsinnet graute draußen. Dann machte es sich auf, leise, um den Alten nicht zu wecken, der gar tapfer schnarchte.

Der hatte auch lange nicht schlafen können, aber daran nicht so wohl gelebt wie sein Meitschi, im Gegenteil, sehr schlecht. Er war zornig über den lieben Gott und über seine Nachbaren, rechnete seinen Schaden nach und ärgerte sich über die Schadenfreude. Es hätte nicht geglaubt, daß die Menschen so schlecht sein könnten, ihm ein solch Unglück noch zu gönnen, das Gspött mit ihm zu treiben und mit einem solchen Schnürfli gegen ihn zusammenzuspielen. Aber wohl, denen wolle er vor der Freude sein, die müßten ihn nicht auslachen! Morgen wolle er gehen und die Geiß melken, das werde kein Hexenwerk sein, und gsetzt, er brächte die Milch nicht alle heraus und die Geiß würde wüst tun, so werde das nicht alles zwingen und sie hätten doch dann nichts zum Lachen. Er sei gstraft genug mit dem Hüsli, das er müsse plätzen lassen, das Meitschi müsse ihm nicht noch heiraten obendrein, er wolle nicht zwei Unglück auf einander, wo eins größer sei als das andere. Er wälzte Vorsätze in seinem Gemüte, groß, wild, trüb, fast wie die Wasserwogen am gestrigen Abend. Und mittendrein schlich der Schlaf, gaukelte ihm immer Wilderes vor, band ihm leise die Glieder, drückte ihm die Augen zu, entriß ihm das Bewußtsein, blies ihm die Einbildungskraft noch einmal tapfer an und ließ dann das mit einander machen; weiß Gott, wo Barthli war, in welchem Weltteil oder gar im Himmel oder der Hölle, als sein Meitschi ihm davonlief und zwar noch lange, ehe es sechs Uhr war!

Diesmal war der Himmel nicht trüb, wie er sonst oft ist nach solch gewaltigen Ergüssen, in klarer Bahn ging die Sonne, und frisch und schön war es auf Erden, wo die Wasser gestern nicht gehauset; wo sie gewütet, war es fürchterlich. Züseli hatte Mühe, zum Wasser zu kommen, wo es gewöhnlich mit Hülfe eines alten zwilchenen Lumpens Toilette machte und dabei eine schönere Haut hervorbrachte, strahlender vom Bache kam als je eine Hochgeborne von ihrer Toilette und deren tausendfältigem Kram von Seifen, Pomaden, Essenzen, Bürsten, Kämmen, Zangen und Scheren und anderlei unnennbaren Dingen. Diesmal, vielleicht zum erstenmal, war es Züseli dran gelegen, anzuwenden und sich so schön zu machen als möglich mit Hülfe von Wasser und dem zwilchenen Lumpen, der einer dahingegangenen Kutte des alten Barthli entstammte. Der gewöhnliche Weg zum Bach war fortgerissen, es rutschte hinunter, kam nicht bloß zum Wasser, sondern ins Wasser und weit mehr, als nötig und ihm lieb war. Überdem war das Wasser trüb und häßlich und mörderlich kalt. Desto mehr wandte Züseli an, desto kräftiger drehte es seinen Lumpen aus, fing wieder von vornen an, und als es mit Vorsicht am zerrissenen Uferrand emporstieg, erschien es oben lieblich und glänzte fast wie der Morgenstern oder wie die Morgenröte, wenn sie das Haupt der großen Jungfrau im Berner Oberlande verklärt. Davon aber wußte Züseli denn doch nichts, hatte nicht einmal einen Spiegel, um sich über den Erfolg seiner Anstrengungen zu vergewissern, dachte auch nicht daran, sondern nahm das Milchgeschirr und eilte damit den Berg auf. Es möchte sich verspäten, das war seine Sorge. Gar zu ungerne hätte es es gehabt, wenn Benz geglaubt, es seie e fule Hung.

So ein Meitschi wie Züseli setzt seinen Stolz in Arbeitsamkeit und Arbeitsgeschick, es hat keinen Begriff davon, daß man mit Klavierspielen und Affektieren zu einem Mann kommen könne. Es sucht dahin zu kommen, daß die Leute sagen: «Der ist gfellig, wo das bekömmt, von wegen, es ist ein bsunderbar werchbar Mensch, versteht alles wohl und dreht sich des Tags nicht bloß einmal.» Doch lief das Meitschi nicht in gleichem Schritte bis oben. Der müsse doch nicht meinen, daß es ihm so pressiere, daß es nicht warten möge, bis es bei ihm sei; er könnte sonst meinen, wie viel ihm an ihm gelegen sei.

Benz war schon fertig mit Melken, als Züseli daherkam. «Hast Zeit», sagte er, «hätt nit lang meh gwartet, bei uns steht man des Morgens auf und nicht erst mittags.» Züseli wollte diesen Vorwurf nicht leiden, begehrte auf, da mäckerte es im Stall zweistimmig, die Tiere hatten seine Stimme erkannt, und als sie es sahen, taten sie zärtlich, daß Benz das Wasser im Munde zusammenlief. Die Alte stund an Züseli auf und leckte ihm das Gesicht, das Kleine stieß ihns mit dem

Kopf und tanzte ihm um die Füße. «Seh, gib das Melchterli», sagte er, «so kömmst nicht ans Melken.» Aber so meinte es die Alte nicht, sie wollte ihm nicht stille halten, ihn gar nicht dulden; eines so groben Kerlis war sie nicht gewohnt, Züseli mußte sein alt Amt verrichten. Wie hätte die alte Geiß erst getan, wenn der alte Barthli an ihr hätte rupfen wollen! Unterdessen gewann Benz des Gitzleins Freundschaft mit einigen Handvoll schönen Grases, so daß, als Züseli fertig war und dem Gitzlein auch flattieren wollte, dasselbe in große Verlegenheit kam, von wem es sich eigentlich rechtmäßig sollte flattieren lassen, und schön war es anzusehen, wie Benz und Züseli an dem verlegenen Gitzlein wetteiferten im Flattieren, jedes dem Andern zeigen wollte, daß es doch am schönsten und wirksamsten flattieren könnte. Da hätte man gar nicht glauben sollen, daß eins oder das Andere von ihnen pressiert sei. Am Ende mußte es doch geschieden sein, was seine Not hatte und zwar eigentlich wegen den Geißen, die mit Gewalt Züseli nach wollten und mit Mühe in die Trennung sich fügten. Das freute Züseli sehr. «Siehst du», sagte es, «sie haben mich doch noch lieber als dich! Ich habe es mit allen Tieren so, mit den Hühnern und den Katzen auch. Die Tiere wissens, wer wohlmeinig ist oder nicht, und können die Liebe erzeigen wie Menschen und ds Gunträri auch. Aber mein Gott, was wird der Vater sagen, daß ich so lang mache, adie!», und fort wars. Benz sah ihm nach und schüttelte den Kopf. «Ist das trümpft oder sonst gstochen?» sagte er. «Meint es dann, die Tiere hasseten mich, weil die alte, dumme Geiß mich nicht wollte melken lassen? Wohl, das will ich anders brichten, und zwar schon diesen Abend.»

Als Züseli heimkam, war Barthli eben am Erwachen, grunzte bedenklich und hob mühsam sein struppicht Haupt aus dem Bett empor. Als er das Meitschi angezogen sah, sagte er: «Mach zMorge, drwyle will ich gehn und melche;

bisd fertig bist, bin ich wieder da.» «Vater, es ist gmulche, ich bin wieder da, und wenn Ihr auf seid, ist ds zMorge fertig.» Was da der Alte für ein Gesicht machte und wie er mit dem Meitschi brüllte, was es so hätte zu pressieren gebraucht, seit wann man nach Mitternacht melke und was die Leute sagen würden, was es für ein wüstes, mannsüchtiges Meitschi sei, man kann es sich kaum vorstellen. Züseli verteidigte sich mit der Abrede und mit der Zeit und wie kein Mensch was Böses denken werde; sie wären ja dabei gewesen, wo man die Sache abgeredet usw. Aber das half alles nichts, denn der Alte war eine von den glücklichen Naturen, die auf keine Einrede achten, immer fortreden in einem Zuge, und antworte man oder antworte man nicht, es kommt auf eins, sie tun, als hätten sie keine Ohren; selbst der Stand der Sonne, und wäre auch der Mond neben ihr gestanden, überzeugte ihn nicht, daß er sich verschlafen habe. Es geschah ihm sonst nicht, daher hielt er es für eine Unmöglichkeit; es schien ihm viel natürlicher, daß ob dem gestrigen Wetter die Sonne sturm geworden, daher den rechten Weg verfehlt, daher sich verspätet hätte. «Es ist gut für einmal», sagte er endlich, «zum zweitenmal wirst du nicht melken da oben.»

Nach schöner Landessitte erscheinen bei großen Unglücksfällen: Feuersbrünsten, Überschwemmungen usw., nähere und fernere Nachbaren mit passendem Werkzeuge, schaffen Schutt weg, machen, was not scheint, nicht bloß unentgeltlich, sondern Viele bringen noch Lebensmittel mit und nicht bloß für sich, sondern auch für die Geschädigten. So geschah es auch am Montag nach dem verhängnisvollen Sonntag im «rueßigen Graben».

Die Ersten erschienen schon, während Barthli noch haderte mit seinem Meitschi; dadurch neugierig gemacht, vernahmen sie leicht von den nächsten Nachbarn des Haders Grund

und Ursache. Es gab Stoff zum Lachen, und der arme Barthli war verkauft und verraten; Keiner hielt es mit ihm, alle waren gegen ihn. Als man sich gehörig umgesehen, wurde Rat gehalten, wo anzufangen, was anzugreifen sei. Barthli redete stark von seinem Häuschen, das vor allem herzustellen sei. Selb meine er auch, sagte eine Stimme hinter ihm, und als Barthli hastig sich umdrehte, stand Benz hinter ihm, hoch die Schaufel auf der Achsel, als Abgeordneter seines Meisters. «Bist auch schon da, was hast du dein Maul dreinzuhängen, was geht das dich an?» schnauzte Barthli ihn ab. «Hättest daheim bleiben können, wirst doch nit viel verrichte.» «E, e, Barthli», rief ihm ein Nachbar zu, «vergiß nit, was er gestern verrichtet hat, und allweg gehts den Tochtermann was an, wie es des Schwähers Häuschen geht.» «Er ist es einmal noch nicht», brummte Barthli und drehte Benz den Rücken zu, als ob er ihn sein Lebtag nicht mehr ansehen wolle. Vor allem aus räumte man die Gräben und Straßen, verschaffte dem Wasser freien Lauf, kurz schaffte da, wo ein wachsender Schade war.

Ob der fleißigen Arbeit läutete es Mittag bald hier, bald da von einem Kirchlein her, man merkte, daß man hungrig war; denn so ein Mittagsläuten ist für die Landleute das Gläschen, welches die Städter zu sich nehmen, um sich Appetit zu machen. Man stieß die Werkhölzer in die Erde, suchte sein Säcklein mit dem Vorrat, suchte ein schattig Plätzchen, eine Küche, das Eine oder das Andere sich wärmen zu lassen, zum Beispiel Milch, wer sie nicht kalt vertragen konnte. Am meisten sammelte man sich um Barthlis Häuschen, welches Schattseite lag und große Bäume in der Nähe hatte. Züseli hatte vollauf zu tun mit Wärmen und Leihen von allerlei Geschirr und sollte dazu Bescheid geben auf gar allerlei Reden, grobe und feine, und daß Benz nicht weit von der Küchentüre war, versteht sich von selbst. So gabs viel Lachens, und Züseli wußte wirklich nicht, wo ihm der Kopf stund, es sumste und surrete ihm in den Ohren, als ob es den mächtigsten Schwindel hätte. In Angst suchte es allen, die was wollten, zu entsprechen, hatte daher nicht Zeit, Rede zu stehen, höchstens hie und da zu einer kurzen Antwort, hörte das Meiste nicht, was geredet wurde, und das gefiel den Leuten. Es sei ein recht Meitschi, sagten sie, öppe nit es uverschants und alässigs, behülflig und gutmeinig, es gefiel ihnen am ganzen Leib besser als der alte Korber am kleinen Finger, und es wäre schade, wenn das nicht bald heiratete. «Nimms», hieß es dann zu Benz, «nimms, sust nimmts e Andere. Öppe der hübschist Schwäher bekommst nit, aber was frägt man des Schwähers Hübschi nah, si ist mängist no drzue e uchummligi Sach, bsungerbar wenn er Witlig ist u sust e Vogel. Ds Meitschi ist allweg e Ma wert öppe wie du, dGeiße nit grechnet, dem Hüsli ist sih öppe nit viel z'achte. Seh, Alte, du heißest uns dann zHochzeit cho, es wird doch e Niedersinget gä? U schieße wey mr, wennd sPulver zahlst, daß me im Äärgau glaubt, dFranzose chömme.» Grob antwortete der Alte, und je gröber ers gab, desto lustiger gings.

Zum Glück ging es nachmittags wie üblich, wo Gottes Hand mächtig gewaltet über den Menschenkindern: eine große Menge von Leuten kam daher, die Verheerungen zu betrachten. Aus Neugierde kamen sie, und die Meisten gingen mit Erbauung, denn auf solchen Stätten sieht der Mensch am klarsten seine Ohnmacht und des Herrn Gewalt, solche Stätten predigen am gewaltigsten: Ich bin der Herr und sonst Keiner mehr, der ich das Licht formiere und schaffe die Finsternis, ich, der Herr, tue dieses alles. Dann kommt Erbarmen in viele Herzen, und mancher schöne Batzen fließt in die Hand der Geschlagenen, und manche Gabe wird hergesandt in den folgenden Tagen.

Als es Barthli war, als sei er in einem Wespen- oder gar

Hurnussennest, sah er einen alten Bauer unweit von sich stehen, der auch gekommen war, das Unglück zu sehen, und eben Barthlis Häuschen betrachtete. Er war sein Schulkamerad gewesen, und was noch mehr sagen will, mit ihm erst zum Herrn gegangen und dann zu des Herrn Tisch. Das alte, trauliche Verhältnis war geblieben, der reiche Hans Uli war Barthlis treuster Gönner. Zu dem flüchtete sich Barthli. «Kömmst auch, mein Unglück zu sehen?» sagte er. «Warum mußte ich das erleben und noch dazu mit dem Leben davonkommen, was soll ich mehr auf der Welt? Was habe ich als böse Leute und böse Tage!» «Nit, nit, Barthli, versündige dich nicht», sagte der Bauer, «hast Ursache, dem lieben Gott zu danken, daß es dir noch so leicht abgegangen. Aber du bist immer der Gleiche, siehst immer nur, was zu klagen ist, und nie, wofür zu danken wäre; bist übrigens nicht der Einzige, haben es noch Viele wie du, aber das ist eben lätz.» «Aber was habe ich dann da zu danken?» frug Barthli, «ds Hüsli halber fort und ds Herz voll Vrdruß und e Zorn, daß ih ne nit verwerche ma, und wenn ih hundert Jahr alt würd. Ich möcht doch de da frage, was da Bsunderbars z'danke sy sött.»

«Du bist ein wüster Barthli, weißt es nur», sagte der Alte. «Wie leicht hättest können um das Meitschi kommen, die Geißen kriegtest auch wieder, das ist dHauptsach, ums Hüsli und die paar Bohnenstauden ist nicht viel gfochte, und du weißt nit, warum danke!» «Wüßt nit, warum ich zu danken hätte, wenn man mir meine Sache ruhig läßt und mir nicht nimmt, was mein ist. Da hätte ich ja nichts zu tun als zu danken und jedem Hund zu scharwänzeln, der mich nicht frißt. Aber z'klage habe ich, wenn mir einer, seis wer es wolle, nimmt, was mein ist, und dazu ich mich muß lassen ausspotten, daß es mich vor Zorn fast versprengt. Daß es keine Frömmigkeit mehr gibt auf der Welt, sagte ich schon lange, aber daß es so schlechte Leute geben könnte, hätte ich doch nicht gedacht.» «Was ist dir geschehen, ward dir etwa noch gestohlen?» frug der Bauer. «Aparti gstohle nit», antwortete Barthli, «aber mehr als gstohle. Da ist so ein wüster Schnürfli, der will für ds Tüfels Gwalt Tochtermann werde, und ds Meitschi, die Täsche, hets wie die Andere, es hätt nichts dagegen; ich glaub gar, es wär ihm noch anständig. Und wie das unter die Leute kam, weiß ich nicht, aber da hält mir ein jeder Lausbub den Tochtermann vor, rühmt ihn an spottsweise, preisen ihn dem Meitschi an und hetzen den Lümmel ans Meitschi, und der stolpert ihm nach, und dem muß ich zusehen und wie das Meitschi keinen Verstand hat und keine Scham, es wär sonst über alle Berge und die ersten Tage täte es niemand hier sehen. Und statt dessen bleibt es da, ja denk, Hans Uli, gibt ihm sogar Bescheid und wartet ihm.»

«Es wird doch nicht der sein, wo die Leute sagen, er habe euch das Leben gerettet und die Geißen hätten ihn so gleichsam herbeigerufen?» fragte der Alte. «Wohl, grade der ists. Meinethalb hätte er gar nicht zu kommen brauchen. Und sei es ihn oder sei es ihn nicht, so brauche ich keinen Tochtermann, zwei Unglück auf einander will ich nicht; es ist genug, wenn ich Kosten haben muß, für das Hüsli z'plätzen, und nicht weiß, wo das Geld hernehmen, ich will nicht noch auf alles hin auch einen Tochtermann, für daß er uns die Speise, wo wir längs Stück ds Halbe mehr nähmen, vor dem Maul wegfresse. Ich sagte es ihm, ich brauche keinen Tochtermann, wir könnten alles selber essen, und er tut nichts darum, will es zwängen, dä Uflat.» «Es wird doch nicht der sein, welcher euch zu Hülfe kam im Unwetter und euch das Leben gerettet?» frug der Bauer noch einmal. «Wohl, gerade der ists», sagte Barthli, «aber wegem Rette mag ich nichts hören, es war nicht halb so gefährlich. Es hat nicht sein sollen, darum kamen wir davon; wenn es hätte sein sollen, so würde der Kerli wenig dran haben machen können, hätte lange können brüllen. Jetzt hintendrein ists kommod, sich zu rühmen, was man alles getan.» «Hör, Barthli, du bist ein wüster Mann und tust ungattlich; es kommt dir so nicht gut, zähl darauf! Den Burschen kenne ich wohl, er ist ein Guter z'werche und danebe e freine Schlufi und huslich, grad einen Bessern findest nicht; und wenn du mußt bauen lassen, so wirst es erfahren, wozu du einen Tochtermann brauchen kannst.»

Nun begehrte Barthli erst recht auf, was er sinne mit dem Bauen; zwegmache zNot, daß dGeiß nicht erfriere, das werde sein müssen, aber von mehr sei keine Rede. «Ein Kreuzer, den du verplätzest, ist gschändet», sagte Hans Uli. «Geh den Bauern nach um Holz! Wenn du schon ein wunderlicher Barthli bist, daß es key Gattig hat, so hast doch guet Lüt, kriegst Holz mehr als genug, und wenn du das hast, kostet dich der Rest nicht mehr viel; hundert bis zweihundert Taler ist aller Handel, mehr als genug.» «Ja, ja, hundert bis zweihundert Taler ist bald gesagt, wenn man es hat, aber wenn man es nicht hat, wo nehmen und nicht stehlen? Und Schulden machen will ich nicht, wer sollte sie zahlen, und wenn ich schon wollte, wer vertraute mir einen Batzen an?» «Gstürm», sagte Hans Uli. «Aber hör, Barthli, weil wir einmal bei diesem Kapitel sind, muß ich dich doch etwas fragen, was mich schon lange wunder nahm. Es gibt Leute, welche guten Verdienst haben und wenig zu brauchen scheinen, von denen man glauben sollte, sie äufneten sich und wenn es lange währe, müßten sie notwendig reich werden. Und doch sieht man nichts davon, sie sind immer nötig oder tun nötlich, kommen nicht vorwärts, gehen oft unerwartet zugrunde. Wenn man dann untersuchte, fand man immer ein heimlich Loch, wo der Sack rann, daß es niemand merkte. Da begriff man dann bald, wo es hielt, daß es dem so ging, daß er eine Eiterbeule am Leibe hatte, welche alle guten Säfte einsog und verzehrte. Gerade so einer bist, Barthli, auch du. Verdient hast seit vielen Jahren schwer Geld.»

Potz, wie polterte Barthli da über den Verdienst und die Mißgunst der Bauern, wenn ein arm Mannli nicht Hungers verreble, und lange kam Hans Uli nicht zum Fortfahren! «Verdient hast viel allweg und dem Schein nach wenig gebraucht. Im Wirtshaus sah man dich wunderselten, mit der Hoffart übertatest du es auch nicht; deine Leute hatten es eben nicht am besten, hattest sie nicht im Salb, hättest sie lieber ins Paradies geschickt, wo man es mit Feigenblättern wohlfeil machen konnte. Jetzt, Barthli, mußt du Geld haben, oder hast ein geheim Loch im Sack, wo es rinnt? Wo hast das, hast etwa irgendwo jemanden, dem du es anhängst? Aber es dünkt mich, in der langen Zeit wäre es dir an Tag gekommen, und ich vernahm doch nie etwas der Art von dir. Glaub, es wäre dir lieber, unser Herrgott hätte nur einer Gattig Leute erschaffen statt zweier Gattig.» Nun begehrte Barthli wieder schrecklich auf über solche Verleumdungen und Zumutungen und wie reiche Bauern nie glauben könnten, daß arme Leute so ehrlich sein könnten als die reichen Schindhunde, und er werde ihn doch nicht, mit einem Fuß im Grabe, zu einem schlechten Manne machen wollen. Er solle es probieren, wenn er könne, aber er wolle sich wehren, wie mans nicht denken sollte.

Aber in unerschütterlicher Ruhe stund der Alte vor dem belferenden Barthli und entgegnete endlich: «Und sag mir, was du willst, so ists, wie ich sage. Ich habe zu lange gelebt, als daß ich mich so leicht anders berichten lasse. Entweder, Barthli, hast ein geheimes Loch oder lange mehr Geld, als für ein neu Hüsli nötig ist, und anders berichtest du mich nicht.» «Los neuis», knurrte Barthli, winkte seinem alten

Kameraden und ging mit ihm weithin auf einen freien Platz, wo weder Baum noch Strauch noch Graben war, daß jemand unbemerkt hätte lauschen können. Da stund er still und sagte: «Hans Uli, du bist ein schlauer Mann, hätte es nicht geglaubt. Ja, was recht hast du, aber schlecht sollst du mich nicht machen. Du weißt, wie das Weibervolk ist; wo es an einem Orte einen Batzen schmöckt, möchte es zwei brauchen. Nit, meine Frau selig war nicht die Schlechtest, und ds Meitschi könnte auch noch schlechter sein, es laufen gottlob Viele herum, die dreimal schlechter sind als es, aber wenn sie nit geng hätte müesse glaube, wir pfiffen auf dem letzten Löchlein, es weiß ke Hung, wie si ta hätte. Darum tat ich immer nötlich, und wenn ich einen Kreuzer Geld hatte, so ließ ich sie es nie merken, sondern tat just am nötlichsten.»

«Aber wo kamst mit dem Gelde hin?» frug Hans Uli. «Ich will es dir wohl sagen», antwortete Barthli, «aber du mußt mir bei deiner Seele Seligkeit versprechen, es keinem Menschen zu sagen; und hältst du es nicht, soll deine Seele keine Ruhe haben im Grabe, sondern umgehen müssen eine Ewigkeit nach der andern. Einmal, als ich von einer Stör heimkam, wo ich, wie meine Alte wußte, ein Büscheli Geld bekommen, plagte sie mich wieder bis aufs Blut um warme Strümpfe für sich und wegen Lederschuhen fürs Meitschi; es wäre mir nichts übrig geblieben, wenn ich alles hätte nachsagen wollen, was sie mir vorgesagt, und hätte ich nicht nachgesagt, so hätte sie es sonst genommen, sie ließ sich nichts einschließen, und behielt ich etwas im Sack, so erlas sie mir nachts die Hosen. Ich will ihr nichts Böses nachreden, denn daneben war sie huslich, aber das war dir eine, wo man wußte, daß man eine Frau hatte. Das müsse ändern, dachte ich, und als sie einmal Beide einen ganzen Tag fort waren, machte ich unter dem Bett ein großes Loch, stellte einen Kübel hinein und machte die Laden schön wieder zu, daß man es nicht merke, wenn man es nicht wußte. Dort war es am sichersten, denn wir zogen das Bett nie hervor, und unter dasselbe kam man zNot mit dem Besen. DFrau selig merkte es auch nicht, aber manchmal gschirete sie mit mir aus, daß ich heimlich Geld verbrauche, und wollte wissen womit. Aber ich hatte ein gut Gewissen und hielt ihr die Stange. Da ist nun ein schöner Schübel Geld und allweg mehr als genug zum Bauen, aber es reut mich, es ist eine harte Sache; und dann noch einen Tochtermann obendrauf, es ist mir nicht zu helfen, denk doch auch, Hans Uli, und noch dazu ume son e Benz.»

«Aber Barthli, wie dumm, aber Barthli, was trägt dir das Geld unter dem Bett ab! Hättest es ausgeliehen, hätte es dir Zins getragen», sagte der Bauer. «Öppis Dumms eso», sagte Barthli, «meinst, wenn man gewußt, daß ich Geld hätte, ich hätte es können bei einander behalten! Erst dann hätten sie recht an die Sache tun wollen, und dBuebe wäre dem Meitschi erst recht nachgestrichen, hätte mir ds Hüsli voll gschnürflet und ds Meitschi hochmüetig gmacht; hätts nit könne erwehre und hätt nüt als Kummer gehabt, ich müßte es verliere, bekomme es nicht wieder. Däweg hatte ich es doch, konnte, wenn niemand in der Nähe war, es gschauen und hatte große Freude, wenn ich dachte, was die Manne, wenn sie nach meinem Tode kämen, das Hüsli zu erlesen, sagen würden, wenn sie so viel Geld beim alten Korber finden würden.»

«Wie hätten sie aber Geld finden wollen, wem wäre in Sinn gekommen, unter deinem Nest Geld zu suchen?» frug der Alte lachend. «Oh», antwortete Barthli, «dafür habe ich gesorget, so dumm bin ich denn doch nicht. Sieh, da in meinem alten Kalender, den ich immer bei mir trage, steht geschrieben, gerade vorn drin, es hats mir ein Schulkind

müssen drein machen: Manne, suechit, so werdet ihr finden.»
«Und wenn sie es nicht gefunden hätten?» frug Hans Uli.
«Oh, sövli dumm Manne wird man doch, so Gott will, nie
an Gemeindrat wählen, die, wenn es ausdrücklich heißt:
Suechit, so werdet ihr finden, nicht suchten, bis sie es hätten.»
«Aber, und wenn das Wasser heute noch ein wenig mächtiger gekommen und dir das ganze Hüsli samt dem Kübel
weggenommen hätte, und dann?» «He nu», sagte Barthli,
«wenn üse Herrgott ds Wüstest alles an mir machen will, su
mach er! Wenn dann die Leute über nüt chömme und alli
nüt meh hey, so ist er selber schuld und kanns meinethalben
haben und denken: Selber ta, selber ha! Danebe wird es ihn
selbst gedünkt haben, er habe mich genug geplaget, es sei
Zeit, lugg zu lassen.» «O Barthli, Barthli, was bist du für
e Christ! Du wirst nie wie ein anderer Mensch, und wenn du
alt würdest wie Methusalem. Aber jetzt komm, wir wollen
das Hüsli gschaue und abrate, was zu machen und wo allfällig ein neues abzustellen sei.»

Das geschah. Es ließen sich noch andere Bauern herbei,
Gönner, denen Barthli die Weiden fleißig stumpete, untersuchten die Sachlage; allgemein war die Ansicht, am Hüsli
sei nichts zu plätzen, um einen jeden Nagel seis schade, den
man einschlage, zu bewohnen sei es kaum mehr, höchstens
bei ganz trocknem Wetter, regne es zwei Tage hinter einander,
so rutsche wahrscheinlich die ganze Pastete in den Bach hinunter. Ein neu Hüsli, wie Barthli es mangle, sei bald auf dem
Platz, wenn man einander helfe, und zur Not bewohnbar
zu machen, im Frühjahr könne man dann vollständig ausbauen. Die kundigen Bauern machten Voranschläge über
das nötige Holz von allen Sorten und sicher richtigere als
manche Zimmerleute, die nicht selten ihren Bauherren dreimal falsch rechnen, sie dreimal in der Welt herumsenden
nach fehlendem Holz und vielleicht zum vierten Male, weil

sie einen Teil des Holzes zu dünn behauen, den andern zu kurz versägt. Oh, es gibt große Künstler unter den Zimmermannen!

Barthli war ganz wie verstaunet, wie die Bauern die Sache ihm so rasch und klug zweg legten, und ob ihrem Gutmeinen, wo er nicht gedacht, daß ein solches zu finden sei in Israel. Aber wie gesagt, er war eine Persönlichkeit, man konnte sich auf ihn verlassen und über ihn lachen, und beides ist dem Bauer gleich anständig.

Plötzlich fuhr er auf, fing mörderlich an zu fluchen und wollte davon. «Was hast, hat dich ein Wespi gestochen?» frug ein Bauer und hielt ihn mit starker Hand. «Laß mich gehen!» rief Barthli, sich sträubend, «dort läuft das Donners Täschli wieder; wart, dem will ich die Haut salben, aber nit mit Öl!» Man sah hin, wo Barthli hinzeigte, und erblickte ein Meitschi, welches mit Milchgeschirr in der Hand den Berg auf ging; Barthli hatte nicht gemerkt, wie es bald Abend werde, und das Melken vergessen. Züseli mußte ja exakt sein, sonst hätte Benz glauben können, es sei nichts nutz, und wollte den Vater nicht stören in seiner wichtigen Unterhaltung und war, als die Zeit um war, gegangen, begreiflich eher zu früh als zu spät. «He», sagte einer, «das ist ja dein Meitschi, es wird die Geißen melken wollen.» «Das soll es eben nicht, wollte sie selbst melken, es soll mir nicht mehr da zu dem Hagel auf den Berg. Wollt, der Teufel hätte die Geißen geholt und den Hagel dazu! Laß mich gehen, die müssen nicht Freude haben, mich zum Narren zu halten; denen will ich, jawolle!»

Es merkten jetzt alle den Handel, lachten herzlich, ließen aber den Barthli nicht laufen. «Bleib du nur, zwängst doch nichts, ertäubst sie nur; was willst wehren, wirst den Naturlauf nicht ändern, und gönnst dem Meitschi den nicht, nimmts einen Andern, der zehnmal ärger ist. Es ist schon manchem Alten so gegangen: er wollte dem Meitschi den Rechten nicht lassen, nachher kam ein Anderer, und der Alte hätte sich die Finger vor abbeißen mögen aus Verdruß, daß er es das erstemal gewehrt. Denk, wenn du Werkleute bekömmst, was die für Rustig mitbringen, wo der Teufel nicht sicher ist, verschweige ein Meitschi! Wie viel wöhler bist dann, wenn das Meitschi am Schatten ist, als wenn du es hüten solltest Tag und Nacht! Daneben kömmt dir der Tochtermann kommod in allen Teilen, hilft dir zur Sache sehen, und während du jetzt bald mit den Weiden machen mußt, ist er daheim und sieht, daß gearbeitet wird und nichts verpfuscht.» Kurz man sprach ihm von allen Seiten zu, aber stellte sein Brummen nicht, brachte seine Einwilligung nicht heraus.

Derweilen stieg Züseli, unbekümmert um die diplomatischen Unterhandlungen, den Berg auf, aber nicht langsam. Oben stund Benz unter der Stalltüre. «Komm, sieh meine Kühe, ob die mich kennen oder nicht», sagte er zum Willkomm, ging mit der Läcktäsche den Kühen nach und gab ihnen das übliche Gläck oder Salz, eins von beiden. Das war nun wahr, aller Augen sahen auf ihn, alle Köpfe drehten sich nach ihm, und kam er in die Nähe, rieben sie sich die Köpfe an ihm; er war der wahrhaftige Löwe im Stall, um den sich alles drehte, es war wirklich zum Eifersüchtigwerden, wo irgendwie Anlage dazu da war. «Gelt», sagte er, «die kennen mich auch, so gut als dich deine Geißen; sie wissen es aber auch, daß ich es gut mit ihnen meine, und lieben mich deretwegen.» «Ja, Späß», sagte Züseli, «ds Gläck lieben sie, dir würden sie wenig nachfragen ohne Gläck.» Das nahm Benz übel, es gab Händel zwischen ihnen, Händel, wie sie gewöhnlich enden zwischen solchen Personen, ohne Schläge und ohne Schelten. Benz wollte wissen, ob er ohne Gläck nicht lieb sein könne, und Züseli behauptete, seine Geißen flattierten ihm viel uneigennütziger und zärtlicher als die Kühe dem Benz.

Darob hätte Züseli bald das Melken versäumt, wenn ihm nicht der Vater eingefallen wäre. «Ach Gott, was wird der Vater sagen!» rief es erschrocken aus und machte sich alsbald an die Arbeit. Nun fing Benz vom Vater an und wollte wissen, warum er ihm eigentlich so zwider sei, hätte doch nicht Ursache; zleid ta hätte er ihm nichts, ds Gegenteil. Er müsse anfangen zu glauben, Züseli weise ihn auf, warum, das begreife er auch nicht; er meine es ehrlich und wäre noch immer gleichen Sinnes, wenn ds Hüsli auch nicht mehr drei Kreuzer wert sei. Es sei ihm doch dann nicht hauptsächlich wegem Hüsli gsi; wenn ds Meitschi nit gsi wär, er hätt em Hüsli nit sövli nahgfragt, und er wetts no jetz. Eine Reiche bekomme er doch nicht, er müß auf eine Arbeitsame und Huslige luege und danebe auch uf eine, wo man Freud habe, bei ihr zu sein, und ke wüeste Hung, und deretwegen wett er Züseli, wenn der Alt nit so wüst tun wollte. Danebe könnte er jetzt erfahre, daß ihm ein Tochtermann kommod komme, für das Hüsli helfe zwegzmache, wenns möglich sei; öppe Kosten sollte es nicht viel geben, er verstehe sich auf mehr, als man ihm ansehe.

«Nein, wäger ist das nicht wahr, daß ich den Vater aufgreiset, ich wüßte nicht warum! Wenn es mir gordnet ist z'heiraten, warum sollte ich es nicht tun, und wenn mir ein Armer gordnet ist, was hülf wehre! Und wenn es mir nicht gordnet wär, was wett ih uf ene Ryche warte, sellig luege armi Meitli nit a fürs Hürate. Danebe, wenn ich auch nicht viel mehr habe, bin ich doch nicht brüüchig, kanns mit wenig mache und mit Arbeite fürchte ich Keine. Der Vater hat mich dazu gehalten, daß es eine Art hatte. Drnebe bist mr nit unanständig. Wüst tun kannst zwar auch, aber was will man, das ist Mannevolksart, es macht ja jeder, was er kann.

Nein, gewiß nicht, Benz, den Vater habe ich nicht aufgreiset, sonst frag ihn selbst, wenn du mir nicht glauben willst.» «Man kanns machen, aber zuerst schlag ein, du wollest mich», sagte Benz und streckte seine Hand aus, und Züseli schlug zwar nicht ein, gab aber sittig und ohne Zögern die Hand, was wohl gleich viel zu bedeuten hatte. Sie wurden rätig, Benz solle morgen früh vor dem Melken hinunterkommen und fragen. «Und will dann das alt Kudermannli nicht», setzte Benz hinzu, «so mache ich beim –, was gut ist.»

Diese Unterhandlungen hatten ziemliche Zeit verzehrt. Züseli erschien fast schlotternd vor dem Vater, war jedoch nicht so dumm, sich zu entschuldigen, ehe es angefahren wurde, was immer das beste Mittel ist, sich ein hartes Donnerwetter auf den Hals zu ziehen. Aber der Alte sagte nichts, er munkelte bloß, brummte allerlei Unverständliches, daß Züseli nicht wußte, war er bei Troste oder nicht oder waren dies Präparationen auf eine gründliche Abwaschung seiner Sünden. Es machte daher, daß es zu Bette kam so bald möglich; es wußte aus Erfahrung, daß man die schärfsten Predigten um so leichter erträgt, je besser man schläft. Am Morgen früh kam richtig Benz und wollte eine Rede dartun, aber kaum hatte er angefangen, fuhr zu seiner Verwunderung der Alte ihn an: «Schweig mit dem Gstürm, weiß schon, wasd witt, es mangelt des Redens nüt; wenns wotst, so nimms! Aber daß du dich stellst und hilfst und nit meinst, du sygist ume Fresses twege da; es mueß gschaffet sy jetzt, wenn mr vor em Winter unter Dach wey.» Züseli hörte das drinnen und erschrak. «Mein Gott, was hets em Vater gä, ist er vrhürschet im Kopf?» Endlich vernahmen sie den Beschluß, daß das Hüsli neu gebaut werden müsse und daß man Barthli gebrichtet, dabei wäre ein Meitschi übel zu hüten, dagegen ein Tochtermann kommod zu brauchen, darum Benz den Dienst aufsagen und sich alsbald hermachen müsse, sonst nehme er einen Andern.

Wie es einem ist, wenn man aus dunkelm Keller plötzlich in die Sonne tritt, werden wohl die Meisten erfahren haben; gerade so war es den Beiden, die so plötzlich zu Brautleuten wurden ohne Sturm, Blitz und Donner, sie wußten nicht, wo sie waren, stunden sie auf dem Kopf oder auf den Füßen. Darum glotzte Benz den Alten mit großen Augen an und behielt z'leerem den Mund offen, bis der Alte sagte: «So, jetzt ists dir nicht recht; laß es hocken, es gibt Drei für Einen.» Da wurde es Züseli drinnen todangst, jetzt könnte es noch fehlen, es taget Meitschine immer am ersten, wenn es ums Heiraten zu tun ist; es kam ganz wie von ungefähr zur Türe aus, wünschte guten Tag, damit kam Benz die Sprache wieder, mit wenig Worten wurde die Sache richtig und Benz ganz feurig, wollte ans Abbrechen des Häuschens hin, sobald er die Kühe gemolken. Mit Mühe war er zu brichten, mit Abbrechen sei es frühe genug, wenn man zum Aufrichten zweg sei; wo sie hin sollten unterdessen? Benz ließ sich endlich brichten, obschon er es lange im Kopf hatte, eine provisorische Hütte aufzuschlagen am Walde wie die Zigeuner. Wenn ds Hüsli verbrannt wäre, was wollten sie anders? frug er. «Es ist drum nit verbrannt», antwortete der Alte. Das schlug dann Benz, denn darauf wußte er nichts zu antworten.

Barthli hatte keinen Begriff vom Bauen, Benz nicht viel, dagegen begriff er leicht, was Verständigere rieten, Barthli gar nichts; er fragte immer nur nach den Kosten, und wenn dieselben drei Kreuzer überstiegen, jammerte er, als ob es um seinen letzten Heller ginge. Der alte Hans Uli mußte sich der Sache annehmen, angeben, wie das Hüsli sein müsse, mit den Meistern akkordieren usw. Holz wurde ihm verheißen mehr als zur Genüge, unentgeltlich zugeführt, auch Steine führten benachbarte Bauern gerne ohne Lohn. Bräuchlich ists, daß wenn man auch nicht eigentliche Fuhrmähler anstellt, man doch den Fuhrleuten nach dem Abladen etwas von Wein oder Schnaps und Käs und Brot gibt. Da hatte man mit Barthli seine liebe Not. Wenn er mit einem Kreuzer ausrücken sollte, tat er, als ob er sich hängen wolle. Züseli hatte seine schwere Not. Die Donners Bauern vermöchten es besser als er, Wein und Schnaps zu zahlen, die täten ihre Knechte daheim füttern, die Knechte hätten nichts nötig in der Zwischenzeit. Sie hielten ihm nichts darauf, täten es ihm auslegen als Hochmut und Vertunlichkeit. Nun achtete sich Züseli besser dessen, was die Leute sprachen, und Benz wußte aus eigener Erfahrung, wie es die Knechte hatten und was sie erwarteten; Beide kannten die öffentliche Meinung, also das Urteil des Publikums, welches ihrer wartete. Sie besserten nach Vermögen nach, Benz gab dabei seine ganze Barschaft hin. Barthli schien das nicht zu sehen, sah es aber doch, und es lächerte ihn gar herzlich, daß er den Tochtermann schwitzen lassen und ihm das Zeug abpressen konnte, statt daß es sonst umgekehrt der Fall ist.

Da wärs wohl gegangen, aber es kam Barthli noch was ganz anderes, wo weder Benz noch Züseli ihm helfen konnten. Maurer und Zimmermann hatten die Arbeit in die Hände genommen, Keiner von ihnen hatte überflüssiges Geld, die Gesellen noch weniger, wollten wenn nicht Vorschuß, so doch alle acht Tage den Lohn; zudem war es ihnen nicht zu verargen, wenn sie wissen wollten, ob die Arbeit ihnen wirklich auch bezahlt werden würde. Sie klopften bei Barthli ganz unverdächtig an. Am Freitag kam der Maurer und sagte: Er möchte gerne wissen, wie es mit dem Zahlen sei, damit er sich rangieren könne. Morgen müsse er seine Gesellen auszahlen, und wenn er das Geld gleich hier haben könnte, so brauchte er nicht welches mitzunehmen. «He, bring nur Geld», antwortete Barthli, «es düecht mih, du solltest erst anfangen, ehe du schon wolltest zahlt sein. Ich muß meine Körbe auch erst verkaufen, wenn sie fertig sind, und nicht, wenn ich dranhin gegangen.» Der Maurer zog ein flämsch Gesicht, sagte: «Es ist in allem ein Unterschied; du mit den Körben kannst es machen, wie du willst, kannst sie behalten, wenn sie dir niemand bezahlt; aber was soll ich mit der Arbeit machen, wenn sie einmal gemacht ist an deinem Hüsli, die kann ich nicht mehr brau‐ chen. Daneben ists nicht, daß ich so use bin mit Geld und sövli hungerig; wenn man nur immer wüßte, daß es einmal käme, so könnte man schon zuweilen Geduld haben.» «He, wenn du meinst, du werdest nicht bezahlt, so kannst ja machen, was du willst, du wirst nicht der einzige Maurer sein auf Gottes Erdboden», sagte Barthli. Barthli hätte es wahrscheinlich nicht ungern gesehen, wenn alle Arbeiter davongelaufen wären, denn das Bauen war ihm alle Tage widerlicher. Das Donnerwerk werde am Ende zahlt sein müssen, und er möchte doch wissen, was er davon hätte. In der alten Hütte wäre es ihm lange wohl gewesen, aber üse Herrgott habe dies ihm nicht gönnen mögen, räsonierte er.

Am folgenden Morgen trat ihn der Zimmermann an mit seinem Spruch. «Was ich dir sagen wollte», sprach er, «ich sollte neuis vo Geld ha, für de Gselle könne ufzwarte, ih bi uff. Hätt yzzieh, aber es wott nit ygah; es ist bös mit dm Geld, es ist nie so gsi, ih glaub, es schlüf i Bode. Gell, du machst zweg, wenns Fürabe ist, sött ihs ha; öppe zwänzg Gulde oder was, oder wenn es dir gleich ist, so mach gleich hundert, ih bruche dih de am andere. Samste nit z'plage.» Potz Himmelblau und Türkenbund, wie da Barthli auf‐ fuhr, als wollte er eines Satzes in Himmel hinauf! Er frug den armen Zimmermann, ob er ein Narr sei oder sonst sturm? Er werde meinen, er könne mit ihm machen, was er wolle, weil er nur ein arm Mannli sei, aber er sei am Lätzen, lebendig lasse er sich nicht schinden. Er solle da einziehen, wo man ihm schon lange schuldig sei, selb sei billig, und nicht da, wo er die Arbeit nicht einmal z'grechtem angefangen. Der Zimmermann schlotterte aber nicht leicht, mit Worten schoß man ihm keine Löcher in Leib; er erklärte rundweg, am Abend müsse er Geld haben, und rücke Barthli nicht aus, nehme er ab, und Barthli sehe ihn einstweilen nicht wieder. Barthli sagte ebenso kurz: «E mach, wasd witt!» und dachte dazu: Geh du nur, mir ists das Rechte, kannst lange warten, ehe ich dich heiße wiederkommen.

Als es Feierabend wurde, suchten die Meister den Bauherrn, aber fanden ihn nicht; Züseli und Benz wußten nichts um ihn, er war verschwunden. Da brach großer Zorn aus, worab Benz und Züseli sehr erschraken, als sie den Grund davon vernahmen. Sie sollten erst heiraten, wenn das Häuschen bewohnbar war, und wann käms dazu, wenn die Meister aufpackten und mit all ihrem Werkzeug weiterzogen! Sie boten allem auf, die Meister zu begütigen, und Benz versprach, für Geld zu sorgen, wenn der Alte nicht geben wolle. Sie glaubten nicht, daß er diesen Augenblick ihnen begegnen könne, denn viel Geld hätten sie nie bei ihm bemerkt; aber vielleicht sei er eben um Geld aus und habe noch keines bekommen können. Wenn er keins bringe, so wolle er, Benz, für welches sorgen zur Not, er wisse, wo er bekomme. Endlich setzten sich die Meister, versprachen, am Montag wieder zu kommen, aber unter dem heitern Vorbehalt, daß in der nächsten Woche Geld auf den Laden müsse. Als es dunkelte, kam Barthli heim. Die jungen Leute hatten sein mit Bangen geharrt, ja Züseli sogar daran gedacht, er könnte sich ein Leid angetan haben, weil er um Geld gedrängt worden und keins hatte. Aber in seinem Gesichte war keine Spur von Leid, und als die Jungen ihm jammerten, zog er die Maulecken zweg und sagte: «Gschäch nüt Bösers.» Er wett, er gsäch se nie meh angers als am Rücken u de no vo wytem. Natürlich ließen dies die Beiden nicht so kaltblütig hingehen, aber Barthli sagte eben kaltblütig: «He nu so de, su machits angers, we der cheut», und ging schlafen.

Am folgenden Morgen hatte Hans Uli, der alte Bauer, einen strengen Tag und sagte mehr als einmal, das hätte man davon, wenn man sich eines Menschen annehme, Plag vom Tüfel. Wenn er nicht dächte, das sei eben ds Tüfels Bosheit, um den Menschen es gründlich zu erleiden, etwas um Gottes willen zu tun, er hätte längst mit der Geißel vom Leib gejagt, wer was von ihm gewollt, Rat oder Geld oder sonst Hülf. Es kam ihm nämlich am Morgen, er hatte kaum noch Schuhe an den Füßen, der Zimmermann, begehrte mit ihm auf, daß er ihn hineingesprengt und in großen Schaden gebracht; er werde sich jedoch an ihn halten, mit ihm habe er akkordiert. Aber so hättens die Donners Bauren, sie hülfen gerne mit Worten, wo nichts kosteten, aber dSach solle ein Anderer machen, und wenn sie so einen armen Handwerker hineingesprengt, so hätten sie des Teufels Freude dran und lachten den Buckel voll.

Kaum hatte er sich vom Zimmermann losgemacht, stieg der Maurer daher und noch viel zorniger; an einem Fuß hätte man ihn gradaus halten können, so steif hatte ihn der Zorn gemacht. Hans Uli ward wärmer und fertigte den Maurer etwas unglimpflicher ab. Er sagte ihm, es sei unanständig, gleich die erste Woche Geld zu wollen von einem armen Mannli, einem reichen hätten sie es kaum gemacht. Übrigens sollte er wissen, daß er, Hans Uli, noch niemanden hineingesprengt, und wenn er nicht gewußt, daß sie bezahlt würden, hätte er ihnen die Arbeit nicht angetragen. Es sei aber gut für ein andermal, sie sollten künftig seinetwegen keinen Kummer mehr haben.

Diese Worte kehrten den Maurer wie einen Handschuh, er ließ sich nieder wie ein Strohfeuer, sagte, es sei nicht böse gemeint, er solle ihm die Worte nicht bös aufnehmen; es seien so schlechte Zeiten, das Geld so rar, daß er oft nicht wisse, wo nehmen und nicht stehlen, und seine Gesellen müßten den Lohn haben, es vermöchte keiner zu warten. Wenn die Erdäpfel gefehlt, müßte man alles kaufen, da läng kein Geld. Wenn doch üse Herrgott nur die Erdäpfel wieder einmal graten ließe, es dünke ihn, die Leute sollten ihn doch afe erbarme, bsunderbar die arme King. Hans Uli wurde es heiß ums Haupt. «Schön gredt wär das», sagte er, «aber nicht witzig. Unser Herrgott wird wissen, was er macht. Er wird einmal zeigen wollen, wer Meister ist und woher alles kommt. Das wißt gerade ihr nicht, Meister Maurer, und bis ihr es erkennet, wird er die Not wohl stehen lassen. Gerade du bist auch einer von denen, welche Tag für Tag die Reichen verfluchen und Rache predigen gegen sie, als wären sie an allem schuld, und an unsern Gott, Schöpfer des Himmels und der Erde, denkst du das ganze Jahr nicht. Und wenn du ihn auch ins Maul nimmst, so ists ungefähr, als ob du einen Knittel in die Hand nehmen würdest; es ist nur, um deinen Nächsten zu treffen. Und weil ich doch dran bin, so will ich dich noch fragen: warum sollte sich Gott der Menschen erbarmen, da sie sich unter einander nicht erbarmen?» «Ja», sagte der Maurer, «da habt Ihr ganz recht, das ist gerade auch meine Meinung. Da läßt man ganze Haushaltungen verrebeln und verhungern, und kein Mensch erbarmet sich ihrer, und wenn man es noch so wohl hätte und so ring könnte.» «Ja, Maurer, du hast recht, du hast den Nagel auf den Kopf getroffen, und wer erbarmet sich am allerwenigsten?» «He die, wo es am besten könnten», sagte der Maurer. «Sag lieber die, wo am ersten sollten, Vater und Mutter. Maurer, ich will dir deine Sünden nicht vorhalten, und deine

Kinder werden kaum hungrig vom Tisch gegangen sein, daneben weiß ichs nicht. Wenn es aber wäre, wer wäre schuld als du? Du könntest ein hablicher Mann sein, aber deine Nase kostet dich zu viel, du hängst alles an sie. Es wäre besser, du sorgtest für grüne Pflanzplätze statt für eine blaue Nase. Und deine Frau staffiert ihr ältest Meitschi aus, es ist eine wahre Schande, hergegen die jungen Kinder läßt sie barfuß laufen und in armen Hüdelen halb erfrieren. Was hast dann erst für Gesellen, und wie erbarmen sich die ihrer Kinder? Für ein Gläslein Schnaps jagten sie dieselben dem Teufel barfuß zu, und will sie wer anders zum Guten halten, so brüllt ihr, als ob man sie ans Messer stecken wollte, und achtet es einem Raube gleich, wenn man für ihre Seele sorgen will. So ist es, Maurer, daß es du nur weißt, und wenn ihr wollt, daß unser Herrgott Erbarmen erzeigen soll, so müßt ihr darum tun.» «Ja, und Andere auch noch», sagte der Maurer. «Und also soll ich Geld bekommen, auf wann kann ich rechnen, damit ich mich darnach rangieren kann?» «In der andern Woche kannst zu mir kommen, da sollst Geld kriegen im Verhältnis zur Arbeit, aber auf Vorschuß zähl nit.» «Davon hab ich noch nichts gesagt; wenn ich nur schon hätte, was ich verdient, ich wäre zfriede», antwortete der Maurer unwirsch und fuhr ab mit Geräusch.

Kaum war er fort, erschien Benz in großer Not. Sein Meister konnte mit Geld ihm nicht helfen, er hatte es in diesem Augenblick wirklich selbst nicht. Jetzt, was machen? Drauf und dran war Hans Uli, Benz klar Wasser einzuschenken und ihm zu sagen, wo Geld zur Genüge sei. Indessen, er hatte Stillschweigen gelobt, tröstete ihn bestens mit der Verheißung, daß zu rechter Zeit Geld da sein werde, er solle sich nur nicht ängstigen. Kaum war der fort, kam Hans Ulis Tochter aus der Kirche und sagte, Barthlis Züseli lasse ihm dr tusig Gottswille anhalten, er solle nachmittags hinaufkommen; es wisse seines Lebens nichts mehr anzufangen, es wollte am liebsten, es wäre sechs Schuh unter dem Herd. Es hätte briegget, es hätte einen Stein erbarmet, man hätte die Hände unter seinen Augen waschen können. «Wer kommt wohl noch?» sagte Hans Uli, «jetzt hätte ich es bald satt.» Doch es kam niemand mehr, Barthli hütete sich wohl, der Fünfte zu sein; er hatte ja auch nichts zu fragen oder zu klagen, war froh, wenn niemand des Häuschens wegen etwas zu ihm sagte.

Es war Hans Uli zwider, am Sonntag blieb er am liebsten daheim und lebte wohl an der Sabbatsruhe auf dem Bänklein vor seinem Hause. Er wußte aber wohl, daß Barthli in seinem Eigensinn nicht zu ihm kommen würde, und wenn er ihn siebenmal kommen hieße, darum machte er sich gegen Abend auf, dem «rueßigen Graben» zu. Barthli erschrak, als er Hans Uli sah. Hätte er ihn früh genug erblickt, er wäre nicht mehr zu finden gewesen. Als Hans Uli ihn beiseite hatte, begann er ihm den Text zu lesen und zwar scharf. Keine Manier sei es, sagte er, wenn man es gut mit ihm meine, dann zum Dank mit solchem Koldern einen zu plagen. Er hätte ja Geld mehr als genug, warum nicht zahlen, was er schuldig sei, einmal müsse es doch geschehen; oder ob er sich einbilde, es sei einer auf der Welt Narrs genug, es für ihn zu tun? Er solle machen, daß morgen Geld da sei, er solle denken, wie ungern er es habe, wenn man ihn von einer Stör unbezahlt entlasse. Barthli wand sich wie ein Aal zwischen Brummen und Flattieren, meinte, Hans Uli solle vorstrecken, er habe so ans Bauen gesetzt, ohne ihn hätte er es nicht unternommen; er habe ihm ja gesagt, er habe viele gute Leute, darum habe er sich auch darauf verlassen, er werde ihm vorschießen, nach und nach könne er es wieder abverdienen.

Hans Uli stund fast auf den Kopf ob solcher Rede. «Aber hast du mich dann angelogen, als du mir sagtest, du hättest einen versteckten Schatz und darin mehr als genug für ein Häuschen?» fuhr er ihn an. «Wäger nicht», sagte Barthli. «Aber wie soll ich aus dem Kübel Geld nehmen? Tags kann ich nicht, da stürmt alles aus und ein, nachts kann ich nicht, da merkte es ds Meitschi; es ist nit z'mache, wäger nit.» «Und warum soll es das Meitschi nit wüsse?» frug Hans Uli und stellte Barthli handgreiflich die Dummheit vor, den Schatz den jungen Leuten länger verheimlichen zu wollen. Nichts dagegen hätte er, wenn er denselben des Weitern nicht austrommeln ließe. Aber Barthli war wie ein beinerner Esel, tat keinen Wank. Erst stellte er sehr beredt die nachteiligen Folgen für die jungen Leute vor, wenn sie den Schatz entdecken würden. Alle Laster täten sie kriegen, sagte er, würden hoffärtig, hochmütig, vertunlich, Uhüng in alle Wege. Als Hans Uli ihm daraus nichts gehen ließ und sagte: «Und dann nachher, wenn du tot bist, was dann? Es ist doch besser, du legst das Geld jetzt zNutzen an, als sie kriegen es nach deinem Tode; jetzt kannst du wehren, bist tot, kannst nichts mehr dazu sagen», sagte Barthli: «Und hör uf, u säg, wasd witt, es nützt dih alles nüt, un ih tues nit, u vo dem Geld bruche ih nüt u nime nüt drvo! Soll ih vrgebe bös gha ha u mih gfreut, was dManne säge werde, wenn si ds Geld finde, u wie dLüt dNaselöcher ufmache werde, wenns heißt: Dä alt, wüest Korber het e ganze Kübel voll Geld hinterla; wer hätt das glaubt, wer hätts dem agseh? Er wird nit so dumm gsi sy, als me ne drfür aglueget het. U das alls soll nüt sy und all my Freud vrgebe! Ney, bim Donner, Hans Ueli, das muet mr nit zue, das tuen ih nit; lieber will mih no hüt henke, de cheu sis de morn füreloche, ih bi doch de gstorbe u dSach geiht, wien ih däicht ha.»

So was war Hans Uli wirklich nicht vorgekommen, er erschrak fast ob solchen Reden; er kannte Barthli mit seinem Eigensinn und wußte, wie solche Leute so leicht etwas zu

Gemüte fassen und so schwer es nehmen, daß es sie zum Äußersten bringt. Es war von Barthli freilich eine ärgerliche Wunderlichkeit, aber sie berührte seinen Lebenszweck und war seit Jahren eingewurzelt, sein ganzes inneres Leben ging in ihr auf, daß Hans Uli dachte, da könnte einer sich übel verfehlen und etwas zwingen, woraus er sich sein Lebtag ein Gewissen machen müßte. Er kapitulierte lange, lange mit Barthli hin und her, bis endlich Barthli sagte: «Es kommt mir ja nicht drauf an, sei der Kübel unter meinem Bette oder sei er in deinen Händen; aber ich will nicht wissen, wieviel darin ist, will nichts daraus nehmen, die schönen Stücke, die ich dreingetan, kann ich nicht draus nehmen, und ds Meitschi und sein Löhl sollen nichts darum wissen. Es wüßte kein Mensch, wie die täten, vor dem Vollmond wär alles fort; die Lumpenleute würden noch sagen, es sei mir recht geschehen, und tapfer mich auslachen.» «Aber nun die Arbeitsleute, wer soll die zahlen?» frug Hans Uli. «Du, wer anders», antwortete Barthli, «nimm du es draus.» «Selb ist mir zwider», sagte Hans Uli, «und zuerst müßte gezählt werden, was drinnen ist.» «Ghörst», fuhr Barthli auf, «von dem will ich nichts wissen und nicht, was du ausgibst, und wenn ich was verdiene und beiseite machen kann, will ich es dir geben. Den Lumpenleuten kannst du es dann einmal sagen, wo der Barthli mit dem Gelde hingekommen.»

Dem Hans Uli war dieser seltsame Handel sehr zuwider, und wäre Barthli nicht der alte Schulkamerad gewesen, derselbe wäre nicht zustande gekommen. Hans Uli erbarmte sich, wurde mit Barthli endlich rätig, derselbe solle den jungen Leuten ein paar Batzen geben und sie ins Wirtshaus schicken, dann, wenns finster sei, den Schatz in Hans Ulis Haus schaffen; derselbe solle ihn geheim halten, bis Barthli sterbe, und für den Fall, daß Hans Uli früher sterben sollte, es irgendwo vernamsen, wem das Geld gehöre und was mit zu machen sei. Barthli brachte das Geld.

Aber wie es verabredet war, machte Hans Uli es nicht; durch zwei vertraute Männer ließ er das Geld zählen und legte ihre Bescheinigung obendrauf. Die jungen Leute hatten sich sehr verwundert über Barthlis noch nie erlebte Großmut und hätten das Opfer kaum angenommen, wenn Hans Uli, der dabei war, nicht gesagt, sie sollten es nehmen, wenn der Vater es geben wolle; es könnte vielleicht lange gehen, bis den Alten wieder so was ankäme. Es sei ein Zeichen der Zufriedenheit, und solche dürfe man nie ausschlagen. Sie sollten ihm fürder treu sein und von der Bürde das schwerere Ort auf ihre Achseln nehmen; sie seien jung und sollten auch stärker sein als Siebenzigjährige. Sie gingen endlich, aber Züseli war immer das Weinen zvorderst. Das sei eine Änderung vor dem Tode, es könne es nicht anders einsehen, sagte es. Hans Uli hätte lange einreden können, wenn den Vater nicht etwas Übernatürliches angekommen wäre, denn was er nicht im Kopf gehabt, das hätte ihm kein sterblicher Mensch hineingebracht, kaum der Herrgott.

Am Montag stellten die Arbeiter sich ein mit kühnen Gesichtern, auf denen geschrieben stand: Wart, du alter Schelm, dir wollen wir es zeigen, wenn du heute nicht ausrückst! Der Maurer mochte fast nicht warten bis am Abend, um zu erfahren, wie es stehe, es versprengte ihn fast vor Ungeduld. Ehe es noch recht Abend ward, trat der Maurer den Barthli an mit der Frage: «Und jetzt, wotst füremache oder nit? Möchts gerne wissen». «Wer hat gesagt, daß es heute sein müsse?» frug Barthli. «Hans Uli hat es verheißen», antwortete der Maurer. «He nu, wenn es der verheißen hat, warum fragst du mich? Geh zu Hans Uli, der wird schon halten, was er versprochen.» Erst begehrte der Maurer auf, er wolle seinem Gelde nicht nachlaufen und wahrscheinlich um nichts und wieder nichts. Wenn Barthli einen Narren haben wolle, so solle er sich einen eisernen machen lassen. Benz, dem es natürlich himmelangst war, beschwichtigte, so gut er konnte, und am wirksamsten mit dem Bescheid, daß Hans Uli gestern dagewesen und sicher eine Abrede werde getroffen worden sein. Der Vater könne nicht rechnen, kenne keine Zahl und das Geld übel, so werde Hans Uli die Zahlungen übernommen haben. «Kann sein», meinte der Maurer, «aber warum sagte der alte Schalk es nicht? Wenn er es so machen will, so soll es dem eingetrieben werden.» «Und warum wollt ihr mich plagen», sagte Barthli, «nicht acht Tage arbeiten ohne Bezahlung? Probiert mit Ytrybe, es wird sih de scho zeige, wer zletzt Meister wird.» Wir glauben, Barthli mit seiner zähen Schlauheit wäre Meister geworden, war aber nicht nötig. Als die Arbeiter Geld sahen und wußten, daß Hans Uli seine Hand in der Sache habe, ließen sie die Flausen fahren und förderten die Arbeit so, daß das Häuschen unerwartet schnell zu beziehen war.

Nun ließen die jungen Leute verkünden, meinten endlich glücklich am Ziel zu sein, da kam ein Neues dazwischen, eine neue Verlegenheit, an die sie nicht gedacht; es sollte bei ihnen sich so recht erwahren «Per ardua ad astra», das heißt: durch Dick und Dünn zum Himmel. Es ist Sitte, daß man zum Hochzeithalten sich neue Kleider machen läßt. Es herrscht der Glaube, daß sowie die Hochzeitkleider, namentlich die Hochzeitschuhe, brechen, auch die Liebe auseinander gehe. Bekanntlich halten nun in der Regel neue Kleider länger als alte, ja Viele hängen den ganzen Anzug in den Spycher, tragen denselben selten oder nie mehr und glauben, auf diese Weise für eine ewig junge Liebe vollständig gesorgt zu haben. Wäre allerdings ein ring Mittel und sehr zu empfehlen, wenn es probat erfunden würde als Universalmittel zur Erhaltung ewig junger Liebe. Es fiel den jungen Leuten ein, daß sie solche Kleider haben müßten notwendig, besonders Züseli, aber woher das Geld dazu nehmen, ohne es zu stehlen? Benz hatte das seine fast ganz in Barthlis Nutzen verbraucht, Züseli nie welches gehabt, und zwei ganze Bkleidige, sie mochten so wohlfeil rechnen, wie sie wollten, kosteten immer schon eine Summe. Sie hätten wahrscheinlich es machen können wie Andere, auf Borg nehmen, aber sie schämten sich dessen und wußten, daß man auf diese Weise alles teurer bezahlen muß. Da sie nun an eine Zukunft dachten, so graute es ihnen vor Schulden und unnötigen Ausgaben. Als Barthli einmal guter Laune schien, chlütterlete ihm Züseli sehr, hätte ihm fast vorgetanzt wie dem Herodes seines Weibes Tochter, und als er eben recht ermürbet schien, rückte Züseli aus mit seinem Anliegen. Aber potz Himmelblau, wie gabs da plötzlich schwarze Wolken und wie blitzte und donnerte es aus denselben schrecklich! Was ihn das angehe, begehrte er auf, er wolle es ja nicht heiraten, wer es haben wolle, der solle ihm auch für die Kleider sorgen; er sei mit einem Tochtermann gestraft genug, er wüßte nicht, aus wes Grund er jetzt noch mit solchen Kosten solle geplagt werden, kurz er machte es ungefähr so wie mit den Arbeitern, hatte es mit der Tochter wie mit dem Hüsli, am liebsten wäre es ihm gewesen, wenn es beim Alten geblieben wäre. Züseli wollte ihm vorstellen, wie Benz bereits so viel Geld in Barthlis Nutzen verwendet, so manche Maß Brönz oder Wein und anderes mehr angeschafft usw. «Wer hat ihn gheißen?» brüllte Barthli; «wer ihn gheißen hat, der soll es ihm wieder geben. Wenn eins von euch einen guten Blutstropfen hätte, ihr kämet mir nicht mit solchem Anmuten jetzt, wo ich solche Kosten habe, worab ich fast zhinterfür grate.» Wie das Züseli weh tat, besonders wegen Benz, und wie es sich vor ihm schämte, kann man denken. Es dachte oft, am Ende könne es ja auch in seinen alten Kleidern gehen, es werde doch an denen allein die Liebe nicht hängen. Wenn es sein Möglichstes tue mit Arbeiten, Huse, Liebha und Benz die Hände unter die Füße lege, so könne es doch fast nicht glauben, daß es gestraft werden sollte für eine Sache, deren es sich so gar nichts vermöge.

Einmal, als es alleine vor dem Häuschen saß, Erdäpfel rüstete und dazu bitterlich weinte, kam Hans Uli dazu und wollte wissen, was es habe. Nach vielen Ausflüchten beichtete endlich Züseli. Erst wurde Hans Uli zornig, dann lachte er und sagte: «Dr Alt ist doch immer der Gleiche, den könnte man in einem Mörser zerstoßen von unten bis oben, er bliebe der Barthli und würde um kein Haar anders. Aber tröste dich, du mußt Kleider haben und Benz auch; der Alte muß zahlen, er mag wollen oder nicht, ich verrechne ihm dieses in die Baukosten.» «Das nit, Hans Ueli, ume das nit! Ich betrog den Vater mein Lebtag nie um einen Kreuzer, obschon ich es oft nötig gehabt wegen Hunger und Durst, jetzt will ich nicht anfangen und bsunderbar nicht mit den Hochzeitkleidern; was hülfen neue Kleider, wenn sie mit veruntreutem Gelde angeschafft wären, ich müßte mich ja drinnen schämen, ich dürfte nicht vor aufluegen», antwortete Züseli. «Du bist ein wunderlich Ding», sagte Hans Uli, «und wenn du alt wirst, wirst einen Kopf haben akkurat wie dein Alter, vielleicht nit so e wüeste, aber uf das Allerwenigst ebeson e wunderliche.»

Glücklicherweise kam Barthli zufällig zu diesem Handel. Hans Uli wusch ihm tapfer die Kutteln, sagte ihm, er sei der wüstest Alt gegen seine Kinder im ganzen Emmental, und wenn sie nit warten möchten, bis er aufhören müsse, sie anzugrännen und auszubranzen, so geschähe es ihm recht, denn er wäre selbst schuld daran. Mit diesen und ähnlichen kräftigen Redensarten brachte er es endlich dahin, daß Barthli sagte, des Tüfels Zwängs hätte er bald genug. Das werde schön herauskommen, wenn jedes Bettelmensch in Seide und Sammet zChilche well. Er solle machen, was er wolle, es gehe zum andern; er wäre alt genug, um in solchen Sachen Verstand zu brauchen. Daneben sei es ihm ganz gleich, am Ende müßten sie denn doch sehen, wer zahle. Schulden seien bald gemacht, aber wiedergeben, das habe eine Nase, sie würden es erfahren. Er machte Züseli bitterlich angst, es wollte verzichten auf neue Kleider; aber Hans Uli tröstete und sagte, hoffärtig habe er die Leute nicht gerne, aber wer bei solchen Anlässen nicht tue wie üblich und bräuchlich, werde später reuig oder ein Kolder, der sein Lebtag tromsigs drin sei. «Das ist grober Tubak», sagte Barthli. «Kannst mit machen, was du willst», lachte Hans Uli, «ihn liegen lassen oder schnupfen, es stößt dir ihn niemand in die Nase.»

Züseli war ein recht schönes Bräutchen und hatte wirklich kindliche Freude an sich selbsten, die recht rührend war. Es hatte sich selbst noch nie in einem ordentlichen Anzuge, wo alles zu einander paßte, gesehen. Wenn es schon zuweilen zu was Neuem kam, so machte das Neue das Übrige nur älter und schäbiger. Es ward gar nicht satt, an den neuen Schuhen, den neuen Strümpfen und an einem Stück nach dem andern sich zu ergötzen, gerade wie ein Kind bei der Weihnachtsbescherung. Dasselbe läuft ums Bäumchen, an welchem die schönen Sachen hängen, herum von einem Stück zum andern, hat bei jedem neue Freude und jedesmal noch größere als die frühern Male.

Es war aber nicht bloß an einem Tage glücklich, wie es leider Gott so manchem armen Bräutchen geschieht, sondern alle Tage glücklicher. Züseli war, seit die Mutter gestorben, an freundliche Worte gar nicht gewohnt; wenn es das ganze Jahr durch drei oder vier der Art vom Vater erhielt, so war es aller Handel. Nun, Benz war auch kein Zuckerstengel, indessen kriegte Züseli doch alle Tage einige gute von ihm, und die andern waren doch wenigstens nicht böse und schnauzig.

Zudem ging ihm eine schöne Zukunft auf. Benz tat zum Korben geschickt, gab schon im ersten Winter dem Alten wenig nach. Hans Uli fragte Barthli einmal: «Und jetzt, wie gehts mit dem Tochtermann, weißt ihn jetzt zu was zu brauchen?» «He», sagte Barthli, «es gieng; z'arbeite ist er e Guete, und wenn er ds Korbe glehrt hätt und nit dr Tochter, mann wär, es hätt mr chönne übel gah, er ma mih bald mit dr Arbeit, und es rückt ihm us dr Hand, wie wenn er scho lang drby gsi wär. Aber zum Tisch, da ist er e Uchumlige, e Uhung, daß ihs graduse säge; dä frißt dr nit wie es arms Mannli, sondere wie e ryche Bur, wo zehn Küh im Stall hat.» «O säg du, Barthli», sagte Hans Uli lachend, «u de du? Du hast oft an meinem Tische gegessen, und wenn einer mehr mochte, ich oder du, so warst du es.» «O ja, da will ich nichts sagen, so z'ungradem oder auf der Stör», erwiderte Barthli ruhig; «aber ich meine nicht das, ich meine z'ordinäri daheim, einen Tag was den andern. Das ist ganz was anderes, das gspürt me, du glaubsts nit.» «Wohl, das glaub ich», sagte Hans Uli, «habs auch schon erfahren. Oder meinst, e Bur gspürs nit o, wenn ihm einer frißt wie angerhalbe Metzger, hung?» «Er wird wohl», antwortete Barthli, «aber was frag ich dem nach! Er wird drfür dasy, oder wofür wär er sust da?» «So, du bist mr e Lustige», sagte Hans Uli. «Meinst du dann, wir seien hagenbuchig gfüttert? Wenn drnah öpper ghörti, wied redst, du bekämst kei einzigi Stör meh.» «Was frag ich den Stören nach», sagte Barthli, «wenn ih ume dWydli ha; ich komme viel weiter, wenn ich sie brauchen kann, wie ich will, als wenn ich sie den Bauren verkorben muß und dabei kaum das lautere Wasser verdiene.» «Aber meinst, man lasse dir die Wydli, da steckt man dir den Nagel», sagte Hans Uli. «Ohä», sagte Barthli, «selb tut man nicht. Die Bauren begehren nicht, daß ich einmal wiederkomme und in ihren Matten den Weiden nach gehe, und das täte ich, müßt ja nachholen, was sie mich versäumt; sie begehren nicht, daß ich zusehe, wie sie einander das Wasser stehlen, oder in trüben Nächten den alten Bauren, welche auch wiederkommen müssen, erzähle, was für Uhüng es us ihre Buebe gä heig.»

Barthlis Mundstück blieb das nämliche, aber seine Kräfte nahmen sichtlich ab; die Erlebnisse im Sommer hatten sein ganzes Eingericht erschüttert und aus dem Gleichgewicht gebracht. Er klagte es nicht, er hüstelte nur etwas mehr als sonst und wurde nie böser, als wenn Züseli ihm zumutete, er solle doch was brauchen, Tee oder Doktorzeug. Er strengte sich dann nur mehr an zur Arbeit und verbarg seine Schwäche um so sorgfältiger. Einmal brachte ihm Züseli eine Halbe roten Wein, da begehrte er über die Verschwendung grimmiglich auf; so aufgebracht hatte ihn Züseli kaum je gesehen, es fehlte nicht viel, er hätte ihm die Flasche ins Gesicht geschlagen. Solange das alte Häuschen gestanden, sei kein Wein darein gekommen; jetzt, sobald ein neues habe sein müssen, habe der Teufel seine Eier drein gelegt, und jetzt könne er schon sehen, wie es gehen werde, wenn er einmal die Augen zu habe. Aber er täte es ihnen nicht zu Gefallen, Platz z'machen; er wolle eine Weile ihnen zeigen, wo durch es gehen müsse.

Solche Reden sind aber vermessen und stehen dem Menschen nicht zu, es ist ein Anderer Meister. Am folgenden Morgen war Barthli tot im Bette; aber umgedreht war ihm der Hals nicht, er schien eines ganz friedlichen Todes gestorben zu sein. Züseli ging dieser Tod nahe zu Herzen; daß Benz trauriger gewesen als andere Tochtermänner, die einen wunderlichen Schwiegervater verloren, können wir nicht behaupten. Aber in großer Angst und Verlegenheit waren

Beide, wo Geld nehmen und was mit den Schulden an✧ fangen, welche dasein mußten. Begreiflich ging Benz alsbald zu Hans Uli, um Rat und Trost zu fassen. «Geh zum Pfarrer und gib ihn an, und mit der Gräbt machts wohlfeil, allweg bloß eine Käsgräbt im Hause, keine Fleischgräbt im Wirtshaus! Ich werde noch manchmal Langeweile nach ihm haben, daneben ists ein Glück für euch und ihn, daß er nicht lange krank sein mußte, das hätte eine schwere Not gegeben», sagte Hans Uli. Benz frug noch, wo er wohl Wein und Käs nehmen sollte, daß sie es am wohlfeilsten machten; er wüßte ohnehin fast nicht, wie zahlen, sie hätten kaum zehn Batzen Geld im Hause. Mit der Zeit könnten sie es schon bezahlen, wenn ihnen nur jetzt jemand dings geben wollte. «Warum nicht! Sag nur, man hätte euch diesen Morgen alles versiegelt, und geh gleich zu einem Gerichtssäß und laß wirklich versiegeln, da darf es dir kaum jemand ab✧ sagen; ohnehin tät es kaum jemand, man ist mit euch zu✧ frieden, und bei solchen Gelegenheiten erfährt man es, was der Name macht.»

Als nun Benz von Weiterm noch reden wollte, sagte Hans Uli: «Geh jetzt, mach, wie ich gesagt! Am Begräbnistag am Abend komm dann mit Züseli, so will ich euch über dSach brichte. Fürchtet euch einstweilen nicht, so bös ist dSach nicht.» Das war ein Trost, aber vollständige Beruhigung brachte er doch nicht. Daß sie blangeten auf den verhängnis✧ vollen Abend, wird man begreifen. Die Nachbaren zeigten sich recht gut gegen das junge Ehepaar, sie boten sich an zum Wachen bei der Leiche, zu laufen für sie, wenn sie was zu verrichten hätten, und wenn sie irgend was nötig hätten, sollten sie es sagen ohne Komplimente. Ihrer Lebenlang hätten sie nicht geglaubt, daß die Leute es so gut mit ihnen meinten, sagten Benz und Züseli. Sie hatten die Menschen noch nicht gründlich erfahren. Es ist keine Frage, die Menschen sind gutmütig, doch nicht gerne lange hinter einander; sie sind mitleidig, aber jemand, mit dem sie in die Länge zu tun haben sollten, wird ihnen sehr leicht lästig. Nun, so vom Tode bis zum Begräbnis und bei den Bessern einige Tage darüber, da geht es schon. Es kamen noch viele Leute mit Barthli zu Grabe, und an der Käsgräbt führten sich alle bescheiden auf; allgemein war die Rede, die jungen Eheleute hätten einen bösen Anfang und müßten zur Sache sehen, wenn sie gfahren wollten.

Den Nachmittag füllten sie mit Waschen und Fegen, und am Abend machten sie mit schwerem Herzen zu Hans Uli sich auf. Dort mußten sie erst essen und trinken, ehe Hans Uli an die Geschäfte wollte. Es kam ihnen vor, als seien sie am Henkermähli, und erst als der Alte sah, daß nichts mehr runter wollte, führte er sie ins Stübli. Dort lagen Papiere auf dem Tische, und in der Mitte war ein alter, wüster Kübel und was drinnen. Züseli mochte gar nicht hinsehen, was es sei, aber es dachte, sellig Sache putze man sonst fort, ehe man fremde Leute in ein Gemach führe. Die Papiere enthielten Rechnungen und Quittungen über den Bau. «Herr Jeses, wie viel», seufzte Züseli aus gepreßtem Herzen, «das wird e Usumm mache!» «Ho», sagte der Alte, «es macht sich; man hausete, so viel man konnte, man hätte leicht ds Halb mehr brauchen können, und fertig seid ihr noch nicht. Wenn ihr machen lassen wollt, was nötig ist, so kostet es noch einen Büschel Geld, und ich wollte es fertig machen. Es ist nichts wüster anzusehen und nachteiliger als so unausgemachte Häuser. Läßt man sie einmal liegen, so bleiben sie liegen; solche Häuser werden nie mehr ausgemacht, aber z'plätzen hat man an ihnen fort und fort, solange sie stehen.»

«Aber wieviel würden wir dann schuldig, das wir verzinsen müßten?» fragte Benz mit beklommener Stimme. «Der Vater selig mußte nichts verzinsen und konnte es kaum machen.» «He», sagte Hans Uli, «rechnet selbst; es werden ungefähr dreihundert Taler ausgegeben sein, und mit hundert Talern läßt sich noch viel machen, wären also zusammen vierhundert Taler. Es kostet mehr, als ich anfangs dachte; aber ich dachte, es sei besser, dSach gleich recht zu machen.» «Wieviel macht das Zins?» frug Züseli halblaut. «He, sechzehn Taler machts, wenn man das Geld schuldig ist.» «Sechzehn Taler im Jahr!» seufzte Züseli. «Es ist schon ein Geld, wer es zahlen muß», sagte Hans Uli, «aber ihr müßt es nicht zahlen, ihr seid mir das Geld nicht schuldig, es war Barthlis Geld.» Da stunden Beide und hielten das Maul offen. «Ds Vaters?» fragte endlich Züseli. «Ja, ds Vaters», sagte Hans Uli, «und seht, da ist noch mehr», und somit schob er ihnen den wüsten Kübel dar, nahm das Papier weg, welches drin lag, und fast halb voll grober Silberstücke war er. Da verschmeieten Beide fast, und Züseli sah den Alten an mit einem Blicke, als ob es sagen wollte: Warum hältst du uns zum Besten? «Sieh mich nur an, Fraueli! Ja, es war eueres Vaters Geld, jetzt ists euer Geld.» Und nun erzählte ihnen Hans Uli den Hergang, gab ihnen das Papier zur Hand, auf welchem von den Männern verzeichnet stand, wieviel sie im Kübel vorgefunden, woraus sich ergab, daß der bessere Teil noch vorhanden war.

Sie stunden da, daß es wohl kein großer Unterschied war zwischen ihren Gesichtern und dem Gesicht, welches Lots Weib machte und das man noch in der Kirche zu Doberan, freilich etwas verblichen, sehen kann, als es hinter sich sah und die brennenden Städte ihm in die Augen fielen; indessen, der Ausgang war anders. Züselis Gesicht versteinerte nicht, kriegte zuerst Leben, und Wasserbäche strömten aus seinen Augen, daß der Vater so bös gehabt und so viel Geld, daß er sich nichts gegönnt und nur für sie gehauset, daß sie es nicht gewußt und nichts für ihn getan, nicht den Doktor geholt oder ihm wenigstens doch eine Laxierig oder andern Zeug gegeben hätten. «Nun», sagte endlich Hans Uli, «es freut mich, daß du daran sinnest und zerst plärest und nicht jauchzest. Daneben höre jetzt mit Plären auf und plage dich nicht zu fast mit dem Kummer, er habe seine Sache nicht gehabt. Er wollte es so, und das war seine Freude, und wie das Sprichwort sagt, es habe jeder Narr Freude an seiner Kappe, so ists meine Meinung, daß man ihm diese Freude nicht störe, das ist sein Wohlleben, und wenn er euch jetzt gesehen und euere Gesichter, so hätte es ihn gelächert wie sein Lebtag noch nie. Diese Freude wollen wir ihm wohl gönnen, aber nicht mehr, andere Leute brauchen nicht zu verstaunen über Barthlis Schatz. Wenn es auf mich abkäme, ich ließe davon nichts unter die Leute. Daneben macht, was ihr wollt. Dir, Fraueli, wär das ein schwer Zumuten.»

Benz sagte, er danke für den Rat, er sei ganz der Meinung; die Leute wären jetzt so gut, wenn sie vernähmen, wie reich sie geworden, würden sie mißgünstig. Das Best werde sein, daß sie Land kauften, daß sie eine Kuh halten könnten. Da lachte der Alte herzlich, sagte endlich: «Häbs nit für unguet, aber das wäre gerade das Dümmst. Meinst nit, es nähme die Leute wunder, woher du das Geld hättest, wenn du dich plötzlich so aufließest? Doch dHauptsach ist die: du willst ein Korber werden, und das ist recht, du siehst, es hat seinen silbernen Boden. Aber was ihr verdient, was die Haushaltung kostet, überhaupt wie das Haushalten geht, das wißt ihr nicht. Jetzt hürschet nicht alles durch einander, meinet, es möge sich alles ergeben, alles erleiden, auf welche Weise die meisten Weibergütlein dahingehen, man weiß nicht wie, und wo man obendrein noch Trom und Boden verliert. Ds Hüsli laßt ausbauen, dann hüselet fort, ungefähr so wie bisher. So erfahret ihr genau, was ihr verdient und was ihr brauchet, ob ihr übrig habt oder zwenig, und ds Vaters Geld laßt einstweilen ruhig, als ob es gar nicht da wäre. Läßt Gott euch gesund, so werdet ihr ohne Zweifel mehr verdienen als brauchen; daraus könnt ihr euch nach und nach Sachen anschaffen, und deren braucht ihr viel, denn ihr habt von allen Sachen nichts, in mancher Bettlerhaushaltung hat man mehr. Unterdessen laßt das Geld arbeiten, man findet ihm schon Platz, daß es hier herum nicht bekannt wird. Seid ihr dann durch euere Arbeit gut in Stand gekommen, im Handwerk brüehmt und bliebt, dann ist noch alle Zeit, Land und Kuh zu kaufen, wenn es sich wohl schickt und ihr noch Lust dazu habt. Dann freut es die Leute noch, sie halten euch viel darauf und sagen: Husligere Leute gebe es nicht, aber es sei ihnen z'gönnen, sie arbeiteten darnach, zUnnutz sehe man sie keinen Kreuzer vertun; wenn alle so wären, es gäbe weniger Arme und es ginge besser auf der Welt.» Wie die jungen Leute dem Alten dankten, kann jeder sich denken. Er war selbst über die Innigkeit gerührt und ließ sich erbitten, ihnen den Schatz ferner zu verwalten.

Stumm gingen sie lange neben einander auf dem Heimweg. Endlich sagte Züseli, es möchte abhocken und beten. Als sie wieder aufstunden, fiel Züseli dem Benz um den Hals und sagte: «O Benz, wie sy mr jetz zweg so ungsinnet! Aber gäll, hochmüetig und gyzig wey mr nie werde, zum Krüzer luege und i dr Liebi blybe und nie vrgesse, für e Vater z'bete alli Tag, und nie vrgesse, woher alles chunt und wem mr alles z'vrdanke hey?» Benz drückte sein Weibchen ans Herz, und stumm Hand in Hand wanderten sie ihrem Häuschen zu und werden darin, so Gott will, den Frieden auf Erden finden und dabei sorgen für den Frieden im Himmel.

Anmerkungen

Kursivschrift bezeichnet die von Gotthelf in Klammern beigefügten Erklärungen berndeutscher Ausdrücke. – »korr. aus« bedeutet, daß eine Stelle gegenüber dem Wortlaut der bisherigen Drucke verbessert wurde.

Seite
9 Des Göttis: (*Paten*). – Kachelbank: Geschirrbrett.
10 im Maad (besser: Mahd): Name eines Hofes.
11 Gotte: (*Patin*).
12 die Gottwillchen: (*in Gott willkommen*). – Jungfrauen: (*Mägde*).
14 zwölfmäßig: zwölf Mäß haltend.
21 Drei aus dem feurigen Ofen: s. Buch Daniel Kap. 3. – wie die Knechte im Evangelium: Matthäus Kap. 22.
37 stättig: störrisch.
62 Schwiegermutter: sie heißt in der Folge Großmutter.
64 ausladen: fertig aufladen.
80 Bystal: Fensterpfosten.
98 ward der Sterbet: korr. aus »war« (Gotthelf verwechselt die beiden Formen nicht selten).
99 ein Söhnlein ward: korr. aus »war«.
100 eine höhere Hand scheint: korr. aus »schien«.
105 Es sollte doch: korr. aus »solle« (auch diese beiden Formen unterscheidet Gotthelf nicht genau).
108 zuechehocke: (*zu Tisch sitzen*). – Vorstuhl: Bank vor dem Tisch. – »Wo chunst und wo wottsch«: (*wo kommst du her, und wo willst du hin?*)
109 Füllimähren: Stuten.
111 zu Bette gehen: »gehen« von uns ergänzt.
116 hoschen: klopfen.
119 allgemach ward: korr. aus »war«.
121 mit dem Schelmen: (*einem Diebe gleich*).

122 reiten: fahren. – nicht eigelich: (*keine Komplimente*).
124 sein könne: korr. aus »könnte«.
128 Schallenwerk: korr. aus »Schellenwerk«; das Gefängnis im alten Bern.
130 Gauzeten: (*Hauptstreit*).
135 grusen: (*grauen*). – die Lätzen: (*Unrechten*).
136 Kuder: minderwertiger Flachs.
143 aus dem Länderbiet: dem Luzernischen.
145 Erdbeeristurm: (*Erdbeeren an der Milch und Habermehl*).
146 Erdbeeriflecken: korr. aus »Erdbeeriflocken«.
149 oder wie einmal: korr. aus »einmal wie«. – Die Entdeckung, korr. aus »Entdeckungen... machten«. – dumme Junge: korr. aus »Jungen«.
151 vercharen: zerquetschen.
156 Schützlig: Schößlinge (für Heiltränke).
157 das Gwinnen: korr. aus »Gewinnen«.
163 verhergeten: in Unordnung brachten.
165 Losung: Erlös.
167 Ägersten: Elstern. – gebeizt: gerüstet.
172 im Teiche Bethesda: Ev. Joh. 5, 2f.
187 ungebärdig: korr. aus »ungebärdig ein«.
190 E: »Illustrierter Volkskalender«, herausgegeben von E. Hoffmann, Stuttgart 1852.
194 Schmachtzotteln: (*Locken*).
195 Beutepreis: dem Raub überlassen.
200 Fürtücher: Schürzen.
203 mutz: kurz.
204 äyre: von jenen.
208 Puff machen: Staat machen.
211 gfahren: E »fahren«.
218 uf mi armi: E »auf«.
224 Vogel: (*Habicht*).
226 Gybe: Geiß.
228 verherge: verheere. – beizten: zurechtmachten. – Ware: Vieh.
229 über Ort: schief.
230 Abferggete: (*Korb*). helken: neckend reizen.

231 ghörst. E »hörst«, – was no da isch: E »noch«. – verrichtet hatte: E »hätte«.
234 hätte es es: E »hätte es«.
236 überzeugte: E »überzeugten«.
238 uverschants: E »uverschamts« – grechnet: E »gerechnet«.
239 zu des Herrn Tisch: *(in die Unterweisung, dann zum Nachtmahl)*.
240 ich will nicht noch: E »noch nicht«.
241 aller Handel: E »alle«. – nötig: in Not.
244 gschnürflet: E »gschnürfelt«.
252 Gselle: E »Gsellen«. – ih bi uff: ich bin auf dem Hund.
253 nehme er ab: packe er zusammen.
263 branzen: schelten.
264 tromsigs drin: schiefgewickelt.
265 zu was zu brauchen. E »was zu brauchen«.
267 dings: auf Borg.
269 verschmeien: in Ohnmacht fallen.
270 Laxierig: Abführmittel.

Jeremias Gotthelf

I

»Die Verlobten gingen miteinander über die Wiese, da raufte Reinhard jene Pflanzen aus und zeigte Lorle den wundersam zierlichen Bau des Zittergrases und die feinen Verhältnisse der Glockenblume. ›Das gehört zu dem Schönsten, was man sehen kann‹, schloß er seine lange Erklärung. ›Das ist eben Gras‹, erwiderte Lorle, und Reinhard schrie sie heftig an: ›Wie du nur so was Dummes sagen kannst, nachdem ich eine Viertelstunde in dich hineinrede.‹«

Diese gute Stelle kommt vor in Auerbachs »Frau Professorin«. Sie machte mich augenblicklich stutzen. Wie, dachte ich, sollte diese Stelle am Ende bezeichnend sein für die ganze Dorfgeschichten-Literatur? »Das ist eben Gras!« Sollte das Volk vielleicht den Schilderungen seines eigenen alltäglichen Lebens einen ähnlichen Titel geben, nachdem wir Gebildeten und Studierten schon eine Viertelstunde und länger in dasselbe hineingeredet haben? Wenigstens haben wir keinen Beweis vom Gegenteil; denn wir haben überhaupt noch gar keinen Bericht, ob unsere Volksschriftsteller in den Hütten des Landvolks ebenso bekannt seien wie in den Literaturblättern und allenfalls bei den Bürgerklassen der Städte, und wenn sie es sind, welche Wirkung sie gemacht haben. Nur von Hebel weiß man, daß er in den alemannischen Gauen populär geworden ist. Es kann auch nicht anders sein. Die wohlfeilste Ausgabe von Pestalozzis »Lienhard und Gertrud«, dem unübertroffenen Muster, kostet, trotzdem daß das Buch vor einem halben Jahrhundert geschrieben wurde, heute noch über einen Gulden; Auerbachs verschiedene Auflagen sind bis jetzt noch sämtlich von dem gewöhnlichen belletristischen Publikum konsumiert worden, gleichwie Geßners »Idyllen« nicht von Schafhirten, sondern von Marquisen und Patriziern gelesen wurden, ohne daß ich übrigens eine weitere Vergleichung hier beabsichtigte. Die in der Überschrift* angeführten zwei Bücher von Gotthelf, »Uli der Knecht« und »Uli der Pächter«, kosten zusammen beinahe vier Gulden. Wie lange es geht, bis ein Bauer für ein Buch, das nicht gerade die Bibel ist, vier Gulden disponibel hat, weiß jeder selbst, der mehr in einem Bauernhaus verweilt hat, als bloß um an einem heißen Sommertage eine frische Milch darin zu essen. Und vollends ein armer Bauer oder gar ein Knecht! Und wenn sich endlich ein solcher Sonderling und Verschwender findet, gewiß eine Vogelscheuche für das ganze Dorf: wie soll das Buch zu ihm gelangen oder er zu dem Buche? Er bekommt keine Bücherpakete »zur gefälligen Einsicht«, und ebensowenig hat er Muße und Gelegenheit, sich in den Buchläden herumzutreiben und nach »Novitäten« zu fragen, und auf den Büchertischen am Jahrmarkt, wo der »Eulenspiegel« und der »Gehörnte Siegfried«, der »Trenck« und das Kochbuch liegen, sind obige »Volksschriften« leider nicht zu finden. Ich übertreibe zwar: ich weiß wohl, daß hier und da ein Schullehrer, ein aufgeklärter Pfarrer oder sonst ein ordentlicher Mann sich dergleichen hält und diesem oder jenem strebsamen Jüngling oder Mädchen in die Hände gibt; aber das ist erst ein schwacher Anfang, der auf eine fernere Zukunft deutet.

* Die Gotthelf-Rezensionen Kellers erstrecken sich über vier Jahrgänge der »Blätter f. literar. Unterhaltung« (Brockhaus). Vgl. Quellenhinweis S. 75/76.

Auf obige Stelle nun, das »Gras« betreffend, hat Auerbach selbst in »Schrift und Volk« (S. 72) sehr gut geantwortet:

»Das Volk liebt es nicht, sich seine eigenen Zustände wieder vorgeführt zu sehen; seine Neugierde ist nach Fremdem, Fernem gerichtet, wie sich das auch in anderen Bildungskreisen zeigt. Erst wenn sich die Überzeugung auftut, daß man in sich selber neue Bekanntschaften genug machen kann, wenn höhere Beziehungen in dem alltäglich Gewohnten aufgeschlossen werden, lernt man das Alte und Heimische neu lieben.«

Es handelt sich eben darum, daß das »Volk« so gut zu sich selbst zurückgeführt werde wie überhaupt alle Menschheit und auch bei ihm der Geschmack am Fremden und Sonderbaren vertrieben werde. Denn vieles, was man für ursprünglich Volkstümliches hält, die Lust an allerlei gepfeffertem Abenteuer- und Sagenspuk, ist ebenfalls nur ein Hinzugekommenes und in den tiefen Grundschichten und Spalten länger Hängengebliebenes. Es ist sehr natürlich, daß der Görres des 19. Jahrhunderts dasjenige für urvolksmäßig und ewig erkläre, was ein Görres des 10. Jahrhunderts ausgestreut hat; aber nicht so natürlich ist es, daß wir andern Leute darauf schwören. Und was vor tausend Jahren da oder dort volkstümlich gewesen sein mag, es ist es jetzt nicht mehr. Das Volk streift zeitweise alte geborstene Rinden von sich ab, und man wird vergebens diese Bruchstücke trocknen, zu Pulver stoßen und ihm wieder unter die Nahrung mischen wollen; sie werden entweder sogleich ausgespien, oder die gute Natur hilft sich durch Geschwüre und Ausschläge.

Ewig sich gleich bleibt nur das, was rein menschlich ist, und dies zur Geltung zu bringen, ist bekanntlich die Aufgabe aller Poesie, also auch der Volkspoesie, und derjenige Volksdichter, der ein gemachtes Prinzip braucht, um arbeiten zu können, tut daher am besten, die Würde der Menschheit im Volke aufzusuchen und sie demselben in seinem eigenen Tun und Lassen nachzuweisen. Gelingt ihm dies, so erreicht er zugleich einen weitern Zweck und deckt eine Blöße im Getriebe der Kultur. Es ist nämlich die laute Klage der Retrograden und wirklich eine häufige Erscheinung, daß durch die sogenannte Aufklärung, das heißt durch die Verbesserung und Ausbreitung der Volksschule, ein unnatürlicher Ehrgeiz, allerlei windiges Wesen und Unzufriedenheit mit seinem Stande geweckt werden. Mancher Bauer, dessen Sohn einen guten Brief schreiben, eine Wiese ausmessen gelernt oder in Erfahrung gebracht hat, daß die Gewächse sich auch geschlechtsweise fortpflanzen, oder über 1812 und 1798 hinauf noch einige historische Jahreszahlen mehr kennt, der sagt: Potz Blitz! Mein Bub muß ein Gerichtsschreiber oder gar ein Advokat, ein Ingenieur, ein Doktor, ein Lehrer werden, und statt eines tüchtigen, kundigen Bürgers, der mit Rat und Tat bei der Hand und eine Zierde seiner Gemeinde ist, erzieht er mit seinem sauer erworbenen Gelde dem Staate ein mißlungenes Subjekt, einen Winkeladvokaten und käuflichen Geschäftsmacher, einen versoffenen Geometer, welcher nichts zu tun hat, weil er über das Ausmessen der Wiese hinaus zu nichts Weiterm das Zeug im Kopfe hatte, einen Quacksalber und einen aufgeblasenen Schulmeister, der sich auf alles versteht, nur nicht auf die Kinder. An dieser Kalamität ist aber nicht die Aufklärung schuld, sondern die menschliche Schwachheit, und die Abhülfe liegt in der Bildung selbst, einesteils dadurch, daß dieser falsche Ehrgeiz eben einfach ein erstes Stadium ist, welches durch den steten Fortschritt von selbst überwunden wird, andernteils durch die Volkspoesie, von der wir sprechen. Wenn die

Bewohner der Bauernhütten erfahren, daß ihr Herz gerade auf die gleiche Weise schlägt wie das der feinen Leute; wenn sie sehen, daß ihre Liebe und ihr Haß, ihre Lust und ihr Leid so bedeutungsvoll ist wie die Leidenschaften der Prinzen und Grafen; wenn der kräftige Bauernbursche fühlt, daß seine Faust ihr bestimmtes Gewicht und Ansehen hat und daß seine frischen Augen im Lande so guten Schein geben als irgend andere Augen; wenn die einsame graue Großmutter weiß, daß ein Dorfkirchhof so gut eine adelige Burg der Trauer und des geheimnisvollen Schicksals ist wie der Kreuzgang einer alten Abtei; wenn das ländliche Dirnchen merkt, daß sein Kränzlein grüner ist und höher im Werte steht als manches andere: – dann wird endlich jene Sucht nach Karriere und Vornehmheit wie ein trüber Nebel verschwinden, und für jeden Kopf, welcher dennoch, mit Berechtigung, aus seinem Stande sich herausarbeitet, wird alsdann ein anderer aus andern Ständen sich einfinden; aus manchem vornehmen Feldverderber und Branntweinbrenner, der jetzt nicht Fisch und nicht Vogel, nicht Herr und nicht Bauer ist, wird dann ein tüchtiger Ackersmann werden, wenn die Vorurteile verschwunden sind und er nicht mehr gemeiner zu werden braucht, indem er endlich den Zwillichrock anzieht und die Hand wirklich an den ersehnten Pflug legt. Dann wird es hoffentlich auch dahin kommen, daß es nur noch *eine* Poesie gibt. Man wende nicht ein, daß der fleißige Bauer und sonstige Arbeiter mit einer veredelten Anschauungs- und Empfindungsweise, mit einem solchen poetischen Bewußtsein ein schlechter Arbeiter und Geschäftsmann sein werde. Die religiösen Sekten verschiedener Art haben bewiesen, daß man sogar durch unnatürliche, fanatische Schwärmerei die Arbeitstüchtigkeit nicht verliert, und gerade die Pietisten mit ihrer krankhaften Empfindelei und näselnden Religiosität sind es nicht, welche sich ökonomisch am übelsten zu stehen pflegen. Waren Cromwells Rundköpfe weniger gute Soldaten, weil sie vor der Schlacht geistliche Seufzer ausstießen und nach der Schlacht predigten? Und warum sollte ich auch die Kraft verlieren, eine Eiche zu fällen, weil ich weiß, daß der grüne Wald schöner ist als der Salon eines Bankiers? warum die Besonnenheit, ein Schifflein zu lenken, weil ich mit klarem Blick in die Tiefe des Wassers zu dringen vermag? warum die Fähigkeit, einen Pflug zu führen, weil ich mich auf dem weiten Acker unter dem blauen Himmel so recht glücklich und andächtig fühle? warum mit minderm Eifer ein Hufeisen schmieden, weil ich weiß, daß ein wohlgeschwungener Hammer dem Schmied gut ansteht? Und sollte ich das Geld, welches ich aus zehn Scheffel Weizen gelöst habe, wohl nicht so gut zählen und zusammenhalten können als mancher Schriftsteller das Honorar für seine empfindsamen Romane? Es gibt Leute, welche in der Ästhetik drin stecken wie ein Wurm im Mehle und aus lauter ästhetischen Gedanken große Häuser bauen und ihr Pult mit Eisenbahnaktien anfüllen: – und ein Landmann sollte nicht mit einigem menschlichen Anstand seinen Beruf erfüllen können?

Wenn man gegenwärtig von Volksschriftstellern spricht, so stehen Berthold Auerbach und Jeremias Gotthelf (Pfarrer Bitzius zu Lützelflüh im Kanton Bern) obenan. Auerbach ist von der Höhe der jetzigen Bildung aus zu der Volksschrift gelangt, er hatte einen philosophischen Roman geschrieben, ehe er an seine »Dorfgeschichten« geriet, und auch von diesen vermag ich nicht zu berichten, ob ihn ein bewußter Beruf, für das Volk zu schreiben, dazu trieb, oder ob es mehr ein glücklicher Wurf des Künstlers war, welchen Lust und Talent auf dies Gebiet führten, wie etwa ein frischer Morgenwind eine heitere Wolke am Himmel dahintreibt. Sei dem wie ihm wolle, die »Dorfgeschichten« sind, mit Ausnahme des miserabeln Reinhard in der »Frau Professorin«, alle frisch und gesund und ein festtägliches Weißbrot für das Volk. Sie sind schön gerundet und gearbeitet, der Stoff wird darin veredelt, ohne unwahr zu werden, wie in einem guten Genrebilde, etwa von Leopold Robert, und wenn sie auch ein wenig lyrisch, oder wie ich es nennen soll, gehalten sind, so tut das meines Erachtens der Sache keinen Eintrag. Nicht so verhält es sich mit Gotthelf. Dieser besitzt die gleiche Intensität des Talents, den Sinn für Haushalt und Leben des Volks, für die Durchdringung besonders ländlicher Zustände; er vermag vielleicht noch tiefer herabzusteigen in die Technik und Taktik des Bauernlebens, gibt dasselbe mit allem Schmutze des Kostüms und der Sprache, mit der größten Treue wieder und gleicht hierin einem Niederländer; aber er ist dabei ohne ästhetische Zucht geblieben, und wenn er als Pfarrer über seinem Publikum steht, so steckt er wieder als Schriftsteller wie ein Naturdichter mitten unter demselben und scheint ohne Nachdenken und Mäßigung zu arbeiten. Wie Auerbach sich im heimatlich schwäbischen Schwarzwalde bewegt, so nimmt Gotthelf Stoff und Szene seiner Erzählungen aus dem Kanton Bern, und sie bekommen dadurch ebenfalls die lokale Färbung und Wahrheit, welche in guten Volksschriften von je gefunden worden sind und, kann man hinzusetzen, überhaupt eine Lebensbedingung der ursprünglichen klassischen Dichtungen fast aller Zeiten und Völker sind: denn es ist ein bedeutsamer Wink, daß alles, was einem gesunden Volksbuch zugute kommt, bei Licht besehen jedem poetischen Produkt, da wo ein reiner Geschmack herrscht, zum Vorzug gereicht.

Wenn aber bei Auerbach Herz und Gemüt die erste Rolle spielen und daher seine Geschichten durch den Konflikt, in welche jene auch im Dorfe geraten, zu artigen Romanen, lieblichen Dichtungen werden, so sucht Gotthelf seinen Beruf darin, daß er einen der Charaktere, welche im Volksleben sich am stärksten auszubilden pflegen, herausgreift und dann in einem etwas eintönigen Verlaufe, ohne künstliche Verwickelungen, zeigt, wie dieser Charakter zum Guten oder Bösen gedeihen könne. Dabei sind indessen alle andern Personen, welche sich an denselben anschließen, alle Sitten und Gebräuche so wahr und schlagend gezeichnet, daß auch der alltäglichste Lebenslauf und trockenste Haushalt dadurch interessant und mannigfaltig wird. Gotthelf hat zwar auch »Schweizerische Sagen und Bilder« geschrieben, worin immer mit der Dorfgeschichte eine alte Zwingherren- und Gespenstergeschichte verflochten ist. Diese letztern sind aber in einem so übertriebenen ungeschickten Breughel-Stil geschrieben, er hält sich so gewaltsam an einen *verdorbenen* Volksgeschmack, daß sie keine Bedeutung haben können. Sein eigentliches Element dagegen ist zum Beispiel sein »Hans Joggeli, der Erbvetter« und »Harzer Hans, auch ein Erbvetter«. Im erstern schildert er einen alten reichen Bauer, ein kluges, feines Männlein, welches, umlagert von Erbschleichern aller Art und beiderlei Geschlechts, durch ihre Zudringlichkeiten und Intrigen schlau hindurchsteuert, ohne sich verwirren zu lassen, ihre eigennützigen Geschenke und Dienstleistungen sich wohlweislich schmecken läßt und am Ende ein armes Pärlein, welches als Knecht und Magd getreu ihm diente, unbeachtet und ohne Ansprüche, mit Haus und Hof und dem ganzen reichen Erbe beglückt, während er jenen Erbschleichern in seinem Testamente jedem durch irgend ein anzügliches

Legat noch einen Possen spielt. Im »Harzer Hans« schildert er einen andern reichen Bauer, der aber ein gräßlicher Geizhals ist, welcher sich in der abnormsten Schinderei herumwälzt, seine Frau durch seinen gottlosen Geiz wahnsinnig macht, und nach dessen Tod die hohnlachenden Erben die aufgespeicherten Reichtümer auseinanderzerren. Oder er schildert in »Käthi, die Großmutter« eine Frau, welche in weiser Sorge und Liebe für ihr Haus ergraut ist. Alle diese Sachen gründen sich, und darin liegt allerdings eine tiefe Kenntnis des Bauers und dessen, was ihm mangelt, auf seine materiellen Interessen, auf seine Gewinn- und Ränkesucht, und Gotthelf sucht das Volk von diesem trübseligen und sterilen Boden ab zu einem erhöhten Bewußtsein zu bringen. Ob er es auf die beste Weise tut, werden wir weiter sehen.

Schon vor mehreren Jahren schrieb Gotthelf »Uli der Knecht«, welcher vielen Beifall fand, und nun hat er eine Fortsetzung des Buchs herausgegeben: »Uli der Pächter«. Es sind zwei ziemlich starke Bände und können gewissermaßen Gotthelfs Hauptwerk genannt werden. Es ist ein großes Verdienst dieses Volksbuchs, daß die Fortsetzung nicht etwa ein abgeschwächter zweiter Teil zum »Faust« oder zum »Meister« oder eine mißlungene Fortsetzung des »Geistersehers« usw., sondern in ihrem vollen Rechte eine wahre, nützliche Fortsetzung ist. In diesem Uli ist das Schicksal eines Bauers dargestellt, welcher sich vom armen hoffnungslosen Knechte herauf zu einem tüchtigen Pächter und zuletzt zum großen Bauer und Eigentümer hinaufschwingt. Es handelte sich hier nicht darum, einen brillanten Charakter zu wählen, welcher im Kampfe mit finstern Dämonen und feindlichen Mächten Heldentugenden im großen Maßstabe entfaltet und mit einem Effekt von der Bühne tritt; sondern mit meisterhafter Hand hat Gotthelf einen ganz gewöhnlichen Menschen genommen, gesund und kräftig an Leib und Seele, aber eher etwas beschränkt als geistreich, wenigstens allen Einflüssen offen und für das Gute und das Böse fast gleich empfänglich. Nicht große geniale Taten können eine solche Natur auf einen grünen Zweig bringen, sondern Fleiß, Gewissenhaftigkeit und die unbedingteste Ehrlichkeit; ohne diese wird er ein Stümper in seinem Berufe, ein kümmerlicher Geselle, welcher den Fleiß durch Spekulationen, Sachkenntnis durch grundsatzloses Experimentieren, Gewissenhaftigkeit durch erbärmliche Kniffe und Schlauheiten ersetzen will und daher zugrunde geht. Hat der Schriftsteller einen solchen Charakter zu einem guten Ziele geführt, so kann jeder Leser ihm folgen und hat die gerechte Hoffnung, ebendahin zu gelangen. Uli ist ein junges, blutarmes Knechtlein, welches, in der Überzeugung, daß es sein Leben lang ein solches bleiben müsse, arbeitet, so schlecht und recht es eben muß, seinen spärlichen Lohn durchbringt, spielt, trinkt und sich darein ergeben hat, dies immer so zu machen. Sein Meister, ein reicher, kluger und wohlgesinnter Bauer, welcher den Grundsatz befolgt, einen Dienstboten womöglich bessern zu wollen, ehe er ihn fortjagt, nimmt ihn in die Schule. Uli wehrt sich hartnäckig. »Was soll ich«, meint er, »meinen Lohn zur Seite legen und sparen? Aus nichts wird nichts! Was soll ich mir Mühe geben, ein einsichtsvoller und gewandter Landwirt zu werden, da ich keinen Menschen auf der Welt habe und niemals zu einem eigenen Stück Land komme?« Der wackere Meister gibt aber nicht so bald nach, und es gelingt ihm endlich, dem Burschen die schöne Wahrheit beizubringen, daß ein gewissenhafter und tüchtiger Bauernknecht zu sein keinem Menschen mehr zugute komme als ihm selbst, und daß, wer sich Arbeitsliebe und Arbeitskenntnis erworben habe und dadurch in seiner Art berühmt sei, schon in diesem guten Namen ein Kapital besitze, welches unschätzbar sei, und er werde, wenn er seinem Rate folge, dieses schon noch erfahren. Und so wird denn Uli wirklich ein Knecht, welchem man alles anvertrauen darf, zu des Bauers großer Freude, und für sich selbst hat er mit seinem Lohne, welcher mit seinen Leistungen gern vergrößert wurde, eine schöne Summe beiseite gelegt, der erste Grund zu einstiger Selbständigkeit. Aber der Bauer beweist auch, daß er nicht nur auf eigenen Nutzen bedacht ist. Als ein alter Vetter zu ihm kommt, welcher ebenfalls einen großen Hof besitzt, der aber aus Mangel an Leitung und durch angehäuftes Gesindel von schlechten Dienstboten zu zerfallen droht, als ihn dieser nach einem zuverlässigen, erfahrenen Meisterknechte fragt, dem er alles übergeben könne: da denkt der brave Mann an seinen Zögling und daß jetzt der Zeitpunkt gekommen sein möchte, denselben in einen weitern Wirkungskreis zu versetzen und eine Stufe höher zu heben. So ungern er den liebgewonnenen Knecht vermißt, so schlägt er ihn doch dem alten Vetter vor, und so wird Uli als Meisterknecht, der allem andern Gesinde zu befehlen hat, auf jenem Hofe installiert. Hier hat er nun volle Gelegenheit zu zeigen, daß er etwas geworden ist. Ein umfangreiches Bauernwesen, aber in der größten Unordnung, böswillige, neidische Dienstboten, welche ihm alle Hindernisse in den Weg legen, und endlich Bosheiten und Ränke aller Art von Seite des neuen Herrn selbst, welcher, mißtrauisch und launisch, in seiner eigenen Unfähigkeit Uli seine Tüchtigkeit nicht gönnen mag und zum eigenen Schaden die bösen Knechte gegen den guten aufhetzt. Trotz alledem bringt aber Uli den Hof in Aufnahme, und es wird auf demselben geschafft und gewirkt, daß es eine Art hat. Uli bekommt ein Ansehen und wird berühmt. Da der Bauer selbst mißratene Kinder hat und ihm die Oberaufsicht immer schwerer wird, so entschließt man sich endlich, sich ganz zurückzuziehen und Uli das Ganze in Pacht zu geben. Man gibt ihm zugleich ein schönes braves Weibchen zur Frau, welches als Pflegetochter im Hause erzogen und als eine Art Magd gehalten wurde. Da diese Person den Haushalt seit Jahren geführt hat und alles kennt, was eine rechte Bäuerin wissen muß, so ist die Geschichte nun abgerundet, und der arme, hoffnungslose Knecht ist ein Mann geworden, dem man viele Tausende anvertraut, der zu befehlen, zu regieren, selbständig zu handeln und zu entschließen hat, und eine hübsche junge Frau ist seine Gefährtin. Das ist aber nicht romantisch schnell gegangen, sondern er ist darüber bedächtlich dreißig Jahre alt geworden, kennt den ganzen Umfang seiner Aufgabe und ist durchaus nicht sorglos. Indessen steht sein früherer Meister noch immer mit Aufmunterung und Rat, selbst mit Bürgschaft zur Seite.

Damit schließt »Uli der Knecht« und, sollte man denken, überhaupt dieser Stoff; denn daß Uli nun imstande ist, ein guter Pächter zu sein, wissen wir schon und verlangen keinen neuen Beweis in Form eines Buchs darüber. Nun schließt aber Gotthelf mit ebenso unerwarteter als trefflicher Wendung eine neue Bahn auf. Das Menschenleben ist eine fortgehende Schule. Der Staatsmann wie der Bauer muß jeden Morgen die Erfahrungen von gestern sammeln, das Verbrauchte umwenden und erneuen; unsere Seele muß, wenn sie nicht verkommen will, jeden Tag ihre Wäsche wechseln. Der moralische Mensch hat so gut seine Respiration wie der physische, und nur durch dieselbe bleiben wir lebendig. Wir bleiben nicht gut, wenn wir nicht immer besser zu werden trachten, und zu diesem Zwecke bedarf es nicht einmal des Gedankens der

Unsterblichkeit; schon für diese sechzig oder siebzig Jahre müssen wir immerwährend wach sein, wenn wir für die Dauer derselben glücklich, das heißt gut bleiben wollen. Diejenigen, welche dieses leugnen, erfahren es doch täglich an sich selbst am besten, seien sie Nihilisten par excellence, oder seien sie religiöse Heuchler. Uli ist nun ein blühender Dreißiger geworden, Kinder umgeben ihn, Arbeits- und Ordnungsliebe sind ihm zur andern Natur geworden, und er weiß mit fester Hand ein Haus zu führen. Ist er nun fertig? Nein! Jetzt kommt er erst in die Jahre, wo der Mensch Gefahr läuft, in die gröbste Selbstsucht und Engherzigkeit zu versinken, über Arbeit und Sorge alle höhere Bedeutung seines Wesens zu vergessen, mit *einem* Wort: zum Philister zu werden. Uli, von Natur aus ängstlich und kurzsichtig, verliert sich in die ärgste Klauberei, und die Sucht, reich zu werden, quält ihn unaufhörlich. Obgleich er weiß, daß gute, obgleich teuere Knechte nützlicher sind als schlechte und wohlfeile, so hat er doch keine Ruhe, da es nun auf seine eigene Rechnung geht, bis er sein vertrautes, solides Gesinde, welches er sich selbst mit großer Mühe herangezogen, verdrängt und wohlfeiles fahrendes Gesindel angestellt hat, in der Hoffnung, dasselbe bald für wenig Lohn ebensowohl ausnutzen zu können wie jene guten Knechte. Er verwickelt sich in jenes ungerechte, schmutzige Prozeßführen, welches, da es leider keine Schande ist, die Bauern leidenschaftlich betreiben, solange sie triumphieren können. Seine liebsten Freunde sind Schwätzer und Ränkeschmiede, welche ihn aussaugen, während er glaubt, bei ihnen ein grundgescheiter Kerl zu werden. Daher geht es überall schief; er wird mürrisch und unzufrieden und ist gar nicht imstande, sich seiner Errungenschaften zu freuen. Seine liebenswürdige und grundtüchtige Frau redet ihm vergeblich zu, von diesem eiteln Treiben abzulassen: es entsteht ehelicher Kummer, obgleich von der edlern und feinern Art; denn die gute Gesellschaft, welche bis unter einen gewissen Punkt nie herabsinkt, verbreitet sich durch alle Stände und ist in den niedern Regionen ebensooft zu finden als in den hohen. Auch versteht Gotthelf trefflich, ihre feinen Sitten zu schildern. Man lese nur, hier nebenbei gesagt, jene Stellen, wo er den diplomatischen Anstand eines rechten Berner Bauers beschreibt. Ein solcher, so ungehalten er auch ist, wird nie einen Knecht öffentlich anfahren und beschämen, sondern er macht nur im Vorbeigehen, ohne daß es jemand weiter hört, eine ruhige Bemerkung, wie zufällig, und wenn das nicht hilft, so nimmt er ihn nach Feierabend oder sogar erst gelegentlich ins Nebenstübchen und sagt ihm daselbst ohne grobe zornige Worte, aber entschieden seine Meinung. Noch unerhörter wäre es, daß die Familie unter sich öffentlich zanken würde. Ebensowenig wird ein solcher Mann in fremden Händeln seinen Rat aufdrängen wollen oder nach Verhältnissen fragen, die ihn nichts angehen. Diese edle Sitte haben freilich die Bauern vor den Diplomaten voraus.

Uli gerät immer tiefer in sein untröstliches Wesen hinein, bis das Unglück ihn aufrüttelt. Ein Hagelwetter zerschlägt seine Jahreshoffnungen, er kann seine Pacht nicht bezahlen und steht auf dem Punkte, da endlich auch der Hof verkauft werden soll, gänzlich auf die Straße gesetzt und wieder zum ärmsten Knecht degradiert zu werden, nur mit dem Unterschied, daß er jetzt Frau und Kinder hat. Durch dies Unglück wird er dem Einfluß seiner Frau wieder empfänglich gemacht, er bessert sich, lebt wieder auf und wird ein vernünftiger Mensch, und alles geht gut, da noch ein deus ex machina hinzukommt, der ihn zum reichen Eigentümer des Hofs macht.

Fragen wir nun nach dem Prinzip, zu welchem hinauf und durch welches Gotthelf seinen Uli gerettet hat, so finden wir ein strenges, positives Christentum. Darüber ist nicht mit ihm zu rechten. Etwas ist besser als gar nichts, und mit einem Menschen, welcher den gekreuzigten Gottmenschen verehrt, ist immer noch mehr anzufangen als mit einem, der weder an die Menschen noch an die Götter glaubt. Wo reine Humanität fehlt, da muß die Religiosität das Fehlende ersetzen; wenn sie nur erwärmt und erhebt. Aber die Art und Weise, wie Gotthelf seinen Zweck verfolgt, ist zu verwerfen, nicht nur weil sie pfäffisch und bösartig ist, sondern auch weil sie seine Schriften verdirbt.

Bitzius sagt in einer Vorrede: man werde ihm wenigstens nicht ein gedankenloses und feiles Segeln mit herrschenden Winden vorwerfen können. Das ist allerdings sehr wahr; er verfällt aber in das andere Extrem und sucht mit dem größten Eigensinn gegen den Strom zu schwimmen, und das ist für einen Volksschriftsteller auch nicht klug und weise. Ein solcher hat vom Volke ebensoviel zu lernen, als es von ihm lernen soll, und es ist seine Pflicht, auch ein wenig zu merken, was die Stunde geschlagen hat, wenn er segensreich wirken will.

Von welcher Art die Religiosität ist, welche Gotthelf zu seiner Verbündeten macht, mag man am besten aus folgender Geschichte ersehen, welche er in seinem »Pächter« erzählt. Ein Bauer hat zur Zeit der Ernte seine ganze Jahresfrucht geschnitten auf dem Felde liegen. Es ist Sonntag und ein Gewitter im Anzug. Da macht der Bauer Anstalt, die Ernte zu retten und heimzuführen, ehe es zu spät ist. Eine uralte Großmutter beschwört ihn, nichts zu tun; denn solches sei auf diesem Hofe noch nie vorgekommen, solange er bestehe, sei am Sonntag nichts gearbeitet worden. Der Mann mochte aber etwas von dem Esel, welcher in eine Grube gefallen, und von der Jünger Ährenrupfen gelesen haben: er läßt sich durch die Lamentationen der Alten nicht einschüchtern und bringt glücklich sein Korn unter Dach. Kaum ist aber das letzte Fuder in die Scheune gefahren, so kommt ein Blitzstrahl und verzehrt Haus und Habe, und der Bauer, ein trauriges Exempel des göttlichen Zorns, bleibt blödsinnig. Diese Geschichte schmeckt mehr nach dem Judentum als nach dem Christentum. Gotthelf führt die Worte Sünde und sündlich fortwährend im Munde; fühlt er wohl nicht, daß es ebenfalls sündlich sein dürfte, dem christlichen Gott solch krasse Erfindung unterzuschieben? Ebenso spielen der Teufel und seine Hölle eine große Rolle in Gotthelfs Schriften. Folgende Stelle nimmt sich zum Beispiel sehr trübselig aus im Munde eines reformierten Geistlichen:

»Es ist schrecklich, im Feuer zu erwachen, wer es erlebt hat, zittert, sooft er dessen gedenkt. Wie muß es den Sündern erst sein, wenn sie erwachen in der Hölle, Feuer ringsum und nirgend eine Tür zum Entrinnen, gefesselt auf ewig mit feurigen Ketten an ewigen Brand!«

Und die gleiche Erzählung, wo diese Süßigkeit vorkommt (»Harzer Hans«), schließt mit der erbaulichen Versicherung, daß der Teufel eine Seele geholt habe.

Möchte sich Gotthelf doch ein wenig an seinem berühmten und braven Vorgänger spiegeln, an Hebel, welcher ebenfalls Geistlicher war. Wie verschieden behandelt dieser sowohl als Künstler wie als Moralist den Teufel in seinem »Karfunkel«. Diese pietistische Tendenz tut den Volksbüchern großen Eintrag; auf jeder Seite wird gepoltert und gepredigt und oft im abenteuerlichsten Stil.

Aus allem diesem geht nun natürlich hervor, daß Gotthelf auch gegen Volksschule und Aufklärung eifert. Und er tut dies bis zum Überdruß. Auf jeder Seite eifert er über Lehrer, Professoren, Seminardirektoren usw. Besonders führt er immerfort das Wort Professor auf verächtliche Weise in der Feder. Wenn es nach ihm ginge, so würden heute noch sämtliche Professoren und Doktoren aller Fakultäten, ausgenommen der theologischen, beseitigt; sie sind ihm ein Dorn im Auge: und das mit Recht; denn wenn diese abscheulichen Bücherwürmer nicht wären, so gäbe es auch keine Volkslehrer mit ihren verhaßten Naturgeschichten, Landkarten, populären Physikbüchern, astronomischen Leitfaden und dergleichen mehr. Man sieht, der gute Jeremias hält sich an die Quelle; er ist hierin kein gewöhnlicher Aristokrat.

Wenn Gotthelf in Sachen der Kultur überall Opposition gegen die Zeit macht, so wird er in politischen Dingen häufig geradezu zum Wühler. Er gehört der konservativen Partei des Kantons Bern an, welche schon seit mehreren Jahren gründlich in Ruhestand versetzt ist. Daher wimmeln seine Schriften von Invektiven gegen die jetzigen Regenten und alles, was von ihnen ausgeht. Alles Unheil, alles Schlechte, alles Ärgste vindiziert er ihnen. Wenn die Gerichtshöfe nach den neuern mildern Grundsätzen verfahren und nicht mehr jeden Dieb hängen, der eines Strickes Wert gestohlen hat, so kommt es daher, daß die Regierenden selbst Diebe und Halunken sind und alle Missetäter aus purer Sympathie verschonen, und – drückt Gotthelf sich ziemlich aufmunternd aus – es wird nicht besser werden, bis diese Erzhalunken selbst an den Galgen gebracht, respektive zum Teufel gejagt sind. Man rechnet es dem Aristophanes nicht hoch an, daß er in ähnlicher Weise die Leute durchhechelte, welche er nicht leiden konnte; die Athenienser selbst lachten ihm zu, krönten seine Stücke und – ließen ihren Kleon am Staatsruder.

Aristophanes schrieb aber seine Komödien absichtlich und allein zu diesem Zwecke, und wenn sie gut sein sollten, so mußte er die Realität verhöhnen. Wenn Gotthelf ein satirisches Buch schreiben würde, in welchem er alle seine Parteiansichten niederlegt, so würde man nichts dawider haben; daß er aber seine Malice durch alle seine Schriften gleichmäßig zerstreut, auf der einen Seite das Pathos von Treu und Glauben hervorkehrt und hinten herum den negativen Hohn und die parteiliche Verdrehung hervorschiebt, das ist keine Art und schadet ihm selbst am meisten.

Der einzige permanente Zorn, welcher an Gotthelf zu billigen, ist seine Antipathie gegen die Juristen. Der Kanton Bern ist nämlich seit einer Reihe von Jahren durch eine Unmasse von Advokaten, Rechtsagenten, Schreibern und dergleichen überschwemmt worden, welche, angelockt durch die neuerrichtete Universität und einen echt demagogischen Professor, von der Dorfschule weg einige Semester in Bern herumrutschten und dann als halbgebackene Juristen und Sykophanten großen Unfug im bernischen Volk anrichteten. Diese Erscheinung ist nun zwar eine vorübergehende, indem der radikale Große Rat, das Volk im weitesten Umfange vertretend, selbst den Anfang zur Abhülfe gemacht und kürzlich durch einen Beschluß sämtliche Rechtsagenten aufgehoben hat. Er bewies damit, daß die wahre Volksaufklärung sich selbst von ihren Krankheiten heilen kann ohne reaktionäre Beihülfe. Indessen hat das Übel einmal seine Wirkung getan, und Pfarrer Bitzius, welcher einen unversöhnlichen Haß auf die ganze Juristerei geworfen, mag sich, wenn er an einem Orte sich beklagt, daß die Juristen von den Geistlichen immer nur per Pfaffen sprechen, erklären, wie es kommt, daß man einen ganzen Stand mit einer solchen Antipathie ansehen kann.

Durch diese Tendenzen Gotthelfs haben nun seine Schriften das schöne Ebenmaß verloren; die ruhige, klare Diktion wird unterbrochen durch verbittertes, versauertes Wesen, er überschriftstellert sich oft und gefällt sich darin, überflüssige Seiten zu schreiben, indem er seine eigene Manier sozusagen nachahmt und damit kokettiert. Man erhält nicht ein gereinigtes Kunstwerk, durch die Weisheit und Ökonomie des geschulten Genies zusammengefügt, man erhält auch nicht das frische naive Gewächs eines Naturdichters, denn Gotthelf ist ein studierter und belesener Mann: sondern man erhält ein gemischtes literarisches Produkt, das sich nur durch das vortreffliche Talent Bahn bricht, welches sich darin zeigt.

Von den Unebenheiten des Stils nur einige Beispiele. Während der Verfasser sich bestrebt, die drastische Sprache des Volks zu führen und seine Frauen im Scherze per »Unflat« titulieren läßt und fortwährend eine höhere Erziehung und Bildung verhöhnt, gebraucht er selbst, um psychologische Zustände zu bezeichnen, Bilder vom Brechen der Lichtstrahlen auf verschiedenen Körpern, von elektrischen Schlägen und dergleichen. Wie kann er von dem Volke, das *er* haben will, das Verständnis solcher eleganten Metaphern verlangen? Er beschreibt ferner sehr gut renommistische Schlemmer, aufgedunsene Hasenfüße:

»Johannes hatte eine von den brüllhaften Naturen, welche die ganze Welt voll himmeldonnern, daß man glauben sollte, in ihnen sei die Macht aller wahren und falschen Gottheiten, von Saturn bis auf Hegel, welche bekanntlich darin große Ähnlichkeit haben, daß sie ihre eigenen Kinder fressen, konzentriert. Betrachtet man diese Naturen in der Nähe, so sind sie zumeist ohne alle innere Kraft und Macht, ihr ganzes Vermögen geht eben in ihrer Brüllhaftigkeit auf. Man sieht zuweilen Menschen in Kaffeehäusern, bei Spiel und Champagner die bedeutendsten Rollen spielen, daß man meinen sollte, sie wohnten in Palästen, schliefen auf Schwanenfedern unter seidenen Decken, und es sind die ärmsten Schlucker von der Welt, wohnen zur Miete oder wohnen auch gar nicht, und wenn sie Kinder haben, so haben diese oft gar nichts, um die Nase zu wischen, als was sie auf die Welt gebracht. Hört man sie, so glaubt man, Gott habe einmal statt Frösche, wie er zuweilen tut, Helden regnen lassen, hageldick, die halbe Welt voll; prüft man sie, so sind es lauter Windbüchsen, bläst man nichts hinten rein, kömmt nichts vornen raus, sind ohnmächtige Wesen, untertan jeglichem Winde, der über sie hinfährt, haben aber große Fähigkeit, den Wind zu fassen, große Fähigkeit, ihn verflucht ring wieder von sich zu geben; wäre aber kein Wind, so wären sie auch nichts. Es sind moderne Naturen, oder, etwas vulgär gesagt, die Schweinsblasen des Zeitgeistes oder jedes andern Geistes, der sein Maul an ihr Röhrchen wagt. Derlei Naturen stolpern zu Tausenden in der Welt herum, vom Himmel geregnete Frösche, brüllen die Welt voll, daß man in Versuchung gerät, sich zu ducken, als wäre eine Herde von zehntausend Büffeln im Anzug.«

Hier liegt nun die Nachlässigkeit des »Stils«, sage ich absichtlich, darin, daß er dergleichen Kerle dem Jahrhundert in den Schuh schiebt; hätte er ein wenig nachdenken mögen, so würde er sich ohne Zweifel an Falstaff erinnert und noch weiter hinauf bis in die Bibel genug solche Bursche gefunden haben, wie zum Beispiel den wackern Goliath, welche just nicht moderne Naturen sind. Gotthelfs Stil mit seinem kecken Gepolter ist selbst ein solcher Schreckteufel, welcher einem bange machen könnte, wenn man ihm nicht auf den Leib ginge. In »Uli der Knecht« handelt der Verfasser, nachdem er von Arbeit und Mühe gesprochen hat, von den Freuden, welche allerdings auch ein Dienstbote haben müsse als Erholung nach der Arbeit, und er verweist sie – wieder auf die Arbeit! Darin nämlich müsse ein rechter Dienstbote seine Erholung finden, daß er sich am Gedeihen und Florieren der Angelegenheiten seines Meisters freue und daß er sein Vergnügen an einem wohlbestellten Acker, an einem gutverpflegten schönen Stück Vieh finde. Wenn man dies näher besieht, so heißt es nichts weiter, als man müsse eben gern und freudig arbeiten, und für die Erholung *von* der Arbeit, welche er versprach, ist *nicht* gesorgt. Ich bin überzeugt, daß Bitzius auch noch andere Erholungen braucht, als daß er etwa seine Predigt wieder liest, wenn er aus der Kirche kommt, oder daß er sich, nachdem er den ganzen Tag geschrieben hat, durch die Lektüre seiner eigenen Schriften erfrischt. Und doch hätte der Verfasser nur einige Seiten weiter einen prächtigen Ausweg gefunden. Er beschreibt dort ein gymnastisches Spiel der jungen Bauernburschen und sagt selbst, es sei eins der schönsten nationalen Spiele, welche an Sonntagen hin und wieder aufgeführt werden. Auch stammt es aus der belobten alten Zeit und hat in dieser Beziehung also seinen gültigen Stammbrief. Wenn irgendwie eine ehrbare Erholung aufzutreiben gewesen, so war es hier. Was tut aber Jeremias? Er läßt seinen Uli von dem Besuche dieses Volksfestes Schaden und Verdruß nehmen und rät hierdurch seinen jungen Lesern ernstlich ab, dergleichen Ergötzlichkeiten mitzumachen. Es wäre die Aufgabe des Dichters gewesen, allfällige eingeschlichene Roheiten und Mißbräuche im poetischen Spiegelbild abzuschaffen und dem Volk eine gereinigte und veredelte Freude wiederzugeben, da es sich einmal darum handelt, in der gemeinen Wirklichkeit eine schönere Welt wiederherzustellen durch die Schrift. Gotthelfs Scheu vor den

Volksspielen mag es auch erklären, warum man in seinen sonst so ausführlichen Erzählungen nirgend eine Spur vom Volksliede findet. Auerbach hat dies Element reichlich ausgebeutet, und die leichten schwäbischen Liedlein klingen lustig durch Wald und Flur; auf der einsamen Feldhöhe sind sie der Ausdruck für Wohl und Weh. Gotthelf hätte uns mit wahren Kabinettstücken aufwarten können; denn im Bernervolk sind uralte Lieder mit den prächtigsten Mollmelodien gang und gäbe, Lieder, welche die Zierde des »Wunderhorns« und von Uhlands Sammlung sind, zum Teil auch noch nicht einmal darin stehen. In diesem Punkt ist aber das tausendjährige Volk dem konservativen Literaten von heute wahrscheinlich zu modern und zu weltlich.

Wenn ein tüchtiges Gewitter im Anzug ist, so sieht man in den weiten bernischen Matten wunderliche Gestalten herumhantieren; es sind die Wässerbauern, welche in uralte Röcke und Hüte gekleidet dem zu erwartenden reichlichen Wassersegen Weg und Bahn durch ihre Wiesen bereiten. Gotthelf sagt:

»Das hat wohl auch zu der Sage Anlaß gegeben, daß, wer ein Fronfastenkind sei, vor dem Ausbruch der heftigsten Gewitter alte, längst verstorbene Wässerbauern, welche sich gegenseitig ums Wasser betrogen, in den Wiesen wässern sehe, Graben auftun, Bretter einschlagen, dann stehen hinter diesem oder jenem Strauch oder Baume, Feuer schlagend und ihr Pfeifchen rauchend. Man denkt dabei nicht an die Sitte der rechten Wässerbauer, die alten, hundertjährigen währschaften Röcke ihrer Großväter anzuziehen und uralte Hüte aufzusetzen, da modernes Zeug ins Wasser hinaus nicht taugt. So sieht man von ferne allerdings ein uralt, längst zu Grabe gegangenes Geschlecht in den Wiesen hantieren, und manche Gestalt mag sich vor der andern fürchten, hinter einen Dornstrauch sich bergen. Ginge man den Gestalten zu Leibe, würde man ganz bekannte Gesichter sehen, deren Beine noch auf Erden wandeln, aber in den Schuhen der Väter, gehüllt in ihre Röcke, übend ihre Sitten.«

Die Sache ist einfach die, daß die Bauern alte verdorbene Kleider anziehen zu diesem nassen Geschäfte, um die neuen zu schonen. Die Besitzer jener alten Gewänder haben zu ihrer Zeit zu dem nämlichen Geschäfte noch ältere Kleider angezogen, als diese noch neu waren. Der Stoff, welchen heute die Bauern zu ihren Kleidern verwenden, ist noch immer selbst gesponnen und dauerhaft. Wenn man aber so einfache Geschichten fortwährend verdreht und benutzt, um Hiebe auf die Gegenwart anzubringen, so nenne ich das einen schlechten Stil führen. Auch einen unbesonnenen Stil, denn Gotthelf scheint bei dieser Anpreisung der vergangenen Zeit schon nicht mehr daran zu denken, wie er soeben erzählt hat, daß die alten Wässerbauern, die soliden Besitzer jener »uralten Hüte«, die »Väter«, einander ums Wasser betrogen haben und daher in den Augen des Volks noch spuken müssen.

Man verzeihe mir, daß ich an diesen Kleinigkeiten so weitläufig herumklaube. Ich halte es aber von der größten Wichtigkeit, daß gerade ein Volksbuch durch und durch wahr und klar, in allem Detail ohne Verwirrung und Sophistik gehalten sei. Das Volk hat ohnehin einen Hang, alles zu mißverstehen, zu verspotten, was ihm nicht geläufig ist, sich selbst und seine Ungezogenheiten zu hätscheln und alles nach Belieben zu verdrehen, so oder so zu deuten. Das darf nicht noch genährt werden.

Doch verlassen wir endlich dies unerquickliche Gebiet und kommen wir auf Gotthelfs Vorzüge zurück. Diese sind die Hauptsache, sonst wäre ich gar nicht im Fall, diese Rezension zu schreiben. Daß Gotthelf ein vortrefflicher Maler des Volkslebens, der Bauerndiplomatik, der Dorfintrigen, des Familienglücks und Familienleids ist, daß er Feld und Stall, Stube und Küche und Speicher genau kennt, ist schon gesagt und versteht sich eigentlich bei vorliegendem Stoffe von selbst. Aber, wenn wir doch noch von einer abgeschlossenen Volkspoesie sprechen müssen: er hat Vorzüge darüber hinaus, welche in jeder Gattung, auch der höchsten, wenn es eine gibt, nur dem bevorzugten Talente eigen sind. Er hat gar keine charakterlosen, schwankenden Figuren. Jeder ist bei ihm an seinem Platz und gut durchgeführt, und er hat sich einer großen Mannigfaltigkeit zu rühmen, und ganz feine Nuancen kommen vor. Er weiß einen Unterschied zu machen zwischen zwei schlauen verschmitzten Bauern, und durch die zartesten Linien getrennt neigt sich der eine auf liebenswürdige Weise zum Guten, der andere zum Bösen. Hauptsächlich auch auf die Frauen versteht er sich sehr gut. Was für vortreffliche alte dicke Bäuerinnen schildert er, die Zuflucht der ganzen Gegend, wohlwollend und klug. Wie lustig wissen diese behaglichen und doch fein organisierten Frauen ihre störrischen Männer zu ihrem eigenen Besten an der Nase herumzuführen, daß einem das Herz lacht und man sich selbst unter ihre Fürsorge versetzt wünscht. Und wie schön sind die jungen Mädchen und Weiber gezeichnet; der beste Beweis ist, daß man sich immer selbst mit verliebt oder wenigstens, um in Gotthelfs Sprache zu reden, sich »sauwohl« bei ihnen befindet. Die Liebesverhältnisse sind überaus fein und meisterhaft angelegt. Sie entwickeln sich vor unsern Augen, ohne daß ein Wort davon geplaudert wird, und auf einmal, wir wußten es schon lange, daß es so kommen müsse, ersahen aber den

Augenblick nicht, ist das Glück da. In wenig treffenden Zügen wird es abgemacht.

An epischen, lyrischen und dramatischen Momenten der schönsten Art fehlt es auch nicht. Ulis junge Frau ist, obgleich sie Pferd und Wagen zur Verfügung hatte, in ländlicher Bescheidenheit und Rüstigkeit mehrere Stunden weit zu Fuß gegangen, um einer Jugendfreundin ein Kind aus der Taufe zu heben. Sie hat dieselbe im größten Elend angetroffen, hat gemildert und getröstet, wo sie konnte, und ist nun, gedankenvoll und aufgeregt, auf dem Heimwege. Ihre Kräfte erschöpfen sich aber doch, und die ungewohnten engen Sonntagsschuhe machen ihr viel Beschwerde; so schleppt sie sich mühsam auf der einsamen Straße dahin, auf den Boden schauend und seufzend: da weckt sie eine liebe Stimme, sie schaut auf, und ihr kräftiger schmucker Mann sitzt, das stattliche Pferd zügelnd, auf dem bekannten leichten Fuhrwerke vor ihr. Er ist aus eigenem Drange ihr entgegengeeilt. Die einfache, wahrhaft antike Schönheit dieses Moments fühlt sich übrigens nur, wenn man das Ganze selbst liest. Vom allerbesten Korn ist ferner die Stelle, wo die jungen Pachtleute zum erstenmal ein Erntefest geben müssen. An diesem Tage ist es Sitte, daß nicht nur alle möglichen Arbeiter und wer in irgend einer Berührung zum Hause steht verschiedene reichliche Mahlzeiten erhalten, sondern alle Bettler, welche sich melden und welche um die Erntezeit eigentlich darauf reisen, müssen mit Kuchen abgespeist werden. Vreneli hat schon verschiedene Sträuße mit ihrem knauserigen Manne bestanden und ihm endlich das Nötigste, was der Anstand erfordert, abgerungen, und sie glaubt so ziemlich gut zu bestehen. Aber »als das Sieden und Braten anging, die Feuer prasselten, die Butter brodelte und zischte, die Bettler kamen, als schneie es sie vom Himmel herunter, die Pfannen zu alles verschlingenden Ungeheuern wurden, Vreneli, wieviel es auch hineinwarf, immer frisch wieder angähnten mit weitem, ödem, schwarzem Schlund, da kam die Angst über ihns, aber sie half ihm halt nichts; wie die Sperlinge den Kirschbaum wittern, welcher frühe Kirschen trägt, weither gezogen kommen mit ihren raschen Schnäbeln und nimmersatten Bäuchlein, so kamen die Bettler daher, vom Duft der brodelnden Butter gezogen, schrieen heißhungrig von weitem schon: ›Ein Almosen dr tusig Gottswille!‹ und trippelten ungeduldig an der Tür herum, weil sie vor süßer Erwartung die Beine nicht stillehalten konnten. Vreneli begann Schnittchen zu backen, daß es sich fast schämte, so klein und so dünn die Kruste, und alles half nichts; es war, als ob sie Beine kriegten und selbst zuliefen einem Schreihals vor der Tür. Es ward ihm immer himmelängster, für die eignen Leute könnte es gar nicht sorgen. – In der größten Not erschien die Base unter der Küchentüre, wahrhaftig wie ein Engel, und zwar einer von den schwereren, denn sie wog wenig unter zwei Zentnern... Sie stellte einen bedeutenden Butterkübel, den sie hinter Joggelis Rücken aus ihrem Keller stibitzt hatte, dem besten Schmuggler zum Trotz, auf den Küchentisch.«

Schön ist auch Ulis Hochzeitsfahrt beschrieben. Allein mit seiner Braut fährt er auf einem leichten Wägelchen in den dämmernden Morgen hinaus. Ihr Gesichtchen blüht in der Morgenfrische wie eine Rose, und die zarten schwarzen Spitzen ihrer Haube sind mit noch zarterm, silbernem Reif besetzt.

Welche elegische Stimmung weht durch die Szene, wo der alte Erbvetter Hans Joggeli begraben wird! Die Leiche ist auf dem Wege nach dem weitentfernten Kirchhof, und der ganze Troß der Vettern und Basen, erblüstern, ist gefolgt, Rührung heuchelnd. Nur das treue Gesinde ist allein im Hause geblieben und hält aufrichtig trauernd Wache, obgleich sie nichts zu erben hoffen.

»Wenn aus Ost oder Südost der Wind geht, so hört man im Nidleboden das Geläute von der Kirche her, hört das Mittagsgeläute, hört die Schläge der Totenglocke. Von dorther kam am selben Tage der Wind ums Haus, in den Baumgarten hinaus. Jedes für sich, damit keins das andere störe im Horchen und Sinnen, standen die Zurückgebliebenen, lauschten auf die Töne vom Kirchlein her, sahen einander fragend an, schüttelten verneinend die Köpfe. Das Läuten beginnt, wann der Sarg dem Kirchhof sich naht. Sie wollten im Geiste bei seinem Grabe sein, wollten beten ins Grab hinein, wollten mischen ihr Gebet mit der über ihm zusammenrollenden Erde, den andern gleich, die am Grabe standen. Da hob das Mädchen, welches als äußerster Vorposten auf einem großen Erdhaufen stand, die Hand empor und rief: ›Hört, hört!‹ Da klang es wirklich durch die Lüfte, leise wie Geisterwehen, lauter schwebten dann einzelne Glockentöne heran, Geisterstimmen, welche die Kunde brachten, jetzt nahe der selige Kirchmeier seinem Grabe, jetzt werde der müde Leib in die Erde gesenkt, um wieder zur Erde zu werden, aus welcher er genommen worden.«

Dadurch daß Gotthelf so sehr an der Vergangenheit hängt, gewinnen seine Darstellungen einen Reiz, welchen Auerbachs Geschichten nicht haben. Er gleicht hierin vielmehr Immermann, welcher in seiner westfälischen Idylle das Volk mit seinem ehrwürdigen historischen Roste vorführt. Das Leben auf den alten großen bernischen Bauerngehöften hatte etwas ungemein Ehrwürdiges, und Gotthelf schildert mit schöner Wehmut die alte Art und Weise. Aber alle Formen wechseln auf Erden, und eben dieser Wechsel ist es, welcher das Vergangene mit einem verklärenden Lichte bestrahlt. Es würde vor unsern Augen vergehen und verdunkeln, wenn unsere Sehnsucht erfüllt würde und wir wirklich zurückkehren könnten. Hin ist hin!

II

Pfarrer Bitzius steht als Schriftsteller nicht über dem Volke, von welchem und zu welchem er spricht; er steht vielmehr mitten unter demselben und trägt an seiner Schriftstellerei reichlich alle Tugenden und Laster seines Gegenstandes zur Schau. Leidenschaftlichkeit, Geschwätzigkeit, Spottsucht, Haß und Liebe, Anmut und Derbheit, Kniffsucht und Verdrehungskunst, ein bißchen süße Verleumdung: alle diese guten Dinge sind nicht nur in dem Leben und Treiben seiner Helden, sondern auch in seiner beschreibenden Schreiberei zu schmecken. Insofern ist er viel mehr als die kunstgerechten und objektiven, idealisierenden Dorfgeschichtendichter ein wahrer Leckerbissen für jeden Gourmand und wahren Kenner des Volkslebens. Ob dabei der beste Zweck hinsichtlich der ästhetischen Forderungen sowohl als der pädagogischen erreicht werde, ist freilich eine andere Frage. Er sticht mit seiner kräftigen scharfen Schaufel ein gewichtiges Stück Erdboden heraus, ladet es auf seinen literarischen Karren und stürzt denselben mit einem saftigen Schimpfworte vor unsern Füßen um. Da können wir erlesen und untersuchen nach Herzenslust. Gute Ackererde, Gras, Blumen und Unkraut, Kuhmist und Steine, vergrabene köstliche Goldmünzen und alte Schuhe, Scherben und Knochen, alles kommt zutage, stinkt und duftet in friedlicher Eintracht durcheinander. Er baut ein Berner Bauernhaus mit allen Vorratskammern, mit Küche und Keller und den stillen Gaden der Töchter stattlich auf; aber vor allem fehlen auch Schweinestall und Abtritt nicht, und besonders in der »Käserei« ist so viel von dem animalischen Verdauungs- und Sekretionsprozeß die Rede, daß der verzärtelte Leser mehr als einmal unwillkürlich das Taschentuch an die Nase führt, insonderlich wenn er hinter der nordischen Teetasse sitzt, deren gern gesehene Zierde Jeremias Gotthelf gegenwärtig zu sein scheint.

Wahrscheinlich hat Bitzius einst Theologie und mithin auch etwas Griechisch und dergleichen studiert; von irgend einer schriftstellerischen Mäßigung und Beherrschung der Schreibart ist aber nichts zu spüren in seinen Werken. Das edle Handwerk der Büchermacherei hat verschiedene Stufen in seiner Erlernung, welche zurückgelegt werden müssen. Zuerst handelt es sich darum, daß man so einfach, klar und natürlich schreibe, daß die Legion der Esel und Nachahmer glauben, nichts Besseres zu tun zu haben, als stracks ebenfalls dergleichen hervorzubringen, um nachher mit langer Nase vor dem mißratenen Produkte zu stehen. Alsdann heißt es hübsch fein bei der Sache zu bleiben und sich durch keine buhlerische Gelegenheit, viel weniger durch einen gewaltsamen Haarzug vom geraden Wege verlocken und zerren zu lassen. Beide Disziplinen fließen öfter ineinander, und Herr Jeremias benutzt alsdann reichlich die Gelegenheit, sie mit einem Griffe beim Schopfe zu fassen und siegreich in eine Pfütze zu werfen. Erstlich ist seine Rede so wunderlich durch *wohl, aber, daneben, jedoch,* durch unendliche Referate im Konjunktiv Imperfecti gewürzt und verwickelt, daß man oft ein altes Bettelweib einer neugierigen Bäuerin glaubt Bericht erstatten zu hören. Sodann läßt er sich alle Augenblicke zu einer süßen Kapuzinerpredigt, zu einer Anspielung mit dem Holzschlegel, zu einem feinen Winke mit dem Scheunentor verleiten, welcher weit hinter die Grenze der behandelten Geschichte gerichtet ist. In »Die Käserei in der Vehfreude«, welche nur von Bernern ganz deutlich gelesen werden kann und wo es sich nur um Käs und Liebe handelt, wird wenigstens ein halbes dutzendmal auf das Frankfurter Parlament gestichelt. Hat man gelernt, nicht wie eine alte Waschfrau, sondern wie ein besonnener Mann zu sprechen und bei der Sache zu bleiben, so ist es endlich noch von erheblicher Wichtigkeit, daß man auch diejenigen Einfälle und Gedanken, welche zu dieser Sache gehören mögen, einer reiflichen Prüfung und Sichtung unterwerfe, zumal wenn man kein Sterne, Hippel oder Jean Paul ist, welches man durchaus nicht sein darf, wenn man für das Volk schreibt, für das »Volk« nämlich mit Gänsefüßchen eingefaßt. Denn obgleich wir jene Herren gehörig verehren, besonders den letzten, so wird uns doch mit jedem Tag leichter ums Herz, wo ihre Art und Weise zum mindern Bedürfnis wird. Es war eine unglückselige und trübe Zeit, wo man bei ihr Trost holen mußte, und verhüten die Götter, daß sie nach der Olmützer Punktation und den Dresdener Konferenzen noch einmal aufblühe. Was die Einfälle betrifft, so ist es eine eigene Sache mit denselben, und es gehört ein Raffael dazu, jeden Strich stehen lassen zu können, wie er ist. Wie manche Blume, die man in aufgeregter Abendstunde glaubt gepflückt zu haben, ist am Morgen ein dürrer Strohwisch! Wie manches schimmernde Goldstück, welches man am Werktage gefunden, verwandelt sich bis an einen stillen heitern Sonntagmorgen, wo man es wieder besehen will, in eine gelbe Rübenschnitte! Man erwacht in der Nacht und hat einen sublimen Gedanken und freut sich seines Genies, steht auf und schreibt ihn auf beim Mondschein, im Hemde und erkältet die Füße: und siehe, am Morgen ist es eine lächerliche Trivialität, wo nicht gar ein krasser Unsinn! Da heißt es aufpassen und jeden Pfennig zweimal umkehren, ehe man ihn ausgibt! Da hilft weder blindes Gottvertrauen noch Atheismus, es passiert jedem, der nicht feuerfest oder vielmehr wasserdicht ist. Goethe hat gut sagen: »Gebt ihr euch einmal für Poeten, so kommandiert die Poesie!« welchen Spruch ein tüchtiger Prosaiker meiner Bekanntschaft jungen Dichtern unter die Nase zu reiben pflegte, wenn sie von Stimmung sprachen. Der wackere Mann dachte nicht daran, daß Goethe den »Faust«, wo selbiges Sprüchlein geschrieben steht, ein ziemliches Stück Leben lang mit sich herumtrug, ehe er ihn drucken ließ. Und seltsam! gerade die Stimmung ist manchmal die gefährlichste Schlange für hoffnungsvolle Dichter. Wie manches Blatt Papier, welches man in »guter Stunde« vollgeschmiert, kommt einem nach einem halben Jahr so schauerlich vor, daß man vor sich selbst in die Erde kriechen möchte, rot wie ein Krebs, und dem Himmel dankt, daß man selbst und nicht etwa ein Nachlaßherausgeber hinter die Sache gekommen ist!

Von solcherlei Seelenkämpfen scheint der glückselige Jeremias keine Ahnung zu haben. Während der Dichter sonst im Leben unbesonnen, leidenschaftlich, ja sogar unanständig sein kann, wenn er nur hinter dem Schreibtische besonnen, klar und anständig und fest am Steuer ist: macht es Gotthelf gerade umgekehrt, ist äußerlich ein solider gesetzter geistlicher Herr, sobald er aber die Feder in die Hand nimmt, führt er sich so ungebärdig und leidenschaftlich, ja unanständig auf, daß uns Hören und Sehen vergeht. Aber wie gesagt, in diesem Falle gewinnen die echten Liebhaber nur dadurch, sie erhalten um so unverfälschtere Ware, welche sie beliebig verwenden können. So ist zum Beispiel jedes Buch Jeremias Gotthelfs eine treffliche Studie zu Feuerbachs »Wesen der Religion«. Der Gott, der diese Bauern regiert, ist noch der alte Donnergott und Wettermacher. Sie hangen ab von Regen und Sonnenschein, von Licht und Wärme und fürchten Hagel und Frost. Sie zittern vor dem Blitzstrahl, der in ihre Scheune schlägt, und halten ihn für die unmittelbare Folge einer bösen Tat. Besitz und irdisches Wohlergehen verlangen sie von Gott und sind zufrieden mit ihm in dem Maße, als er dieselben gewährt. Er ist der Gewährsmann und Gehülfe aller ihrer Leidenschaften. Ein ruchloses verleumderisches Weib in der »Vehfreude« will ihn durch Gebet zwingen, ihre Feindin zu töten, und zweifelt an seiner Gerechtigkeit, wenn ihre Dorfintrigen mißlingen. Da ist nie die Rede von der »schönen symbolischen Bedeutung« des Christentums, von seiner »herrlichen geschichtlichen Aufgabe«, von der Verschmelzung der Philosophie mit seinen Lehren. Dagegen spielt der Teufel eine gewichtige Rolle, und Jeremias Gotthelf läßt uns diplomatischerweise im unklaren, ob er nur als poetische Figur oder als bare Münze zu nehmen sei. Seine tugendhaften Helden sind alles konservative Altgläubige, und der Gott Schriftsteller mit der schicksalverleihenden Feder weiß sie nicht anders zu belohnen, als daß sie entweder reich und behäbig sind oder es schließlich werden. Die Lumpen und Hungerschlucker aber sind alle radikale Ungläubige, und ihnen ergeht es herzlich schlecht. Spott und Hohn treffen sie um so schärfer, je länger ihnen der Bettelsack heraushängt und je dürrer ihre Felder stehen. Dies ist ganz in der Ordnung; denn nicht anders verhält es sich in der Wirklichkeit. Das Volk, besonders der Bauer, kennt nur Schwarz und Weiß, Nacht und Tag, und mag nichts von einem tränen- und gefühlsschwangeren Zwielichte wissen, wo niemand weiß, wer Koch oder Kellner ist. Wenn ihm die uralte naturwüchsige Religion nicht mehr genügt, so wendet es sich ohne Übergang zum direkten Gegenteil, denn es will vor allem Mensch bleiben und nicht etwa ein Vogel oder ein Amphibium werden. Und damit wollen wir uns zufriedengeben und es nicht stark zu Herzen nehmen, wenn die weisen Herren vom Stuttgarter »Morgenblatt« unlängst sagten: der »Atheismus« (oder was sie darunter verstehen) werde in der guten Gesellschaft Deutschlands nun schon nicht mehr geduldet. Wo diese »gute Gesellschaft« zu suchen ist, weiß ich freilich nicht. Vielleicht ist etwa ein Stuttgarter Abendkränzlein damit gemeint, wo man den schwäbischen Jungfräulein aus dem ungeschickten und flachen Buche des Herrn Oersted vorliest; oder vielleicht besteht die gute Gesellschaft aus jenen erleuchteten germanischen Kreisen, in welchen man deutsche Literaturgeschichte in den lächerlichen und naseweisen Arbeiten des Herrn Taillandier studiert!

Analog seiner religiösen ist auch Jeremias Gotthelfs juristische Weltanschauung. Er eifert sich heftig über den eingerissenen Humanismus im Rechtsleben und sehnt sich nach der Blütezeit des Galgens und der Rute zurück. Und ganz liebenswürdig naiv sind ihm die heutigen Richter nichts anderes als ausgemachte Schelme und Spitzbuben, welche mit den ungehängten Verbrechern unter *einer* Decke stecken. Nicht aber, daß er sich sehr um die Gesetze kümmerte, wenn sie gegen ihn sind. Seine Helden üben ein kräftiges Faustrecht und prügeln unter dem sichtbaren Beifallslächeln des Verfassers ihre radikalen Widersacher weidlich durch. Diese sind natürlicherweise immer höchst erbärmliche und nichtswürdige Gesellen, und Jeremias Gotthelf schildert sie als solche mit großer Trefflichkeit.

Leider muß man gestehen, daß es im Gefolge des Zeitgeistes eine Menge solcher schofeln Halunken gibt; indem wir aber sagen: des Zeitgeistes! so ist zugleich gesagt, daß, wenn dieser konservativ wird, ihm jene armen Teufel ebenfalls nicht fehlen. Sie schließen sich jeder Partei an, welche zur Agitation kommt und Aussichten hat oder verheißt. Die deutschen Treubünde der Gegenwart haben ein schönes Kontingent Ritter von der traurigen Gestalt in sich aufgenommen. Halbherrentum bei hartnäckigem Geldmangel sind ihre Triebfedern. So wenig der christliche Gott es verhindern kann, daß sich Wucherer, Heuchler und Erzschelme zu ihm bekennen, so wenig kann irgend eine Partei solchen Kameraden verbieten, ihre Fahne aufzustecken.

Doch wollen wir es unserm Dichter Dank wissen, daß er solche Misere so trefflich zeichnet; denn es ist noch besser, wenn sie einseitig geschildert wird als gar nicht, da sie einmal vorhanden ist, und selbst unserer Partei kann es nur frommen, wenn manche ihrer Mitläufer der untern Schichten sich ein wenig bespiegeln können. Für Charakterisierung der politischen Tröpfe in den obern Regionen, der unklaren und eigensüchtigen Gemüter von feinerm Korne, leistet in neuerer Zeit Gutzkow Ausgezeichnetes in seiner merkwürdigen Durchdringungs- und Anempfindungskunst.

Die »Käserei in der Vehfreude« schildert den bäuerlichen Assoziationsgeist, wie er eine gemeinschaftliche Sennhütte für ein ganzes Dorf errichtet. Früher wurde der gute Schweizerkäse nur auf den Alpen von einzelnen Kühern ausschließlich produziert, indem man der Meinung war, seine Feinheit und Würze sei die einzige Folge der Alpenkräuter. Seit aber die Chemie nachgewiesen hat, daß es wie bei mehreren andern Erzeugnissen so auch beim Käse mehr auf die Behandlungsweise ankomme, haben in der Schweiz viele Dörfer der Niederungen sich diesem Produktionszweige zugewendet. Sie bestellen sich einen erfahrenen Senn, jeder Teilnehmer liefert vom Frühjahr bis zum Herbste alle entbehrliche Milch in die gemeinschaftliche Hütte, und die auf diese Weise den Sommer hindurch entstandene Menge von Käsen wird dann auf einen Schlag an einen Händler verkauft und der bedeutende Erlös unter die Teilnehmer verteilt, je nach der Milch, welche sie geliefert haben. Dieses Thema gab nun Jeremias Gotthelf die Veranlassung, alle kleinen Leidenschaften des Dorfes spielen zu lassen: die Ungeschicklichkeit und Naseweisheit bei der Konstituierung und Vielherrschaft, den Ehrgeiz, Neid, Eigennutz, Mißtrauen, das Durch-die-Finger-Sehen und wie alle die artigen Dinge heißen mögen, nebst vielen komischen Zügen. Vorzüglich zwei Momente ragen aus der Jugendgeschichte vorliegender »Käserei« hervor: die gewaltige Revolution, welche unter den Frauen entstand, als sie, die seit Jahrhunderten über den Überfluß an süßer Milch und Butter unbeschränkt gewaltet, darin geschwelgt, Gastfreundschaft geübt und auch ein ansehnliches Nadelgeld bestritten hatten, nun plötzlich sich auf das Unentbehrlichste beschränkt sahen und die reinliche, weiße, so ganz weibliche Domäne den harten Händen der industriellen Männer übergeben sollten. Ferner, als die Käserei endlich zustandegekommen, die volkstümliche oder menschliche Art und Weise, wie jeder einzelne, fast ohne Unterschied, sich beeilte, die Gemeinschaft zu betrügen durch verfälschte Milch, welche er lieferte, und nicht daran dachte, wie er sich nur selbst betrog, indem bald das Ganze darüber zugrundegegangen wäre.

Mit diesem Verlaufe ist nun noch eine hübsche Liebesgeschichte verbunden. Ein schöner, überkräftiger und übermütiger Magnatensohn, der Fürst und Herzog der wilden, faustgerechten Jugend, liebt ein armes schüchternes, aber überaus feines Mädchen und wird von ihr wiedergeliebt; doch sind sich beide in ihrer Unschuld unklar darüber. Sie erfahren es aber durch einen ebenso überraschenden als hochpoetischen Zug des Dichters. Die Jünglinge des Dorfes kehren in sechs stattlichen Wagen, jeder von vier schweren stolzen Bauerpferden gezogen, von der Stadt zurück, wohin sie den Käse geliefert haben, und sprengen nun, vom Weine aufgeregt, in stolzem Übermut auf der nächtlichen Straße daher, der Held voran als ein wahrhaft antiker Wagenlenker. Er ist bestrebt, das jämmerlich-komische Fuhrwerk eines liberalen Windbeutels, der vor ihnen herfährt, mit seinem feurigen Gespanne zu überholen und ein wenig auf die Seite zu drücken, schmettert es aber nicht zu Boden, sondern überfährt auch seine Geliebte, welche in der Dunkelheit ungesehen denselben Weg wandelte. Sie wird ohnmächtig auf seinen Wagen gelegt, schlägt ihre Augen ein wenig auf und schließt sie wieder ganz selig, als sie ihn erblickt, während er durch seinen Kummer um sie ebenfalls über seine Liebe gewisser wird. Die Lösung des Knotens wird ebenso originell herbeigeführt, indem der ritterliche Bursche eines Sonntags in der Kirche, mitten in der Predigt, eingeschlafen ist und in süßen Träumen laut von seinem Liebchen einen Kuß verlangt. Um das Mädchen nicht in Schande zu bringen, muß er sich sogleich erklären und heiratet es.

Die »Erzählungen und Bilder aus der Schweiz« enthalten teils solche ähnliche Geschichten in kürzerer Novellenform, meistens das Werben eines rüstigen Bauernsohns um ein Weib oder umgekehrt, teils Anekdoten und Schwänke in der Art des »Rheinischen Hausfreundes«, auch einige

Visionen à la Jean Paul. Die Anekdoten wie die Visionen erscheinen nicht so ungezwungen und eigentümlich und hätten füglich unterdrückt werden mögen. Die Novellen aber sind alle vom gleichen guten Stoffe wie die größern Arbeiten Gotthelfs. Vorzüglich fällt es auf, und jeder Leser wird es gestehen, wie, abgesehen von der überladenen Polemik und den Geschmacklosigkeiten in vielen Bildern, es doch so wahrhaft episch hergeht in dieser Welt. Viele Züge könnten ebensowohl dreitausend Jahre alt sein wie nur eines, und in beiden Fällen gleich wahr und treffend. Die Frauen sind schlau, wohlwollend und vorsorglich, die kräftigen Männer sind geschwätzig und rühmen sich selbst unbekümmert, gleich den Homerschen Helden. Es ist der Stolz der Väter, wenn sie nach einem Volksfeste einige hundert Taler an die von ihren Söhnen Verwundeten auszahlen müssen, und dieses bringt Tat und Bewegung in die Geschichten. Die Söhne sind große Pferdekenner und fahren voll Stolz durch das Land.

Ein weiterer altertümlicher Reiz ist in einigen dieser Geschichten, wo eine Brautwerbung vor sich geht, daß gar nie von Liebe die Rede ist. Die Leute gehen aus, ein Weib oder einen Mann zu suchen, der auf ihren Hof paßt, und doch empfindet der Leser jedesmal am Schlusse eine Genugtuung wie kaum im empfindsamsten Romane. Wenn ein Mädchen die einer tüchtigen Bäuerin nötigen Tugenden und einen schönen Leib besitzt, so ist sie das, was der Werber gesucht hat, und es beruht diese Weise auf der Erfahrung, daß, wo ein recht gesunder Mann mit einem dito Weibe zusammenkommt und beide aufeinander angewiesen sind, auch eine gesunde Liebe nie ausbleibt. In den Städten, wo eine Unzahl Verschiedenheiten in der Geschmacksrichtung und Geistesbildung ebensoviele

»Mißverhältnisse« veranlaßt, wo eine Frau eine unglücklich Getäuschte ist, weil es sich erweist, daß der Mann keine Symphonie zu genießen imstande ist: – dort ist diese Weltanschauung allerdings nicht mehr am Platze; aber auf dem Lande, wo alle Bedingungen der Harmonie noch einfacher und gleichmäßiger sind, ist sie weit poetischer, als man glauben möchte. Wenigstens ist die Stimmung des Lesers in Jeremias Gotthelfs einfachen und hübschen Werbegeschichten so poetisch wie in jedem andern Romane, und bei mir war sie es mehr, als wenn ich im Petrarca gelesen hätte.

Zu Bodmers und Breitingers Zeiten und bis tief in unser Jahrhundert hinein pflegte die deutsche Kritik jeden Schweizer, der etwa ein deutsches Buch zu schreiben wagte, damit zurückzuscheuchen, daß sie ihm die »Helvetismen« vorwarf und behauptete, kein Schweizer würde jemals Deutsch schreiben lernen. In jetziger Zeit, wo die Königin Sprache die einzige gemeinsame Herrscherin und der einzige Trost im Elende der deutschen Gauen ist, hat sich dies geändert, und sie begrüßt mit Wohlwollen auch ihre entferntesten Vasallen, welche ihr Zierden und Schmuck darbringen, wie sie dieselben vor fünfhundert Jahren noch selbst gesehen und getragen hat. Jeremias Gotthelf mißbraucht zwar diese Stimmung, indem er ohne Grund ganze Perioden in Bernerdeutsch schreibt, anstatt es bei den eigentümlichsten und kräftigsten Provinzialismen bewenden zu lassen. Doch mag auch dies hingehen und bei der großen Verbreitung seiner Schriften veranlassen, daß man in Deutschland mit ein bißchen mehr Geläufigkeit und Geschicklichkeit als bisher den germanischen Geist in seine Schlupfwinkel zu verfolgen lerne. Wir können hier natürlich nicht etwa die philologisch Gebildeten, sondern nur diejenige schreibende und lesende Bevölkerung Norddeutschlands meinen, welche so wenig sichern Takt und Divinationsgabe in ihrer eigenen Sprache besitzt, daß sie gleich den Kompaß verliert, wenn nicht im Leipziger oder Berliner Gebrauche gesprochen oder geschrieben wird.

III

Das politische Leben der Schweiz hat lange vor 1848, und als man noch keine Ahnung von der Möglichkeit eines Redwitz in Deutschland empfand, die konservativen und reaktionären Parteien die Brauchbarkeit der Belletristik einsehen lassen, und zu einer Zeit, wo Freiligraths und Herweghs gereimter Handschuhwechsel noch ganz vereinzelt dastand, besaßen die Schweizer schon umfangreiche poetische oder vielmehr unpoetische Manifeste, welche mit geharnischtem Zorn gegen den Radikalismus auftraten. Es war beiläufig gesagt sonderbar, daß diese »Dichter« vorzüglich auch gegen die unpoetische Tendenz der radikalen Poesie auftraten und doch wieder diese ihre Tendenz gegen die Tendenz zum nachhaltigen Gegenstande ihrer Ergüsse machten. Diese doppelte Ableitung kommt indessen heute noch vor und ist zuletzt allerdings die allertrokkenste und poesieloseste Tendenz. Vorzüglich Fröhlich, der Fabeldichter, nach Bitzius das intensivste und kernigste Talent der poesiebeflissenen Schweiz, warf in den wiederholten Auflagen seines »Jungen Deutschmichels« einen Regen von Invektiven gegen das eingewanderte Fremdentum, wobei indessen der Schweizer, der dazumal in einem harten Ringen um ein erneutes eidgenössisches Prinzip begriffen war, nicht geschont wurde; vorzüglich war es auf das eidgenössische Festleben, auf das Pokulieren und

Toastieren, Schießen und Singen abgesehen, und die eidgenössische Schützenfahne, welche zur Zeit jenes wilden Kampfs unter dem Trotz und Hohn der Sonderbündler, Baseler und Neuenburger Stabilisten, unter den Drohungen und Noten der großen Mächte den nach bessern Zuständen sich sehnenden Schweizern ein Symbol war, das sie mit lärmendem, aber wahrem und liebevollem Enthusiasmus begrüßten, wo es sich zeigte, wurde von Fröhlich ein seidener Fetzen gescholten, von Lumpen getragen oder dergleichen. Nun, der Fetzen hat seitdem für einmal gesiegt, und der schmollende Poet hat ihn am großen Schießen von 1849 selbst höflich in Reimen begrüßt, und ein Extrakt jener liederlichen Toastierer sitzt dermalen noch in Bern, angenehm beschäftigt, dem urwüchsigen Konkretismus der Kantone die Haare zu strählen, die vornehmen Noten von draußen anständig abzunehmen und den Boten den nicht wohl angehenden Inhalt der besagten Zettel auf die höflichste Weise zu erläutern, anderseits die muntere Herde der praktischen Völkersolidaritätler aller Zonen zu hüten, welche die ebenso einsichtsvolle als männliche Forderung stellen, daß zwei Millionen Schweizer garantieren und ausfechten sollen, was vierzig Millionen Deutsche, vierzig dito Franzosen usf. nicht die Lust, den Charakter oder die Einsicht hatten, aufrechtzuerhalten und zu entwickeln. Es ist überhaupt ein seltsames Ding um diese Anforderungen von allen Seiten und kommt daher, daß man immer anderswo kratzt, als wo es juckt, um die eigenen Sünden zu verbergen. Sogar das Frankfurter Parlament, soeben aus der Begeisterung von vierzig Millionen hervorgegangen, diese hinter sich mit der Macht über die Reichsarmee, behauptete, daß der Heckerputsch »von der Schweiz ausgegangen« sei, und wollte deswegen heftig an derselbigen kratzen, bloß aus Ärger, daß es ein gut deutsches Gewächs war, entstanden aus reinem Reichsblute. Die Reaktion nennt die Schweiz einen Herd des Kommunismus; die deutsche Demokratie nennt sie ein egoistisches filziges Krämernest, mit dem nichts anzufangen sei. Darüber werden die Schweizer selbst in müßigen Stunden unschlüssig und glauben es am Ende auch, so daß sie je nach den Parteien sich gegenseitig für die ausgemachtesten Teufelsbraten halten, bis die Arbeit sie wieder von dem nutzlosen Geträtsche wegruft. Unterdessen setzt Fröhlich gelegentlich seinen alten Krieg fort und das auf die seltsamste Weise. Er schreibt nämlich dann und wann eine ästhetische Tendenznovelle, worin viel von gemalten Glasscheiben, altdeutschen Bildern und vorzüglich von Musik die Rede ist. Da werden dann die Radikalen nicht als Schelme wie früher, sondern als künstlerische Barbaren dargestellt, welche in gemütlicher Tölpelei und musikalischer Roheit und Frivolität eine gar schlechte Figur spielen müssen gegenüber den vornehm und streng gebildeten Conservateurs und ihren Töchtern, welche die Händelschen Oratorien verstehen und zu schätzen wissen. So kommen die Männergesangfeste, wo radikalisiert wird, schlecht weg gegen die schweizerischen Musikfeste, welche von den zusammengetretenen Dilettantenorchestern und gemischten Chören gefeiert werden und wo, da Damen hierzu gehören und der Grundstock schweizerischen Orchesterwesens immer noch an die städtische Aristokratie geknüpft ist, naturgemäß ein exklusiverer Ton herrscht. Da werden die Freiheitslieder singenden plebejischen Schweizersänger, welche nach des Tages Hitze einen guten Schluck ziehen aus den silbernen Preispokalen, in ein höchst unvorteilhaftes Licht gesetzt gegenüber den Händelsche und Mendelssohnsche Lieder singenden Fräuleins von Bern oder Aarau und ihren violinekratzenden Anbetern.

Jeremias Gotthelf aber führt den Krieg mit alter Energie auf dem alten Boden nicht des ästhetischen, sondern des moralischen Schlechtmachens fort, wo er als Parteimann des Kantons Bern vollkommen berechtigt ist; ob er es aber auch als Schriftsteller, Dichter und Christ ist, wollen wir ein wenig näher ansehen.

Er sagt in der Vorrede zu seinem »Zeitgeist und Bernergeist«, Freunde hätten ihm geraten, die Politik endlich beiseite zu lassen; er aber setze diesem Rate schnurstracks entgegen hiermit ein neues Buch in die Welt, welches von Politik strotze. Darin hat er als Bürger wie als Schriftsteller usw. durchaus recht, denn heute ist alles Politik und hängt mit ihr zusammen von dem Leder an unserer Schuhsohle bis zum obersten Ziegel am Dache, und der Rauch, der aus dem Schornsteine steigt, ist Politik und hängt in verfänglichen Wolken über Hütten und Palästen, treibt hin und her über Städten und Dörfern.

Jeremias Gotthelf erklärt ferner, daß sein Büchlein kein Kunstwerk sein soll. Ein solches ist es allerdings nicht, und wir befürchten, er sei nunmehr unter die Literaten gegangen, welche dem Teufel ein Ohr wegschreiben, und darin hat er unrecht. Denn als Christ hat er die Pflicht, sein Pfund nicht zu vergraben und ein dem Herrn gefälliges Kunstwerk zu schaffen mit Fleiß, Reinlichkeit und Selbstbeherrschung, da er das Zeug dazu empfangen hat; als Bürger und Parteimann hat er diese Pflicht ebenfalls, weil ein wohlproportioniertes und schöngebautes Werk seinen Zweck besser erreicht als das entgegengesetzte, und gerade beim Volke allererst. »Gebildete« können am Ende an einem wilden Produkte ein pathologisches Interesse nehmen und überhaupt Roßnägel verdauen, wie die tägliche

Erfahrung zeigt; auf das Volk hingegen wirkt nur solide Arbeit, wenn es darüber auch keine gelehrte Rechenschaft gibt. Jeremias Gotthelfs Hauptstärke ist einmal nicht die geistliche und politische Rhetorik an sich, so fest auch seine Gesinnung ist, sondern eben das stofflich Poetische; darum sollte er dieses in den Vordergrund treten lassen, wie er es früher auch getan, als er noch nicht so von der Tendenz besessen war. Die Wahrheiten, welche er gern sagen möchte, alsdann an den rechten Stellen als Schlaglichter aufgesetzt oder vielmehr als organische Blüten notwendig erwachsen, würden so, wenigstens für den naiven Leser, eher eine überzeugende Wirkung gewinnen. Hierin liegt aber der Knotenpunkt, wo das Wollen mit dem Können auseinandergeht und welchem auch ein Talent wie Jeremias Gotthelf machtlos unterworfen ist.

Ein Parteimanifest zu verfassen, welches, sei es ein rhetorisches oder plastisch-poetisches, zugleich ein reines und gediegenes Kunstwerk sein soll (und wie gesagt, noch jedes aus alter und neuer Zeit ist ein solches gewesen und hat es sein müssen), dazu gehört eine über der Befangenheit der Partei schwebende unbefangene Seele, eine über die Leidenschaft sich erhebende Ruhe, welche aber jene kennt, durchlebt hat und zur Energie veredelt wieder in den Kampf führt; es gehört so viel guter Grund und Boden dazu, als nötig ist, nicht zur förmlichen Entstellung und Inkonsequenz greifen zu müssen; es gehört dazu eine gewisse Achtung des Gegners, um dessen Gefährlichkeit zu beweisen, ohne die eigene Partei oder das Volk, welches diese beschützen will, verächtlich und lächerlich zu machen; endlich gehört dazu eine gewisse innere Wahrheit und Berechtigung, welche den vorgebrachten Meinungen, seien sie, welche sie wollen, einen anständigen Ernst verleihen und verhindern, daß dieselben in bloß marottenhafte oder gar possenhafte Vorbringungen ausarten, die am Ende gar nirgend hingehören und nirgend zu Hause sind.

Solange Jeremias Gotthelf die Sache aller rechtlichen und ordentlichen Leute, die Sache des gesunden Volkstums gegen die Liederlichkeit und Narrheit verfocht, hatte er einen guten Grund und Boden und war ein tüchtiger Künstler, wenn seine schönen Erzählungen auch »strub« und naturwüchsig geschrieben waren. Seine Parteiseitenhiebe konnte man dabei hinnehmen, zumal sie nicht immer ungerecht waren gegen manche Narrheiten und Lumpereien des Liberalismus, wo dieser mit Renommage und halbgebildetem Herrentum Hand in Hand geht; denn Wahrheit schadet nirgend und ist in allen Dingen gut. Solange er ferner das Menschenschicksal und dessen Ertragung an sich betrachtet und darstellt, wie er es vorfindet, solange ist er ein ehrenwerter und verdienstvoller Meister, und auch da müssen wir es hinnehmen, wenn das Übel, welches von mißverstandenem »politischen Leben« hereinbricht, deutlich beschrieben wird. Seit er aber alle Rechtlichkeit und Weisheit, alle Ehre und Wohlgesinntheit, kurz alles Gute *einer* Partei vindiziert und alle Ehrlosigkeit, Schelmerei und Narrheit, alles Übel der andern, seit er das Menschenschicksal ausschließlich abhängig macht vom Bekenntnis dieses oder jenes Parteipunkts, seitdem hat er den Boden unter den Füßen verloren und liefert uns leidenschaftlich-wüste, inhalt- und formlose, stümperhafte Produkte. Denn ohne ein Maß von Weisheit und Gerechtigkeit gibt es keine Kunst, und wenn Jeremias Gotthelf sagt, daß sein Buch kein Kunstwerk sein soll, so ist dieses die Resignation des Fuchses, welchem die Trauben zu sauer sind. Daß sie ihm aber zu sauer sind, ist seiner verletzten Pflicht hart vorzuwerfen; wäre er nicht von dem Schemel der Weisheit und Gerechtigkeit heruntergestiegen, so würden seine Beine nicht zu kurz sein, und er könnte heute noch an den schönen Weinstock hinaufreichen!

Als das schweizerische Volk durch die neue Bundesverfassung im Jahre 1848 einen vorläufigen Abschluß und Sieg errungen hatte nach langen politischen Kämpfen um die schmale Linie, auf welcher Zentralisation und Föderalismus einander am füglichsten die Hand reichen, ruhte es auf diesen Lorbeern nicht träge und selbstzufrieden aus, sondern es begann in den einzelnen Kantonen sofort ein munteres Revidieren der Verfassungen. Seit zwanzig Jahren hatte dies Volk um Ideen gestritten und seine Verfassungsproduktion vorzüglich den Charakter dieses Streits getragen; es hatte durch das Hinauswerfen der Jesuiten (was eine ehrenwerte und gesunde Tat war, welche es wiederholen wird, sobald die zurückgebliebenen Wurzeln wieder geile Schosse treiben, trotz aller zur Mode gewordenen lächerlichen Blasiertheit in Beziehung auf den Jesuitenhaß) und durch die zeitgemäße Beschränkung der Kantonalsouveränität sein Schwert im Ideenkampfe bewährt und konnte es für einmal einstecken. Hingegen machten sich nun in dem begonnenen Revidieren die materiellen Fragen mit aller Macht geltend, das gemütliche Schlagwort hierfür hieß: von dem ewigen Politisieren über Formen, wie man die Ideen nannte, habe man am Ende nicht gegessen! Wie aber dieser Punkt gerade nicht spezifisch-schweizerischer Natur, sondern von allgemeiner Zeit- und Weltnatur war und von deren Einflüssen herrührte, so konnte er auch nicht unabhängig davon, inselhaft sozusagen, ins reine gebracht werden. Es kam auch nicht viel Rechtes dabei heraus, und der Nutzen dieser muntern Tätigkeit liegt lediglich in dem wohltätigen Sauerteige, den sie in das öffentliche Leben brachte. Man hatte seit zwanzig Jahren, um nur von dem letzten Abschnitte der Geschichte zu sprechen, Verfassungen gemacht, beschützt, angegriffen, gebrochen, geflickt und revidiert und glaubte in diesem Metier etwas Erhebliches zu leisten, was man mit Recht politische Bildung nennt. Diese Bildung zeigte sich aber urplötzlich als eine echt sokratische, indem das höchste Wissen darin bestand, daß man beinahe nichts zu wissen bekannte, und dies ist eben der wohltätige Sauerteig, von dem wir sprachen. Die Aargauer laborierten vier Jahre an einer Verfassung, verwarfen den Entwurf ein halbes dutzendmal und brachten schließlich noch wenig genug heraus. Ein allgemeiner Krieg von Grundsätzen gegen Grundsätze entspann sich auf dem unblutigen Boden der Wahlkirchen und Vetokirchhöfe und auf den grünen Wiesen der vorzeichnenden Volksversammlungen. Alte Matadore gerieten in Mißkredit, neue liefen sich die Hörner ab, das Volk verharrte als eine friedlich, aber halb unruhig wogende, halb rätselhaft stumme Masse und zeigte in dieser holden Verwirrung vielleicht zum erstenmal, daß es anfange zu merken, daß eine Verfassung kein Schuhnagel sei. Dies ist schon sehr viel, anderwärts wird man eine Strecke zu laufen haben, bis man dies Stadium erreicht; denn nicht sowohl in der Geläufigkeit, mit welcher man ein Gesetz entwirft und annimmt, sondern in der Ehrlichkeit, Ernsthaftigkeit und Entschlossenheit, mit welcher man es zu handhaben gesonnen ist, zeigt sich die wahre politische Bildung. Daß diese den Schweizern größtenteils eigen ist, insofern sie auch in einem richtigen Verhältnis der öffentlichen Arbeit zur Privat- oder häuslichen Arbeit besteht, haben sie auch auf der Londoner Industrieausstellung bewiesen.

Im großen Kanton Bern hatte diese Revisionslust mit

materieller Tendenz schon zwei Jahre früher begonnen, ins Leben gerufen durch die junge Rechtsschule und die allgemeinst radikal Gesinnten, welche dadurch die etwas stagnierende und unentschiedene Regierung des ältern Liberalismus aus dem Sattel warfen. Die großen Bauern sowohl, denen man Grundzins und Zehnten abnahm, wie die Armen, denen man gründliche Hülfe versprach, waren bei der Sache, und die neue Verfassung mit kühnen Änderungen und Neuerungen ward fertig. Allein es war eben vor dem Abschluß des Sonderbundskriegs und vor dem Jahre 1848, daher auch ohne die sokratische Weisheit geschehen, welche diese beiden Erfahrungen erst gebracht haben. Denn wenn die Schweizer auch den Erscheinungen der letzten Jahre ruhig zusehen konnten, so mußte doch der Geist der Geschichte über ihre Grenzen wehen und ihnen ihre eigene Bedeutung und Stellung mächtig zur Erkenntnis bringen. Sie haben sehen können, daß sie nicht die ausschließlichen Pächter der Freiheitsliebe in Europa sind, daß sie aber durch den alten Besitz und Gebrauch der Freiheit die doppelte Verpflichtung haben, keine Dummheiten zu machen. Die Berner Verfassung ward noch in dem alten unbekümmerten Sinne mit wenig Respekt gemacht und ins Leben geführt. Man näherte sich darin der »reinen Demokratie« durch das Abberufungsgesetz, wonach das Volk jederzeit die gewählte Regierung zwischen den Wahlterminen abberufen kann. Dies geschah nicht als Nachahmung der kleinen demokratischen Kantone, sondern als Ausfluß kosmopolitischer, vorzüglich deutscher Freiheitstheorien, welche eher auf einem sklavenhaften Pessimismus als auf einem männlichen Idealismus beruhen.

Die Berner sind eine schwer in Fluß geratende, grobkörnige, aber kräftige Masse, welche einmal in Wallung nicht so leicht wieder glatt wird und sich in ungeheuerlichem Exzessieren gefällt, am liebsten mit den Fäusten auf den Köpfen der Opponenten politisiert. Es gab allerlei Unfug und Unbehaglichkeit, alte, konservativ gewordene Volksführer taten sich wieder hervor, die Zeitumstände benutzend, und es entstand jene widerliche Verbindung von ehemaligen liberalen Magnaten vom Lande mit den eigentlichen Aristokraten, die überall, kein reelleres Band zwischen sich vorfindend, Religion und Sittlichkeit zu ihrem Schibboleth macht. Sie erzeugten einen Umschwung in der Volksstimmung, das Volk wählte 1850 wieder konservativ, zeigte sich aber bald darauf den Radikalen wieder günstiger, da die konservative Regierung nichts Absonderliches vorzubringen wußte. Die Radikalen wollten nun jenes Abberufungsgesetz benutzen, um das eingedrungene Regiment vollends zu beseitigen; es entstand eine gewaltige Agitation, wo auf beiden Seiten die ausgebildetste Demagogie betrieben wurde. Das Volk berief nicht ab, nicht sowohl aus reaktionärem Sinne, als um zu zeigen, daß es Manns genug sei, ein einmal gewähltes Regiment seine Zeit ausdienen zu lassen, und daß es aus Respekt gegen seine eigene Wahlfähigkeit sich bis zum nächsten Termin gedulden wolle. Die radikalen Führer aber hatten sich durch das verfehlte Manöver im eigenen Netze gefangen und der Regierung Raum gegeben, um ihre Klauen zu zeigen und ein bißchen zu krebsen, bis ihre Zeit ebenfalls wiederum erfüllt ist.

Jeremias Gotthelfs »Zeitgeist und Bernergeist« enthält eine polemisierende Schilderung der Berner Zustände vor jenem Umschwunge und den Anfang dieses Umschwungs, indem er das erwachte »politische Leben« mit den schwärzesten Farben ausmalt und es den Zeitgeist nennt, während die Rückkehr zum Bessern, zu patriarchalischen religiösen Zuständen der Berner Geist sein soll. Der Titel ist allerdings gut und richtig gewählt, indem er das Verhältnis bezeichnet, nur nicht wie Jeremias Gotthelf es gemeint hat. Im Zeitgeist liegt allerdings die Forderung politischen Bewußtseins, möglichste Ausgleichung drückender und unnatürlicher Zustände, Sicherstellung gegen religiösen Terrorismus; daß diese Forderungen aber in Bern ins Ungeheuerliche und Plumpe ausarten, indem eine halbzugeleckte Generation sich plötzlich in einem wilden Rodomontieren und Perorieren gefiel, ist derselbe Berner Geist, in welchem früher die großen Bauernsöhne zum Vergnügen halbe Dorfschaften lahm schlugen und von denen Jeremias Gotthelf mit soviel wohlgefälligem Stolze sonst zu erzählen weiß. Indessen hat er das Recht, solch tolles Gebaren zu schildern und zu seinen Zwecken zu benutzen; nur ist auch hier die Übertreibung und förmliche Entstellung unzweckmäßig. Nach seiner Darstellung hat der »Zeitgeist« unter dem radikalen Berner Regiment unter anderm folgende Ergebnisse hervorgebracht: Advokaten zanken ungescheut und öffentlich, gleich vor den Richtern, ihre Klienten aus, weil diese sich sträuben, einen Meineid abzulegen; Beamtenfrauen und sonstige weibliche Honoratioren, an einem Badeort versammelt, erklären unverhohlen, daß nunmehr, wo die Religion abgeschafft sei, eine Frau ihrem Manne Hörner aufsetzen dürfe und solle; die Radikalen veruntreuen nicht nur die Gelder des Staats, sondern auch als Gemeindevorsteher versaufen und verhuren sie das ihnen anvertraute Gut der Witwen und Waisen, alles mit fortwährenden Reden von Humanität und Aufklärung usf. Diese Tatsachen kommen zwar im Verlaufe des komponierten Romans vor, welcher diesen Auslassungen als Gerippe dient; da jedoch der Verfasser an andern Orten bestimmte Namen lebender Staatsmänner und Parteiführer bezeichnet, so kann man jene Artigkeiten nicht als poetische Lizenzen, sondern nur als wahren Stoff betrachten, der dem Verfasser vorgelegen habe.

Wenn man nun die dem Buche zugrunde liegende Dorfgeschichte betrachtet, an welche Jeremias Gotthelf seine Meinungen und Mahnungen knüpft, so trägt diese an sich schon in ihrem Motiv den Stempel der Unwahrheit. Zwei Bauern, reich, hoch und ansehnlich, männlich und christlich, sitzen auf ihren alten großen Höfen, befreundet und verwandt unter sich; einer kann sich auf den andern verlassen, und beide stehen der Gemeinde mit Rat und Tat vor, tüchtig und besonnen. Da wird der eine vom »Zeitgeist« ergriffen; er gerät, indem er in ein Gericht gewählt wird, unter die Schriftgelehrten und Phrasenmacher, Regierungsstatthalter, Präsidenten usf., wird als reicher und einflußreicher Bauer als gute Beute erklärt und in den Schwindel hineingezogen. Zuletzt wird er Großrat und eine politische Größe, das heißt ein eitler und aufgeblasener Esel, der zu allen schlechten Zwecken benutzt wird. Zugleich wird er ein liederlicher Schlemmer, Hurer und Religionsleugner und bringt sein Haus an den Rand des Abgrunds. Die Frau liegt schon im Grabe, der eine Sohn, welchen er ebenfalls zu diesem Leben angeleitet hat, wird über einer Blasphemie vom Tode ereilt, als er schlemmend und brüllend den politischen Gelagen nachzieht, das Geld von Witwen und Waisen in der Tasche. Hierdurch wird die Katastrophe herbeigeführt, der niedergeschmetterte Vater weiß sich nicht zu helfen, und nun tritt der andere Bauer zu ihm, welcher fromm und konservativ geblieben ist, und richtet ihn auf, mit Rat und Tat in dem zerrütteten Hause hantierend.

Das Ausschlagen des gefallenen Sohnes ist nicht unmöglich, hingegen das des Vaters vollständig, insofern es die

Wirkung des politischen und religiösen »Zeitgeists« auf einen sonst tüchtigen Bauer vorstellen soll. Wer die Bauern kennt, weiß zu gut, daß diese sich nicht so leicht aus dem Häuschen bringen lassen, und es geht gerade über die schweizerischen Bauern die Klage, daß bei ihnen der Liberalismus keinen sonderlichen Einfluß auf den Geldbeutel ausübt. Es gibt aller Orten Leute, welche von Haus aus liederlich das politische Behaben als Beschönigung ihrer Zerstreuungssucht benutzen; abgesehen, daß solche überhaupt nicht hierher gehören, sind sie leider bei allen Parteien zu finden, und ein konservativer betrunkener Heulmeier, der hinter dem Schnapsglase die Religion für gefährdet erklärt, ist auch keine anmutige Erscheinung.

Am wunderlichsten nimmt sich in Jeremias Gotthelfs Buche die geschlechtliche Ausschweifung aus, welche er dem »Zeitgeist« vindiziert. Er will damit offenbar auf die ländlichen Ehefrauen wirken, indem er die politischen Geschäftsgänge ihrer Männer stark verdächtigt. Überhaupt streichelt er den Weibern in einem wahren Hebammenstile den Bart: »Es kam in die beschwerlichen weiblichen Zustände, welche körperlich und gemütlich oft große Beschwerden bringen, und in welchen oft das arme Weib es besser hat als das reiche. Das alles mißstimmte Gritli, und die Mißstimmungen überwand es nicht.« O du feiner Gotthelfli! Wie wahr! Wie muß das den »reichen stolzen Bauernfrauen« munden, welche ein Bettelweib um seine leichte Niederkunft beneiden! Mißstimmungen! Hoffen wir indessen, daß die ehrenwerten Berner Frauen männlicher und gesünder gesinnt sind und einen solchen Stimmungsjargon nicht annehmen und solchen den Blaustrümpfen deutscher Salons überlassen. Auch in anderer Weise verfällt Jeremias Gotthelf ins Unmännliche, indem er immer wieder mit breiter Geschwätzigkeit die Interessen von Küche und Speisekammer behandelt und seine genaue Kenntnis der Milchtöpfe, der Hühner- und Schweineställe auskramt. Auch hierdurch glaubt er die Gunst der Hausfrauen zu gewinnen und durch die Küchenweisheit die politischen und religiösen Grundsätze einzuschmuggeln. Es ist aber nicht zu begreifen, wie ein so tiefer Kenner des Volkslebens in letzter Linie das Volk mißkennt und nicht weiß, daß dieses das allzu Nahe und Gewöhnliche kindisch findet, wenn es ihm gedruckt in einem Buche entgegentritt. Das kommt alles von dem unwahren Standpunkte, von welchem Jeremias Gotthelf ausgeht; der krasse Materialismus, mit welchem seine Religiosität verquickt ist, läßt ihn zu solchen falschen Mitteln greifen.

Er sagt in der Vorrede, daß er ein geborener, nicht ein gemachter Republikaner sei, daß aber sein Verlangen auf einen christlichen Staat und daher all sein Schreiben und Wirken auf dieses Ziel gerichtet sei. So ist denn die Religionsgefahr der eigentliche Inhalt seines Buchs, vorzüglich wie sie durch die Berufung des Tübinger Professors Zeller über den Kanton Bern gekommen und durch die freisinnige Einrichtung und Leitung des Lehrerseminars befördert worden ist. Zunächst versteht er unter dem christlichen Staate die alte Republik Bern, welche aus alten christlichen Bauerndynastien besteht, die solange auf ihren fetten Höfen sitzen dürfen, als sie Christum bekennen. Tun sie dies nicht mehr, so kommen sie um Haus und Hof. Es steht indessen im Evangelium kein Wort davon, daß der rechte Christ ein reicher Berner Bauer sein müsse. Nebenbei haben diese Bauern noch die schöne Prärogative, einem Armen um Gotteswillen ein Stück Brot zu geben, »denn«, klagt einer, welcher darüber weint, daß er nun seine Religion »abgeben müsse«: »am meisten könnten mich die Armen dauern, die drGotteswillen bitten und denen man drGotteswillen gibt und hilft, denen blieb nichts anders übrig, als Hungers zu sterben (!) oder Gewalt zu brauchen.« Wir trauen Bitzius gern zu, daß er einem Armen, auch wenn er als ein blinder Heide geboren wäre, doch von Herzen ein Stücklein Brotes gäbe und denselben nicht unbedingt verhungern ließe, auch wenn er nicht um Gotteswillen bäte; daß er aber mit obiger Bauernlogik zu Felde zieht, gibt einen glänzenden Beweis seiner demagogischen Fähigkeiten. Einen atheistischen, von der Zellerschen Aufklärung angefressenen Kerl läßt er sagen: »Gott ist ein Kalb!« Es hat allerdings schon Jahrhunderte vor uns eine Art konfusen Volksatheismus gegeben, welchem einzelne wüste Subjekte verfielen, die von der allgemeinen Idee Gottes nicht loskommen konnten und daher Blasphemien gegen sie ausstießen, weil sie ihnen in ihrem Treiben unbequem war. Solche Erscheinungen haben mit der Geschichte der Religion und Philosophie nichts zu tun und sind eben krankhafte Auswüchse, die jederzeit vorkommen. Das Volk hingegen, dieselben im Gedächtnis, stellt sich dann die freie Denkart, welche vom »Zeitgeist« herrührt, gern unter jener Form vor, wozu das unsinnige und boshafte Wort »Gottesleugner«, das es im Munde der Pfaffen hört, das Seinige beiträgt. Lügen heißt gegen seine Überzeugung von der Wahrheit einer Sache aussagen, Gottleugnen also, Gott innerlich voraussetzen und äußerlich leugnen, daher der widerliche Klang des schlau erfundenen Worts. Wenn nun aber Gotthelf die Sache zusammenfaßt in der holdblühenden Blasphemie: »Gott ist ein Kalb!«, dieselbe für eine Folge der Aufklärung ausgibt, so mag dies in harten Berner Schädeln von Wirkung sein, seiner christlichen Phantasie gereicht es aber zu geringer Ehre.

Wenn man das Buch zuschlägt, so hat man den Eindruck, als sähe man einen Kapuziner nach gehaltener Predigt sich den Schweiß abwischend hinter die kühle Flasche setzen mit den Worten: Denen habe ich es wieder einmal gesagt! Eine Wurst her, Frau Wirtin!

Ein Beweis von der frivolen und materialistischen Ader, die als Religiosität mehr und mehr in Jeremias Gotthelfs Sachen zu Tage tritt, ist auch ein in Leipzig erschienenes Volksbüchlein mit Holzschnitten und in Traktätchenform, also eigentlich für das Volk berechnet. Es enthält die Geschichte zweier Leutchen, welche einander blutjung und blutarm geheiratet, durch unermüdliche Tätigkeit und Sparsamkeit aber bis zu ihrem Alter ein artiges Vermögen zusammenscharren. Sie erreichen ein hohes Alter in Weisheit und Wohlstand; der Mann stirbt aber vor der Frau, und sie lebt in seinem frommen Andenken den Rest ihrer Tage hin. Bis jetzt ist sie als ein Muster eines weisen und christlichen Lebenslaufs dargestellt worden. Nun bekommt sie auf einmal am Rande des Grabes schwere Sorgen, wem das zusammengescharrte Vermögen zufallen solle; ihre Erben konvenieren ihr nicht, daher heiratet sie noch vor Torschluß ein blutjunges Knechtlein, welcher sie auf dem Holzschlitten zur Trauung zieht. Nachdem sie also fünfzig Jahre mit dem Manne ihrer Jugend in Eintracht gelebt, benutzt sie das christliche Institut der Ehe, wie man eine Mausfalle benutzt, um ihrer Sorgen wegen ihres zu hinterlassenden Guts ledig zu werden. Schon daß sie diese Sorgen hat als alte, weise Christin, die sich vom Irdischen ab- und dem Himmlischen zuwendet, ist ein sonderbares Ding.

Es steht einstweilen nicht mehr in der Macht der Kirche, ihre Gegner körperlich zu verbrennen; daß man hingegen mit Vergnügen ein moralisches Scheiterhäufchen unter den

Füßen Andersdenkender anzündet, davon ist Jeremias Gotthelf ein neues Beispiel, und dies moralische Verbrennen ist kaum menschlicher. Doch soll einmal das Geschäft betrieben werden, so wäre zu raten, vorher sich nach einem festern und gediegenern Prinzip in einer eigenen konsequenten Moral umzusehen; mit Possen und törichten Witzen ist nichts gemacht. Wenn solche in dem wirklichen Kriege der Parteien manchmal Dienste leisten, da es allerlei Sorten Leute gibt, denen man auf ihre Weise dienen muß, so ist es am Ende nicht zu verübeln, und wenn Jeremias Gotthelf, der Pfarrer und Bürger, in seinem Dorfe damit ausreicht, so fahre er tapfer fort, es gibt was zu lachen nach der Wahl usw.; nur in einem Buche, welches er ein paar hundert Meilen weit weg drucken läßt und in welchem seine Freunde Erholung und Freude zu finden hofften, sind sie nicht am Platze. Es herrscht eine solche Unfruchtbarkeit und Öde auf dem Acker deutscher Gestaltungskraft, daß man nur ungern eine so schöne ursprüngliche Fähigkeit abscheiden sieht.

IV

Dies Buch zeigt die alten Tugenden und alten Fehler des unerschöpflichen Bitzius im alten vollen Maße. Er bleibt sich immer gleich, und wenn man sein neuestes Werk liest, so hat man nicht mehr noch weniger als bei dem frühesten seiner Bücher. Es ist aber ein mächtiger Beweis von der Echtheit und Dauerbarkeit der Gotthelfschen Muse, daß trotz aller Wiederholungen, aller Einseitigkeit und Eintönigkeit man seine Werke, seien sie noch so breit und geschwätzig, immer mit der alten Lust fortliest; sie werden mit Ausnahme einzelner wirklich kopfloser Tiraden (welche von dem sophistischen Tendenzfanatismus herrühren) nie langweilig, weil die Natur und die wahre Poesie selbst eben nie langweilig werden. Die ethische und politische Grundlage, auf welcher auch dies Buch aufgebaut ist, ist falsch und gedankenlos, da sich wieder die Frage um den irdischen Besitz mit christlichen Redensarten und mit der Verleumdung der Liberalen verbindet. Doch eigentlich gedankenlos nicht, denn es ist ein tiefgreifender Parteikunstgriff Gotthelfs, daß er in das leichte Geplänkel seiner frömmelnden und konservativen Schnurren und Ungezogenheiten immer diesen schweren Klotz des materiellen Besitzes, der Scholle und des Talers hüllt: dieser ist es, welcher auf den Bauersmann wirkt, die wahre christliche Seligkeit der Gemeinde und ihres Herrn Pfarrers. Sieht man von diesem unsittlichen Parteikniff ab, welcher die Grundlage bildet, so wird die üble Absicht sogleich im einzelnen zur trefflichsten und wahrsten Ausführung; Wert und Heiligkeit von Arbeit, Ordnung und Ausdauer, den Haupttugenden der Ackerbauer, werden so dichterisch verklärt, wie wir es nur in wenigen besten Werken der ganzen Literatur finden können, und vorzüglich die Ehe, das Zusammenleben und -wirken von Mann und Frau, ihr gemeinschaftliches Arbeiten, Dulden, Hoffen, Sorgen und Genießen weiß Gotthelf mit unübertrefflichem Reize zu schildern.

Auch in den »Erlebnissen eines Schuldenbauers« ist wieder solch ein trefflich gezeichnetes Ehepaar in dem Aufbau seiner irdischen Welt, seines leiblichen Glücks mit jener Bedeutung und Schönheit geschildert, welche jüngst Hermann Hettner mit Recht als den Schwerpunkt in Defoes Urbild des »Robinson« und als den ersten Reiz aller Robinsonaden nachgewiesen hat. Schon »Uli der Knecht« und »Uli der Pächter« besitzt seinen Hauptreiz in diesem

Schauspiele, welches uns das Entstehen, Anwachsen und Gedeihen einer Familienexistenz fast aus dem Nichts unter günstigen und schlimmen Einflüssen vorführt, und das sichtliche Gelingen der Arbeit im unmittelbaren Boden, die sich sammelnden Vorräte, der schließliche Besitz eines wohlbestandenen, in allen Ecken belebten und angefüllten Bauernhofs verursachen dem Leser das gleiche ursprüngliche Behagen wie jenes glückliche Gedeihen der Robinsone. Im »Schuldenbauer« ist wieder der ganz gleiche Vorgang, indem ein Knecht und eine Magd sich heiraten und von unten auf anfangen, jedes mit einem individuellen hinzugebrachten Charakter; allein der Verlauf ist ein verschiedener, indem der Verfasser hier zeigen wollte, wie sich die Kenntnis und Liebe der Arbeit und Ordnung – welche nichts weiter will und zu müssen glaubt, als sich selbst genügen und ehrlich durch sich selbst bestehen, welche nicht begreifen kann, wie sie dabei nicht bestehen sollte, während ein anderer, der nichts tut und eigentlich auch nichts versteht, den Gewinn davon hat durch ganz einfältig und töricht scheinenden Schwindel – zu eben diesem Schwindel, das heißt zur Spekulation mit müßigen Händen, verhält. Der Bauer arbeitet mit seiner Frau, ist betriebsam, kenntnisreich und fleißig von früh bis spät, alles gelingt ihm, aber nicht für ihn, sondern für die Güterkäufer, Agenten, Spekulanten und Halunken, in deren Händen er ist und welche alle Radikale und liberale Lumpe sind, bis ein alter adeliger Grundbesitzer und Patrizier ihn rettet. Die wilden Bestien und Kannibalen, mit welchen Robinson sich herumschlägt, sind hier die zivilisierten Menschen, die Elemente die Menschenkniffe und gesellschaftlichen Verhältnisse und das Schauspiel mitten im alten Festlande, in der alten Republik Bern das gleiche wie auf jener Insel des Weltmeers, bis auf die innere Moral, durch welche Gotthelfs Schriften zu großartigen Parteipamphleten werden.

»Das Buch Hiob« bestreitet in seinem prachtvollen und majestätischen Rhythmus und dialektischen Wogenschlag den althebräischen Glaubenssatz, daß Gott ausschließlich und zum Kennzeichen die Rechtschaffenen, Frommen auf Erden glücklich mache und mit Besitz und leiblichem Gedeihen ausdrücklich vor den Schlechten auszeichne, welchen es auch schlecht ergehe. Alle Gotthelfschen Werke nehmen eben diesen mosaischen Glaubensatz in ihrem Kerne gegen das tapfere »Buch Hiob« in Schutz mit einer kleinen Modifikation. Nach ihnen sind alle Frommen und Gerechten entweder schon mit Wohlstand und Glück gesegnet und sind zugleich gut konservativ, oder sie verdienen es zu werden, und es ist ersichtlich, daß dies Gottes Absicht ist; aber die Schlechten, die Sünder, die Lumpenhunde, welche alle liberal, aufgeklärt, zugleich aber höchst miserabel, ärmlich, bettelhaft und unglücklich sind, hindern die konservativen Gerechten an ihrem irdischen Florieren und bringen sie fortwährend um das Ihrige. Während also die drei zänkischen und kritischen Freunde im »Buch Hiob« diesen grausamerweise damit trösten wollen, daß er schlechtweg an seinem Unglücke als Lump und Sünder zu erkennen sei, gibt die linnengeschürzte Muse Gotthelfs zu, daß allerdings auch der Gerechte zuweilen unglücklich sein könne, daß aber hieran nur die Aufgeklärten und Liberalen schuld seien. Sehen wir ab von dieser Modifikation, welche wir mit der apokryphischen Einmischung des Teufels im »Hiob« vergleichen können, so stellen Bitzius' Werke vollkommen ein umgekehrtes »Buch Hiob« dar, worin die drei streitenden Freunde mit ihrer Kritik Recht behalten, und zwar zu dem Zwecke, die liberale Hälfte der spezifisch bernischen Bevölkerung mit ihren Führern zu verdammen und zu stempeln. Aber der Weg, auf welchem der Dichter an dies komische kleine Zielchen gelangt, ist ein so schöner und reicher, daß er ein Genuß und Gewinn für uns alle ist, und darum sei ihm verziehen.

Seit obige Zeilen geschrieben sind, ist die unerwartete Nachricht von dem schnellen Tode Jeremias Gotthelfs (22. Oktober 1854) eingetroffen. Obgleich wir die aufrichtigste Teilnahme empfinden an diesem unersetzlichen Verluste und obschon man über einen Toten anders spricht wie über den rüstig Lebenden, so mag doch obige Expektoration unverändert stehen bleiben, da das Buch, gegen welches sie zum Teil gerichtet ist, mit seiner vehementen, muntern Polemik ja auch noch da ist und vermöge seiner Vorzüge wohl länger bestehen wird als unsere flüchtigen Tadelzeilen. Wer sich bewußt ist, unparteiisch zu sein, der braucht weder gegen Tote noch gegen Lebende eine wohlfeile Pietät hervorzukehren.

Einen Nekrolog können und wollen wir nicht schreiben, da uns dies nicht zukommt. Alles, was wir von dem äußern Leben des verstorbenen Dichters wissen, ist, daß er, am 4. Oktober 1797 geboren, Theologie studierte und in der Gemeinde Lützelflüh in seinem Heimatkanton Bern als Pfarrer lebte; daß er erst gegen sein vierzigstes Jahr hin als Schriftsteller auftrat, aber dann eine solche Bedeutung gewann, daß sein Berliner Verleger ihm schon vor einiger Zeit 10 000 Taler für das Verlagsrecht seiner sämtlichen Werke anbot, nach seinem Tode aber seiner Witwe, wie wir hören, eine große süddeutsche Buchhandlung sogar 50 000 Gulden für das gleiche Recht.

Dagegen wollen wir versuchen, noch einmal den Gesamteindruck zusammenzufassen, welchen Gotthelf und sein Wirken auf uns machte, und da müssen wir sogleich bekennen, daß er ohne alle Ausnahme das größte epische Talent war, welches seit langer Zeit und vielleicht für lange Zeit lebte. Jeder, der noch gut und recht zu lesen versteht und nicht zu der leider gerade jetzt so großen Zahl derer gehört, die nicht einmal mehr richtig lesen können vor lauter Alexandrinertum und oft das Gegenteil von dem herauslesen, was in einem Buche steht, wird dies zugeben müssen. Man nennt ihn bald einen derben niederländischen Maler, bald einen Dorfgeschichtenschreiber, bald einen ausführlichen guten Kopisten der Natur, bald dies, bald das, immer in einem günstigen beschränkten Sinne; aber die Wahrheit ist, daß er ein großes episches Genie ist. Wohl mögen Dickens und andere glänzender an Formbegabung, schlagender, gewandter im Schreiben, bewußter und zweckmäßiger im ganzen Tun sein: die tiefe und großartige Einfachheit Gotthelfs, welche in neuester Gegenwart wahr ist und zugleich so ursprünglich, daß sie an das gebärende und maßgebende Altertum der Poesie erinnert, an die Dichter anderer Jahrtausende, erreicht keiner. In jeder Erzählung Gotthelfs liegt an Dichte und Innigkeit das Zeug zu einem »Hermann und Dorothea«, aber in keiner nimmt er auch nur den leisesten Anlauf, seinem Gedichte die Schönheit und Vollendung zu verschaffen, welche der künstlerische, gewissenhafte und ökonomische Goethe seinem einen so zierlich und begrenzt gebauten Epos zu geben wußte. Und hierin liegt die andere Seite seines Wesens. Kein bekannter Dichter oder Schriftsteller lebt gegenwärtig, welcher so sein Licht unter den Scheffel stellt und in solchem Maße das verachtet, was man Technik, Kritik, Literaturgeschichte, Ästhetik, kurz Rechenschaft von seinem Tun und Lassen nennt in künstlerischer Beziehung. Und wenn wir uns nicht gänzlich irren, so liegt der Grund dieser seltsamen widerspruchsvollen Erscheinung weniger in einem unglückseligen Zynismus als in der religiösen Weltanschauung des Verstorbenen. In der Tat scheint es mehr eine Art asketischer Demut und Entsagung gewesen zu sein, welche die weltliche äußere Kunstmäßigkeit und Zierde verachten ließ, ein herber puritanischer Barbarismus, welcher die Klarheit und Handlichkeit geläuterter Schönheit verwarf. Es hängt damit zusammen, daß er nie die geringste Konzession machte an die Allgemeingenießbarkeit und seine Werke unverwüstlich in dem Dialekte und Witze schrieb, welcher nur in dem engen alemannischen Gebiete ganz genossen werden kann. Er schien nichts davon nehmen noch hinzutun zu wollen zu dem, was ihm sein Gott gegeben hatte, und alles künstlerische Bestreben für eine weltliche Zutat zu halten, welche weniger in die Kirche als vor die heidnische Orchestra führe. Aber der gleiche Gott, der den Menschen die Poesie gab, gab ihnen ohne Zweifel auch den künstlerischen Trieb und das Bedürfnis der Vollendung, und wenn er schon in der Blume, die er zunächst selbst machte, Symmetrie und Wohlgeruch liebt, warum sollte er sie nicht auch im Menschenwerke lieben? Da müssen wir jene katholischen Dichter loben, welche ihren geistlichen Dichtwerken alle erdenkliche irdische Liebenswürdigkeit zu verleihen suchten ad majorem Dei gloriam!

Es wäre hier noch auszuführen, wie diese übelangebrachte Askese doch nur zum Teil der Grund von Gotthelfs äußerer Formlosigkeit gewesen, wie dieser Grund sich vervollständigte in einer nicht durchgebildeten, kurzatmigen Weltanschauung, insofern diese unser heutiges Tun und Lassen betrifft; wie aus diesem mangelhaften, vernagelten Bewußtsein von selbst ein mangelhaftes Formgefühl hervorgehen muß, da wir heutzutage zu tief mitleidend darin stecken, als daß ein schiefes und widersprechendes ethisch-politisches Prinzip nicht auf alle geistige Tätigkeit einwirken sollte. Es wäre ferner auszuführen, inwiefern manche der Übelstände, welche Gotthelf der Zeit zuschrieb, allerdings in dieser vorhanden sind, wie aber gerade die Ungeheuerlichkeiten und Auswüchse, welche er in allen seinen Schriften als das Unglück des Bernervolks und als Liberalismus zeichnet, nicht sowohl die Kennzeichen und Attribute des Liberalismus als eben die Art und Weise sind, wie das kräftige, derbe, aber etwas ungeschickte Bernervolk in seinem Parteileben den Liberalismus handhabte, verfocht und *bekämpfte*; wie also in dem Umstande, daß Gotthelf dies nicht auseinanderzuhalten wußte, der Zeit zuschrieb, was im gärenden und ringenden Charakter gerade seines auserwählten Volks lag, und daß er neulich noch zu den leidenschaftlichen Gegnern der sogenannten Fusion gehörte, das heißt der wahrhaft bewußten und im antiken Sinne tugendhaften Versöhnungsbewegung der bernischen Parteien, welche in jedem Falle ein großer Fortschritt im dialektischen Parteileben der Schweizer ist: wie also in allem diesem der beste Beweis liegt, daß Gotthelf als Seher und Dichter nicht über den Gegensätzen stand, sondern tief in ihnen und unter ihnen steckte, – dies alles wäre zu lehrreichem Beispiel zu untersuchen; aber in diesen Dingen wollen wir dem geehrten Toten das letzte Wort lassen.

Wir können dies um so eher tun, als Jeremias Gotthelf bei aller Leidenschaftlichkeit kein Reaktionär im schlechtern Sinne des Worts und mit allen gangbaren Nebenbedeutungen war. Trotzdem er in seinem Genie und in seiner gewonnenen Verbreitung die besten Mittel dazu hatte, tat er nie den unschuldigsten Schritt, jenen schlechten Kreisen der großen Welt, welche für so viele literarische

Reaktionärlinge die Lebensluft liefern, entgegenzukommen; keinen einzigen derben oder unästhetischen Ausdruck strich er, um sich für den Salon der hochmögenden Residenzdame möglicher zu machen; nie schielte er mit servilem Blicke nach fremder Gunst, und nie verleugnete er seinen angeborenen Republikanismus und das Schweizertum, welches *er* meinte, und nie lobte er anderes auf dessen Kosten. Was er sündigte, sündigte er vollständig en famille und mit dem Wahlspruch: Euch andern geht es nichts an!

Er monärchelte nicht, er katholisierte nicht, jesuiterte nicht, pietisterte nicht (denn sein Frömmeln war wieder etwas anderes und ungleich Frischeres und Reineres, gewissermaßen etwas handwerklich Praktisches), er brummte und grunzte manchmal, aber er pfiff und näselte nie.

Sehen wir nun davon ab, daß seine Werke für ihr ganzes Dialektgebiet eine reiche Quelle immer neuen Vergnügens bleiben und durch zweckmäßige Anwendung und Übertragung, welche die Zeit früher oder später erlauben wird, auch für die weitesten Grenzen sein werden, betrachten wir dagegen, was dieselben uns Literaturmenschen insbesondere für ein bleibendes Gut darbieten, so dürfen wir uns freudig sagen, daß wir daran ein ganz solides und wertvolles Vermögen besitzen zur Erbauung und Belehrung; denn nichts Geringeres haben wir daran als einen reichen und tiefen Schacht nationalen, volksmäßigen poetischen Ur- und Grundstoffs, wie er dem Menschengeschlechte angeboren und nicht angeschustert ist, und gegenüber diesem positiven Gute das negative solcher Mängel, welche in der Leidenschaft, im tiefen Volksgeschick wurzeln und in ihrem charakteristischen Hervorragen neben den Vorzügen von selbst in die Augen springen und so mit diesen zusammen uns recht eigentlich und lebendig predigen, was wir tun und lassen sollen, viel mehr als die Fehler der gefeilten Mittelmäßigkeit oder des geschulten Unvermögens.

Um anzudeuten, was wir mit der Bezeichnung eines großen epischen Talents oder, wie man will, Genies eigentlich verstehen, mögen hier statt einer theoretischen Abhandlung nur ein paar empirische Aphorismen stehen. Zu den ersten äußern Kennzeichen des wahren Epos gehört, daß wir alles Sinnliche, Sicht- und Greifbare in vollkommen gesättigter Empfindung mitgenießen, ohne zwischen der registrierten Schilderung und der Geschichte hin- und hergeschoben zu werden, das heißt, daß die Erscheinung und das Geschehende ineinander aufgehen. Ein Beispiel bei Gotthelf. Nirgends verliert er sich in die moderne Landschafts- und Naturschilderung mit den Düsseldorfer oder Adalbert Stifterschen Malermitteln (welche uns andern allen mehr oder weniger ankleben und welche wir über kurz oder lang wieder werden ablegen müssen), und doch wandeln wir bei ihm überall im lebendigen Sonnenschein der grünen prächtigen Berghalden und im Schatten der schönen Täler und sehen die dräuende Gewitternacht der tapfern Gebirgswelt über die hellen Höfe hereinziehen. Und wo er das Naturereignis an sich selbst zum Gegenstande epischer Dichtung macht, wie in der »Wassernot im Emmental«, da wird es zur lebendigen Person und in seinem gewaltigen Einherbrausen eins mit den Leidenschaften der Menschen, über welche es hereinbricht, sowie überhaupt dies kleine Büchlein ein wahres Muster- und Lehrbüchlein zu nennen ist für unsere heutigen Pfuscher und Produzenten aller Art; denn es enthält in richtig und glücklich abgewogenen Gegensätzen alle Momente eines reichen Stoffs selbst mit trefflich eingestreutem *sachgemäßen* Humor, und nichts fehlt als die gereinigte Sprache und das rhythmische Gewand im engern Sinne (im weitesten Sinne ist Rhythmus da in Hülle und Fülle), um das kleine Werkchen zum klassischen, mustergültigen Gedicht zu machen. Man lese es, und man wird uns Recht geben, erstaunend, wie arm und unbeholfen die Dutzende von gereimten Büchelchen sind, die uns alle Tage auf den Tisch regnen, mit und ohne Firma.

Auch mit der behaglichen Anschaulichkeit des Besitzes, der Einrichtung von Haus und Hof, der Zahl und Art der Haustiere, der fest- und werktäglichen Gewandung, des Essens und Trinkens weiß Gotthelf überall seine einfachen Schöpfungen sattsam zu durchtränken, ohne in das einseitige Schildern zu verfallen.

Von den innern und edlern Kennzeichen wollen wir nur an die Höhepunkte in seinen Geschichten erinnern, welche immer wiederkehren und immer so neu und schön sind; nämlich an jene schweren oder frohen Gänge, welche seine Männer und Frauen tun in das Land hinaus, wenn sie bei entfernten Blutsfreunden oder bei den ihnen durch ihre guten Eigenschaften erworbenen Freunden und Getreuen Rat, Hülfe in der Not oder Teilnahme an ihrem Wohle suchen. Man betrachte nur eine dieser herrlich gezeichneten Wanderungen, und man wird durch ihren ausführlichen Verlauf und die daraus hervorstrahlende durchaus gesunde und begründete Rührung an die besten Zeiten der Poesie erinnert.

Überhaupt ist es der seltene Vorzug unsers Mannes, daß er seinen Stoff immer erschöpft und entweder mit einer zarten und innigen Befriedigung oder mit einer starken Genugtuung zu krönen versteht, mit einer Befriedigung von solcher ursprünglichen, beseligenden Tiefe, daß sie mit der Erkennungsszene zwischen Odysseus und Penelope aus einem und demselben Quell zu perlen scheint.

Welch rüstiges und liebliches Gestaltungsvermögen dem Verstorbenen zu Gebote stand, zeigt er fast mehr noch als in seinen größern Sachen in kleinern Erzählungen und Bildern aus der Schweiz. Wie durchaus wert, an innerm Gehalt »Hermann und Dorothea« an die Seite gesetzt zu werden, nur einen tragischen Verlauf nehmend, ist seine schöne Erzählung »Elsi die seltsame Magd«. In der aufgärenden Zeit der neunziger Jahre, als die Französische Revolution auch die Sitten und die Verhältnisse des Schweizervolks von Grund aus aufwühlt, in dieser Übergangszeit geht auch ein hundertjähriges Besitztum zugrunde, und der letzte der bäuerlichen Dynasten zieht als ein Lump in die Welt hinaus; mit ihm aber verläßt, eine andere Straße ziehend, seine Tochter das verlorene Ahnenhaus; deren Vorfahrinnen alle gewaltet, gesorgt und geherrscht haben, geehrt im Land, wandert die erste als Magd ihre Straße, ihr Bündelchen unter dem Arme, alle guten Eigenschaften, alles Ehrgefühl und allen Besitzesstolz der Mütter in der Brust, aber ohne Erbe und Vaterhaus, die Tochter eines Heruntergekommenen, eines Landstreichers. Daher beschließt sie in stolzem Sinne, den Namen des alten Hofs untergehen zu lassen, und niemand ist imstande, ihre Herkunft zu erfragen. Alles ihr entgegenkommende Wohlwollen, alle Liebe weist sie zurück und hält ihr Geheimnis fest verschlossen, bis der sie liebende und wiedergeliebte Mann den Tod sucht in dem Feuer der andrängenden Neufranzosen, welche die alte morsche Bernerrepublik mit blutiger Anstrengung über den Haufen werfen und das neurepublikanische Wesen darauf pflanzen. Im Landsturme zogen bekanntlich Greise, Weiber und Kinder gegen Franzosen aus, und so fand es seine angemessenste Begründung in diesem »historischen Hintergrunde«, daß das edle Mädchen in seinem

Leide mit auszog und den Geliebten im Gefecht aufsuchte, um an seiner Seite zu sterben. Will man die Echtheit des Gotthelfschen Stoffs recht schätzen lernen, so vergleiche man damit den »Sonnenwendhof«, welchen Mosenthal daraus gemacht hat. Nachdem er erst die Geschichte in steirische Jodelei übersetzt hat, trug er mit eifrigster Wegwerfung aller guten und begründeten Gotthelfschen Motive ein melodramatisches Effektsammelsurium zusammen, wie es nur der Kram des gewinnlüsternsten und verschmitztesten Schacherjuden aufweist.

Auch die heitern Erzählungen Gotthelfs haben schon zur dramatischen Bearbeitung angeregt und mit Recht. Um aber die unsägliche Niaiserie der Herren Modedramatiker bei dieser Gelegenheit einmal recht deutlich zu sehen, müssen wir auf besagten »Sonnenwendhof« und seinen Hauptspaß zurückkommen. In den Gotthelfschen Schriften kommt im Dialoge oft die bernerische Redensart »He nu sode« vor, welches ein Ausruf ist, den die Berner mit vieler Anmut in ihrer Rede verwenden; in allen möglichen Fällen rufen sie »He nu sode«. Bald hat es den Sinn von »also«, »gut denn«, »nun denn«, bald von »ei ei«, »à la bonne heure«, »allons«, »vorwärts«, kurz, es ist ein an sich sinnloses Wörtchen, welches vollkommen so gebraucht wird wie etwa das »Na nu« der Berliner. Manchmal hat Gotthelf die Laune, es hochdeutsch zu geben, nämlich »Je nun so dann« und zwar ohne Komma nach dem »nun«, und dieser vollkommen sinn- und bedeutungslose Ausruf, wenn er nicht mit einer Rede verbunden ist, ist es, welchen Mosenthal herausgegriffen hat aus all den guten und bessern Dingen der Erzählung, und aus welchem er das Motto, die Pointe und Moral seines Dramas machte. Wie staunten wir, beim Aufzuge des Vorhangs das unschuldige bernerische »He nu sode« als »Je nun, so dann« groß über der Tür des steirischen Bauernhofs geschrieben zu sehen. Es war gerade, als ob man über einem Rathause die Inschrift »Na nu!« angebracht hätte. Aus diesem »Je nun, so dann« fließt die Lebensweisheit, die Maxime der Bäuerin, und das Stück schließt bedeutsam mit dem gleichen Wörtchen. Das heißt im Gebirge eine jener zierlich geschnitzten hölzernen Salatgabeln kaufen und auf dem flachen Lande dieselbe als Theaterdolch verwenden und ist ein hinreichendes Beispiel von dem Geist und Geblüt unserer Propheten.

Wenn wir in diesen Zeilen alle Bedeutung des Gegenstandes in einer poetisch allgemeinern und höhern Bezeichnung suchten, so wollen wir damit nicht den Charakter Gotthelfs auch als Volksschriftsteller im engern und gewöhnlichen Sinne des Worts verkennen, denn er hat zu absichtlich und zu ausdrücklich in diesem Sinne gewirkt, als daß es irgend zu verkennen wäre. Aber er war nur darum ein guter Volksschriftsteller, weil er ein guter, von innen heraus produktiver Dichter war.

Gottfried Keller

Editorische Notiz

Diese Auswahl ist den *Ausgewählten Werken und Materialien in 13 Bänden* von Jeremias Gotthelf, herausgegeben von Walter Muschg, (Diogenes 1978) entnommen. Lizenzausgabe mit freundlicher Genehmigung des Birkhäuser Verlags, Basel.

Kellers Arbeiten über Gotthelf erschienen zuerst in den *Blättern für literarische Unterhaltung* bei Brockhaus:

Uli der Knecht. Uli der Pächter
Nr. 302/05, 18./21. Dezember 1849
in dieser Ausgabe: S. 277–304

Die Käserei in der Vehfreude. Erzählungen und Bilder aus dem Volksleben der Schweiz
Nr. 76/77, 29./31. März 1851
in dieser Ausgabe: S. 304–315

Zeitgeist und Berner Geist
Nr. 47, 20. November 1852
in dieser Ausgabe: S. 315–331

Erlebnisse eines Schuldenbauers
Nr. 9, 1. März 1855
in dieser Ausgabe: S. 331–344

In dieser Zusammenstellung erschienen sie zuerst 1968 als Sonderdruck für die Freunde des Verlages und der Buchhandlung Hans Huber, Bern und Stuttgart; in erweiterter Form erschienen sie 1978 unter dem Titel *Keller über Gotthelf* im Diogenes Verlag, Zürich.

Jeremias Gotthelf
Ausgewählte Werke
im Diogenes Verlag

in 12 Bänden
in der Edition von Walter Muschg

Uli der Knecht
Roman. detebe 20561

Uli der Pächter
Roman. detebe 20562

Anne Bäbi Jowäger I
Roman. detebe 20563

Anne Bäbi Jowäger II
Roman. detebe 20564

Geld und Geist
Roman. detebe 20565

Der Geltstag
Roman. detebe 20566

Käthi die Großmutter
Roman. detebe 20567

Die Käserei in der Vehfreude
Roman. detebe 20568

*Die Wassernot im Emmental
Wie Joggeli eine Frau sucht*
Erzählungen I. detebe 20569

*Die schwarze Spinne
Elsi, die seltsame Magd
Kurt von Koppigen*
Erzählungen II. detebe 20570

*Michels Brautschau / Niggi Ju
Das Erdbeerimareili*
Erzählungen III. detebe 20571

*Der Besenbinder von Rychiswyl
Barthli der Korber / Die Frau
Pfarrerin / Selbstbiographie*
Erzählungen IV. detebe 20572

Außerdem liegen vor:

Der Bauernspiegel
oder Lebensgeschichte des Jeremias Gotthelf
Von ihm selbst beschrieben. Mit einem Essay
von Walter Muschg. detebe 21407

Meistererzählungen
Mit einem Essay von Gottfried Keller
detebe 22443

Die großen
Erzähler der Weltliteratur
im Diogenes Verlag

● **Pedro Antonio de Alarcón**
Meistererzählungen
Herausgegeben und mit einem Nachwort von
Werner Bahner. Aus dem Spanischen von
Georg Spranger. detebe 21703

● **Marcel Aymé**
Meistererzählungen
Aus dem Französischen von Hildegard Fuchs
und Gertrud Grohmann. detebe 21704

● **Anton Čechov**
Meistererzählungen
Ausgewählt von Franz Sutter. Aus dem Russischen von Ada Knipper, Herta von Schulz und
Gerhard Dick. detebe 21702

● **Raymond Chandler**
Meistererzählungen
Aus dem Amerikanischen von Hans Wollschläger. detebe 21619

● **Fjodor Dostojewskij**
Meistererzählungen
Edition, Übersetzung und Nachwort von
Johannes von Guenther. detebe 20951

● **Joseph von Eichendorff**
Meistererzählungen
detebe 21608

● **F. Scott Fitzgerald**
Meistererzählungen
Ausgewählt und mit einem Nachwort von
Elisabeth Schnack. Aus dem Amerikanischen
von Walter Schürenberg, Anna von Cramer-Klett, Elga Abramowitz und Walter
E. Richartz. detebe 21583

● **Dashiell Hammett**
Meistererzählungen
Ausgewählt von William Matheson. Aus dem
Amerikanischen von Wulf Teichmann, Walter
E. Richartz und Elizabeth Gilbert
detebe 21722

● **O. Henry**
Meistererzählungen
detebe 21992

● **Hermann Hesse**
Meistererzählungen
Herausgegeben und mit einem Nachwort von
Volker Michels. detebe 20984

● **Patricia Highsmith**
Meistererzählungen
Ausgewählt von Patricia Highsmith. Aus dem
Amerikanischen von Anne Uhde, Walter E.
Richartz und Wulf Teichmann. detebe 21723

● **D.H. Lawrence**
Meistererzählungen
Ausgewählt, aus dem Englischen und mit
einem Nachwort von Elisabeth Schnack
detebe 21907

● **Nikolai Lesskow**
Meistererzählungen
Ausgewählt von Anna Guenther. Aus dem
Russischen von Johannes Guenther
detebe 21651

● **Carson McCullers**
Meistererzählungen
Herausgegeben von Anton Friedrich. Aus
dem Amerikanischen von Elisabeth Schnack
detebe 21928

● **Joaquim Maria
Machado de Assis**
Meistererzählungen
Herausgegeben, übersetzt und mit einem
Nachwort von Curt Meyer-Clason
detebe 21504

● **Heinrich Mann**
Meistererzählungen
Herausgegeben von Christian Strich
Mit einem Vorwort von Hugo Loetscher und
Zeichnungen von George Grosz. detebe 20981

● **W. Somerset Maugham**
Meistererzählungen
Ausgewählt von Gerd Haffmans. Aus dem
Englischen von Elisabeth Schnack
detebe 21726

- **Guy de Maupassant**
Meistererzählungen
Ausgewählt, übertragen und mit einem Nachwort von Walter Widmer. detebe 21897

- **George Orwell**
Meistererzählungen
Ausgewählt von Christian Strich. detebe 21935

- **Konstantin Paustowski**
Meistererzählungen
Aus dem Russischen von Rebecca Candreia und Hans Luchsinger. Eine Auswahl aus den Bänden ›Das Sternbild der Jagdhunde‹ und ›Die Windrose‹. detebe 21956

- **Luigi Pirandello**
Meistererzählungen
Auswahl und Nachwort von Lisa Rüdiger. Aus dem Italienischen von Percy Eckstein, Hans Hinterhäuser und Lisa Rüdiger. detebe 21527

- **Edgar Allan Poe**
Meistererzählungen
Aus dem Amerikanischen von Gisela Etzel. Auswahl und Vorwort von Mary Hottinger detebe 21721

- **Alexander S. Puschkin**
Meistererzählungen
Aus dem Russischen von André Villard. Mit einem Fragment »Über Puschkin« von Maxim Gorki. detebe 21526

- **Alan Sillitoe**
Meistererzählungen
detebe 22402

- **Georges Simenon**
Meistererzählungen
Aus dem Französischen von Wolfram Schäfer u.a. detebe 21620

- **Henry Slesar**
Meistererzählungen
Aus dem Amerikanischen von Thomas Schlück. detebe 21621

- **Adalbert Stifter**
Meistererzählungen
detebe 21609

- **Rodolphe Toepffer**
Meistererzählungen
Ausgewählt und aus dem Französischen von H. Graef. Mit einem Vorwort von Maurice Aubry. detebe 21505

- **Leo Tolstoi**
Meistererzählungen
Ausgewählt von Christian Strich. Aus dem Russischen von Arthur Luther, Erich Müller und August Scholz. detebe 21700

- **B. Traven**
Meistererzählungen
Ausgewählt von William Matheson
detebe 21887

- **Iwan Turgenjew**
Meistererzählungen
Herausgegeben und aus dem Russischen von Johannes von Guenther. detebe 21051

- **Mark Twain**
Meistererzählungen
Mit einem Vorwort von N.O. Scarpi. Auswahl und Bearbeitung von Marie-Louise Bischof und Ruth Binde. detebe 21888

- **Jules Verne**
Meistererzählungen
Aus dem Französischen von Erich Fivian
detebe 22416

Schweizer Autoren im Diogenes Verlag

● **Ulrich Bräker**
Leben und Schriften in 2 Bänden
Herausgegeben von Samuel Voellmy und Heinz Weder. detebe 20581–20582

● **Rainer Brambach**
Auch im April
Gedichte. Leinen

Heiterkeit im Garten
Das gesamte Werk. Herausgegeben und mit einem Nachwort von Frank Geerk. Leinen

Für sechs Tassen Kaffee
Geschichten. detebe 20530

Außerdem ist Rainer Brambach Herausgeber der Anthologie
Moderne deutsche Liebesgedichte
detebe 20777

● **Beat Brechbühl**
Kneuss
Roman. Zwei Wochen aus dem Leben eines Träumers und Querulanten, von ihm selber aufgeschrieben. detebe 21416

● **Friedrich Dürrenmatt**
Gesammelte Werke
Herausgegeben von Franz Josef Görtz
Leinen

Midas oder Die Schwarze Leinwand
Leinen

Achterloo
Komödie. Leinen

Labyrinth
Stoffe I–III: Der Winterkrieg in Tibet / Mondfinsternis / Der Rebell. Leinen

Turmbau
Stoffe IV–IX: Begegnungen / Querfahrt / Die Brücke / Das Haus / Vinter / Das Hirn. Leinen

Der Richter und sein Henker
Kriminalroman. Mit einer biographischen Skizze des Autors. detebe 21435

Der Verdacht
Kriminalroman. Mit einer biographischen Skizze des Autors. detebe 21436

Justiz
Roman. detebe 21540

Der Auftrag
oder Vom Beobachten des Beobachters der Beobachter. Novelle in vierundzwanzig Sätzen. detebe 21662

Minotaurus
Eine Ballade. Mit Zeichnungen des Autors
detebe 21792

Versuche
detebe 21976

Durcheinandertal
Roman. detebe 22438

Friedrich Dürrenmatt & Charlotte Kerr
Rollenspiele
Protokoll einer fiktiven Inszenierung und Achterloo III. Leinen

Werkausgabe in 29 Bänden
Herausgegeben in Zusammenarbeit mit dem Autor. Alle Bände wurden revidiert und mit neuen Texten ergänzt

Das dramatische Werk in 17 Bänden
detebe 20831–20847

Das Prosawerk in 12 Bänden
detebe 20848–20860

Als Ergänzungsbände liegen vor:

Die Welt als Labyrinth
Ein Gespräch mit Franz Kreuzer. Broschur

Über Friedrich Dürrenmatt
Essays, Zeugnisse und Rezensionen. Interviews, Chronik und Bibliographie. Herausgegeben von Daniel Keel. detebe 20861

Denkanstöße
Ausgewählt und zusammengestellt von Daniel Keel. Mit sieben Zeichnungen des Dichters. detebe 21697

Elisabeth Brock-Sulzer
Friedrich Dürrenmatt
Stationen seines Werkes. Mit Fotos, Zeichnungen, Faksimiles. detebe 21388

*Das Friedrich Dürrenmatt
Lesebuch*
Herausgegeben von Daniel Keel. detebe 22439

● **Konrad Farner**
Theologie des Kommunismus?
detebe 21275

● **Friedrich Glauser**
*Die Kriminalromane in 6 Bänden
in Kassette*
detebe 21740

Wachtmeister Studer
Roman. detebe 21733

Die Fieberkurve
Roman. detebe 21734

Matto regiert
Roman. detebe 21735

Der Chinese
Roman. detebe 21736

Krock & Co.
Roman. detebe 21737

Der Tee der drei alten Damen
Roman. detebe 21738

Gourrama
Ein Roman aus der Fremdenlegion
detebe 21739

● **Jeremias Gotthelf**
Ausgewählte Werke in 12 Bänden
Herausgegeben von Walter Muschg
detebe 20560

Der Bauernspiegel
oder Lebensgeschichte des Jeremias Gotthelf.
Von ihm selbst beschrieben. Mit einem Essay
von Walter Muschg. detebe 21407

Meistererzählungen
Mit einem Essay von Gottfried Keller
detebe 22443

● **Alfred A. Häsler**
Das Boot ist voll
Die Schweiz und die Flüchtlinge 1933–1945.
Mit einem Nachwort von Friedrich Dürrenmatt. detebe 21699

● **Gottfried Keller**
*Zürcher Ausgabe
Werke und Materialien in
9 Bänden*
In der Edition von Gustav Steiner
detebe 20520

Weiter liegen vor:

Über Gottfried Keller
Sein Leben in Selbstzeugnissen und Zeugnissen von C. F. Meyer bis Theodor Storm.
Chronik und Bibliographie. Herausgegeben von Paul Rilla. detebe 20535

Emil Ermatinger
Gottfried Keller
Eine Biographie. Mit Bildtafeln und einem Register. detebe 21813

● **Hugo Loetscher**
Vom Erzählen erzählen
Münchner Poetikvorlesungen. Mit einer Einführung von Wolfgang Frühwald. Broschur

Die Fliege und die Suppe
und 33 andere Tiere in 33 anderen Situationen
Fabeln. Leinen

Wunderwelt
Eine brasilianische Begegnung. detebe 21040

Herbst in der Großen Orange
detebe 21172

Noah
Roman einer Konjunktur. detebe 21206

Das Hugo Loetscher Lesebuch
Herausgegeben von Georg Sütterlin
detebe 21207

*Der Waschküchenschlüssel oder
Was – wenn Gott Schweizer wäre*
Geschichten. detebe 21633

Der Immune
Roman. detebe 21590

Die Papiere des Immunen
Roman. detebe 21659

Die Kranzflechterin
Roman. detebe 21728

Abwässer
Ein Gutachten. detebe 21729

mit Alice Vollenweider:
Kulinaritäten
Ein Briefwechsel über die Kunst und die Kultur der Küche. detebe 21927

● **Niklaus Meienberg**
Heimsuchungen
Ein ausschweifendes Lesebuch. detebe 21355

● **Conrad Ferdinand Meyer**
Meistererzählungen
detebe 22448

● **Hans Neff**
XAP oder Müssen Sie arbeiten? fragte der Computer
Ein fabelhafter Tatsachenroman
detebe 21052

● **Walter Nigg**
Große Heilige
Von Franz von Assisi bis Therese von Lisieux
Mit ausführlichem Quellennachweis
detebe 21459

Das Buch der Ketzer
Von Simon Magus bis Leo Tolstoi. Mit ausführlichem Quellennachweis. detebe 21460

Vom Geheimnis der Mönche
Von Bernhard von Clairvaux bis Teresa von Avila. Mit ausführlichem Quellennachweis
detebe 21844

Das mystische Dreigestirn
Meister Eckhart, Johannes Tauler, Heinrich Seuse. detebe 21933

Heilige und Dichter
detebe 22400

● **Hanspeter Padrutt**
Und sie bewegt sich doch nicht
Parmenides im epochalen Winter. Leinen

Der epochale Winter
Zeitgemäße Betrachtungen. detebe 21845

● **Emil Steinberger**
Feuerabend
Mit vielen Fotos. Broschur

● **Beat Sterchi**
Blösch
detebe 21341

● **Rodolphe Toepffer**
Meistererzählungen
Sieben romantische Novellen. Ausgewählt und aus dem Französischen von H. Graef. Mit einem Vorwort von Maurice Aubry
detebe 21505

● **Robert Walser**
Der Spaziergang
Ausgewählte Geschichten. Herausgegeben von Daniel Keel. Mit einem Nachwort von Urs Widmer. detebe 20065

Maler, Poet und Dame
Aufsätze über Kunst und Künstler. Herausgegeben von Daniel Keel. Mit zahlreichen Dichterporträts. detebe 20794

● **Urs Widmer**
Auf auf, ihr Hirten!
Die Kuh haut ab!
Kolumnen. Broschur

Das Paradies des Vergessens
Erzählung. Leinen

Das Normale und die Sehnsucht
Essays und Geschichten. detebe 20057

Die Forschungsreise
Ein Abenteuerroman. detebe 20282

Schweizer Geschichten
detebe 20392

Nepal
Ein Stück in der Basler Umgangssprache
detebe 20432

Die gelben Männer
Roman. detebe 20575

Vom Fenster meines Hauses aus
Prosa. detebe 20793

Züst oder die Aufschneider
Ein Traumspiel. Hochdeutsche und Schweizerdeutsche Fassung. detebe 20797

Liebesnacht
Erzählung. detebe 21171

Die gestohlene Schöpfung
Ein Märchen. detebe 21403

Das Verschwinden der Chinesen im neuen Jahr
Mit einem Nachwort von H.C. Artmann
detebe 21546

Das enge Land
Roman. detebe 21571

Alois / Die Amsel im Regen im Garten
Zwei Erzählungen. detebe 21677

Indianersommer
Erzählung. detebe 21847

Der Kongreß der Paläolepidopterologen
Roman. detebe 22464

Shakespeare's Geschichten
Sämtliche Stücke von William Shakespeare nacherzählt von Walter E. Richartz und Urs Widmer. detebe 20791–20792

● **Liebesgeschichten aus der Schweiz**
Von Jeremias Gotthelf bis Max Frisch. Herausgegeben von Christian Strich und Tobias Inderbitzin. detebe 21124